mit Daniel Gäsche

JUPPY

Aus dem Leben eines Revoluzzers

Militzke

Die Briefe, Zeitungsartikel und Tagebuchaufzeichnungen wurden in alter Rechtschreibung belassen.

Bibliographische Information der Deutschen Bibliothek
Die Deutsche Bibliothek verzeichnet diese Publikation in der Deutschen Nationalbibliographie; detaillierte bibliographische Angaben sind im Internet über http://dnb.dbb.de abrufbar.

1. Auflage

Printed in Germany
ISBN 3-86189-730-X

Lektorat: Christiane Völkel
Umschlaggestaltung: Ralf Thielicke
Layout und Satz: Thomas Butsch
Gesetzt aus der StoneSans und StoneSerif
Druck und Bindung: Steidl, Göttingen
Besuchen Sie den Militzke Verlag im Internet unter: http://www.militzke.de

Inhalt

Vorwort

Sonnabend, 9. Juni 1979 im frühlingshaften West-Berlin. Vorbei an verdutzten Politikern und der Polizei ereignet sich »der größte Postraub in der Geschichte Deutschlands«. Dort, wo im ersten »Leben der Ufa« auf über 18 000 Quadratmetern die Kinoträume jahrzehntelang auf Zelluloid gebannt wurden, läuft nun ein ganz realer Film ab. Mehrere 100 Leute, Anarchos, Heroinabhängige, Ex-Knackis, Studenten, Aus- und Einsteiger, Wehrdienstverweigerer und Künstler, nehmen das leer stehende, ehemalige Ufa-Filmkopier-Werk in der Tempelhofer Viktoriastraße wieder »friedlich in Betrieb«. Bundesweit sorgt die Besetzung für Schlagzeilen.

Die Revoluzzer finden schnell Sympathisanten und Freunde. Und sie haben eine Vision. Im »zweiten Leben der Ufa« sollen Träume Wirklichkeit werden. Eine Oase in der Kulturwüste mit Kunst und Kultur, Gemeinschaft und Ökologie. In einem Vierteljahrhundert entsteht eine »Stadt in der Stadt«, ein »Staat im Staate«, ein »Staat, ohne eigene Ausweise«, ein »Dorf in der Großstadt«, in dem »Menschen nach Menschen gucken«.

Ob ufaCircus, Kindercircus, Varieté- und Theatersäle, Freilichtbühne, Bäckerei, Bio-Laden, das Nachbarschafts- und Selbsthilfe-Zentrum, die erste anerkannte »Freie Schule« Berlins, ein Kindergarten, ein Kinderbauernhof, eine Sambaschule, ein Blockheizkraftwerk, das Strom und Wärme liefert, zwei Windräder, die für zusätzlichen Strom sorgen, sowie eine der größten Solaranlagen der Stadt und Gründächer, die Sauerstofflieferanten für die nähere Umgebung sind:

Die ufaFabrik wurde zum Vorreiter eines anderen Deutschlands – innovativ, künstlerisch, frech.

Rund 300 000 Menschen strömen jährlich in die Kulturfabrik zu Konzerten, ins Theater, Kino, Kabarett und in den Zirkus.

Die ufaFabrik ist die älteste Großstadt-Kommune der Welt. Etwa 30 Menschen leben noch heute in dieser »Welt im Kleinen«: Künstler, Bäcker, Handwerker, Verwaltungsbeamte. Es herrscht eine Vielfalt von Kulturen und Nationalitäten. Das Kulturzentrum, die Bäckerei, das Gästehaus, das Café, das Nachbarschaftszentrum, der Bauernhof, die Freie Schule und die Ökologen geben fast 200 Menschen Arbeitsplätze. Impulse für eine neue Gesellschaftsordnung?

Früher von vielen Politikern bekämpft, wird die ufaFabrik heute geliebt und bewundert. Ob Berlins Regierender Bürgermeister Klaus Wowereit, Bundesverbraucherschutzministerin Renate Künast oder Bundeskanzler Gerhard Schröder – sie alle sind sich einig: So etwas wie die ufaFabrik konnte nur in Berlin entstehen und ist aus unserer Gesellschaft nicht mehr wegzudenken. Wenn es sie nicht geben würde, müsste man sie glatt erfinden!

Sechs Jahre lebte Juppy illegal im Untergrund und wird trotzdem »Chef« von einem der innovativsten Kulturstandorte in der Bundesrepublik Deutschland. Er ist Kopf dieser einzigartigen »Kulturfabrik«, in der gelebt, gearbeitet, gelacht und geliebt wird. Sein Markenzeichen wird der Hut. Eine Persönlichkeit mit einer ganz eigenen Weltanschauung: Vorurteilsfrei, tolerant und optimistisch.

Ein Mann, der macht, was er will, ohne dabei die Menschlichkeit aus den Augen zu verlieren. Schrill, verschmitzt, lustig und clever – das sind alles Charaktereigenschaften, die ihn zum »Sheriff« an der Spitze des außergewöhnlichsten Stadtstaates in ganz Deutschland machen. »Sitzt da, (...) eine Nase wie Belmondo, kein geregeltes Einkommen, keine Karriere-Aussichten, ohne eigenes Auto, Haus oder Surfbrett, und findet das Leben einfach irre«, schreibt der »stern« 1983 über Juppy.

Frei nach dem Motto des Alten Fritz, »Jeder soll nach seiner Façon selig werden«, »herrscht« Juppy als erster Diener im eigenen ufa-Staat. Im Herzen ein Revolutionär, der politische Instanzen mit seinen eigenen, trickreichen Waffen schlägt und weiß, dass die Menschen nur durch die Kultur in die Moderne zu führen sind. Juppy, ein kultureller Impulsgeber von Montreal bis Saigon. Ein deutscher Kulturbotschafter mit dem verrückten Titel »Multikultur-Impresario«.

Ein bisschen Schwejk, ein bisschen Hauptmann von Köpenick: Juppy ist eine Figur wie aus einem Roman. Ein Mann, der Autoritäten abschwört, um »Mensch« zu werden. Seine Weisheiten speisen sich aus seinem prallen Leben: »Dummheit und Mut liegen genauso eng zusammen wie Feigheit und Klugheit. Aber sie sind getrennt durch eine abgrundtiefe Schlucht.«

Ich lernte Juppy 1998 kennen. Dort, wo Kultur eher eine Nebenrolle spielte: Im Fußballstadion. Juppy und die ufaFabrik änderten das und gestalteten das kulturelle Rahmenprogramm bei den Heimspielen des Berliner Fußball-Zweitligisten Tennis Borussia. Ich war damals Pressesprecher des Vereins. Nach unserem ersten Treffen spürte ich: Hier stand ein Mensch vor mir, der viel erlebt und gesehen hat. Und vor allem zu erzählen hat! Wenn Juppy loslegt und sich so richtig in

Schwung redet, dann werden Tage zu Nächten. In unzähligen Stunden sammelten wir Anekdoten und kramten in alten Fotoalben. Juppy erinnert sich mit einem leichten Augenzwinkern: »Möge das Kunststück gelingen ...«

Daniel Gäsche
Berlin, im Januar 2005

»Glaub keinem, der dir sagt,

dass du nichts verändern kannst.

Die, die das behaupten,

haben nur vor der Veränderung Angst.«

Die Ärzte

Mit 10 Jahren. Damals
hieß ich noch Hans-Josef.

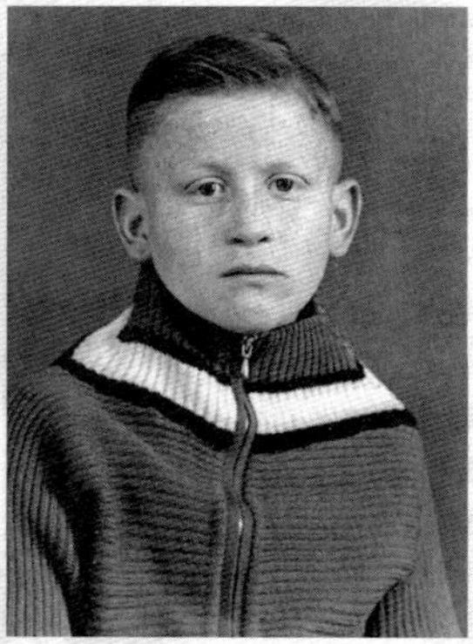

»Man soll die Roten schlagen«

»Ach du lieber Gott, Lisbeth. Du bist ja geschlagen vom Schicksal. Noch ein Rothaariger!« Unsere Nachbarn schauten meine Mutter mitleidig an und schlugen fassungslos die Hände über dem Kopf zusammen, als ich am 11.11., dem Karnevalsbeginn und Sankt Martinstag im Jahre 1948, geboren wurde. Ich, das Nesthäkchen, die Nummer fünf in der Geschwisterfolge, meine Geschwister sind sieben bis zwölf Jahre älter als ich, hatte feuerrotes Haar, genau wie meine Schwestern Elfriede und Hiltrud. Meine Schwester Irma war »zum Glück« mit braunem Haar, mein Bruder Ludwig mit blondem Haar gesegnet.

Rotes Haar, so habe ich es mal gelesen, beruht auf einer Mutation des für die Haarfarbe zuständigen Gens MCIR auf Chromosom 16. Diese Mutation soll erstmals vor 50 000 Jahren stattgefunden und sich dann über ganz Nordeuropa ausgebreitet haben. Rothaarige galten in der Geschichte immer schon als Exoten, interessant – und erotisch ... Ein gutes Omen!

Für mich war diese Haarfarbe im erzkonservativen Trittenheim bei Trier an der Mosel, wo noch Hexen verbrannt wurden, als weltweit die Hexen-Verbrennungen bereits der Vergangenheit angehörten,

Kindergarten (ganz rechts).

wahrlich kein Vorteil. Rote Haare galten für viele damals noch als »Teufelswerk«.

Erst vor dem ersten Schultag ließ ich mir die Haare ganz kurz schneiden, so dass ich aussah wie ein amerikanischer Soldat mit einem Mecki. Vorher trug ich sie ganz lang. Sie sahen aus wie Mozartlocken. Da habe ich mir die Spitzen nassgemacht, eine Haarklammer von meiner Mutter hineingesteckt und die Haare trocknen lassen. Ich bin rumgelaufen wie Moritz.

Mein Vater Johann, Jahrgang 1909, kam aus Horressen bei Montabaur im Westerwald. Als er seine Gesellenprüfung als Schreiner absolviert hatte, führte ihn sein Weg auf der Suche nach Arbeit 1933 direkt nach Trittenheim. Das Schicksal meinte es gleich am ersten Abend gut mit ihm. Ein Mann stürzte in das Lokal, in das mein Vater zu einem Bier eingekehrt war, und schrie: »Unser Schreinergeselle hat sich drei Finger abgeschnitten. Was für ein Unglück!« Für meinen Vater war es ein Glück. Er konnte am nächsten Tag sofort beim Schreinermeister anfangen. Der Meister, ein starker Alkoholiker, kümmerte sich kaum um die Arbeit und mein Vater wurde als Geselle »Herr« der Schreinerei.

Kurze Zeit später lernte er meine Mutter Elisabeth kennen. Sie verliebten sich heftig ineinander und heirateten 1936. Meine Mutter stammte

Die Diamantene Hochzeit meiner Eltern.
Die ganze Familie Becher traf sich in Trittenheim.

aus einer Trittenheimer Winzerfamilie und hatte eine Menge Weinberge geerbt. Einige davon wurden verkauft. Die Summe investierten meine Eltern in eine eigene Schreinerei, zu der schließlich noch ein Möbelgeschäft hinzukam.

Über 65 Jahre lang sollte die Ehe halten. 1996 feierten sie im Alter von 86 Jahren in Trittenheim das seltene Fest der Diamantenen Hochzeit. Präsente überbrachten sogar der Ministerpräsident, die Landrätin und der Bürgermeister. Fünf Jahre später setzten meine Eltern noch einen drauf und begingen ihre Eiserne Hochzeit. Erst der Tod sollte beide trennen. Mein Vater starb im Alter von fast 93 Jahren im Jahr 2001, meine Mutter zwei Jahre darauf. Sie wurde 94 Jahre, fünf Monate und sechs Tage alt.

Mein Vater war sechs Jahre im Krieg. Ich bin der Einzige, der nach dem Krieg geboren wurde. Eigentlich hieß es damals, wer drei Kinder hat, der braucht nicht an die Front. Mein Vater hatte sogar vier und man zog ihn zur Artillerie ein. Doch er mochte sich auch nicht vor der Haustür erschießen lassen, nur weil er nicht an die Front wollte.

Mein Vater war ein erstklassiger Fußballer. Er hatte bereits in der Gauliga für Horressen gespielt. Als er zur Militärausbildung eingezogen wurde, tat er stets so, als wenn er ein schlimmes Rückenleiden hätte. Die Offiziere überlegten deshalb schon, ob sie ihn nicht wieder nach Hause schicken sollten. Eines Tages jedoch kam einem Soldaten nach dem Skatabend, zu dem man meinen Vater immer einlud, weil er ein sehr guter Spieler war, die glorreiche Idee zu einem Fußballspiel. Ungläubiges Staunen machte sich bei allen breit, als sie meinen Vater, der gar nicht mehr an sein »Rückenleiden« gedacht hatte, über den Rasen sprinten sahen. Der Kompaniechef holte meinen Vater zu sich und nahm ihn ins Gebet. »Also pass' auf Becher, ich will dich bei allen militärischen Übungen nie mehr so kriechen sehen wie bisher«, flüsterte er ihm ins Ohr. Vater musste sofort an die Front nach Russland. Die ersten drei Jahre war er verzweifelt und machte sich schwere Vorwürfe, weil er wegen eines Balles in den Krieg musste und seine Frau mit den vier Kindern allein zu Hause zurückließ.

Meine Mutter hatte unterdessen unter Mithilfe unseres Dorfschullehrers erreicht, dass mein Vater in die Verpflegungskompanie verlegt wurde. Als er dort ankam, traf er den Divisionschef auf dem Fußballplatz an. Einen entgegenrollenden Ball stoppte mein Vater elegant und spielte ihn gekonnt wieder zurück. »Sie, können Sie Fußballspielen?«, schrie der Kompaniechef völlig verdattert. Mein Vater erschrak. »Nein, nein«, antwortete mein Vater. »Erzählen Sie mir doch nichts«, brüllte der Divisionschef, »man sieht das doch. Ziehen Sie sich schnell um!« Wenige Tage später spielte er ausgerechnet gegen die Division, mit der er zuvor an der Front gekämpft hatte.

Er wurde zunächst als Libero aufgestellt. Als die anderen den Namen Becher auf der Aufstellungsliste lasen, mussten sie herzhaft lachen. Die Mannschaft meines Vaters ging jedoch schnell in Führung und lag bereits zur Halbzeit mit drei zu null vorn. Da sah mein Vater die Chance, eine alte Rechnung zu begleichen. Er ließ sich von seinem Divisionschef in den Sturm stellen. Auf seinem Stammplatz, die halblinke Position, wo er als direkten Gegenspieler ausgerechnet auf seinen alten Divisionschef, der als rechter Verteidiger agierte, traf. Dem wollte er es zeigen. Als der Ball auf beide zugeflogen kam, holte mein Vater aus, sein alter Divisionschef ebenfalls. Dieser flog aufgrund des Pressschlags etwa fünf Meter durch die Luft, überschlug sich und landete ziemlich schmerzhaft auf dem Boden. 30 000 Soldaten tobten vor Freude und jubelten, dass endlich einer dem verhassten Divisionschef seine Grenzen gezeigt hatte. Das Spiel endete fünf zu zwei für die Mannschaft meines Vaters.

Für die letzten zweieinhalb Kriegsjahre wurde mein Vater nach Frankreich versetzt. Bevor die Division über den Rhein marschieren sollte, hatte mein Vater nur einen Wunsch: Noch einmal seine Familie sehen. »Kein Problem, Johann«, sagte der Divisionschef, »doch ich kann dir keinen Urlaubsschein ausstellen. Mach' es und komm' dann nach.« Mein Vater fuhr los, betrat das Haus und wurde nur wenige Minuten später von der SS festgenommen. Ein Denunziant aus dem Dorf zeigte ihn an. Im SS-Haus in Trittenheim wurde er zum Tode verurteilt und dann in das Konzentrationslager nach Hinzerath geschafft. Dort, wo heute eine riesige Grabstätte aus Kreuzen steht, sollte mein Vater erschossen werden. Meiner Mutter und dem erneuten Einsatz des Dorfschullehrers war es zu verdanken, dass die SS die Todesstrafe aufhob. Dafür wurde mein Vater nun in die Kampftruppe für die vorderste Front gesteckt. Ein klares Todesurteil. Er hatte die Schnauze voll von diesem unsinnigen Krieg. Auf dem Marsch an die Front ließ er sich zurückfallen, ließ Stück um Stück seines Gepäcks in der Nacht am Wegesrand zurück, den Munitionskasten, das Gewehr, um schließlich in einem Dorf im Hunsrück, auf der anderen Seite der Mosel, 20 Kilometer von Trittenheim entfernt, die Flucht von der Truppe zu ergreifen.

Sieben Tage vor Kriegsende, nur ein paar Meter von seinem Haus entfernt: Mein Vater hatte sich noch eine Zigarette aufbewahrt, die er, nun das Ziel so dicht vor Augen, genüsslich rauchen wollte. Er war in

Russland und Frankreich gewesen und nun warteten hinter dem Berg seine Frau und Kinder auf ihn. Er zündete sich in der dunklen Nacht die Zigarette an, nahm nur einen kurzen Zug, als plötzlich gleich neben ihm im Felsen eine Kugel einschlug – Artilleriefeuer! Tagelang blieb er in den Bergen, legte sich in die Hecken und beobachtete das Dorf. Dann sah er die SS flüchten.

Direkt unterhalb des Berges an der Mosel entdeckte er schließlich ein kleines Boot, mit dem er über den Fluss setzte. Meine Mutter erschrak fürchterlich, denn ihr Mann glich einem Skelett. Bei einer Größe von 1,76 Meter war er auf 48 Kilo abgemagert, ausgezehrt von den Leiden des Krieges.

Nur kurze Zeit darauf, meine Mutter hatte meinen völlig erschöpften und halbtoten Vater ins Bett verfrachtet, kamen zwei alliierte, amerikanische Militärpolizisten und wollten meinen Vater mitnehmen. Zum dritten Mal konnte der herbeieilende Schullehrer meinen Vater retten, denn er war der Einzige in dem Dorf, der Englisch sprach. Als sie hörten, dass mein Vater nicht in der Partei gewesen war und sahen, was der Krieg aus ihm gemacht hatte, verließen die beiden Männer das Haus. Hätten sie meinen Vater gefangen genommen, hätte er es mit hundertprozentiger Sicherheit nicht überlebt. Doch die Militärpolizisten waren wie Engel in einer dunklen Zeit. Sie kamen 20 Minuten später mit einer riesigen Kiste voll Schokolade, Zigaretten und vielen anderen Leckereien zurück. Sie gratulierten ihm und ließen ihn im Bett liegen. Mein Vater war nie einen Tag in Gefangenschaft.

Ich bin stolz auf meinen Vater. Er blieb bei allen Schwierigkeiten immer aufrecht. Bis heute habe ich großen Respekt vor den Menschen, die von ihrem Vaterland missbraucht wurden, obwohl sie doch nur loyal und aufrichtig dienen wollten. Wer als Soldat in Russland war, von Alpträumen und Heimweh gequält, der musste spätestens in der klirrenden Kälte den Krieg hassen. Ich wäre ja schon allein wegen 40 Grad minus fahnenflüchtig geworden.

Es gibt Jugendliche, die Hitler bewundern und sagen: »Mensch, der hat ja in sechs Wochen Frankreich überrollt!« Ihnen halte ich entgegen: »Die Generation meines Vaters, also auch die eurer Großväter, waren im Krieg und ist bei Eiseskälte elendig verreckt. Und zeitgleich hat Hitler in seiner Villa in Berlin rauschende Empfänge gegeben. Der hat nicht dort gelegen, wo eure Großväter gelegen haben. Die sind mit ihrem Leben eingetreten und haben geglaubt, dass es für eine gute Sache war. Hitler, das war kein Störtebeker, der vorweggeschritten ist, er hat die anderen benutzt und schuften lassen. Wie kann solch ein

Mensch, ein Held oder Vorbild sein?« Danach haben sie den Namen nie mehr erwähnt – er war out!

Oft versteckte ich mich, um meinem Vater zuzuhören, wenn er am Abend mit seinen Freunden über ihre Erlebnisse im Krieg redete. Was sich sonst keiner in der Familie traute, mein Vater erzählte mir alle Geschichten aus dem Zweiten Weltkrieg. Meine Mutter wollte vom ganzen Krieg nichts hören, sie mochte nicht, dass er darüber sprach.

Anfang der 70er Jahre, ich lebte schon einige Jahre in West-Berlin, besuchte ich meine Eltern. An einem späten Nachmittag saß ich in meinem ehemaligen Zimmer. Ich wollte eine Flasche Limonade aus dem Kühlschrank holen. Leise betrat ich die Küche. Meine Mutter spülte gerade das Geschirr. Ich stand an der Tür und schaute sie an. Mensch, dachte ich, meine Mutter, immer in Aktion, damit es allen in der Familie gut geht. Sie spülte und ich war der Meinung, dass sie mich nicht gesehen hat. Doch auf einmal wurde sie dabei immer schneller. Plötzlich ließ sie einen Teller ins Wasser fallen, drehte sich um, kam auf mich zu, umarmte mich und fing an zu weinen. »Stell' dir vor«, sagte sie und zeigte dabei in Richtung Flur, »hier auf dem Flur habe ich gestanden. Rechts und links sind Bomben gefallen. Ich hatte die vier Kinder im Arm und dachte, wenn eine Bombe auf das Haus fällt, dann fällt sie durch bis in den Keller, weil wir ja keinen Gewölbekeller haben. Wenn schon eine Bombe fällt, dann soll sie uns alle treffen.« Da drückte ich sie fest an mich. Was Frauen im Zweiten Weltkrieg erlebt haben, ist einfach unglaublich.

Mein Vater hatte einen unbändigen Überlebenswillen, der ihn mit der großen Liebe zu seiner Familie in diesem Krieg gerettet hat. Dieses zähe Durchhaltevermögen, das Nichtaufgeben, gerade in den Momenten, wo es scheinbar nicht mehr weitergeht, hat er mir vererbt. »Respekt gegenüber Mitmenschen, aber den Autoritäten trotzen, wenn es ungerecht wird«, das war ein Lebensmotto meines Vaters.

Wie er seine Schreinerei führte, beeindruckte mich. Mein Vater war für alle Gesellen in der Werkstatt ein Vorbild. Er war der Erste am Morgen im Betrieb und verließ ihn abends als Letzter. Wenn einer seiner Mitarbeiter mal Probleme hatte und nicht zur Arbeit erschien, ging er zu ihm nach Hause und half ihm, das Problem zu klären. Wenn es sein musste, trank er mit ihm auch einen Schnaps. Er stellte sich immer hinter seine Mitarbeiter, erwartete von ihnen auch hundertprozentige Loyalität. Ohne die würde das Leben in unserer Kommune ebenfalls nicht funktionieren. Genauso wichtig ist Selbstkritik. Denn wenn einer eine Situation nicht kapiert und sogar dagegen ankämpft, sollte er wenigstens am nächsten Morgen aufstehen, Einsicht haben und sich entschuldigen.

Als ich ein kleiner Junge war, habe ich manchmal an einer riesigen Bandsäge mein Kinderspielzeug geschnitten. Wenn mein Vater das gesehen hätte! Er hat mir nur ein einziges Mal den Hintern versohlt, als ich mich mit meinen Rollschuhen von einem Obstwagen ziehen ließ, die leckeren, reifen Pfirsiche dabei klaute und genussvoll verschlang. Als der Obstwagen an unserem Haus vorbeifuhr, sah mein Vater mich und es gab später lockere Schläge aufs Hinterteil. Weniger, weil ich die Pfirsiche gestohlen, mehr weil ich mich in eine unglaubliche Gefahr begeben hatte.

Als einige Palästinenser Anfang der 70er Jahre Flugzeuge entführten, verdammte er sie nicht pauschal: »Was müssen diese Menschen schlecht behandelt worden sein, dass sie den Mut haben, das eigene und das Leben anderer zu opfern.« Ich begriff, dass jede Situation zwei Seiten hat.

Meine Eltern, Schwester Hiltrud und Hannes.

Mein Vater stand in allen schwierigen Situationen immer hinter mir. Ich konnte mit ihm offen und ehrlich reden, holte mir seinen Rat. Diese Erfahrungen habe ich meinem Sohn weitergegeben. Wenn ich ihn nur sehe, dann freue ich mich. Alle anderen in der Kommune mögen ihn. Unsere Beziehung ist ebenfalls offen und ehrlich. Nur mehr Zeit wünschte ich mir mit ihm. Aber zum Glück hat er außer mir ja auch noch seine Mutter! Wenn mich Menschen fragen: »Und dein Sohn, wird der so wie du?« Dann erwidere ich: »Wenn er das macht, was er will, dann wird er so wie ich.«

Ich habe oft überlegt, was ich von meiner Mutter geerbt und mit auf den Weg bekommen habe – ich glaube, ihre Herzlichkeit, ihre Liebesfähigkeit, ihre Offenheit und ihre unermüdliche Ausdauer. Meine Mutter war resolut, durchsetzungsfähig und außerordentlich mutig. Selbst in den sechs Jahren meiner Illegalität, in denen es zu riskant war, nach Trittenheim zu fahren, kam sie mich oft allein in Berlin besuchen. Ohne, dass ich ihr sagen musste, sie soll aufpassen, wenn sie kommt, damit sich keiner an ihre Fersen heftet, nahm sie vom Bahnhof Zoo zunächst ein Taxi. Auf halber Strecke stieg sie in ein anderes Taxi um und fuhr die letzten drei Stationen mit der U-Bahn bis zum Kottbusser Tor. Dort holte ich sie ab. Sie lebte mit uns einige Tage in der Kommune in der Oranienstraße in Kreuzberg. Meine Mutter mitten in der Kommune – das war schon echt verrückt!

Mein 55. Geburtstag (v.r.n.l.) mit Koch Mo aus der ufaFabrik, meinen Schwestern Hiltrud und Elfriede, Rainer Milzkott (früher SFB, heute Chef und erster Mann einer Firma für Stadtentwicklung), Bruder Ludwig und seiner Frau Gerda, ganz vorn »Otto« in den Armen von Esther.

Meine Mutter managte das »Unternehmen« Becher – hinter und vor den Kulissen. Sie hat stets die Familie zusammengehalten. Fünf Kinder sind echt kein Pappenstiel. Dabei machte sie sich auch noch in unserem Möbelgeschäft unentbehrlich. Dass nicht immer genug Zeit für meine Erziehung blieb, war klar, bei ihrer Doppel- bis Dreifachbelastung. So war sie froh, dass meine Schwestern, besonders Hiltrud, sich um mich kümmerten und ihr dadurch beistanden. Trotzdem war die Beziehung zu meiner Mutter immer sehr eng. Hiltrud, zu der ich ein ganz besonders herzliches Verhältnis pflege, habe ich viel zu verdanken, ohne sie hätte ich sicher nicht schon mit neun Monaten laufen und mit zwölf Monaten alleine zur Toilette gehen können. Meine Schwestern übernahmen eine Art Mutterrolle, waren besonders motiviert, mir Dinge ganz schnell beizubringen. Hiltrud musste häufig die Prügel von meiner Mutter einstecken, die eigentlich mir galten. Sie stellte sich dann wie ein Fels vor mich und sagte: »Nein Mutter, der nicht.«

Ich wurde Messdiener in der katholischen Kirche in Trittenheim. Eine hohe Ehre. Das bedeutete für einen Knaben etwa das Gleiche, als wenn er zum Mannschaftsführer der Nationalmannschaft ernannt worden wäre. Ich liebte es, lateinische Wörter zum Besten zu geben und sonntags zur Messe das Weihrauchfass zu schwingen.

Trittenheim 1958, 4. Klasse, 9 Jahre alt. In der Schule wagten es einige, mich »Roter Fuchs« zu nennen. Sie sollten später meine besten Freunde werden.

Ich war elf Jahre alt und eilte mit unserem Priester los, um einer sterbenden Frau die Letzte Ölung zu geben. Wegen mir müssen die nicht auf die Knie fallen, dachte ich, als wir durch das Dorf mit dem Kreuz und der Hostie zogen und alle am Straßenrand niederfielen und sich bekreuzigten.

Wir kamen zum Bauernhaus der Frau. Im ersten Stock lag sie, mit weit aufgerissenen Augen, acht Familienangehörige standen um ihr Bett. Die Frau sollte nun beichten und die Kommunion nehmen. Der Priester bat alle anderen, das Zimmer zu verlassen. Unter heftigem Dielenknarren gingen sie die Wendeltreppe hinunter. Ich musste mit dem Kruzifix vor der geschlossenen Tür wachen. Unten fiel die Tür ins Schloss – plötzliche Totenstille im gesamten Haus. Ich stand wie angewurzelt, denn ich hörte jede Silbe des Gesprächs. Die Frau legte ihre Beichte ab. Und mir war es unangenehm, sie zu belauschen. Wenn ich auch nur einen Schritt getan hätte, das Knarren der Diele hätte mich verraten. Der Schweiß brach mir aus. Ich hörte deutlich die Worte des Priesters: »Da wo Sie jetzt hinkommen, vor den Herrgott, da können Sie nichts mitnehmen. Stimmen Sie ihn gnädig. Vermachen Sie ihr Vermögen Gottes Vertretung hier auf Erden.«

Bei allen Menschen auf dieser Erde ist es gleich, egal wo. Sterben müssen sie alle. Und genau diesen Moment hat die Kirche mit Jesus am Kreuz belegt, den Moment, den niemand genau kennt. »Ja, der Tod gehört uns. Also her mit der Kohle.« Daher hat die Kirche also ihr ganzes Vermögen. Fortan gestaltete sich mein Verhältnis zur Katholischen Kirche nicht mehr so ungetrübt wie zuvor.

Jahre später bat ich den Papst schriftlich um eine Audienz. Wenn er schon Tennisspieler und Fußballer empfängt, dann kann er auch Juppy von der ufaFabrik empfangen. Versuchen wir doch in unserer Kommune Nächstenliebe und Teilen zu praktizieren. Ich bekam nie eine Antwort.

Bis heute zahle ich meine Kirchensteuer, weil ich doch noch hoffe, einmal Papst zu werden. Das erste, was ich abschaffen würde, wäre das Zölibat. Eine Bischöfin oder Päpstin könnte ich mir allerdings auch vorstellen.

An einem Frühlingstag im Jahr 1960 setzen mich meine Eltern vor den trutzigen Mauern des altehrwürdigen katholischen Internats in Gerolstein, das direkt an den sogenannten »Dolomitenfelsen« lag, ab. Gerolstein war ein romantisches, beschauliches, aber auch langweiliges, kleines verschlafenes Örtchen in der Eifel.

Meine Eltern erhofften sich eine gute Ausbildung für mich. Eine Umarmung, ein kurzes Lebewohl und »Pass' auf dich auf, blamiere dich nicht und uns«. Dann sauste der Opel Caravan meiner Eltern davon, fuhr über die Brücke, bog um die Kurve und war verschwunden.

Da stand ich nun vor dem Gebäude, das für die kommenden Jahre mein neues Zuhause sein sollte. Zum ersten Mal in meinem Leben allein und völlig auf mich selbst gestellt. Ein bisschen Heimweh, Wut und Enttäuschung, aber vor allem Gedanken, wie es jetzt mit mir weitergehen sollte, machten sich in mir breit. Nun musste ich mein Leben meistern, zusammen mit 120 anderen Schülern von der Sexta bis zur Oberprima.

Am ersten Abend nach der offiziellen Begrüßung und der Zimmerzuteilung baute sich ein kräftiger Kerl vor mir auf. Lademann hieß er. Er war 16 Jahre alt und wollte mich in der Schuhkammer auf seine ganz spezielle Art und Weise »willkommen« heißen. Er stellte sich mir in den Weg, packte mich an meinem rechten Ohr: »Los, putz' mir die Schuhe«, schnauzte er mich an und grinste dabei unverschämt. Ich wusste, dass ich gegen diesen Kerl keine Chance hatte und ihm körperlich hoffnungslos unterlegen war. »Okay«, sagte ich zu ihm und guckte ihn dabei von unten an, während er mein Ohr fester und immer fester drehte. »Ich sehe ein, du bist viel stärker als ich. Aber eins muss dir klar sein: Ich bin schwächer als du. Ich werde dir also von hinten

Als 12-Jähriger im Internat in Gerolstein (2. Reihe, 4.v.l.).

kommen. Wie willst du dich hier auf diesem Gelände noch unauffällig bewegen?« Lademann begann spürbar zu zittern, er ließ mein Ohr los und sprang zwei Schritte zurück. Er hat mich nie wieder genötigt und mir körperlichen Schmerz bereitet.

Zu dieser Zeit eroberten die Beatles mit Rock 'n' Roll die Welt. Die Radiostationen schickten die Hits wie »She loves you« oder »I wanna hold your hand« in den Äther. Das war meine erste richtige Begegnung mit Kultur – Popkultur!

Von sieben Uhr abends bis viertel nach sieben war bei Radio Luxemburg täglich »Beatles-Time«. Wir hatten das Radio im Aufenthaltsraum auf volle Lautstärke gestellt. Plötzlich kam unser Direktor herein, ein Priester im schwarzen Talar, und regelte das Radio so leise, dass es besser gewesen wäre, er hätte es ausgemacht, als so »kastriert«, ohne Beats und Bässe, die Beatles hören zu müssen. Als er weg war, drehte es einer von uns nach ein paar Minuten einfach wieder lauter. Der Direktor kam sofort wieder rein. Er hatte vor der Tür gelauert. Ich stand mitten im Raum und tanzte »Twist and Shout«. Unser Direktor, der stets damit angab, Boxer auf der Universität gewesen zu sein, kam blitzschnell auf mich zu und gab mir eine Ohrfeige, dass ich, als hätte mir einer den Boden unter den Füßen weggezogen, mit dem Kopf an den Heizkörper knallte. Als ich am Boden lag, sagte er mit wütendem Blick zu mir: »Die Roten soll man schlagen, auch wenn sie nichts gemacht haben.«

Der Schlag hätte mich vielleicht weniger getroffen, weil damals die Prügelstrafe erlaubt war. Es waren seine Worte, die mich sofort hellwach aufstehen ließen. Was, das ist der Mensch, dachte ich, der mir von Liebe zum Nächsten, von Gott und Religion erzählt? Das erste Mal in meinem Leben schaute ich einem Priester richtig in die Augen. Mit dem Daumen zeigte ich gedanklich nach oben oder nach unten, wie bei den Römern in der Arena.

Hätte ich nach unten gezeigt, hätte ich meinen Vater angerufen und ihm gesagt: »Weißt du, was mir gerade hier passiert ist?« Und ich weiß, wie mein Vater sich für mich eingesetzt hätte. Aber ich dachte, ach Quatsch, lass' ihn leben! Und dann hielt ich meinen Daumen nach oben, zog meinen Kamm aus der Tasche, stellte mich vor das Fenster, kämmte meine Haare nach vorne über meine Ohren, so kurz wie sie da waren.

Von diesem Tag an beschloss ich, meine Haare künftig lang zu tragen. Seither habe ich nur noch gemacht, was ich wollte und gelernt, bei wem ich wollte und was für mich wichtig war. Und ich habe mir alle, von denen ich etwas wissen wollte, genauestens selber ausgesucht.

Als ich das erste Mal aus dem Internat in den Sommerferien wieder nach Hause kam, klauten wir Jungs uns am Wochenende von einer Baustelle nahe der Mosel gute Balken und stabile Bretter, um uns ein Floß daraus zu bauen. Wie Robinson Crusoe fuhren wir damit über die Mosel. Es war nicht ungefährlich, denn damals herrschte eine wahnsinnige Strömung.

An einem Montag, als meine Freunde ihren Eltern in den Weinbergen helfen mussten, bin ich mit meinem Fahrrad zu unserem Floß geeilt. Mein Fahrrad ließ ich an den Büschen liegen. Ich zog meine Badehose an und stach mit dem Floß in die »reißende See«. Als ich mitten auf der Mosel war, sah ich einen der Bauarbeiter von der Baustelle zum Ufer laufen. Der Mann griff sich mein Fahrrad und nahm es mit. Ich schrie, doch er wollte mich wohl nicht hören. Bei der Strömung hatte ich kaum eine Chance, schnell wieder an Land zu kommen. Da dachte ich so bei mir: Ich weiß ja, wo mein Fahrrad ist und werde jetzt erst einmal das machen, weswegen ich überhaupt hergekommen bin.

Nach einer Stunde kehrte ich zu unserer Anlegestelle zurück, vertaute das Floß und zog mich an. Dabei ging mir immer wieder durch den Kopf, dass ich ohne mein Fahrrad nicht heim zu kommen bräuchte. Denn dann hätte ich ja gleich zu meinem Vater sagen können, dass wir die Bretter geklaut hatten. Und ich wollte natürlich meine Freunde nicht mit reinziehen. Ich musste mein Fahrrad zurückbekommen!

Als ich auf die Baustelle kam, sah ich mein Fahrrad schon von weitem an ein Holzböckchen gelehnt. Ich ging hin, nahm meinen Drahtesel und wollte losfahren. Doch um mich herum stand plötzlich ein Dutzend Bauarbeiter. Der Polier rannte auf mich zu und schrie mich an: »Ihr habt hier bei uns die Balken und die Bretter geklaut. Das war ganz teures Holz. Ich rufe sofort die Polizei.« Da blickte ich dem Mann fest in die Augen und sagte: »Pass' mal auf. Ich bin eben mit meinem Fahrrad an der Mosel vorbeigefahren und habe dort ein Floß liegen sehen und gedacht, ach, ein Floß und bin losgefahren. Da sah ich einen von dieser Baustelle, der mein Fahrrad geklaut hat. Wenn ihr mein Fahrrad braucht, um euer Bier zu holen, dann habt ihr mich gefälligst zu fragen.« Ich stieg auf mein Fahrrad und fuhr los. Zurück ließ ich verdatterte, sprachlose Männer mit offenen Mündern. Als ich um die nächste Ecke gebogen war, ließ ich mich in den Straßengraben fallen und schüttelte mich vor Lachen.

Derjenige, der sich nicht einschüchtern lässt und nicht klein beigibt, wird sich auch am Ende durchsetzen. Frechheit siegt. – Na, meistens. Man muss immer selbst an das glauben, was man sagt! Wie hätten wir sonst das Floß bauen können, wer uns Bretter und Balken zur Verfügung gestellt?

So gestärkt kehrte ich ins Internat zurück. Die Aktionen meines Direktors hatte ich natürlich nicht vergessen. Wann immer es möglich war, ging ich ihm aus dem Weg. Eines Tages kam er in unseren Aufenthaltsraum und wollte mit uns »Doppelkopf« spielen. Da stand ich gemütlich auf und sagte: »Entschuldigt, aber ich muss dringend zur Toilette.« Die anderen erhoben sich ebenfalls von ihren Plätzen und meinten: »Wir gehen mal ein bisschen raus.« Der Direktor blieb alleine sitzen.

Man ist nie zu alt, um was Neues zu lernen.

Einmal pro Woche, sonnabends nach dem Mittagessen, hatten wir Ausgang. Der Direktor drohte dann mit erhobenem Zeigefinger: »Dass mir ja keiner in die Stadt geht.« Wir gingen natürlich fast immer nach Gerolstein, trafen uns mit anderen Freunden zum Eisessen. Jedes Mal fragte mich hinterher der Direktor: »Na Josef, wo warst du denn?« Und ich: »Im Café Dolomiten mit einer Freundin. Haben ein köstliches Eis verspeist und eine kalte Cola getrunken.« Ich erzählte es ihm genauso, wie es war. Er grinste dann und erwiderte: »Ha, ha, Josef. Immer eine witzige Geschichte auf Lager, was?« Er hielt mich einfach für einen Angeber. Der Trick funktionierte stets. Ich musste nie lügen. Schließlich war ich ja katholisch erzogen.

An einem Sonnabend ging jedoch alles schief. Der Direktor grinste uns süffisant an und sagte: »Die Untertertia geht heute Unkraut jäten.« Das war natürlich reine Willkür von ihm. Wir waren 15 Jungs, die abkommandiert wurden. Wir setzten uns alle auf die Wiese im Park und beschlossen, den Befehl des Direktors so nicht auszuführen. Das war der erste Streik meines Lebens.

Zwei 18-Jährige sollten uns bewachen. Einer der beiden kam plötzlich zu mir und schlug mir von hinten zweimal ins Gesicht. Ich sprang auf. Er rannte hinter mir her. Mitten im Park war ein Teich. Ein langer Schlauch füllte ihn mit frischem Wasser auf. Ich riss den Schlauch heraus und rief: »Bleib stehen oder ich spritz' dich nass!« Ich zielte mit dem Schlauch direkt auf ihn. Der Wasserstrahl traf ihn voller Wucht. Er krakeelte: »So, jetzt geh' ich zum Direktor.« Und rannte davon. Zwei meiner Internatsfreunde schnappten sich inzwischen den Schlauch und bespritzten sich mit Wasser. Der Direktor kam indessen mit schnellen Schritten auf uns zu und fragte: »Wer von euch hat diesen Schlauch angefasst? Alle drei, mitkommen!«, brüllte er in einem hysterischen Tonfall.

Im Studiersaal erwartete uns die Strafe. Mein Freund musste sich bücken und der Direktor zog ihm viermal einen langen Stock über den

Hintern. Er kam mit schmerzverzerrtem Gesicht aus dem Zimmer. Aber er hatte es überlebt. Dann war der andere dran. Auch er bekam vier Schläge auf den Po. Schließlich war ich an der Reihe. »Bücken!«, schrie der Direktor. Ich legte mich über die Bank. Und dann ging es los. Ich zählte mit bis 16. Dann konzentrierte ich mich so, dass ich gar nicht mehr mitzählen konnte. Als er endlich von mir abließ, war der Stock nur noch wenige Zentimeter lang! Er hatte seine ganze Wut an mir ausgelassen und den Stock kurz und klein geschlagen. Danach sperrte mich der Direktor wochenlang tagsüber nach dem Mittagessen ein. Er sah in mir einen Anführer. Er wollte mich klein machen.

Eines Nachts standen wir drei Freunde auf, knackten das Schloss der Speisekammer und überfraßen uns mit Dosenananas. Um den Direktor zu ärgern, schmissen wir die leeren Konserven in eine große Vase im Park. Wir schlichen zurück in die Aula. Die Türen öffneten wir mit dem Dietrich. Schon gut, einen Handwerker als Vater zu haben, dachte ich. Dort stand das einzige Fernsehgerät des Internats. Gebannt verfolgten wir in dieser und in weiteren Nächten die großen Spiele von Borussia Dortmund im Fußball-Europapokal und die ersten großen Boxkämpfe von Cassius Clay. Ich werde nie seinen Wahnsinnsfight 1964 gegen den unbezwingbar scheinenden Sonny Liston vergessen. Nach seinem Technischen K.o.-Sieg wurde Clay jüngster Schwergewichts-Weltmeister aller Zeiten. Nach diesem ersten Fight trat Clay zum Islam über und nannte sich fortan an nur noch Muhammad Ali.

Unsere Betten präparierten wir bei den nächtlichen Ausflügen immer so, dass jeder, der nur einen flüchtigen Blick ins Zimmer warf, glaubte, wir würden selig schlafen. Wir ließen nichts mehr aus, der Direktor war uns nicht wichtig. Die Angst vor der Autoritätsperson war dem Mut und der Aufmüpfigkeit gewichen. Meine schulischen Noten litten allerdings unter unseren nächtlichen Abenteuern, bei denen wir sogar eine Höhle in den umliegenden Bergen bauten und die Stunden bis zum Morgengrauen dort verbrachten.

In der Nacht zum Fastnachtsdienstag büchsten wir aus. Wir gingen in ein Lokal, spielten Kicker und Flipper, tranken auch das ein oder andere Bier. Ich wollte wenigstens nachts beim Karneval Spaß haben, wenn ich schon tagsüber kaum raus durfte. Frühmorgens, es wurde schon fast hell, machten wir uns erst auf den Heimweg. Glückselig schmetterten wir das Lied: »Humba, humba, tätärä, tätärä!« Wir kamen ins Haus, schlichen auf Zehenspitzen der Treppe entgegen, als das Licht anging. Vor uns stand, der Oberpräfekt. »Wo wart ihr!?«, brüllte er uns entgegen. Im Internat hatte man uns bereits seit mehreren Stunden fieberhaft gesucht. Ein Mann aus Gerolstein hatte uns im Lokal gesehen und den Direktor angerufen. Der machte uns unmissverständlich klar, was mit uns passieren sollte. »Ihr fliegt alle raus«, schrie er aufgebracht und ohrfeigte mich. Ich rannte davon und versteckte mich in einem anderen Zimmer unter einem Bett. Der Direktor fand mich nicht. In dieser Nacht rief er meinen Vater an: »Hier ist etwas Furchtbares passiert«, schloss er das Telefongespräch. Meine Eltern waren außer sich vor Sorge. Sie machten sich auf das Schlimmste gefasst. Ich war unterdessen längst schon wieder in mein Zimmer zurückgekehrt und legte mich für die noch wenigen, verbleibenden Stunden aufs Ohr. Als ich mittags aus der Schule kam, sah ich meine Eltern und wollte erst abhauen. Doch mein Vater schaute mich liebevoll an. Ich fiel ihnen einfach in die Arme und erzählte die ganze Geschichte. Mein Vater schüttelte den Kopf und konnte es nicht fassen, dass ihn der Direktor am Telefon Glauben machen wollte, dass mir etwas Schreckliches zugestoßen wäre. Nach dem Gespräch mit dem Direktor stand fest, dass meine Freunde und ich noch bis Ostern im Internat bleiben durften und es dann verlassen mussten.

Zu Ostern verließ ich dann das ehrwürdige Gerolsteiner Internat. Drei Tage bevor ich wegging, lockerte der Direktor etwas die Zügel. Ich durfte sogar noch mal Fußballspielen. Ich schoss den Ball in die Nähe der Vase, in der wir einst unsere Ananas-Abfälle, Dosen und auch Flaschen geworfen hatten. Ich schaute hinein und machte »Oh«. Der Direktor rannte sofort dorthin und rief in meine Richtung: »Wer war das?« Ich aber guckte ihn nur noch voller Mitleid an und sagte: »Deine Zeit ist vorbei, mein Lieber.«

Zu Hause in Trittenheim auf dem Balkon.

Wenn er heute bei mir in der ufaFabrik vorbeikäme, würde ich ihm gleich einen Milchkaffee ausgeben. Ich glaube, in seinem tiefsten Herzen mochte er mich sogar. Dieser arme Kerl hatte in meinem Karma die schwierige Aufgabe, mir etwas

Entscheidendes mitzugeben, was mir nach vielen Jahren erst klar wurde: »Du dummer naiver Bauernlümmel, du glaubst ja alles, was man dir erzählt.«

Diese vier Jahre im Internat, prägten mich, wie kaum eine andere Phase in meinem Leben. Sie gaben mir Kraft, Durchhaltevermögen, Zähigkeit, Mut, Härte, viele Freundschaften und den Überblick über meine Welt. Und sie schafften es, trotz aller Unterdrückungen und Demütigungen durch Priester oder Präfekte, mir das Wesentlichste mitzugeben, ohne dass ein Leben auf unserem Planeten keinen Sinn macht: Die Fähigkeit zur Nächstenliebe.

Ich zog mit fast 16 Jahren wieder zu Hause bei meinen Eltern ein und wurde zum »Fahrschüler«. Jeden Morgen um Viertel nach sechs bin ich in die »Mosel-Bahn« gestiegen, um zum Max-Planck-Gymnasium nach Trier zu gelangen.

Nie werde ich den Morgen vergessen, an dem einer der größten Boxkämpfe aller Zeiten stattfand: Das zweite Duell zwischen Muhammad Ali und Sonny Liston am 25. Mai 1965, die Revanche. Ali war für mich immer ein Held, nicht zuletzt durch seine markigen politischen Parolen wie: »Lieber im Knast mit Wasser und Brot als in Vietnam und tot.«

Der Zug hielt auf dem Bahnhof in Longuich. In der Bahnhofs-Wirtschaft stand ein Fernsehgerät. Fast alle Fahrgäste stürzten aus ihren Abteilen in die Kneipe, weil zu dieser Uhrzeit der Boxkampf zwischen Ali und Liston im Gange war. Da kam plötzlich der Schaffner herein, um zur Abfahrt zu mahnen. Wir packten ihn: »Wir fahren erst los, wenn der Kampf zu Ende ist.« Also verriegelten wir die Türen und genossen den Kampf, der in einer Farce endete, denn Liston ging nach einer kurzen Rechten Alis an die Schläfe zu Boden und war danach kampfunfähig.

Während dieser Minuten stand der Zug mutterseelenallein auf dem Bahnhof.

Im Max-Planck-Gymnasium merkte ich schnell, dass ich dort gar nicht richtig arbeiten konnte. Alles, was die da gemacht haben, das konnte ich. Ich hatte die Untertertia ja schließlich schon hinter mir. Ich begann, mich in der Schule zu langweilen. Und ein Problem wurde damals zudem immer gravierender: Meine Haare wurden länger und länger. Die Akzeptanz hingegen immer schwieriger. Ich war einer von drei oder fünf Leuten, der damals in Trier, möglicherweise in ganz Rheinland-

Pfalz, mit langen Haaren rumgelaufen ist! In der erzkatholischen Bischofsstadt Trier mit etwa 98 Prozent Katholiken rannte ein Freak wie ich mit langen Haaren rum. Noch dazu rothaarig und mit Sommersprossen. Das musste die Konservativen und Ewiggestrigen ja förmlich auf die Palme bringen.

Einer von dieser Sorte war mein neuer Mathematiklehrer. Ein Mann weit jenseits der 50. Die Schikanen gegen mich begannen jetzt erst richtig.

Wir schrieben eine Mathe-Arbeit zum Thema Funktionsrechnung. Acht Aufgaben waren zu lösen. Meine Lösung der ersten Aufgabe hieß: x = 2/4. Zum absolut perfekten Lösungsweg hätte ich noch hinschreiben müssen: x = 1/2. Sonst waren alle Aufgaben richtig gelöst. Ich erhielt ein »ausreichend«. Unser Mathelehrer wollte mich scheinbar fertig machen. Sei es durch Bemerkungen wie »Als Langhaariger würde ich mir aber mal was anderes suchen als ein Gymnasium« oder eben durch nicht nachvollziehbare Notengebung.

So geht das nicht, dachte ich mir und ging mit meinem Mathe-Heft in der Hand zum Lehrerpult. »Entschuldigen Sie bitte«, sagte ich zu ihm, »mein Nebenmann hat drei Aufgaben falsch und ein ›befriedigend‹. Ich habe alles richtig und ein ›ausreichend‹. Können Sie mir das erklären?« Da guckte er mich von oben bis unten an, riss mir mein Heft aus der Hand, strich das »ausreichend« durch und schrieb »befriedigend« darunter. »Bitte«, sagte er schnippisch und gab mir mein Heft zurück. Ich nahm es und sagte: »Entschuldigen Sie bitte. Mein Nebenmann hat drei Aufgaben falsch und hat ›befriedigen‹. Ich habe alles richtig und habe auch ›befriedigend‹. Können Sie mir das erklären?« Da riss er mir das Heft erneut aus der Hand, strich »befriedigend« durch und schrieb »gut« darunter. Da ging ich, obwohl ich dafür eine »Eins minus« hätte bekommen können. So hat mir dieser Lehrer den Spaß an Mathematik genommen, denn ich liebte es, die Schattenlänge eines großen Lichtmastes in Verbindung mit dem Gradwinkel der Sonnestrahlen auszurechnen, um dann die exakte Höhe des Mastes zu wissen, ohne jemals hochgeklettert zu sein. Mathematik kann wirklich genial sein!

Mein Erdkundelehrer versuchte ebenfalls, seine Vorurteile an mir abzuarbeiten. Dieser Mann war bei vielen Schülern verhasst. Einige, die er durch das Abitur hatte rauschen lassen, bewarfen ihn sogar mit Steinen. Er blieb hart und ungerecht. Einmal sagte er vor meiner Klasse: »Wenn hier einer bei mir eine Fünf hat, dann hat er die bis zum Abitur!« Wie sollte ich mich bei solch einem Lehrer ernsthaft weiterentwickeln?

In einer Stunde zitierte er mich an die Tafel. Ich sollte den Verlauf der Passatwinde vom Pol zum Äquator aufmalen. Als ich gerade dabei war, mit einem Kreidestück die Striche, die die Windbahnen bezeichnen sollten, auf der Tafel aufzuzeichnen, schrie er schon: »Setzen! ›Sechs‹!« Im Weggehen machte ich noch abschließend die Pfeile an die Striche, die die Windrichtung markierten. »Na so ist's richtig«, grummelte er. »Na lassen Sie mich doch Dinge erst einmal fertig machen«, sagte ich zu ihm. Von diesem Tag an war ich auch bei ihm unten durch.

Einzige Ausnahme war unser Klassenlehrer, der Deutsch, Sport und Religion unterrichtete. Das war ein Mensch, der auch tiefer geguckt hat. Ihm war egal, wie lang meine Haare waren. Anderthalb Jahre ging das so im Max-Planck-Gymnasium.

Die letzten Monate, bevor ich auch diese Schule verließ, bekamen wir einen neuen Sportlehrer. Er war Fußball-Trainer bei Eintracht Trier. Wir mussten zum Sportunterricht ins Moselstadion, die Arena von Eintracht Trier, weil wir dort für die Bundesjugendspiele trainieren sollten. Ich hatte bis dahin sehr gern am Sport teilgenommen, doch unser Sportlehrer verübelte mir auch das noch. Am ersten Tag sagte er zu mir: »Ich war 14 Monate Sportlehrer in England. Dort laufen nur Straßenjungen mit Beatles-Frisur. Das nächste Mal, wenn du kommst, erscheinst du mit kurzen Haaren. Sonst brauchst du nicht mehr zu kommen.« Da bin ich natürlich gleich gegangen. Als ich dann ein paar Mal nicht mehr beim Sportunterricht erschien, rief mich unser Direktor zu sich und verlangte von mir ein Attest. »Entweder Sie bringen mir eins, das aussagt, dass Sie keinen Sportunterricht machen dürfen oder aber Sie müssen dort hingehen. Ansonsten gibt's Ärger«, forderte er mich auf. Das nächste Mal ging ich wieder hin. Unser Sportlehrer lauerte schon auf mich. »Der schnellste Mann in der Klasse läuft die 100 Meter in 12,5 Sekunden. Los Becher, du läufst jetzt gleich mal die 100 Meter«, grinste er hämisch übers Gesicht. Ich hatte keine Spikes oder sonstige Hilfsmittel dabei, nahm aber die Herausforderung an. Ich liebte die 100 Meter, schneller Start, schnell zu Ende. Alle anderen Distanzen, wie 400 oder 1 000 Meter, waren schwieriger. Ich streifte mir meine Turnschuhe über und lief aus dem Stand los. Als ich über die Ziellinie spurtete, hörte ich das Klicken der Stoppuhr und sah dann die Stirn unseres Lehrers in Falten gelegt. »12,0 Sekunden«, sagte er und blickte immer wieder verdutzt auf die Stoppuhr. »Jetzt machen wir noch Weitsprung«, rief er. Und ich machte Weitsprung. Wer schnell laufen kann, kann auch weit springen. Ich war von meinen unzähligen Waldläufen und Sprüngen über abgeknickte Äste in den Wäldern von Trittenheim und Gerolstein trainiert und machte mir keine Sorgen. Ich legte einen Satz um die 5,65 Meter hin. Unser Sportlehrer starrte mich beinahe verzückt an. »Das wäre ja so schon eine Ehrenurkunde«, strahlte er mich fast freundschaftlich an. »Und wenn du willst, kannst du jetzt nach Hause gehen. Du musst jetzt nicht Kugelstoßen«, sagte er zu mir. Ich erkannte den Kerl nicht wieder. Der ging mir so um den Bart, dass es schon lustig war. Ich blieb zum Kugelstoßen, denn hier konnte ich noch einiges lernen. In meiner Klasse waren zwei Jungs, die später im Hammerwerfen für den USC Mainz starteten, sogar Deutsche Meister und Weltmeister wurden. Die brachten mir die richtige Technik bei. Kugelstoßen ist wie Karate. »Du wirfst nicht nur mit dem Arm, sondern du drehst dich mit der Geschwindigkeit deines Körpers um dich selbst. Und dann stößt du die Kugel mit deinem ganzen Körper raus.«

Mein persönliches Finale am Max-Planck-Gymnasium erlebte ich dann kurz vor den Herbstferien. Einige Lehrer schienen mir den endgültigen K.o. versetzen zu wollen und hatten mir auf meinem Herbstzeugnis fünf ›Fünf‹er gegeben. Nun stand für mich fest: Ich musste die Schule wechseln. Von nun an sollte ich an der Realschule in Neumagen, vier Kilometer entfernt von Trittenheim, lernen.

Als mein Direktor und Deutschlehrer mein legendäres »Fünfer«-Zeugnis vom Gymnasium sehen wollte, verging ihm kurz die gute Laune. Ich hatte ihm dann aber erklärt, was da so alles gegen mich gelaufen

In Harare 2004 beim Empfang des deutschen Botschaftsrats Jan Hendrik van Thiel (rechts neben mir) und mit Jojo Weiß sowie Andreas Wessels von »Vivace«.

war und verbrachte in Neumagen eine angenehme, restliche Schulzeit. Mit langen Haaren natürlich!

Hier lernte ich Kurt Staudt kennen. Wir waren Brüder im Geiste, denn Kurt war auch vom Gymnasium geflogen. Er hatte ebenso lange Haare wie ich und sah aus wie Dave Davies von »The Kinks«. »Morgen kommt' ihr beide mit kurz geschnittenen Haaren zur Schule«, riet uns der Direktor bei unserem Vorstellungsgespräch. Kurt kam nächsten Tag mit einer Mecki-Frisur in die Schule, ich ließ mir nichts vorschreiben. Ohne Konsequenzen von der Schulleitung erwarten zu müssen.

Zwei meiner Freunde waren damals der Meinung, dass Hans-Josef überhaupt nicht gehen würde, viel zu lang. Sie tauften mich um. Mein neuer Vorname Juppy verbreitete sich wie ein Lauffeuer. Einen Nachteil hatte das Ganze allerdings: Ich konnte nun nicht mehr zweimal im Jahr Namenstag feiern, einmal bei Hans und einmal bei Josef. Mein Geburtstag wurde übrigens nie gefeiert. So was kannte man in unserer katholischen Gegend nicht.

Vor einigen Jahren beantragte ich einen neuen Ausweis und Reisepass. Ich wollte meinen Namen »Juppy« eintragen lassen. Auf der Anmeldestelle sagte man mir, dass es wohl Wochen dauern würde. Ich schickte ihnen einige Presseartikel zu – und hatte drei Tage später meine Papiere. In der Zeile »Künstlername« stand »Juppy«.

Wenn ich nach Osaka, Hongkong, Saigon, Montreal oder Harare reiste, schlugen die Grenzbeamten meinen Reisepass auf und mit einem Blick auf mein Flugticket sagten sie: »Eh, Mister, that's wrong.« Auf meinen Flugtickets stand immer »Juppy Becher«. Da zeigte ich auf meinen Pass und erwiderte: »This is my artist name – Juppy.« Jedes Mal war das ein Riesenerlebnis für mich, denn es folgte eine respektvolle Verbeugung und außerordentlich freundliche Behandlung bei der Einreise.

Der ehemalige Berliner Sozialsenator Ulf Fink, der uns immer mit großem Engagement während seiner Amtszeit unterstütze, sagte einmal bei einer politischen Versammlung: »Die amerikanischen Yuppies sind out. Aber Juppy ist in.« Und Dieter Thomas, der zusammen mit Hendrike von Sydow und Matthias Beltz das »Frankfurter Fronttheater« bildete, benannte sogar seinen Hund nach mir! So konnte er wenigstens den vierbeinigen Juppy auf der Bühne herumkommandieren ... Thomas half mir Anfang der 80er Jahre, das Showbusiness transparenter zu machen. Er zeigte mir Tricks und Kniffe, um meine Moderation zu verbessern.

Im Juli 1966 machte ich mich zu meiner ersten großen Reise auf. Mit meinem Freund Heiner Rebensburg, Torwart in der A-Jugend beim SV Trittenheim, er war 16, ich 17 Jahre alt, trampte ich nach London, um das Endspiel der Fußballweltmeisterschaft im Wembley-Stadion zwischen Gastgeber England und Deutschland zu sehen. Alle in unserem Dorf lachten uns aus: »Ihr naiven Idioten.« Wir trampten durch Belgien, mit dem Schiff über Ostende nach Dover und erreichten schließlich unser Ziel. Dort wohnten wir im »Ince of Courtmission«, einer Art Turnhalle, in der sich auch schon die Beatles warm gespielt hatten. Überall lagen Matratzen herum, ein paar 100 Leute waren hier untergebracht.

Am 29. Juli, einen Tag vor dem Endspiel zwischen Deutschland und England, fand das Spiel um den dritten Platz zwischen Portugal und der Sowjetunion statt. Für mich war es wie ein Traum, den portugiesischen Ballvirtuosen Eusebio, den Pele von Europa, zu dieser Zeit eine der imponierendsten Spielerpersönlichkeiten, auf dem Platz zu erleben. Ich hatte an diesem Tag auf dem Schwarzmarkt gleich mein Ticket für das Finale ergattert. Heiner zögerte, weil uns einige Leute erzählten, dass die britischen Pfund-Preise für die Eintrittskarten eventuell noch fallen könnten, wenn man die Nerven behalten und auf die Angebote der Händler vor dem Wembley-Stadion warten würde. Heiner hatte Glück und bezahlte am letzten Tag für seine Endspiel-Karte weniger als ich und hatte dazu noch einen viel besseren Platz.

97 000 Zuschauer waren zum Endspiel ins Londoner Wembley-Stadion geströmt, eine prickelnde, einzigartige Atmosphäre. Ich fieberte dem Anpfiff entgegen, jubelte über das Tor von Helmut Haller. Ich stand unbescholten mitten unter Engländern, selbst als ich in Jubel ausbrach. Hier fiel ich mit meinen langen Haaren gar nicht auf, das war sozusagen nicht nur das »Mutterland des Fußballs«, sondern auch das der »langen Haare«. Der Jubel kannte dann natürlich auf Seiten der englischen Fußballfans keine Grenzen mehr, als das umstrittene, längst in die Annalen der Fußball-Historie eingegangene »Wembley-Tor« für die englische Nationalmannschaft fiel. Ich nahm es sportlich fair und konnte damals aus meiner Position nicht genau sagen, ob dieser Ball von Hurst nun vollständig die Torlinie überquert hatte oder nicht.

Nach dem Schlusspfiff mussten sich Heiner und ich mit einem viel irdischeren Problem herumplagen. Wir waren nämlich pleite und besaßen keinen Schilling mehr. Die einzige Rettung war für uns die Deutsche Botschaft in London. Dort gab man uns soviel Geld, dass wir mit der Fähre übersetzen konnten. Dann trampten wir in Richtung Heimat. Als wir in Trier und dann in Trittenheim ankamen, wurden wir von unseren Freunden bestaunt. Keiner hat uns zugetraut, dass wir es tatsächlich zum WM-Endspiel schaffen würden.

Die Zeit an der Realschule genoss ich. Wir spielten nach der Schule viel Fußball. Vorrangig im Verein. Ich war Stammspieler beim SV Trittenheim und hätte damals in der A-Jugend zu Eintracht Trier wechseln können. Aber ich blieb lieber in Trittenheim, ich wäre mir wie ein Verbrecher vorgekommen, wenn ich den Verein verlassen hätte, für den ich seit meinem zehnten Lebensjahr kickte.

Ich war pfeilschnell, dribbelstark und hatte ein gutes Auge fürs Tor. Zu unseren Spielen kamen damals oft mehrere 100 Zuschauer. Wenn ich dann auf des Gegners Platz mit meinen langen, wehenden Haaren aufgelaufen bin, schrieen 600 Leute wie aus einer Kehle: »Gammler. Gammler. Gaaabi.«

Zehn Minuten später stand es vier zu null für uns, die hämischen Rufe waren verstummt, leichte Anerkennung und Respekt machten sich breit. Da hatte ich vier Tore geschossen, nur damit die Leute endlich ihren Mund hielten. Mit Taten überzeugen, das ist mir bis heute wichtig.

In dieser Zeit brauchte ich kaum noch Geld auszugeben. Unzählige Male kamen die Vorsitzenden oder Fans der anderen Klubs, luden mich zum Essen ein und murmelten: »Mann, hätten wir so einen Spieler wie dich!« Ich spielte mit meinem Bruder in der ersten Mannschaft, ich war 17, er war 27 Jahre alt.

Die Hänseleien von Außenstehenden wegen meiner Haare gingen weiter und nervten. Der Vorstand vom SV Trittenheim verlangte plötzlich von mir: »Entweder du lässt dir die Haare schneiden, oder du spielst nicht mehr mit.« Ich dachte, ich hör' nicht richtig. Da hab' ich nur gut gesagt und von diesem Tag an in der zweiten Mannschaft des Klubs gespielt und auch meinen Spaß gehabt. Da habe ich Tore gemacht wie Fritz Walter, mit der Hacke in den Winkel. Sie holten mich schnell wieder in die erste Mannschaft zurück, denn sie hatten nicht mehr gewonnen.

Ich kann heute gut verstehen, warum zum Beispiel Stefan Effenberg bei der Fußball-WM 1994 so ausgerastet ist und seinen »Stinkefinger« gezeigt hat. Die Fans rufen ja nicht etwa: »Herr Effenberg, laufen Sie doch mal schneller!« Die haben doch dann gerufen: »Effe, du Sau, lauf!« Wer da nicht irgendwann die Fassung verliert, muss ja ein Übermensch sein. Auch ich habe mich öfter mal mit Fans angelegt, auch mit Trittenheimer Anhängern. In jedem Dorf hat man halt drei Vollidioten!

Als ich Jahre später meine Mutter besucht hatte und wir unten auf dem Hof den Vorsitzenden vom SV Trittenheim sahen, sagte ich zu ihr: »Guck mal da unten, der Edwin, Mutter. Du gibst doch zu, dass der viel längere Haare hat als ich damals?« Sie nickte zustimmend. »Welche Schlüsse ziehst du also daraus? Ich bin meiner Zeit zehn, 20 Jahre voraus. Das kannst du daraus lernen.«

Als ich in Neumagen auf die Realschule ging, kam ich immer nachmittags um 14.30 Uhr nach Hause. Mittagessen gab es aber in der Familie Becher immer Punkt zwölf. So musste ich mir mein Essen allein warm machen. Die Dinge wurden unregelmäßiger in meinem Leben. Ich wollte meine Zeit nun anders nutzen. Mit meinen Freunden Heiner Rebensburg, Jürgen Bulkow und Helmut Clüsserath gründete ich den »Satisfaction Club«, ein Nachfolger des zuvor von uns gegründeten »Lions-Club«. Heiners Eltern hatten einen Keller, der leer stand, den nutzten wir für unsere Partys. Ich hatte zu dem Zeitpunkt noch keinen Führerschein und so mussten die Älteren, die froh waren, dass sie mit uns befreundet waren, mit ihren Autos die Mädchen aus den umliegenden Dörfern abholen. So gesehen waren das die ersten »kulturellen« Events, die ich veranstaltet habe. In unserem Club ging so richtig die Post ab. Es gab Wochen, da hatte ich mehrere Freundinnen parallel, welch' paradiesische Zustände! Ich musste immer gucken, wie ich das vernünftig koordiniere. Eine echte kraftraubende Anstrengung ...

Damals noch mit einem »p« mit meinen Freunden Jürgen Bulkow und Günther Clüsserath bei der Gründung des Clubs »The Lions« 17. Februar 1966.

In den Sommerferien 1967 hielt mich nichts mehr zu Hause. Ich beschloss, mir mal ein Stückchen von der Welt anzugucken und trampte los. Zunächst wollte ich bis nach Hamburg. Ich träumte davon, dort vielleicht auf einem Schiff anzuheuern, Schiffsjunge zu werden und die Welt kennen zu lernen.

In Hamburg traf ich einen Schweizer Straßenmaler. Er hatte einen Horrorkopf, der aus einem Atompilz aufstieg, auf den Steinbelag gemalt. Das gefiel mir und ich stieg spontan in das Projekt »Straßenmalerei« ein. Wir verdienten ganz gutes Geld mit unseren Zeichnungen. Die Nächte verbrachten wir in einem alten Pfarrhaus. Und hier rauchte ich zum ersten Mal in meinem Leben Gras. Ich war in einem angenehmen Zustand.

Während eines Bummels auf der Reeperbahn trafen wir ein französisches Pärchen, das in einem, zu einer Art Wohnmobil umgebauten Citroën-Transporter unterwegs war. Wir wurden Freunde. Sie wollten mit ihrem Wagen über Amsterdam nach Paris zurückfahren und boten uns an, uns mitzunehmen. »Amsterdam, Paris«, murmelte ich vor mich hin, »nicht schlecht.« Ich schlug ein.

In Amsterdam stellten wir das Auto an den Grachten ab. An einem Abend waren wir in einem Club namens »Paradiso«. Alle um mich herum kifften. Ich hatte zwar schon davon gehört, aber war noch völlig unerfahren in diesen Dingen. Plötzlich drückte mir einer der Gäste den Joint in die Hand und sagte: »Hey, hier, ›Roter Libanon‹.« Ich zog, wie bei den anderen in der Runde gesehen, zweimal tief am Joint und reichte ihn danach weiter. Sekunden vergingen und ich konnte mich vor Lachen nicht mehr halten. Ich bekam einen regelrechten »Lachflash«, der die ganze Nacht anhielt.

Beim Kiffen verschwindet man in einer Fantasiewelt, in der man manchmal denkt, dass man tolle Dinge machen kann, die man aber am nächsten Tag oft vergessen hat. Man muss erst seine Ziele verfolgen und verwirklichen, dann ist man auch den rauschhaften Fantasien gewachsen. Einen Joint zu rauchen, halte ich allerdings für wesentlich besser, als Alkohol zu konsumieren. Wer Alkohol trinkt, verliert die Kontrolle über sich, überschätzt sich und rastet im schlimmsten Fall völlig aus. Beim Kiffer reduziert sich vielleicht die Schnelligkeit seiner Bewegungen, doch er wird entspannter und nicht aggressiv. Alkohol ist die Volksdroge Nummer eins in allen industrialisierten Gesellschaften dieser Erde und dazu auch noch völlig legal zu bekommen. Das muss man sich einmal vorstellen! Für viele ist Alkohol das Mittel zur Flucht aus ihrem trostlosen, traurigen, perspektivlosen Alltagsleben. Was können die Kiffer dafür, dass sie den Alkoholikern einen Schritt voraus sind?

Als Eisi Gulp, ein Münchner Komiker und Breakdancer, in der ufaFabrik seine Show über Drogenkonsum machte, gab die Schweizer

Regierung eine Analyse über Drogen und ihre Gefährlichkeit heraus. Ich saß mit ihm in unserer Gemeinschaftsküche und wir diskutierten bis nachts um vier Uhr über die Ergebnisse. Auf einer Skala von eins bis zehn waren verschiedene Drogen klassifiziert worden. Am ungefährlichsten, Nummer eins, galten demnach Haschisch und Marihuana, am gefährlichsten und logischerweise auf Platz zehn stand Heroin. Und das Überraschende: Auf Rang neun, mir wurde schwarz vor Augen, wurde Zigarettenrauchen eingestuft. Auf Platz sieben lag Alkohol.

Wenn ich mir überlege, einer raucht Zigaretten und säuft Alkohol, dann ist er ja schlechter dran, als einer, der einen Joint raucht.

In den 70er Jahren habe ich ein paar Mal LSD ausprobiert, um zu wissen, wohin es geht und wie es wirkt. Ich habe Leute kennen gelernt, die LSD nahmen und danach nie mehr davon los gekommen sind. Einige von ihnen landeten in der geschlossenen Abteilung einer Psychiatrischen Anstalt. Die Droge hat ihre Probleme in Turbogeschwindigkeit an die Oberfläche katapultiert und den Prozess des Verfalls beschleunigt.

Wie heißt es so schön: »Alles in Maßen.« Es ist immer eine Frage des anständigen, vernünftigen Umgangs mit Rauschmitteln. Wenn ich mir heute die ganzen CDs von Helden unserer Zeit anhöre und mir die Musikwelt näher betrachte, dann glaube ich, dass viele Lieder vermutlich ohne Drogenkonsum überhaupt nie entstanden wären. Ich denke da nur an »The Doors«, die LSD genommen haben, an Eric Clapton oder »The Velvet Underground«, deren Bandmitglieder sich Heroin gespritzt haben. Die Drogen haben bei diesen Musikern bestimmte Reize ausgelöst, durch die sie erst fähig waren, diese Songs zu schreiben und zu spielen.

Ich denke, dass es ein Fehler ist, in unserer Industriegesellschaft bestimmte Drogen derart zu tabuisieren und Leute, die sie konsumieren zu Straftätern zu degradieren. Eine vernünftige Aufklärung ohne Verteufelung und eine Legalisierung einiger Drogen würde zur Entkriminalisierung beitragen.

Oberste Priorität sollten nicht die Gesetze der Industrialisierung, sondern die Gesetze der Menschen haben!

»Like a true nature's child

We were born, born to be wild

We can climb so high

I never wanna die

Born to be wild«

Steppenwolf

Mitte der 80er Jahre mal ohne Hut.

»Born to be wild«

Die Mittlere Reife in der Tasche stand ich nun vor der Frage: »Was soll ich tun?«

Mir dämmerte, wenn ich etwas anfangen wollte, dann doch nur das, wo ich von vornherein keinen Ärger wegen meiner langen Haare bekommen würde!

Ich fuhr nach Trier. Ich stand mitten im Arbeitsamt vor einer riesigen Tafel mit Stellenangeboten. Malerei, Kunstgewerbliche Berufe, Grafiker – vieles klang verlockend und interessant. Bei dem Beruf Innenarchitekt blieb ich hängen und malte mir meine mögliche Zukunft aus. »Ich geh' hier in Trier auf die Werkkunstschule, mach' gleich noch mein Abi«, murmelte ich so vor mich hin. »Die werden ja wohl geistig auch schon weiter entwickelt sein. Vorher mach' ich bei meinem Vater ein Praktikum als Schreiner, welches ich für die Zulassung benötige, und fange mit Innenarchitektur an, um schließlich später Architektur zu studieren«, sah ich meine Zukunft konkret vor meinen Augen.

In der Abteilung Innenarchitektur an der Trierer Werkkunstschule hatte ich nicht ein einziges Mal Ärger wegen meiner langen, roten Haare. Zum Glück musste ich nie in die Abteilung Grafik. Dort gab es einen Dozenten, der reihenweise die Leute fertig gemacht hat. Für den wäre ich wohl ein gefundenes Fressen gewesen. Naja, oder er für mich!

Joseph Beuys, der deutsche Objektkünstler hatte zu der Zeit in Trier eine Ausstellung, die sich mit dem Thema »Wir nehmen die Stadt auseinander« beschäftigte. Ich lernte ihn kennen und hängte seine Plakate unter anderem auch an der Werkkunstschule auf. Der Leiter der Abteilung Grafik nahm gleich die Plakate wieder ab. Ich habe sofort wieder neue aufgehängt. Der Direktor kam dahinter, dass ich der fleißige Plakatkleber war und zitierte mich zu sich. »Entschuldigen Sie«, sagte ich zu ihm, »wenn hier Joseph Beuys nach Trier kommt und an unserer Werkkunstschule werden seine Plakate heruntergerissen, dann frage ich mich ernsthaft, wo ich hier bin? Ich bin doch hier an der Werkkunstschule Trier, um zu studieren. Und da habe ich doch nichts gegen Joseph Beuys.«

Die Idee, einen Hut zu tragen, kam allerdings nicht von Beuys, der ja ohne Hut nicht aus dem Haus ging, oder etwa von Udo Lindenberg.

An zwei älteren Damen, die auf einer Parkbank im Berliner Tiergarten saßen, spazierte ich mit meinem Strohhut nach einer Show vorbei. Die eine flüsterte: »Der sieht sehr gut aus, wie einer aus den Zwanzigern.« Da merkte ich zum ersten Mal, wie wichtig ein Hut sein kann. Die Damen hatten nicht entsetzt gerufen »Oh, ein Langhaariger«, sondern etwas Nettes gesagt.

Von da an entschloss ich mich, immer einen Hut zu tragen. Der Hut wurde im Laufe der Jahre mein Markenzeichen. Er gehört zu meiner Kleidung als Künstler und Mensch selbstverständlich dazu.

In der Nacht, wenn ich schlafen gehe, und beim Fußballspielen setze ich den Hut natürlich ab. Und glauben Sie mir: Die Haare sind nicht am Hut festgeklebt, obwohl ich manchmal das Gegenteil behaupte.

Schnell stellte sich für mich in Trier das »Wohnungsproblem«. Zunächst wohnte ich in einem ganz kleinen, dunklen Zimmer im Parterre. Ob ich den Fensterladen aufmachte oder zuließ – es änderte nichts daran: In dem Raum herrschte Finsternis. Ich musste immer das Licht anmachen. Weg von zu Hause und in einer dunklen Absteige. Na prima, dachte ich in diesen Tagen oft.

In der Nähe meiner Werkkunstschule, in der Örenstraße, stand ein altes, leerstehendes Haus. Unten Lagerräume, oben war aber noch alles

Mein Ausweis der Staatlichen Akademie für Kunst und Mode, Mitte 1969.

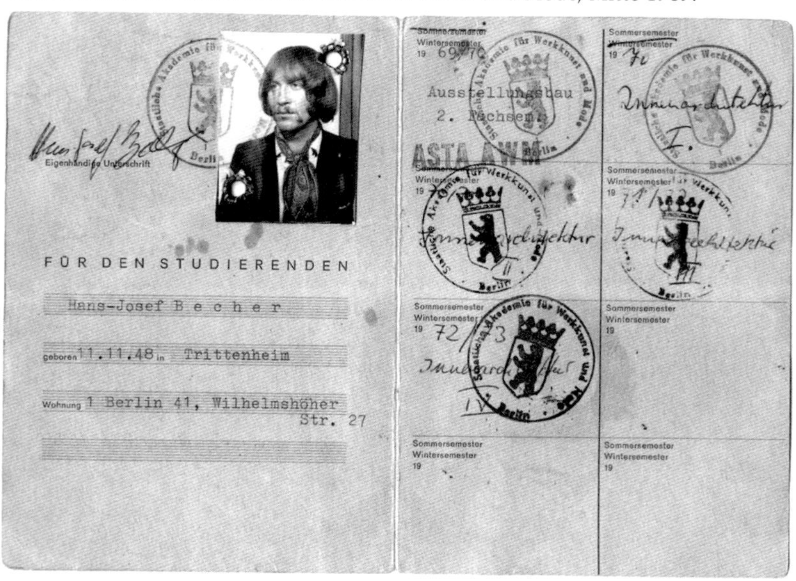

frei und unbewohnt. Ich fragte bei der Firma, der dieses Haus gehörte, nach, ob ich eventuell in die leerstehenden Räume einziehen könne. »Was wollen Sie denn an Miete zahlen?«, fragte mich der Firmenchef. Ich zuckte mit den Schultern und sagte ihm, dass ich noch mal mit meinem Vater vorbeikommen würde. Als wir beide dann beim Firmenchef aufkreuzten, gab es ein überraschendes »Hallo« und eine freundschaftliche Umarmung. Mein Vater und der Chef kannten sich vom Krieg her. So bekam ich die Räume dieses Hauses zur Miete, meinem Vater sei Dank. Während also die meisten meiner Freunde noch bei ihren Eltern lebten oder ein kleines Zimmerchen in einer Pension bewohnten, war ich der Einzige in Trier, der eine Drei-Zimmer-Wohnung hatte.

Ich lernte viele neue Freunde kennen und traf alte Freunde wieder. Ende 1968 zog Kurt Staudt mit Freundin bei mir ein. »Juppys Weiberstube« nannten Freunde unsere WG. Wo sonst konnten 18-Jährige mal machen, worauf sie im wahrsten Sinne des Wortes Lust hatten?

Ein, zwei Jahre zuvor war in West-Berlin die erste politisch motivierte Wohngemeinschaft in Deutschland gegründet worden: Die mittlerweile legendäre »Kommune 1« oder »K 1«. Zu den Kommunarden der ersten Stunde zählten unter anderem Dieter Kunzelmann, Fritz Teufel, Ulrich Enzensberger, Dorothea Ridder, Dagmar Seehuber und Volker Gebbert. Rainer Langhans kam erst im März 1967 dazu. Ihn lernte ich Mitte der 80er Jahre bei meinem Freund Wolfgang Neuss kennen. Ein ruhiger Mensch, mit dem man sich gut unterhalten konnte. Manche halten ihn für einen Spinner. Ich hielt ihn immer für einen richtig guten Typen. Bei unserer Begegnung sagte ich zu ihm: »Schön, dass ich dich mal kennen lerne. Was meinst du, wie viel Ärger wir in der ufaFabrik wegen euch hatten?« Langhans schaute mich verblüfft an. »Wie, was hattet ihr denn für einen Ärger wegen uns?« »Na ganz einfach. Wir sind eine Kommune, in der wir seit Jahren miteinander zusammenleben. Aber jeder in ganz Deutschland kennt nur ›Kommune 1‹. Wenn ich zum Beispiel als Vertreter von Berlins ältester Kommune irgendwohin kam, dann fragten mich die Leute, ob ich denn auch wirklich sicher sei, dass mein Sohn auch von mir ist?« So reden ja die Leute zum Teil heute noch, die nur bruchstückartig etwas von Kommunen wissen. Getreu dem Motto: »Wer zweimal mit derselben pennt, gehört schon zum Establishment.«

Neben allen politischen Aktionen der »Kommune 1« war ich wahnsinnig fasziniert von der schönen, erotischen Uschi Obermaier! Meine Uschi Obermaier war Petra O. Sie war bei ihren Großeltern zu Besuch in Trier, ich war 19 und sie süße 17. Ich war total auf dieses Mädchen abgefahren. Eines Nachts verlor sie dann ihre Unschuld. Meine hatte ich schon längst verloren. Es gab früher Monate, da hatte ich am Tag bis zu drei Freundinnen. Eine kam morgens, weil sie die Schule geschwänzt hatte und legte sich zu mir ins Bett. Die Zweite kam mittags, da war die Erste gerade weg. Und die Dritte, die Tochter eines reichen Trierer Unternehmers, kam abends.

Die »Kommune 1« in Berlin bestand nur knapp 35 Monate. Im November 1969 löste sie sich auf. 1972 begann meine Kommunenzeit, die bis zum heutigen Tag ununterbrochen anhält und längst die 30-Jahre-Marke überschritten hat. Somit dürfte ich wohl weltweit mit Gisela, mit der für mich alles begann, einer der am längsten in einer Kommune lebende Kommunarde sein. Mit mehr als 25 Jahren ufaFabrik sind wir die älteste Großstadtkommune in ganz Europa.

Am 5. Mai 1968, es war der 150. Geburtstag von Karl Marx, weihte die SPD in Trier das Karl-Marx-Haus ein. Anlass, die erste Demo, die es seit dem Zweiten Weltkrieg in Trier gab, zu starten. Wir von der »Sozialistischen Basisgruppe Trier«, Horst Remus, Bernd Jonas, Uli Robischon, Kurt Staudt, Udo Lieb, Richard Hess und ich, verteilten Flugblätter, fertigten Transparente und brüllten Parolen. 1 500 Leute gingen auf die Straße und nahmen die SPD als »Verräterpartei« aufs Korn, die nun auch noch das Geburtshaus des berühmtesten Trierer Sohnes als Gedächtnisstätte »entweihte«. Angereisten SPD-Honoratioren schmetterte ich entgegen: »Was habt ihr denn damit zu tun?« Am Ende unserer Demonstration riefen wir alle Beteiligten zu einem Sit-in auf. Die meisten blieben stehen, weil sie nicht wussten, was das war, ein Sit-in. So musste ich auf Deutsch übersetzen: »Seid ihr denn zu blöde, um euch hinzusetzen?« Der »Trierer Volksfreund« berichtete groß über diese Demonstration und mir dämmerte, dass es in dieser schwarzen Bischofsstadt für mich langfristig keine echte Weltverbesserung geben wird. Wir wollten die Welt verändern. Wir kannten ja auch in Trier Rudi Dutschke und zeigten uns solidarisch.

So streikten wir beispielsweise an der Werkkunstschule, um die Schulbedingungen zu verbessern. Die Flugblätter druckten wir in unserer Kommune auf einer neu angeschafften Druckmaschine. Horst Remus und Till Meyer wollten unser Haus stürmen, um uns die Maschine wegzunehmen und sie nach Berlin zu schaffen. Wir dachten aber gar nicht daran, diese herzugeben und schossen mit einer Zwille auf die Blechtür. Da haben sie sich dann nicht mehr reingetraut und nachgegeben.

Weil Till als »Berufsrevolutionär«, wie er sich selbst gern bezeichnete, in Trier keine Perspektive für sich sah, wechselte er 1969 zusammen mit Frau und Kind nach Berlin, wo ich ihn später wiedertraf.

West-Berlin wurde regelrecht zum Anziehungspunkt für junge Leute mit Widerspruchsgeist, Abenteuerlust und dem Sinn fürs Antibürgerliche. Es entstand eine breite Infrastruktur aus linken Rechtsanwaltskollektiven (Schily, Ströbele und viele andere mehr), Kinderläden, Buchläden, Kneipen, Druckereien und autonomen Stadtteil-, Kultur- und Themengruppen wie zum Beispiel die »Rote Hilfe«. In diesem Umfeld, das sich die Verbindung des Kampfes gegen die lustfeindlichen, miefigen, verkrusteten Strukturen der Bundesrepublik Deutschland und der aktiven Solidarität mit den Befreiungskämpfen in der »Dritten Welt« auf die Fahnen geschrieben hatte, bildete sich ein beträchtliches Widerstandspotential. In diesem »Blues«, wie sich die diffuse Strömung selbst bezeichnete, lernten sich die späteren Mitglieder der »Bewegung 2. Juni« kennen.

Gemeinsam mit »Bommi« Baumann und anderen bemühte sich Till Meyer aktiv neben der RAF um die Gründung einer zweiten Guerilla-Gruppe. Im Februar 1972 gaben sie sich dann den Namen »Bewegung 2. Juni«, um an den Studenten Benno Ohnesorg zu erinnern, der am 2. Juni 1967 durch Schüsse der Polizei tödlich verletzt worden war. Sie stahlen Autos, brachen in Wohnungen ein und überfielen Banken, um sich eine illegale Logistik aufzubauen. Meyer glaubte, mit Hilfe von Gewalt seien die revolutionären Ziele der studentischen Revolte doch noch zu erreichen, nachdem der weitgehend friedliche Protest ins Leere gelaufen war. Auch der Krieg der USA in Vietnam, so dachte er, berechtige ihn zum Widerstand, gleich welchen Grades von Militanz er sich dabei bediente. In diesem Punkt stand meine Haltung der von Till Meyer diametral gegenüber. Gewalt um jeden Preis, ohne Rücksicht auf Verluste von Menschenleben – damit werde ich nie übereinstimmen!

»Bommi« traf ich bei Demonstrationen gegen den Vietnam-Krieg Anfang der 70er Jahre in Berlin.

Einmal erzählte er mir, wie er in seiner Untergrundzeit auf dem Kurfürstendamm einem Kripobeamten gegenüberstand. Der Polizist zog seine Pistole, »Bommi« zog seine Pistole. Da sagte »Bommi« zu dem Polizisten: »Sollen wir uns jetzt hier totschießen? Am besten wir stecken die Waffen ein. Du gehst in die eine, ich in die andere Richtung.« Da steckten beide ihre Waffen ein und trennten sich unverletzt. Ohne Mord und Totschlag.

In Kreuzberg stand ich mit »Bommi« an einem späten Nachmittag auf einer Brücke. Da kam ein Typ vorbei und fragte uns: »Kann ich bei euch ein Stückchen Shit koofen?« »Bommi« griff in die Tasche, holte ein dickes Piece raus, drückte es ihm in die Hand und sagte: »Hier, das schenk' ich dir.«

Im Grunde genommen war »Bommi« ein sympathischer Mensch. Seine Art Revolution zu machen, war nicht meine. Ich ging andere Wege.

Till Meyer war ein gewitzter und spontaner Kerl. Als wir am Kurfürstendamm unseren Stand aufschlugen, kam einmal Willy Millowitsch vorbei. Till sprang auf und schenkte ihm eine »Mao-Bibel«. Millowitsch nahm sie und schrieb sein Autogramm in das Buch. Da griff sich Till schnell die restlichen zehn »Mao-Bibeln« und ließ ihn auf jede seinen Namen schreiben. Dann schrie Till: »Die Mao-Bibel! Vorher drei Mark, jetzt mit Original-Willy-Millowitsch-Autogramm fünf Mark!«

In der Zeit, als Till Meyer im Untergrund lebte, begegneten wir uns einmal in der Hauptstraße in Berlin-Schöneberg. Er sprang mich an wie ein kleines Äffchen seine Mutter und rief: »Juppy, ick bin auf der Hitparade.« Er freute sich so sehr, dass er einer der meistgesuchten Terroristen der Bundesrepublik war. Ich finde, es gibt positivere Plätze in der Hitparade!

Ein Freund aus Trier, der in der Nähe der luxemburgischen Grenze wohnte und früher im Zweiten Weltkrieg in der französischen Résistance war, wusste wie man unbemerkt über die Grenze kommen konnte. Also verhalf ich Till während seiner Illegalität nach Frankreich zu fliehen. Das hat Till Meyer auch in seinem Buch erwähnt, worauf mir viele sagten: »Du hast ja auch solche Leute gekannt und ihnen geholfen.« Und ich entgegnete: »Ich habe auch einige nach Indien geschleust. Was habt ihr denn dafür getan, dass man in Deutschland wieder in Ruhe leben konnte?«

Viele Jahre später, unser Kontakt war abgebrochen, traf ich Till im Gefängnis in Tegel wieder. Wir spielten dort mit dem ufaCircus. Ich wollte mir gerade mit dem stellvertretenden Anstaltsleiter den »Kulturraum« anschauen, als dieser bemerkte, dass er den Schlüssel vergessen hatte und mich im unteren Stockwerk allein in der Druckerei zurückließ. Da sah ich plötzlich zehn Meter von mir Till Meyer hinter einer Druckmaschine. Auch er erkannte mich sofort und sagte seinem Kollegen, der dicht neben ihm stand: »Das ist Juppy, von dem ich dir immer erzählt habe.« Till kam auf mich zu und wir umarmten uns. Auf einmal ging ein lautes Geschrei los: »Was ist denn das für ein Typ?« Zehn Sicherheitsbeamte standen um uns herum. In dem Moment kam der stellvertretende Anstaltsleiter glücklicherweise zurück, ging durch die Gruppe wie Jesus durch die Pharisäer und sagte: »Halt, stopp! Das ist mein Mann.« Er griff mich am Arm und ging mit mir weg. Dabei lächelte er mich an und sagte: »Juppy, mit mir kommst du hier überall rein. Und der Witz ist, immer wieder raus.«

Mein Freund Horst Remus, der heute aussieht wie der leibhaftige Bhagwan, war damals eine führende Figur, allein deshalb schon, weil er zehn Jahre älter war. Mit seinen 29 Jahren hatte er schon eine gewisse Reife und wir respektierten ihn. In Trier flüsterten viele hinter seinem Rücken: »Fritz Teufel ist in Trier.« Solch eine Ähnlichkeit hatte Horst damals mit Fritz Teufel, der heute zurückgezogen mit seiner Lebensgefährtin und Freunden in Berlin-Wedding lebt. Er wurde als »Spaßrevoluzzer« während der Studentenbewegung in Berlin bekannt. Fritz stammte aus Ludwigsburg und gründete die »Kommune 1«. 1967 wurde er wegen eines angeblichen Attentat-Versuchs auf den amerikanischen Vize-Präsidenten Humphrey festgenommen. Die weltweite Blamage für Polizei und Presse war groß, als sich die Wurfgeschosse als Pudding- und Mehlbomben entpuppten. Am 2. Juni 1967 wurde Teufel wegen eines angeblichen Steinwurfs während der Demonstration gegen Schah Reza Pahlewi verhaftet und saß bis zum Verhandlungsbeginn im November in Unter-

Mit meinem Freund Horst Remus, der Künstler und Tantriker nennt sich heute nur noch Jesus Remus.

suchungshaft. Teufel wurde des Landesverrats angeklagt. Er kam erst im Dezember wieder frei, nachdem er zuvor in den Hungerstreik getreten war. Die »Straße« feierte längst die verrücktesten Partys: »Freiheit für Fritz Teufel!« oder »Treibt Moabit den Teufel aus!« lauteten die Schlachtrufe. Während den Verhandlungen fiel Fritz Teufel vor allem durch seine Respektlosigkeit auf. Der Aufforderung des Richters sich zu erheben, kam er mit der Bemerkung »Wenn's der Wahrheitsfindung dient« nach. Dieser Ausspruch war es, der ihm große Popularität einbrachte.

Später bewegte sich Fritz immer mehr in Richtung Links-Terrorismus. Er landete im Gefängnis, tauchte in die Illegalität ab und wurde als führendes Mitglied der »Bewegung 2. Juni« angeklagt, an der Lorenz-Entführung mitgewirkt zu haben. Erst nach fünf Jahren legte Teufel ein Alibi vor, welches bewies, dass er zur Tatzeit in einer Essener Fabrik unter falschem Namen Klodeckel hergestellte hatte. Zwei große Lieben prägten sein weiteres Leben: Als freier Mitarbeiter der »taz« und als Fahrradkurier, worin er zu den besten in Berlin gezählt wurde.

Als ich ihn Mitte der 80er Jahre kennen lernte, da spürte ich, was rund sechs Jahre Knast aus einem Menschen machen konnten und wie fertig er war. Er schien froh, dass er noch die Situation, die sich gerade abspielte, durchschauen konnte.

Diesem Fritz Teufel also sah mein Freund Horst Remus zum Verwechseln ähnlich. Viele zitterten vor Horst, nur wenn sie ihn schon sahen.

So langsam bekamen wir auch Kontakt zur DKP, die sich zu diesem Zeitpunkt in Trier gegründet hatte. Die waren für uns allerdings eher »Hinterwäldler« und Revisionisten. Der Vorsitzende der DKP in Trier war Willi Torgau. Wir wurden trotzdem gute Freunde. Oft habe ich mit ihm zusammengesessen und mir seine Lebensgeschichte angehört. Willi saß während der Nazizeit sechs Jahre im Konzentrationslager. Für mich war es wichtig, solche Leute zu treffen und in so ein Leben auch mal »reinzuriechen«, es sensibilisiert und lernt den zwischenmenschlichen Umgang.

Mir wurde auch durch den Kontakt zu anderen, wie zum Beispiel dem Maler Dieter Sommer, klar, wer eigentlich für die Entstehung der revolutionären Tendenzen Ende der 60er Jahre verantwortlich war. Das waren ja nicht etwa die Studenten, die diese Gedanken zuerst in die Gesellschaft hineintrugen. Sondern die ersten Leute, die daran gearbeitet haben, die Welt zu verbessern, waren Künstler. Alles Leute, die beispielsweise nicht zur Bundeswehr gingen und schon ab 1964 an diesen Ideen gearbeitet hatten. Da gab es ja die Studentenbewegung noch gar nicht.

In mir reifte immer mehr der Wille, die Provinz zu verlassen und den Duft der weiten Welt zu spüren. Der Vietnam-Krieg, Rudi Dutschke, »Kommune 1« – all diese Dinge sahen wir im Fernsehen, abends in der »Tagesschau«. Und ich dachte bei mir: Wenn wir etwas verändern wollen, dann müssen wir nach Berlin. Einige gingen nach Frankfurt am Main, doch die meisten beschlossen, den Weg nach West-Berlin einzuschlagen, um Revolution zu machen.

»Don't you know

They're talkin' bout a revolution

It sounds like a whisper.«

Tracy Chapman

Ganz im Stil der Siebziger.

»Ich bin ein Berliner«

Das ummauerte und subventionsgepäppelte West-Berlin entwickelte sich zum Eldorado für Aussteiger und Utopisten aller Couleur. Besonders nachdem mit dem Vier-Mächte-Abkommen 1971 Weichen für die Entwicklung der Stadt gestellt wurden, wurde West-Berlin für Zuzügler aus Westdeutschland attraktiv: Hier existierte keine Wehrpflicht. Soziale Strömungen wie die Frauenbewegung waren besonders stark, in Betrieben gab es durch die Berlin-Zulage besser bezahlte Arbeit. Mit Unterstützung des Bundes wurde regelrecht eine aktive »Ansiedlungspolitik« betrieben, wie es der ehemalige Regierende Bürgermeister Dietrich Stobbe treffend formulierte. So gab es einen Beschluss, dass jeder deutsche Student mindestens ein Semester in West-Berlin studiert haben sollte. Die insgesamt 16 000 Plätze an den Universitäten wurden deshalb um das Vierfache aufgestockt.

Im März 1969 fuhr ich das erste Mal in meinem Leben nach Berlin. Ich wollte erst einmal Revolution machen.

Ich trampte und ein Typ im Opel Kapitän nahm mich mit. Ich wunderte mich, warum der Fahrer auf einmal so müde wurde, bis ich merkte, dass er »auf Droge« war. Er hatte etliche Gramm Haschisch »an Bord« und LSD in flüssiger Form, abgefüllt in einem Fläschchen. Später habe ich mal zugeguckt, wie man LSD in diesem Aggregatzustand konsumiert. Da wurde LSD auf Löschblätter tropfenweise verteilt und dann genommen. An diesem Tag hatte ich mein erstes Erlebnis mit LSD – allerdings indirekt.

Wir kamen an die DDR-Grenze. Meine erste Begegnung mit dem »Arbeiter- und Bauernstaat«. Die Volkspolizei winkte uns raus und fing an, den Wagen gründlich zu kontrollieren. Der eine Grenzbeamte kramte im Handschuhfach herum und holte die Flasche mit LSD hervor. Er starrte sie an und fragte: »Was ist das denn?« Die Antwort kam postwendend: »Rauschgift.« Der Vopo grinste uns an und legte die Flasche wieder ins Handschuhfach zurück. Wir konnten weiterfahren.

Endlich atmete ich die berühmte Berliner Luft.

Ich zog für vier Tage in eine große Wohngemeinschaft in der Seesener Straße, in der Nähe vom Kurfürstendamm, dort wo Rudi Dutschke am 11. April 1968 vor dem SDS-Zentrum von Josef Bachmann mit drei Schüssen aus nächster Nähe niedergestreckt worden war.

Wir saßen in der großen Wohnküche zusammen. Plötzlich stürmte einer zur Tür herein und rief: »Kann hier einer Auto fahren?« Er hatte sich einen VW von einem Freund geborgt, der ihn aber nicht fahren wollte. »Wofür brauchst du denn einen Fahrer?«, fragte ich den Neuankömmling. Der Besucher erzählte von seinem Plan, den er noch an diesem Abend in die Tat umsetzen wollte: Ein Anschlag auf ein Polizeiauto! Es sollte eine Racheaktion sein, für die vielen Wehrdienstverweigerer, die an ihrem Zufluchtsort West-Berlin von der Polizei aufgespürt worden waren und in der Nacht per Flugzeug nach Westdeutschland ausgeliefert wurden. Die »Schlacht am Tegeler Weg« hatte bereits stattgefunden, weitere Anschläge und Boykottmaßnahmen waren geplant. Ein Auto der Ordnungskräfte sollte in Brand gesteckt werden.

Das ist doch ein guter Einstieg als Revolutionär, gleich am ersten Abend in Berlin, dachte ich so bei mir. »Abgemacht«, sagte ich zu ihm, da kein anderer das Wort erhob, »ich bin ein Spitzenautofahrer, nimm' mich.« Ich besaß Anfang 1969, 20 Jahre jung, seit zwei Jahren meinen Führerschein.

Technisch war die Aktion wie folgt geplant: Die Motorhaube eines Polizeiautos öffnen, das Benzinkabel vom Motor losschneiden, dieses in Brand setzen – und schnell wieder abhauen!

Eine Stunde waren wir schon unterwegs. Auf einmal sah ich am Straßenrand einen parkenden VW-Käfer der Berliner Polizei. Wir fuhren zunächst daran vorbei, einige Meter dahinter war das Polizeirevier. »Der Wagen steht dort ideal«, sagte mein Begleiter. »Von hier kommen wir gut weg und mit dem Auto können sie dann ja sowieso nicht mehr fahren«, strahlte er in Vorfreude auf die Arbeit über das ganze Gesicht. 30 Meter vom Tatort entfernt, sollte ich mit laufendem Motor auf ihn warten. Ich machte das Licht aus, blieb sitzen und wartete. Die Beifahrertür ließ ich leicht geöffnet und spähte zu ihm hinüber. Ich schickte ein Stoßgebet gen Himmel, denn mir war klar: Wenn dem jetzt was passiert, komme ich überhaupt nicht mehr bis zur Wohnung. Ich habe keinen blassen Schimmer, wo ich eigentlich bin. Ich sah, wie er den Motordeckel langsam öffnete und dann jäh bei seiner Tat unterbrochen wurde. Schreie zerrissen die Stille. Auf der anderen Seite der Straße, von uns völlig übersehen, stand ein Zivilfahrzeug der Polizei mit mehreren Beamten. Sie hatten bewusst den VW-Käfer vor dem Revier abgestellt, weil bereits mehrere Brandanschläge auf Polizeifahrzeuge verübt worden waren. Die ganze Zeit über hatten sie ihn bei seinem Vorgehen beobachtet.

»Stehenbleiben. Haaalt!«, schrieen die Beamten. Sie fassten meinen Begleiter schnell. Unterdessen war auch ich entdeckt, sie zeigten in meine Richtung. Mir wurde heiß und kalt. Ich kann doch jetzt nicht einfach wegfahren und meinen Mann im Stich lassen, schoss es mir durch den Kopf. Das wäre ja wie in einem schlechten Kriminalfilm, wo der Bankräuber mit der ganzen Kohle aus der Bank kommt und der Fahrer im Fluchtauto schon längst über alle Berge verschwunden ist. Wie soll der dann abhauen? Ich sah genau, wie sie ihn festhielten und er keine Chance hatte, zum Auto zu gelangen. Verdammte Scheiße, dachte ich, ich muss losfahren. Und ich fuhr los, ohne Licht! Direkt rein in eine kurze Einbahnstraße. Ich raste in einem Höllentempo, machte dann das Licht an und fuhr und fuhr und fuhr. Zu meiner Überraschung war ich schneller als ich dachte am Ku'damm. Ein Glücksengel hatte mich scheinbar geleitet. Ich wusste jetzt wieder den Weg zur Wohnung, parkte das Auto ein paar Straßenecken entfernt, weil ich ganz sicher gehen wollte.

Der Typ bekam einen Prozess. Man konnte ihm nichts nachweisen, er hatte ja eigentlich nur den Kofferraumdeckel geöffnet. »Ich wollte mit meinem kleinen Messerchen nur die Zündkerzen herausnehmen«, sagte er dem Richter. Das Verfahren wurde eingestellt. Heute hat er eine Kommune in den Pyrenäen.

Ich fuhr zurück nach Trittenheim. Mein Vater war froh, dass ich wieder nach Berlin zurück wollte. Denn immer, wenn er sich nach dem Mittagessen für ein halbes Stündchen aufs Ohr hauen wollte, sagte meine Mutter: »Der muss sich doch mal die Haare schneiden. Der sieht aus!« Und zu mir: »Junge, du kostest mich noch zehn Jahre meines Lebens, so wie du aussiehst.« Mein Vater hatte nichts gegen meine Haare. Aber dass er nach dem Mittagessen nicht mal in Ruhe ein Nickerchen machen konnte, das hat ihn dann schon sehr genervt. Mein Bruder Ludwig war schon Schreinermeister und es war klar, dass er den Laden übernimmt. Was stand mir im Weg? Auf nach Berlin!

Die ersten Nächte schlief ich bei der Schwester von Till Meyer, eingerollt in einem Teppich auf dem Fußboden, als ich mich im August 1969, kurz bevor die Semesterferien zu Ende gingen, an der »Akademie für Werk, Kunst und Mode«, später Abteilung fünf der Hochschule der Künste (UdK), anmeldete.

Ich kam aus einer Handwerkerfamilie und dachte auch praktisch. Vielleicht könnte ich später als Architekt Aufträge für meinen Bruder besorgen. Zudem schien mir der Beruf des Architekten prädestiniert für meine Mission, die Welt zu verbessern. Denn wie Menschen leben, ist enorm wichtig für die Zufriedenheit auf unserem Globus. Wie sehen denn die Wohnungen aus? Wie sieht das Haus aus? Wie passt das alles zur Umwelt?

An meinem ersten Tag in der Akademie, als ich gerade die Treppe hoch ging, kam mir ein Dozent, der den Bereich Ausstellungsbau leitete, entgegen. »Entschuldigen Sie«, sprach ich ihn höflich an, »wo komme ich denn hier zum Bereich Innenarchitektur?« »Ein Stockwerk höher«, erwiderte er freundlich und deutete mit seinem Zeigefinger nach oben. Ich traf dort auf den zuständigen Dozenten, der mit hochrotem Kopf sagte: »Ach du lieber Gott, ach ja. Unsere Sekretärin ist doch schon so lange krank. Ich wollte Ihnen schon längst schreiben. Wir nehmen doch nur im Frühjahr Leute auf. Sie müssen dann wohl noch einmal wieder kommen«.

Ich war konsterniert. Nun muss ich mir wohl oder übel eine Arbeit suchen, wie soll ich sonst überleben, schoss es mir in diesem Augenblick durch den Kopf. Als ich die Treppe hinunterging, traf ich den Dozenten wieder, der mir zuvor den Weg zum Bereich Architektur gezeigt hatte. »Und hat es geklappt?«, fragte er mich freundlich. Ich klagte ihm mein Leid. »Kommen Sie doch einfach mit in meine Abteilung«, forderte er mich auf. Ich folgte ihm. »Na, dann zeigen Sie mir doch mal Ihre Mappe. Sie haben doch schöne Sachen gemacht«, sagte er und nickte mir anerkennend zu . »Machen Sie doch einfach Folgendes: Sie kommen dieses Semester zu mir in die Abteilung Ausstellungsbau. Da lernen Sie eine ganze Menge. Und im nächsten Frühjahr wechseln Sie in die Abteilung Innenarchitektur.« »Wann kann ich denn anfangen?«, wollte ich wissen. »Sofort«, erwiderte er, »kommen Sie am Montag zu mir.«

Ich studierte drei Semester an der Akademie. Im zweiten Semester war ich bereits im Asta-Vorstand, besaß ein eigenes Büro und eine eigene Sekretärin. Ich ging meine Ziele sehr engagiert an. Wir wollten die Zeiten verändern und wir taten es mit Nachdruck. Den größten Teil meines Studiums verbrachte ich in meinem Büro und las die »Frankfurter Rundschau«.

Im November 1969 kam plötzlich ein Brief von der Bundeswehr. Meine Eltern hatten das Schreiben in einem Kuvert an mich weitergeleitet, denn der Bund kannte meinen Aufenthaltsort zu der Zeit nicht.

Mein Vater hat immer darum gekämpft, dass seine Söhne nicht zum Militär müssen. Zum Amtsvorsitzenden des Kreises, ein Mitglied im Kegelclub meines Vater, sagte er: »Mein Sohn Ludwig geht nicht zur Bundeswehr. Ich war sechs Jahre im Krieg. Das reicht für die ganze Familie.« »Ha, ha, Johann«, sagte dieser, »was willste denn dagegen machen?« »Ich nichts«, konterte mein Vater, »aber du.« Ich hingegen ließ mich in meines Vaters Schreinerei nach der Musterung als Lehrling aufnehmen und war für drei Jahre zurückgestellt. Diese Zeit war nun um.

Mein erster Weg führte mich sofort in die Meyer-Otto-Straße zur Rechtsanwaltskanzlei der Herren Ströbele und Eschen – von denen der eine bekanntlich eine große Karriere in der Politik gemacht hat. Mit ihnen besprach ich meine Situation und sie rieten mir, nichts zu öffnen und den Brief postwendend wieder zurückzuschicken.

Die haben vielleicht Humor, die Rechtsanwälte. Wenn ich den Brief einfach zurückschicke, werde ich eines Tages, wenn ich nach Westdeutschland reise, sicher in den Knast eingeliefert, schoss es mir durch den Kopf. Auf der Straße öffnete ich den Brief. Dort stand, dass ich mich bis zum 18. Dezember bereithalten solle und mit meiner Einberufung rechnen müsse. Gut, dachte ich so bei mir, dann melde ich mich in Berlin an. Schließlich war ich ja noch Westdeutscher. Ich besaß den westdeutschen Personalausweis und den westdeutschen Reisepass.

In der Kantstraße meldete ich mich an. Wenn ich das jedoch schon mache, dann auf eine offene, ehrliche Art und Weise. Ich schrieb dem Kreiswehrersatzamt einen Brief und notierte folgende Formulierungen

Transitvisum zur zweimaligen Durchreise durch die DDR.

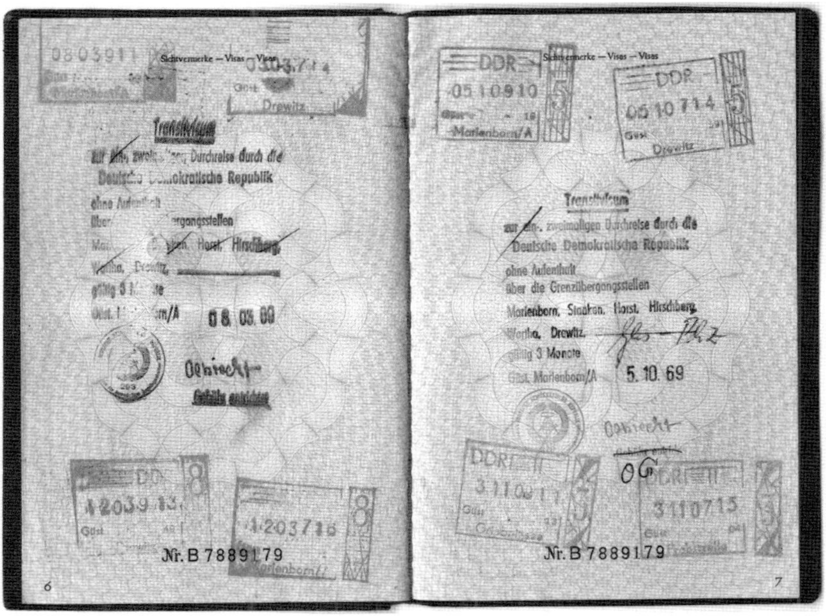

per Hand, damit die Herren auch Rückschlüsse auf meinen Charakter ziehen könnten: »*Werte Herren, ich bin ein Berliner. Bitte von künftigen Belästigungen abzusehen, da mit Arbeit verbunden, derer ich zu Genüge habe. Bin ohnehin nicht gewillt Frondienst zu leisten für herrschende Klasse, da zurzeit am Arbeiten, sie zu verändern. Informationen darüber erhalten Sie beim SS-Mitglied a.D. Flohr [Chef des Verfassungsschutzes in Trier; Anm.d.Autors], Franz-Georg-Straße, Trier. Soldaten sehen sich alle gleich, lebendig und als Leich'. Außerdem, falls Ihnen diese Gründe nicht als ausreichend erscheinen, möchte ich gemäß Artikel 4, Absatz 3 des Grundgesetzes den Kriegsdienst verweigern. PS: Falls es Ihnen dennoch gelingen sollte, mich zur Bundeswehr einzuziehen, verspreche ich Ihnen von hieraus, daß ich meine Kraft dazu einsetzen werde, die Bundeswehr von innen zu zersetzen.*«

Auf diesen Brief bekam ich ein Antwortschreiben vom Kreiswehrersatzamt. Ich sollte dort zum Beispiel eine Passage ankreuzen, die da lautete: »*Ich bitte um meine Abmeldung aus der Bundesrepublik Deutschland.*« Ich kreuzte dahinter »zwecks späterer Heirat« an. Daneben schrieb ich groß »*Ha, ha*«.

Auf den freien Rand vermerkte ich schließlich erneut: »*Sparen Sie sich die Portokosten. Denn ab sofort wird nichts mehr beantwortet!*«

Mein neuer, legaler Reisepass.

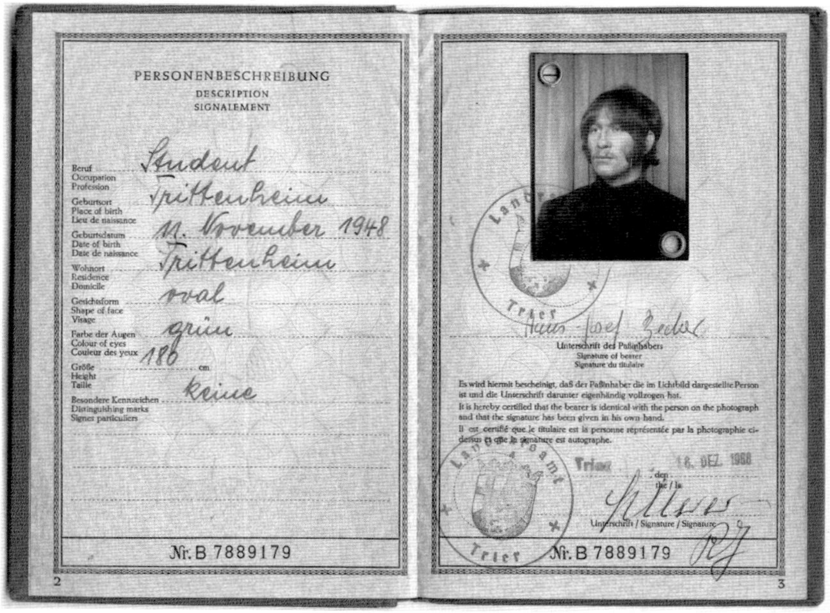

Ich habe von diesem Tage an nie mehr etwas vom Kreiswehrersatzamt gehört.
Während dieser Zeit war ich immer noch mit meiner Freundin Petra zusammen. Allerdings gestaltete sich unsere Beziehung schwierig, was daran lag, dass sie Grafik in München studierte. Zu allem Überfluss war ich nicht gerade sehr beliebt in ihrer Familie. Doch wir ließen uns nicht auseinanderbringen. In einem Jahr schrieb ich Petra über 100 Briefe. Jeder Brief war mindestens acht bis zwölf Seiten lang. Die Ferien verbrachte ich fast immer in München oder Petra besuchte mich in Berlin. Einmal war ich zu Gast im Haus ihrer Eltern. Ich besaß zu dieser Zeit einen VW-Käfer, den mir mein Vater für ein paar 100 DM gekauft hatte, bevor ich nach Berlin ging. Ich wollte den Vater bitten, mit seiner Tochter wegfahren zu dürfen. Da fragte mich Petras Vater: »Kannst du Schach spielen?« Ich nickte zustimmend. Daraufhin holte er das Schachbrett aus dem Schrank und fragte mich erneut: »Um was spielen wir denn?« Ich zuckte mit den Schultern. »Gut, dann spielen wir um meine Tochter!« Ich starrte ihn völlig verblüfft an. Die ganze Familie saß um uns herum. »Okay«, sagte ich nach einigen Schweigesekunden mutig, »dann spielen wir eben um deine Tochter!« Ich eröffnete mit dem Schäferzug. Nach drei Zügen schon dachte ich bei mir: Du lieber Gott. Der ist ja schachmatt. Ich spürte dabei Kummer, denn ich wollte ja meine Freundin nicht mit einem Schachspiel erobern. Ich schaute vom Brett auf, sah ihm in die Augen und sagte dann ganz ruhig: »Ich glaube, Schachmatt.« Und Petras Vater guckte und guckte. Da nahm er wutschnaubend das Brett und warf es mit all seinen Spielfiguren durcheinander. Petra durfte mit mir wegfahren. Ich brauchte nicht mehr darum zu bitten.

Mit meinem zehn Jahre älteren Bruder teilte ich bis zu meinem elften Lebensjahr das Zimmer. Eine Freundin durfte zu der Zeit niemand mit nach Hause bringen, geschweige denn mit ihr ein Bett teilen. Ich glaube, wenn meine Eltern meinen Bruder mit einer Frau erwischt hätten, sie hätten ihn aus dem Haus geschmissen. »Wir werden noch wegen Kuppelei angezeigt«, hätte meine Mutter dann geschrieen. Ich hatte es als 19-Jähriger da schon einfacher.

Wir brausten mit dem Käfer zu meinen Eltern nach Trittenheim und fühlten uns wild und frei. Als wir ankamen, sagte ich meiner Mutter, dass Petra bei mir schlafen würde. Sie guckte mich ernst an und murmelte nur: »Ja, ja.« Wenig später nahm sie mich zur Seite und sagte: »Ich hab' für dich schon die Bettcouch im Wohnzimmer bezogen. Da kannst du ja dann hier unten schlafen.« »Ja, ja, Mutter geht klar«, sagte ich. Am nächsten Morgen bat ich Petra, mir fünf Minuten Vorsprung zu geben, damit ich meiner Mutter, die bereits in der Küche das Frühstück vorbereitete, schonend erklären könne, dass ich die Nacht selbstverständlich mit ihr zusammen in meinem Zimmer verbracht hätte. Ich wusste ja, dass meine Mutter längst das von ihr frisch bezogene Bett unbenutzt vorgefunden hatte.

Meine Mutter stand allein in der Küche, mein Vater war noch nicht da. Das erste, was sie sagte, war: »Du Schwein!« Ich lachte sie an und sagte: »Was ist denn Mutter? Soll ich mit meiner Freundin nach unten auf die Wiese an der Mosel gehen oder was denkst du?« »Ich werd' noch wegen Kuppelei angezeigt«, schrie sie hysterisch und schüttelte immer wieder den Kopf. »Mensch, Mutter«, erwiderte ich ganz ruhig, »ich glaube, das sind Gesetze, die müssen verändert werden. Also mach dir mal da keinen Kummer. Komm mal her, Mutter. Du wirst bestimmt nicht wegen Kuppelei angezeigt.« Ich nahm sie in den Arm und drückte sie fest an mich. »Ich wünsch' dir einen schönen Tag und gute Laune.« Petra kam herunter, lächelte und es wurde ein friedliches Frühstück.

Meine Liebe zu Petra war so groß, dass ich entschloss, an der Hochschule in München weiterzustudieren. Die Aufnahmebedingungen in München waren allerdings von einem ganz anderen Kaliber. Die Aufnahmeprüfung fand in Form eines Kolloquiums statt. In der Nacht vor der Einzelprüfung musste ich mir in München eine Unterkunft suchen. Bei Petra konnte ich nicht schlafen, für ein Hotel hatte ich kein Geld. Ich lief nachts durch die Stadt, nachdem ich Petra nach Hause gebracht hatte, und kam an einem Theater namens »Rational-Theater« vorbei. Die Vorstellung war gerade zu Ende. Ich ging hinein und da lungerten ein paar langhaarige Typen herum. Das scheint ja ganz nett hier zu sein, dachte ich so bei mir. Drinnen wurde ich freundlich empfangen. »Hey komm doch zu uns, nimm Platz«, riefen mir einige zu. Ich schilderte den Jungs kurz den Grund meines München-Besuchs und fragte sie, ob sie wüssten, wo ich pennen könnte. »Na klar, du kannst bei uns pennen«, sagten sie. »Wir gehen aber noch nicht schlafen«, lachten sie mich an, nahmen mich am Arm und entschwanden mit mir ins Münchner Nachtleben. Gegen vier Uhr kamen wir in eine Fünf-Zimmer-Wohnung und der Besitzer versprach mir, dass ich für die Zeit in München bei ihm immer eine Bleibe hätte.

Wie sich im Laufe des Abends herausstellen sollte, hatte ich »Floh de Cologne«, eine zur damaligen Zeit bekannte Musik-Kabarettgruppe, kennen gelernt.

Am nächsten Morgen machte ich mich auf den Weg zur Universität. Mit mir warteten insgesamt 37 Kandidaten. Sie redeten über Architektur auf einem Niveau, dass ich mir dabei immer kleiner vorkam und nur bei mir dachte: Meine Güte, haben die eine Ahnung. Wie will ich denn so ein Kolloquium überleben.

Die Bewerber wurden alphabetisch aufgerufen und da mein Familienname Becher ist, fiel das Los auf mich, als erster von allen in den Saal zu müssen.

Fünf Professoren, ein Dozent und ein Student wollten mich auf Herz und Nieren prüfen. Da waren wir ja in Berlin schon längst paritätisch besetzt. In einem vergleichbaren Fall hätten da fünf Professoren und fünf Studenten gesessen.

»Einen schönen guten Morgen«, grüßte ich. »Können wir mal Ihre Mappe sehen?«, kam es zurück. Sie blickten kritisch auf meine Unterlagen, dann erhob einer der Professoren seine Stimme und sagte: »Na ja, soweit, so gut.« Sein Name war Paolo Nestler, Leiter der Abteilung für Architektur an der Akademie der bildenden Künste in München. Ich wollte unbedingt zu ihm in die Abteilung. Die Prüfung begann mit folgender Auftaktfrage: »Na, nehmen wir mal da drüben diese Wand. Wie und wo stellen Sie dort einen Tisch und einen Stuhl?« Ich dachte zunächst, ich hätte mich verhört. Dann begriff ich, dass diese Frage ernst gemeint war. »Entschuldigen Sie, meine Herren. Ich denke, ich bin aus dem Alter der Volksschulanfänger längst hinaus. Es wäre mir durchaus angenehm, wenn wir hier über Architektur diskutieren könnten. Und dann merken Sie doch im Laufe der Diskussion, ob der Ahnung von Architektur hat oder der falsche Mann ist?« Alle starrten mich erstaunt an. Und dann begannen wir tatsächlich über Architektur zu diskutieren. Ich brachte von mir aus das Beispiel »Märkisches Viertel« in Berlin an. »Da werden mehr Taxifahrer überfallen als beispielsweise in Kreuzberg. Da kann man sich doch nicht wohl fühlen. Da ist man doch ein Außenseiter in diesen Betonburgen.« Ich versuchte ihnen klar zu machen, wie wichtig es doch ist, dass Menschen sich in ihren Häusern wohl fühlen, dass sie friedlich miteinander umgehen und eben nicht jeder anonym ist. Da sprang Paolo Nestler auf einmal auf und rief: »Also meine Herren, dann stimmen wir ab. Ich bin dafür. Herr Ruf, haben Sie Bedenken?« »Nein, nein«, antwortete dieser. »Na, dann heben Sie die Hand«, raunzte Nestler ihn an. Und auch einige Einwände des Studenten wurden von Nestler zurückgewiesen. Alle sieben hoben schließlich die Hand. Ich war angenommen.

Ach du lieber Gott, schoss es mir da durch den Kopf, jetzt bin ich auch noch angenommen. Warum soll ich denn jetzt von Berlin in so eine hierarchische Struktur hinein wechseln? Ich atmete tief durch, schaute jeden einzeln an und ergriff dann das Wort: »Meine Herren«, begann ich, »ich find' es schön, dass Sie mich annehmen. Aber bitte lassen Sie mich doch noch mal eine Nacht drüber nachdenken. Ich glaub', wir sind in Berlin weiterentwickelt als Sie hier in München. Ich wünsche Ihnen noch einen schönen Tag.« Ich machte auf dem Absatz kehrt und verließ den Raum erhobenen Hauptes.

Schweren Herzens trennte ich mich von meiner großen Liebe Petra.

In Berlin stellte ich eine weitere, entscheidende Weiche in meinem Leben. Viele Nächte lag ich wach, grübelte, dann stand meine Entscheidung fest: Ich wollte nicht mehr weiterstudieren. »Bevor ich hier in dieser Welt, in der menschenfeindliche Bettenburgen wie das Märkische Viertel gebaut werden, Architekt werde, will ich zunächst Dinge verändern.« Ich wollte nicht mein Studium beenden, Architekt sein, um dann zu hören: »Schulz, Sie machen die Türen. Müller, Sie die Fenster!« Ich spürte, dass ich mehr verändern müsse, um zu erkennen, was wie zu lösen ist.

So ging ich zu meinem Dozenten in den Studienraum und sagte: »Passen Sie mal auf. Wir beide fahren morgens mal durch Berlin. Ich mit verbundenen Augen. Und dann sage ich Ihnen, wo wir sind. Weil, es gibt Viertel, da pfeifen sämtliche Singvögel. Und es gibt Viertel, da pfeifen nur noch die Spatzen und jede Menge Tauben gurren. Ich wünsche Ihnen einen schönen Tag.« Ich holte meine Mappe und ging. Dann drehte ich mich noch einmal um und lachte mir ins Fäustchen: »Ha, ha, ha. Jetzt werde ich mich 24 Stunden am Tag darauf konzentrieren, wie ich die Welt verändere. Und ich werde Revolution machen. Zieht euch alle mal warm an. Ab heute beginnt eine andere Zeit!«

Ich stellte meine Eltern vor vollendete Tatsachen: »Ich mache nicht mehr das, wofür ich jeden Monat von euch Geld kriege. Ich habe aufgehört damit. Ich will mich selbstständig machen. Es wäre mir jetzt noch angenehm, wenn ich zwei oder drei Monatsraten von euch mitkriegen würde. Ich verzichte auf sämtliche Erbschaften. Ich möchte nur 1 500 Mark haben. Danach braucht ihr mir nichts mehr zu geben.« Es herrschte für Sekunden Totenstille im Zimmer. Dann prustete mein Bruder los: »Mit 1 500 Mark willst du dich selbstständig machen?!« Aber es war mein fester Wille und auch der Glaube, es schaffen zu können.

Ich kehrte mit dem Geld in der Tasche nach Berlin zurück. Gemeinsam mit meinem Freund Horst Remus stieg ich nun in die Schmuckbranche ein. Wir hatten von Anfang an immer eine gemeinsame Kasse, da wir uns gegenseitig vertrauten. Und wenn es um Geschäfte geht, gibt es bei mir allzeit den Leitspruch: »Teilen will gelernt sein.« Etwas, was wir meiner Meinung nach alle noch in Deutschland lernen sollten!

Zunächst hingen wir erst mal Tage lang am Wannsee herum. Wir hatten die Hälfte der Kohle auf den Kopf gehauen – 750 DM –, aber auch eine geniale Idee. Wir wollten im großen Stil Ohrringe, Halsreifen, Armreifen, Ringe aus Neusilber, sogenanntes Alpacca, designen. Das Ganze verlöteten wir mit Halbedelsteinen und so entstanden zum Beispiel Ohrringe in Form einer Lilie. Von dem Tag an verdiente ich 500 DM pro Tag!

Horst und ich erweiterten nach kurzer Zeit unser Geschäftsfeld. Wir kauften uns von Antiquitätenhändlern Türgriffe mit Ornamenten und von den Sattlern Lederhaut. Daraus fertigten wir zunächst luxuriöse Gürtel mit extravaganten Schnallen, die wir an drei Berliner Modeboutiquen verkauften. Unsere Idee schlug ein, wir verdienten viel Geld und arbeiteten dafür Tag und Nacht. Als wir nach einem dreitägigen Kurzurlaub am Wannsee wieder durchstarten wollten, begaben wir uns erneut bei Antiquitäten- und Schrotthändlern auf die Suche nach den für unsere Gürtel so wichtigen, verzierten Türgriffen. Doch zu unserer großen Überraschung fanden wir nirgendwo mehr in Berlin die von uns gesuchte Ware. In der Zwischenzeit hatte ein »Mister Unbekannt« in sämtlichen Berliner Läden alle ornamentverzierten Griffe aufgekauft. Wir waren der Verzweiflung nahe, als wir in einem Antiquitätenladen in der Fasanenstraße standen, indem ebenfalls bereits alle Metallstücke mit Aufschlägen weg waren.

»Was machen wir jetzt?«, blickte ich Horst fragend an. Der Antiquitätenhändler hatte noch tonnenweise leere Patronenhülsen, die von Schießversuchen der amerikanischen Alliierten übrig geblieben waren. Wir guckten uns an, zögerten nicht lange und kauften dem Händler die Hülsen ab. Der Preis pro Kilo betrug gerade einmal ein paar Pfennige. Aus Ledergürteln und den leeren Patronenhülsen fertigten wir Patronengürtel. Abends lief ich mit Horst wie »Viva Zapata«, die Gürtel über der Brust, durch die Cafés und Kneipen. Die Leute haben uns die Gürtel regelrecht aus den Händen gerissen. Das Geschäft brummte. Der »Maschinengewehrgürtel« war der absolute Renner bei den Berliner Ladies. Es sah einfach super sexy aus, wenn schöne Frauen diesen Gürtel auf der Hüfte wippen ließen – und es war nicht gefährlich! Wenn wir abends das Geld zählten, gerieten wir fast in Ekstase. Bis zu 1 200 DM verdienten wir – täglich. Es war eine herrliche Zeit, die aber begrenzt sein musste. Denn schnell wurde mir klar: »Was wollen wir denn machen, wenn mal härtere Zeiten kommen? Das erste, worauf die Leute dann verzichten, ist Schmuck!« Ich besann mich auf den Leitspruch, den ich ja bereits aus meinem Elternhaus kannte: »Handwerk hat goldenen Boden«.

Ich fand mehr und mehr Gefallen an der Idee, mit handwerklicher Dienstleistung meinen Lebensunterhalt zu bestreiten. So reifte in mir immer mehr der Gedanke, gemeinsam mit anderen, eine richtige Handwerkergruppe zu gründen. Ich hatte auch schon ernsthafte Überlegungen angestellt, wer alles dazugehören sollte: Kurt Markus, von mir mit dem Decknamen »Piet« versehen, auch ein Trierer Junge, der aus der Bundeswehr abgehauen war, und Helga Brauch, die in der »Schöneberger Weltlaterne« arbeitete und die Freundin meines Freundes Horst war. Zu unserer Gruppe stieß außerdem Helgas Schwester Gisela, die Ende 1971 von Hamburg nach Berlin kam.

Als ich Gisela das erste Mal traf, verliebte ich mich Hals über Kopf in sie. Ich war zu der Zeit noch mit »Danny« Wewerka zusammen, der Frau des Berliner Flohmarktkönigs vom »17. Juni«, Michael Wewerka. Gisela besuchte gerade ihre Schwester Helga. An diesem Abend verlor ich mein Herz an Gisela. Wir rauchten einen Joint. Später zog ich mich mit Gisela zurück und wir schliefen miteinander. In dem Moment war mir klar: So eine Frau trifft man nicht jeden Tag.

Ich trennte mich umgehend von Danny, Gisela ging zurück nach Hamburg, um ihre Ehe scheiden zu lassen. Sie kam ein paar Wochen später wieder und wir wurden ein Paar. Sieben Jahre lang! Wir standen die wohl härtesten Berliner Jahre gemeinsam durch. Ohne sie gäbe es die ufaFabrik wahrscheinlich nicht. Ihrem Talent, mit Geld umzugehen, haben wir es zu verdanken, dass die ufaFabrik nie in große finanzielle Notlagen geriet. Sie war und ist bis heute meine größte Kritikerin.

Mit meiner langjährigen Lebenspartnerin Gisela.

Gisela nahm sich für die kurze Zeit eine Wohnung in der Gustav-Müller-Straße in Schöneberg. Ich bin zu ihr gezogen. Horst zog bei Helga in der Salzburger Straße ein. Allerdings gab es in dieser Wohngemeinschaft einige Probleme, so dass die beiden dann mit Helgas etwa achtjährigem Sohn Matthias zu uns in die Zwei-Zimmer-Wohnung kamen. Das war im Prinzip die »Ur-Kommune«, aus der später die ufaFabrik hervorging.

Unsere Wohnung wurde zum Treffpunkt für viele. Die Küche bildete den Mittelpunkt. Hier wurde die Nacht zum Tag, alle immer in der Nähe des Kühlschranks, um dem hungrigen oder durstigen Körper Nachschub zu liefern. Schnell wurde klar, dass die Räume viel zu klein waren. Eine neue Wohnung musste her! Wir zogen in eine größere in die Haeselerstraße in Charlottenburg – eine ausgezeichnete Lage.

Wir schickten Helga zum Vermieter voraus, denn sie wirkte am seriösesten von uns allen. Sie wolle dort eine Schneiderei eröffnen und würde mit ihren Mitarbeitern einziehen, trug sie dem Vermieter vor. Es gab keine Probleme. Horst und Helga bewohnten ein Zimmer, Gisela und ich hatten einen gemeinsamen Raum und auch für Matthias, der von dort zu Fuß zur Schule ging, war genügend Platz. Zusätzlich stand uns ein über 50 Quadratmeter großer Raum, der frühere Ladenraum, zur Verfügung, den wir als Gemeinschaftsraum nutzten.

Der Freundes- und Bekanntenkreis vergrößerte sich Anfang 1972 schlagartig. Wir diskutierten: Wir sind hier in Deutschland. Was machen wir hier? Gehen wir auf den langen Marsch durch die Institutionen oder gründen wir eine Partei oder treten wir in bestehende Parteien ein, oder gründen wir eine Armee, um in zwei oder drei Jahren in Deutschland alles klar zu machen? Oder aber versuchen wir über unsere Lebensweise, die Welt zu verbessern? Denn nur wenn ich mich selber verändere, kann ich doch die Welt verwandeln? Was will ich denn sonst den anderen erzählen, wenn ich mich noch nicht einmal selbst verändert habe?

Also gründeten wir eine Kommune – laut Duden-Definition ein Zusammenschluss mehrerer nicht miteinander verwandter Personen zu einer Wohn- und Wirtschaftsgemeinschaft, die der Isolierung des einzelnen in den herkömmlichen Formen des Zusammenlebens begegnen will!

Wir fünf hatten eine Sache sehr gut drauf, ohne die die Gründung einer Kommune nicht funktionieren kann und was ich bereits beim Schmuckgeschäft mit Horst ausprobiert hatte: das Teilen. Eine der wichtigsten Eigenschaften, die wir alle beherrschen sollten. Wenn einer das nicht kann, entstehen Kriege, Liebgewonnenes wird zerstört und die Eifersüchteleien beginnen.

Entscheidend war immer, dass es keine von einem Guru gesteuerte, religiös motivierte Kommune war, sondern eine Lebensgemeinschaft nach demokratischen Grundsätzen. Ich ließ mich auch nie leiten von Kommunen oder Sekten, die sich, wie zum Beispiel die AAO-Kommune, dem »Freien Sex« verschrieben hatten. »Freie Liebe« hieß und heißt für mich nicht automatisch, jeden Tag Sex mit einer anderen Frau zu haben. Sonst wäre ich ja nicht fünf, sieben oder gar 16 Jahre mit einer Frau zusammengewesen.

Viele schienen jedoch wie berauscht von ihrer Idee. Ich hatte damals zu unseren Leuten gesagt: »Passt mal auf. Wer weiß, wie lange es die gibt? Die gibt es vielleicht drei Jahre. Denn man kann nicht nur an freien Sex denken, auch wenn der gut gegen Verklemmung ist. Ich muss doch aber auch überlegen, wie ich meine Wirtschaft organisiere? Wie können wir zusammen leben? wie gehe ich mit meinen Mitmenschen um, wie baue ich das alles auf, wie mache ich alles das, was für das Leben notwendig ist? Ich muss schließlich alle Bereiche bedenken.«

Deswegen sind wir vielleicht auf manchen Gebieten etwas langsamer weitergekommen oder gegangen, als manche, die gleich alles auf eine Karte gesetzt haben. Aber dafür haben wir uns insgesamt gesehen weiter entwickelt. Und das ist letzten Endes das, worauf es ankommt. So haben wir es auch mit all unseren kulturellen Darbietungen getan, die zu unseren handwerklichen Dienstleistungen hinzukamen. Wir haben Kultur mitten aus dem Leben heraus geschaffen. Wir haben eben nicht nur Brot gebacken, das war der Unterschied.

Piet, Udo und Horst (im Jahr 2000 v.l.n.r.) gehören neben Giesela und Helga zu den Kommunegründern.

Zu unserer Kommune stießen etwas später noch Piet und Udo, so dass wir für einige Zeit »Die glorreichen Sieben« waren. Mein Verhältnis zu Piet war immer ambivalent. Seinen Spitznamen »Larry the Linker« aus Trierer Zeiten hatte er nicht umsonst. Oftmals versuchte er mich übers Ohr zu hauen, wenn es darum ging, Geld oder auch Shit gerecht aufzuteilen. Man konnte immer davon ausgehen, dass er vorher schon einen Teil in seine eigene Tasche gesteckt hatte und dann den verbleibenden Rest aufteilte. Und er begann Begebenheiten von mir in der Stadt zu verbreiten, die er als seine eigenen Storys verkaufte. Wenn ich heute in Berlin von jemandem auf eine Geschichte angesprochen werde, dann weiß ich: Piet war hier, denn er wurde aufgrund seiner roten Haare öfter mit mir verwechselt. Im Grunde genommen war er aber ein netter Kerl, der nur ein Stückchen Ruhm für sich haben wollte und dabei aber leider zu egoistisch dachte.

Ein weiterer Kommunarde wurde Peter Wittmann, von uns »Uwe«, nach Uwe Seeler, genannt. Jeder der zu uns kam, erhielt von uns einen neuen Namen. Denn schließlich wollten wir ja Revolution machen! Und wenn jetzt irgendeinem etwas passiert wäre oder einer dessen richtigen Namen gerufen hätte, dann hätte das schwerwiegende Folgen haben können. Wir wollten ja keinem das Leben versauen.

»Ihr bekommt uns nicht

Ihr versteht doch nicht

Was wir wirklich wollen

Werden nie bereuen

Keine Helden sein«

Rosenstolz

Die Hanffelder in Brandenburg
(v.l.n.r.) Achmed, Scotty,
Matthias Bröckers und Povl.

Schinderhannes statt Dealer

Anfang Dezember 1972 starteten wir für 3 Monate mit zwei Mercedes-Wagen, einem alten 200er, mit dem Horst, Manfred Vesper und ich fuhren, und einem schicken 220 SE Coupe, indem Piet und Udo saßen, nach Indien. Goa in Indien war das Ziel der damaligen Hippie-Generation. Es war eine reine »Männertruppe«, die sich auf den Weg, zunächst quer durch Jugoslawien, machte. Horst und ich trugen um den Hals ein Amulett mit dem Bildnis unserer Freundin. So waren unsere Frauen zwar Tausende von Kilometern von uns getrennt, aber trotzdem nah bei uns.

Über Bulgarien gelangten wir nach Istanbul, in die brodelnde, türkische Riesenmetropole. Dort wollte gleich ein Türke eines unserer Autos kaufen. »Maybe you are Al Capone from Berlin«, begrüßte er mich in gebrochenem Englisch, »I am Al Capone from Istanbul.« Wir mussten lachen, entschlossen uns aber, das Fahrzeug nicht zu verkaufen, denn wir wollten ja weiter nach Indien. Als wir Istanbul wieder verließen, standen wir plötzlich vor einer Wegkreuzung. Links ging es in den Iran, nach Afghanistan und Indien, die andere Richtung führte nach Syrien und in den Libanon. Blitzschnell entschieden wir uns, nach rechts abzubiegen. Wir wollten über Syrien, den Libanon, quer durch Saudi-Arabien bis nach Kuwait. Danach, so unser spontaner Plan, setzen wir mit dem Schiff nach Indien über.

Den ersten Ärger hatten wir bei der Einreise nach Syrien. Lange Wartezeiten an der Grenze, wir wurden ungeduldig. Wir stiegen aus und beschwerten uns bei den Zollbeamten. Der Grund für die extrem langen Wartezeiten war naheliegend. Nach den Terroranschlägen auf israelische Sportler während der Olympischen Sommerspiele 1972 in München war der Ärger über Deutschland in den Ländern des Nahen Ostens angewachsen. So ließen die Syrer beispielsweise Personen, die aus Deutschland einreisen wollten, 48 oder mehr Stunden an der Grenze warten. Unser massiver Protest hatte Erfolg: Wir mussten nur (!) 24 Stunden an der Grenze ausharren, dann öffnete sich für uns der Schlagbaum und wir kamen auf syrisches Hoheitsgebiet.

Die Reise ging weiter nach Beirut. Wir mieteten uns im »Arab Hotel« am Place du Canon ein. So langsam aber sicher besaßen wir kaum noch Geld. Ich ging zum Hoteldirektor und sagte zu ihm: »Pass auf. Wir sind ziemlich abgebrannt. Du musst uns ein paar 100 libanesische

Pfund leihen.« Er starrte mich wie entgeistert an und schrie: »Oooohhh. Noch niemals in meinem Leben habe ich Geld verliehen. Noch niemals!« Aber während er stöhnte und zeterte, holte er bündelweise Scheine aus seiner Tasche und drückte sie mir in die Hand. Wir verkauften dann das eine Auto und zahlten dem Direktor unsere Schulden wieder zurück. Der Käufer unseres Wagens, ein Armenier, strahlte mich nach unserem Deal an und sagte: »Money comes. Money goes. But friendship is forever.« Und er umarmte uns alle.

Wir erkundeten Beirut und die nähere Umgebung. Im »Kindergarten der Märtyrer« lebten 500 Waisenkinder, die ihre Eltern beim »Schwarzen September«, im Krieg zwischen Israel und Palästina, verloren hatten. Die Kinder, zwischen fünf und zwölf Jahre alt, traten auf dem Kasernenhof wie Soldaten an. Ich knipste dem ein oder anderen mal ein Auge zu, damit er ein bisschen lockerer würde. Sie waren jedoch alle total diszipliniert. Da ging plötzlich ein kleiner, etwa sechsjähriger Junge nach vorne, brüllte eine Parole auf arabisch und alle drehten sich in eine Richtung, streckten die Zeigefinger nach vorne und schrieen in ohrenbetäubender Lautstärke: »Palestine. Palestine.« Ich stand wie zur Salzsäure erstarrt und mir liefen eiskalte Schauer den Rücken herunter. Ich schaute den Direktor an und sagte zu ihm: »Also, das ist aber auch nicht gerade die ideale Erziehung, bei aller Liebe.« Der Direktor hörte mir mit ernstem Gesichtsausdruck zu und antwortete dann ruhig und nachdenklich: »Die Eltern von all diesen Kindern sind tot. Was glauben Sie, was die im Kopf haben?«

Unser Hotelboy trug um seinen Hals ein Amulett mit einer Art Landkarte. Er war eines Morgens, im Alter von sieben Jahren in den Hühnerstall gegangen, um Eier für das Frühstück zu holen. Von dort aus beobachtete er, wie die israelische Armee seine ganze Familie erschoss. An seiner schwangeren Mutter wurde eine grausige Prozedur durchgeführt. Die Soldaten erschossen sie und schlitzten ihr dann den Bauch auf, nur um zu gucken, ob es ein Junge oder ein Mädchen geworden wäre. Nach dieser Bluttat verschwanden die israelischen Soldaten, der Junge blieb allein zurück im Hühnerstall. Hätte er geschrieen, sie hätten auch ihn umgebracht. Am Ende seiner Schilderungen sagte er zu mir: »Hier ist unser Haus«, dabei klopfte er auf das Amulett vor seiner Brust, »und da gehe ich hin. Ob das heute ist, morgen oder in zehn Jahren. Oder wann auch immer. Das ist mein Weg.«

Ich schluckte und ahnte in dem Moment, warum solche Leute notfalls ein Flugzeug entführen. Was hat denn solch ein Mensch nach solchen Erlebnissen noch zu verlieren? Und was kann er denn eigentlich noch vom Leben erwarten? Wer würde da nicht hassen? Wie will er denn mit einer Frau eine normale Beziehung führen? Wie will er mit anderen Menschen zusammenleben? Ein junger Mann, der so ein Elend erlebt hat, wem kann er denn noch trauen?

Ich habe so viele junge Leute auf dieser Reise und in späteren Jahren kennen gelernt, sowohl Israelis als auch Palästinenser, die diese ganze Situation so satt haben und einfach nur in Frieden miteinander leben möchten.

Wir waren im gebirgigen Grenzgebiet Syrien-Libanon mit einem Mann unterwegs, der uns zu seinem alten Großvater führte. In einem Kaffeehaus, Treffpunkt der Alten aus den einzelnen umliegenden Dörfern, wo es den »stärksten« Kaffee der Welt gab, begrüßte uns schon der alte Herr. Als wir die Kaffeetassen in die Hand nahmen und gerade zum Mund führten, rief er uns »Heil Hitler« zu. Mir fiel fast die Kaffeetasse aus der Hand. Ach du lieber mein Gott, dachte ich, wo sind wir denn hier gelandet? Ich schaute dem Alten und seinem Enkel tief in die Augen. »Warum denkst du, dass Hitler ein guter Mann war?« Der Enkel übersetzte. Und der Alte antwortete: »Hitler, ein Deutschland, groß und mächtig, Eroberung, Hitler weg, zwei Deutschlands, Bruderkrieg, nix gut.«

Ich sagte nichts, grübelte kurz über das Gesagte: Na ja, wenn bei uns die Leute, die jeden Tag die »Frankfurter Rundschau« oder sonstige Zeitungen lesen nicht mal Bescheid wissen, woher soll denn der Mann das wissen? Ich schaute ihn an und sagte »Prost« und wir tranken gemeinsam unseren Kaffee. Dann ließ ich mir von diesem alten Stammesführer erzählen, wie hier über die Deutschen gedacht wurde. Für den alten Mann waren die Briten immer ein Besatzervolk und der Generalfeldmarschall Rommel wurde mit großem Respekt bedacht, weil er gegen die Engländer gekämpft hatte. Bei den Engländern mussten die Araber mitkämpfen. Die Deutschen kämpften ohne fremde Hilfe. So wurde Rommel, aus meiner Sicht, zum »Wüstenfuchs«, weil die Araber die Engländer verraten haben. Denn die Araber mussten bei der sengenden Hitze nicht mit den deutschen Truppen kämpfen – das war angenehmer für sie!

In Beirut lernten wir zwei farbige Männer kennen, die aus den USA kamen: Vater und Sohn. Diese beiden hatten etwas ganz besonderes mit uns vor. »Ich zeig' euch mal, wie in Baalbek Haschisch angebaut wird«, sagte der Vater. Wir stimmten zu und waren gespannt, was uns in Baalbek, der Stadt östlich von Beirut, wohl erwarten würde. Wir waren von dem einzigartigen, historischen Ambiente beeindruckt, denn wir standen vor Ruinen aus der Römerzeit.

Vor dieser imposanten Kulisse trafen wir auf Razi Ben Jaffa, Kopf einer Großfamilie oder besser formuliert der »Pate von Baalbek«. Sein Vater hatte einst Drogen-Geschäfte in ganz großem Stil mit einem Kaufmann in Ägypten gemacht. Mit dem kompletten Verkaufserlös spazierten der Vater und sein Partner ins »Casino du Liban«. Als er morgens nach Hause kam, hatte er alles verspielt. Daraufhin entmachtete der Familienclan der Jaffas den »Alten« und inthronisierte den Sohn. So wurde Razi zum Chef der Familie, im Prinzip vergleichbar mit einem Manager eines Wirtschaftsunternehmens. Die ganze Familie Jaffa zählte zu der Zeit im Libanon ca. 6 000 Mitglieder. Eine andere dort bekannte Großfamilie, Familie Frandschijeh, hatte rund 15 000 Mitglieder. Deswegen stellte diese Familie immer wieder Politiker, die an der Spitze Libanons regierten. So war zum Beispiel S. Weiman Frandschijeh von 1970 bis 1976 libanesischer Staatspräsident. Sie schafften es mit ihrem Einfluss und nach Verhandlungen mit den USA, den Anbau von Haschisch im Libanon zu verbieten. Im Gegenzug flossen Millionen von US-Dollars. Auf Haschischrauchen stand ein Jahr Gefängnis, Dealer mussten drei Jahre in einem libanesischen Knast befürchten, unter alles anderem als moderaten Haftbedingungen. Trotzdem blühte der Haschischanbau und der Handel mit Marihuana. Korruption war das magische Wort.

Razi Ben Jaffa nahm uns alle mit in sein Haus, stellte uns seiner Familie und seiner Ehefrau, einer Deutschen aus Düsseldorf, vor. Wir tranken Tee und Kaffee. Nach kurzer Zeit legte er auch Haschisch auf den Tisch. Unsere beiden farbigen Begleiter waren hinter dem Haschisch wie der Teufel hinter der Seele her. Sie wollten Geschäfte machen. Und ich bekam mit, wie der eine von beiden Razi glaubhaft versichern wollte, er hätte uns bereits den Mercedes abgekauft und könnte ihm diesen, in einer Art Tauschgeschäft, überlassen. Er wollte uns vor den Arabern regelrecht über den Tisch ziehen. Der Typ war ein »linker Vogel«. Wir rauchten alle gemeinsam viele Joints und anschließend »Purpfeifen«. Wir kamen ins Gespräch und Razi erzählte von seiner Familie. Einer arbeitete bei der Polizei, ein anderer war Zöllner, einer war bei Interpol, ein weiterer Mitglied der Regierung, einer studierte in Kanada, einer in New York, ein anderer war Taxifahrer, einer hatte eine Hühnerfarm und der andere eben eine Haschisch-Plantage. Die Familie Jaffa war über die ganze Welt in verschiedenen Berufsgruppen verteilt. Mensch, dachte ich und lächelte vor mich hin, ich bin ja hier direkt bei der Mafia gelandet. Nur so kann doch die Mafia funktionieren. Man sitzt in den Bergen wie am Ende der

Welt und hat doch seine Fühler weltweit ausgestreckt und ist dadurch voll informiert. Ich war fasziniert von der Familienstruktur. Razi und ich bekamen gleich einen Draht zueinander. Ich schickte ihm positive Gefühle rüber.

In dieser Nacht wollten wir noch nach Beirut zurückfahren. Razi gab jedem von uns noch ein kleines Piece Haschisch mit. Als wir im Begriff waren aufzustehen, stürzte plötzlich einer zur Tür herein und schrie: »Police, police, police!« Alle sprangen sofort auf, doch ich sagte zu unseren Leuten: »Horst, Manfred bleibt ruhig, bleibt sitzen. Wo sollen wir denn jetzt hinlaufen. Nehmt Tee. Wir trinken Tee.« Und wir lehnten uns in unseren Sitzkissen zurück, nahmen die Tassen genüsslich an den Mund und tranken.

Einige Minuten verstrichen. Von Polizei war weit und breit nichts zu sehen. Man hatte uns einen Streich gespielt. Razi setzte sich vor mich hin, warf die Stirn nachdenklich in Falten und sagte dann nach minutenlangem Schweigen: »You are no dealer. You are no dealer.« Dann guckte er wieder weg, um mir wieder tief in die Augen zu blicken. »You are no police. You are no police. What kind of people you are?« Und wir prusteten los und lachten schallend. Den ganzen Abend über erzählte uns Razi immer wieder warnend: »Wenn ihr jetzt vom Bekaa-Tal nach Beirut zurückfahrt, dann steht nach etwa 30 Kilometern die Drogen-Polizei auf der Straße. Die sind bis an die Zähne mit Maschinengewehren bewaffnet. Wenn ihr dort ankommt, dann haltet an. Dann wird euch einer der Polizisten fragen, woher ihr kommt. Und ihr sagt ihm: ›Aus Baalbek‹. Dann wird er euch fragen, was ihr da gemacht habt. Und ihr antwortet, dass ihr die römischen Ruinen besichtigt habt. Und dann wird er euch fragen, ob ihr Haschisch geraucht habt. Und ihr müsst entrüstet mit einem ›Niemals! Never smoke Haschisch‹ antworten.«

Wir verabschiedeten uns von unserem Gastgeber und gingen nach draußen. Ich hatte ein mulmiges Gefühl in der Magengegend und sollte mich nicht täuschen. Als ich spürte, dass direkt hinter mir jemand schlich, drehte ich mich blitzartig um. Der Sohn unseres Begleiters war uns mit einem Messer in seiner Hand gefolgt und wollte es mir in den Rücken stoßen. Ich schrie den Mann an, sein Vater hielt ihn fest und wir rannten schnell zu unserem Auto.

Wir sprangen hinein und starteten. Es war mitten in der Nacht, als wir uns auf den Weg zurück nach Beirut machten. Ich saß am Steuer. Im Radio liefen die »Rolling Stones« und wir hatten im Laufe des Abends zahlreiche Joints geraucht. Die Warnung Razis war längst schon wieder vergessen. Plötzlich war ich hellwach. Auf der Straße standen

Männer in Uniform, quer über die Straße verlief eine Absperrung aus Sandsäcken, Licht brannte am Straßenrand. Soldaten mit Maschinengewehren umzingelten unser Auto. Ich kurbelte das Fenster herunter. Ein Soldat fragte mich sofort aus: »Where do you come from?« Ich schüttelte mich und dachte, ich würde träumen. Das war doch die »Eröffnungsfrage«, die Razi uns mindestens zehnmal an diesem Abend vorgebetet hatte. »Coming from Baalbek«, antwortete ich postwendend. Ich kannte ja schließlich die Antwort schon. »What did you there?« Ich blickte auf die Uhr und dachte bei mir: Ich kann dem doch jetzt nicht kurz vor drei Uhr nachts ernsthaft sagen, dass wir die Ruinen besichtigt haben! Aber ich antwortete: »Visit the ruins.« Dann kam die alles entscheidende Frage: »You smoke Haschisch?« Ich legte den empörtesten Gesichtsausdruck auf, den man sich vorstellen kann und rief entrüstet: »Never. What you mean. No, no.« Und als Zugabe schaute ich an ihm vorbei in die tiefschwarze Nacht und brüllte den anderen euphorisch entgegen: »Hey people. Libanon is the most beautiful country in the world!!!« Sekundenlang herrschte Grabesstille. Ein Soldat übersetze. Dann waren sie nicht mehr zu halten. Ein schallendes Gelächter brach aus, das auch nach mehreren Minuten nicht abebben wollte. Anscheinend hatte der Soldat den anderen von meiner Antwort auf seine Frage, ob wir gekifft hätten, berichtet. Und alle schienen sich insgeheim seiner Meinung anzuschließen, die ja auch der Wahrheit entsprach: Nämlich, dass wir zugekifft waren. »Go on«, rief er mir zu. »You are crazy, where do you come from?« »Germany«, rief ich lachend zurück. »Crazy german, crazy german, go on, go on«, kam es zurück. Wir konnten sie noch hören, als wir schon wieder einige Meter Fahrt aufgenommen hatten. Als wir am nächsten Tag über dieses merkwürdige Erlebnis sprachen, wurde mir klar, dass einige Soldaten wohl Angehörige der Familie Jaffa waren und sich über ein Frage- und Antwortritual mit Eingeweihten verständigten.

Nach einer Woche besuchten wir Razi Ben Jaffa und seine Familie erneut. Wir hatten extra gewartet, bis die beiden Drogenhändler dort verschwunden waren. Razi lud uns während des Telefonats ein, für einen längeren Zeitraum bei ihm zu wohnen. Es wurden Monate – und eine Freundschaft daraus. Razi zeigte uns die Felder, wo seine Familie Haschisch anbaute und kein Fremder je hingelangte. In Trittenheim bauen sie Wein an. Hier Haschisch.

Die Marihuana-Plantagen lagen über 1 200 Meter hoch in den Bergen. Es gab nur einen Weg nach oben, der ständig von bewaffneten Männern kontrolliert wurde. Dort im Bekaa-Tal lag das ganze Vermögen der Familie Jaffa. Wir waren die ersten Fremden, die Razi mit auf seine Haschischfelder nahm. Als wir dort standen, inmitten dieses riesigen unendlich erscheinenden Feldes voller Hanfpflanzen, dieses wunderbar riechenden, gute Laune verbreitenden Puders, konnte ich bei meinem Freund Horst Remus einen Wesenswandel bemerken. Beim Anblick dieses Lagers, dieses »pflanzlichen Goldes« bekam Horst einen wahren Nuggetrausch. Er hatte Dollarzeichen in den Augen und fasste in diesem Moment den Entschluss, mit dem Verkauf von Haschisch reich zu werden. Und mir wurde schmerzlich klar, dass damit auch eine weitere Zusammenarbeit mit Horst nicht mehr möglich sein würde.

Die Zeit des Abschieds rückte näher. Für uns stand fest: Wir wollten Haschisch mit nach Deutschland nehmen. Nicht, um dort ins Drogengeschäft einzusteigen, sondern um unsere Freunde und Bekannten, auch einmal in den Genuss des einzigartigen Marihuanas der Familie Jaffa kommen zu lassen. Razi sicherte uns seine Unterstützung für den Drogenschmuggel zu und wir wollten mit dem ältesten Trick der Schmugglergeschichte das Hanf außer Landes bringen. In einer Kiste mit doppeltem Boden. Razi wollte die Kiste bauen, die samt Inhalt nach Damaskus geschafft werden sollte. Doch er erwies sich als äußerst ungeschickt beim Zusammenkleben der Holzleisten und Platten. Razi nahm viel zu viel Pattex, trug es fingerdick auf, doch das Holz trocknete nicht richtig an. Und das, obwohl er die Kiste tagsüber in die Sonne stellte und auch noch mit Steinen beschwerte.

Am folgenden Tag, Mittag zwölf Uhr, sollte die Kiste abgeholt werden und ich musste Razi davon überzeugen, ohne dass er dabei sein Gesicht verlieren würde, dass seine Klebetechnik niemals zum Ziel führen konnte. Hatte ich doch bei meinem Vater in der Schreinerei gut gelernt, wie mit Pattex Holz verleimt wird.

Ich ging zu ihm und sagte: »Hey Razi. My father is a carpenter.« Alle mussten lachen. »I tell you«, fuhr ich in ruhigem Tonfall fort, »I know how to work with Pattex.« Erneutes Gelächter. Ich atmete tief durch und mir war klar, dass ich ihn nur mit einer Demonstration meiner Fähigkeiten überzeugen konnte. »Hey Razi, please accept me«, wandte ich mich ihm erneut zu, »I show you now, how to work with Pattex.« Er ließ mich gewähren. Alle standen in einem Riesenkreis um mich herum. Ich nahm mir zwei Sperrholzplatten von je einem Meter Länge. Auf jede Platte verteilte ich gleichmäßig den Kleber und stellte sie in die Nähe des Ofens. Nach wenigen Minuten legte ich die Platten richtig zusammen auf den Boden, trat mit den Füßen drauf und sie klebten fest aneinander. Ich schaute zu Razi und sagte zu ihm: »Look. Diese beiden Platten kannst du jetzt mit zwei Händen ziehen. Und ich kann dir sagen, die Platten werden brechen.« Razi packte die Platten mit seinen Händen, zerrte und zog angestrengt an ihnen. Schweißtropfen perlten von seiner Stirn. Dann brachen die Platten exakt an der von mir vorhergesagten Stelle. »Gut«, sagte ich. »Jetzt kannst du noch zwei Platten mit Pattex bearbeiten. Du kannst sie von mir aus so dick beschmieren, wie du willst. Du kannst so viele Steine rauflegen, wie du willst. Morgen früh ziehe ich diese beiden Platten auseinander mit diesen zwei kleinen Fingern. Es wird nichts brechen.« Ich grinste zu ihm herüber, während ich meine beiden kleinen Finger langsam auf und ab bewegte. Razi starrte mich gebannt an. Dann wandte er das Wort an mich. »Okay, Juppy. How to work?« Ich lächelte und erwiderte: »Clean the house.« Seine Leute sammelten die Holzlatten ein, schrubbten den Boden und verwandelten den Raum, der wie eine Baustelle ausgesehen hatte, binnen kurzer Zeit in ein herrliches Wohnzimmer. »What we do now?«, fragte mich Razi. »Now we sit down and smoke a joint and you smoke with us«, antwortete ich. Wir setzten uns in einen Kreis und der Joint machte die Runde. Als wir ihn aufgeraucht hatten, drehte sich Razi zu mir und meinte: »What we do now?« »Now we make a plan«, retournierte ich. Gemeinsam mit Manfred, der Ingenieur war, machte ich einen Plan für den Bau gleich mehrerer Kisten. »And what we do now?«, fragte Razi. »Now we can go sleep and we stand up early in the morning at seven o'clock. And you go with Manfred to a carpenter in the next village. There you buy the wood. And please Razi, just do what Manfred is telling you. And we make the breakfast and at 12 o'clock everything is ready. And you Razi make the coffee!« Wir gingen alle zu Bett. Am nächsten Morgen machten sich Razi und Manfred auf den Weg zu einem Schreiner, der ihnen die Holzlatten und Leisten für unsere Kisten zuschnitt. In der Zeit bereiteten wir für alle das Frühstück.

Als Razi und Manfred zurückkehrten, wurde gefrühstückt und Viertel vor zwölf Uhr war alles fertig und die Kisten standen draußen im herrlichsten Sonnenschein.

Pünktlich wie angekündigt kam der Kurier, der die zwei Kisten nach Damaskus bringen sollte, und wir zerrissen einen Zettel mit dem Satz »Die Sonne scheint schön« in zwei Hälften. Ein Teil des Papiers ging mit den Kisten, ein Teil des Zettels behielt ich. In die Kisten packten wir einige Sachen und in dem doppelten Boden lag der Shit. Der Kurier schaffte die Kisten über die Grenze bis ins syrische Damaskus. Dort lösten wir die Kiste mit der einen Hälfte des Zettels aus und schmuggelten sie per Flugzeug unbemerkt nach Deutschland.

Weil es so schwierig und mühselig war, allein für Saudi-Arabien eine Durchfahrts- und Aufenthaltsgenehmigung zu bekommen, verkauften wir schließlich auch unser zweites Auto und flogen mit dem Flugzeug wieder nach Deutschland zurück. Unser ursprüngliches Reiseziel, Indien, hatten wir nicht erreicht.

Selbst als im April 1975 im Süd-Libanon der zweite Bürgerkrieg begann, der sich immer mehr mit dem Nahostkonflikt verband, hielten wir Kontakt. Dieser »Teufelskerl« schmuggelte auch für Freunde immer wieder Drogen aus dem Libanon. Bis nach Jugoslawien ließ er das Haschisch von Kurieren transportieren, wo es dann einer von uns in Empfang nahm.

Im August 1973 trennten sich Horsts und meine Wege. Unsere Kommune war mittlerweile auf 12 Personen angewachsen. Wir teilten uns auf, er ging mit sechs Leuten, ich blieb mit sechs, darunter natürlich Gisela, Udo und Piet. Helga ging mit Horst. In einem halben Jahr gab es diese Kommune nicht mehr, weil Horst die Leute so drangsalierte, sich wie ein Diktator aufführte, dass sie nicht mehr mit ihm zusammenleben wollten. Horst kehrte gemeinsam mit Manfred Vesper in den Libanon zurück, immer noch beherrscht vom Nuggetrausch, ganz groß in das Drogengeschäft einzusteigen. Er besuchte Razi, blieb und lebte dort wieder im Kreise der Familie.

Für den ersten Schmuggelversuch fertigte Horst sich mit einem Plastikschweißgerät eine Weste an, die eng am Körper anlag und die er unter dem Pullover trug. Darin wollte er Haschischöl aus dem Land schmuggeln. Aus etwa 15 Kilo Haschischpuder löste man mit Alkohol das Harz heraus und gewann daraus etwa ein Kilo Haschischöl; man gab dann entweder einige Tropfen des Öls in den Tabak und drehte daraus einen Joint oder bestrich eine normale Zigarette mit dem Öl.

Horst und Manfred wurden bei diesem Schmuggelversuch erwischt. Sie waren schon auf dem Flughafen in Beirut durch alle Sicherheitskontrollen gekommen und hätten nur noch die Gangway zum Flugzeug zu gehen brauchen. Da wurden sie von zwei Sicherheitsbeamten gestoppt, die wissen wollten, ob beide irgendetwas aus dem Land schaffen wollten. Horst und Manfred schüttelten die Köpfe. Die Polizisten nahmen jeweils ein Messer und schlitzten beiden Männern die Pullover auf. Das flüssige Haschischöl lief ihnen am Körper herunter. Es ist nicht auszuschließen, dass diese beiden Sicherheitsbeamten einen Tipp bekommen hatten und den gehörnten Razi rächen wollten, denn Horst hatte einen entscheidenden Fehler begangen. Razis Ehefrau, die mit aller Macht aus dem Libanon ausreisen wollte, hatte heftig mit ihm geflirtet und es geschafft, Horst ins Bett zu kriegen.

Horst und Manfred wurden festgenommen und zu drei Jahren Gefängnis verurteilt.

Über zwei Jahre saßen sie im Libanon im Knast, dann stürmten die Phalangisten das Gefängnis. Das waren Christen, die sich im Libanon ab April 1975 mit den Muslimen, vorwiegend palästinensische Freischärler, blutige Straßenkämpfe lieferten. Sie stellten Horst, dem auch in Deutschland eine Gefängnisstrafe wegen nicht geleisteter Unterhaltszahlungen drohte, vor die Wahl: Entweder mitkämpfen oder Auslieferung an die Deutsche Botschaft. Horst zögerte nicht eine Sekunde und entschied sich für die Botschaft, denn er ahnte, dass er in diesem Bürgerkrieg früher oder später zwischen die Fronten geraten würde. Als er auf dem Frankfurter Flughafen ankam, wanderte er direkt ins Gefängnis. Der Aufenthalt dort war natürlich Luxus im Vergleich zu den Verhältnissen im libanesischen Knast.

Aus Trier kamen in der Zwischenzeit viele Freunde wie Scotty und Dieter Merges nach Berlin. Sie erzählten mir, wie eine Droge in Trier und den umliegenden Dörfern immer mehr um sich griff: Heroin. Rund um Trier waren amerikanische Soldaten stationiert. Hier gab es riesige amerikanische Militärflughäfen beispielweise in Spangdahlem, Hahn, Baumholder und Bitburg. Trier war immer auf aktuellem Stand, gerade wegen der GIs. Wenn zum Beispiel in den USA ein neuer Tanz kreiert wurde, brachten ihn die »Großstadtboys« aus New York und Chicago sofort mit nach Trier, noch bevor er in Berlin bekannt wurde. Die GIs exportierten nicht nur Tänze und Musik, sie brachten auch Drogen wie Haschisch und Heroin. Da gab es Dörfer mit 600 Einwohnern, in denen es 12 Prostituierte und 25 Fixer gab. Leute, mit denen ich früher Fußball gespielt hatte und die ich seit vielen Jahren kannte, die gerade einmal 20 Jahre alt waren, gerieten in den Sog des Heroins und kamen darin um. Einer sprang vom Hochhaus herunter, einer spritzte sich eine Überdosis.

Aus Trier erreichte uns ein Hilferuf. Der Verein »Release e.V.«, einst in Heidelberg gegründet, wurde von Manni Spaniol nun auch in Trier ins Leben gerufen. Die Mitglieder kümmerten sich um Menschen, die nicht mehr vom Heroin loskamen. Sie hatten ein großes leerstehendes Schulgebäude, ein altes Bauernhaus und weitere Häuser gemietet, wohnten dort und betreuten Drogenabhängige. Wir sollten zu ihnen kommen und helfen. Indien, Nepal – oder Trier, das war nun für mich die Schlüsselfrage. Wir überlegten nicht lange und entschlossen uns für Trier. Selbst in den Räumen von »Release«, wo die Drogenabhängigen mietfrei wohnen konnten, kreiste das Heroin. Ich sah mit eigenen Augen, wie sich zwei Fixer einen Schuss Heroin setzten. Sie zeigten mir die gesamte Prozedur: Arm abbinden, die Droge in einem Löffel erhitzen und dann mit einer Spritze einziehen und abdrücken. Das in der Spritze angesammelte Blut wird dann schließlich auch noch einmal in die Vene gespritzt, damit auch wirklich alles drin ist. »In dem Moment, wo du dir den Schuss setzt, bist du direkt drauf«, sagte mir einer der Beiden.

Nach diesem Erlebnis konnte ich gar nicht anders als zu versuchen, die Jugendlichen vom Heroin wegzubringen. Wir schmiedeten einen Plan. Fest stand: Ohne politische und finanzielle Hilfe konnte dieses Drogenhilfsprojekt kaum funktionieren. Wir beschlossen, eine Spendenaktion zu initiieren und von den Trierer Geschäftsleuten und Politikern Geld und Unterstützung zu erbitten. Schließlich ging es ja um junge Trierer Bürger, die nicht mehr von der Nadel wegkamen. Mit dem Stadtrat für Soziales, Kreuzer, der später sogar Bürgermeister wurde, verhandelten wir. Aber ich merkte schnell, dass wir bei den Politikern keine Chance hatten. Wir klapperten die Trierer Geschäftsleute ab. Sie gaben uns ein paar Hemden und in drei Wochen sammelten wir gerade einmal 300 DM. Beschämend! Mir wollte es einfach nicht in den Kopf gehen, dass die Trierer für ihre Jugend nicht bereit waren, in die Tasche zu greifen, um den Kampf mit der Droge Heroin aufzunehmen.

Nun war ich selbst gefordert. »So kann es nicht weitergehen«, murmelte ich vor mich hin. Doch um an Geld für das Projekt zu kommen und den Plan in die Tat umzusetzen, können wir doch nicht irgendwelche Omas beklauen oder im Kaufhaus mit einer Waffe die Kasse plündern.

Im Libanon »stellten« wir einmal einen deutschen Kraftfahrzeugbrief aus und erprobten mehrfach, wie man, ohne auffällige Spuren zu hinterlassen, Pässe fälscht. Diese illegalen Fertigkeiten wollten wir einsetzen, um an Geld für unser Projekt zu kommen.

Ich fälschte zunächst einen Ausweis, den wir uns vorher »besorgten«. Mit dem Dokument fuhr ich zu zwei Postämtern in Trier und Umgebung und beantragte Postsparbücher. Mit 5 DM eröffnete ich das Konto. Daraufhin händigte das jeweilige Postamt dem Antragsteller, also mir, das Postsparbuch aus und schickte in der Regel die Sicherheitskarte mit der Kontonummer an die angegebene Adresse zu. Das dauerte erfahrungsgemäß zwei bis drei Tage. Bis dahin war klar, musste der Coup gelungen sein. Denn dann hatte ja der jeweils Bestohlene spätestens auch bemerkt, dass er seinen Ausweis nicht mehr bei sich trug, wenn er einen Brief von der Post mit der EC-Karte erhält.

Ich beantragte zunächst zwei Sparbücher und hatte Glück. Der nette Postbeamte gab mir die Sicherheitskarten gleich persönlich mit. So konnte ich mir hier die Arbeit mit den Sicherheitskarten sparen. Denn das war die Präzisionsarbeit. Ich machte alle Fälschungen in mühevoller, stundenlanger Arbeit per Hand.

Wenige Stunden nach der Fälschung der Sparbücher, in die ich eine fiktive Summe von 3 800 DM eintrug, hob ich insgesamt zweimal 2 000 DM ab. Das Startgeld benötigten wir unter anderem dringend für Benzin.

Bei den nächsten Coups machte ich mich an die Aufgabe, die benötigten Sicherheitskarten zu bearbeiten. Trotz der großen Ähnlichkeit mit dem Original, konnte ein geübtes Auge nach wie vor einen kleinen farblichen Unterschied bei der Fälschung feststellen. Darum hatte ich dann die selbstgemachte Sicherheitskarte für das Postsparbuch in eine bläuliche Plastikfolie eingeschweißt und noch einen kleinen Zettel auf der Rückseite mit dem Hinweis beigelegt: »Bei Verlust bitte senden an ...« Dort stand die jeweilige Adresse der Person, auf die das neu beantragte Sparbuch ausgestellt war. »Gute Idee, so die Karte zu schützen«, sagte ein freundlicher Postbeamter zu mir, während er mir ohne Probleme 2 000 DM auszahlte.

Die Fälschungsmaschinerie lief auf Hochtouren. Piet war immer mit Freude mein Partner. So beantragten wir zu dritt, Piet, Manni und ich, auf je einen Ausweis bis zu acht Sparbücher in verschiedenen Städten gleichzeitig. Da es ja noch keine Computer auf den Postämtern gab, vergingen Tage, bis es sich herumgesprochen hatte, dass auf eine Person so viele Sparkonten eröffnet wurden.

Bald passierte jedoch schon der erste große Fehler. Piet legte beim zweiten Postamt eine Sicherheitskarte vor, die von einem anderen Sparbuch war. Durch diese Nachlässigkeit kam man uns langsam aber sicher auf die Schliche. Man fahndete in ganz Rheinland-Pfalz nach den Postbetrügern. Brücken wurden gesperrt. Verstärkt wurde nach Terroristen gesucht, weil die Polizei sich sicher war, dass derartige Aktionen nur von Terroristen durchgeführt werden konnten.

Nach einer sehr langen Nacht, die »Einzahlung« in die Sparbücher zu schreiben, zu stempeln und die Karten mit den Zahlen zu bedrucken, war ich morgens halb acht Uhr fertig. Ich musste mich schlafen legen, denn so müde wie ich war, konnte ich nicht um acht Uhr losfahren. Die beiden anderen, Manni und Piet, machten sich gleich auf den Weg. Ich wollte um elf Uhr starten.

Kurz vor elf Uhr zog ich mich an. Ich war gerade im Begriff, mit Gisela aufzubrechen, um weitere deutsche Postämter von »unnötigem« Geld zu befreien und es in unsere Jugend, quasi als Vorschuss für unsere Zukunft zu investieren, als ein bis ins Mark erschütternder Schrei durchs Haus schallte: »Polizei. Pooolizeeeii!« Ich rannte zum ersten Stock hinauf und sperrte das Fenster auf. Vor einem anderen Haus stand ein Großaufgebot von Polizisten mit drei Hunden. Doch sie bemerkten ihren Fehler schnell und rasten nun auf unser Haus zu.

Ich hielt meinen Puls niedrig und schob meine gesamten Sparbücher und Karten in Luken und Nischen auf dem Dachboden, die ich mir bereits Tage zuvor als mögliche Verstecke auserkoren hatte. Mit Bausteinen deckte ich die von Spinnenweben umrankten Öffnungen zu. Schon stürmte die Polizei das Haus. Gisela hielt meine Jacke und ich streifte sie schnell über. Da kamen sie die Treppe hinauf. »Halt, halt. Ja, was ist denn hier los?«, fragte ich erstaunt. »Wir machen hier eine Hausdurchsuchung«, erklärte mir der Einsatzleiter. »Haben Sie einen Hausdurchsuchungsbefehl?«, fragte ich zurück. »Wer sind Sie?«, entgegnete mir der Polizist. »Ich arbeite hier als Therapeut«, antwortete ich. »Wir erklären das alles dem Mieter, auf den der Mietvertrag hier läuft«, sagte der Einsatzleiter und schob mich zur Seite. Die Beamten kontrollierten meine Taschen und fanden dort unter anderem ein Original-Postsparbuch, das auf mich ausgestellt war, welches sie jedoch gleich beschlagnahmten. »Was suchen Sie denn hier, was machen Sie hier?«, insistierte ich. »Das geht Sie gar nichts an«, kam es mürrisch zurück. Unterdessen waren die Spezialeinsatzkommandos längst im Keller und klopften die Wände ab. Mir dämmerte, dass es letztlich nur eine Frage der Zeit war, bis sie die Sachen finden würden. Wie sollte ich die ganzen Karten unauffällig verschwinden lassen, bevor die Beamten und ihre Hunde das Versteck ausgehoben hatten? Es gab nur eine Chance. Ich ging in die Offensive. »Hey Leute«, rief ich und einige Köpfe schnellten herum, »also, wenn ihr schon alles durchsucht und Postsparbücher beschlagnahmt, als wären hier Gangster am Werk, dann möchte ich auch, dass hier oben der Speicher richtig durchsucht wird, damit klar ist, dass ihr im Irrtum seid.« Und während ich so redete, folgte mir immer einer. »Ich mache euch auch gleich das Licht hier oben an«, sagte ich und war auf dem Dachboden. Ich bückte mich währenddessen schnell nach unten, schob den Stein zur Seite, griff blitzschnell nach dem Stapel Sicherheitskarten und steckte sie mir in die Tasche. Dann ging ich nach unten zu der Spezialeinheit, die weiterhin damit beschäftigt war, die Wände abzuklopfen. Im Schlepptau einen Polizisten. Ich holte dort Holz und ein paar Briketts. Auf dem Weg nahm ich die Kärtchen aus meiner Tasche, packte sie unter das Holz und die Briketts und schmiss alles in den Ofen. Als die ersten Flammen loderten, strahlte ich über das ganze Gesicht, denn die Kärtchen wurden schnell vom Feuer vernichtet. Ich drehte mich zu einen

Polizisten und sagte zu ihm: »Ja, warm muss es sein, auch wenn eine Razzia ist.« Mittlerweile waren die Beamten in das Zimmer vorgedrungen, in dem ich gearbeitet hatte und dass gleichzeitig auch unser Schlafraum war. In dem Zimmer standen nur ein kleiner viereckiger Tisch und ein Stuhl. Auf dem Boden lagen unsere Matratzen. Wenn ich in diesem Zimmer arbeitete, dann durften auch nur unsere Leute herein, sonst keiner. Der hätte ja später vor Gericht ein Zeuge sein können! Unter dem besagten Tisch stand eine Kiste. In ihr lag das gesamte Werkzeug: Foliographen, kleine Siebdrucknetze, auf denen sich noch etwas Farbe befand etc. »Ja bitte, durchsuchen Sie auch das Zimmer«, sagte ich zu einem jungen Polizisten. »Treten Sie ein, aber laufen Sie bitte mit Ihren Schuhen nicht über die Betten.« Er entdeckte den Koffer, zog ihn unter dem Tisch hervor und stellte ihn vor sich. Er kniete und wollte den Koffer öffnen. »Hey, pass mal auf«, begann ich, »ich mache mit den Leuten hier viel Zeichenunterricht. Der ganze Koffer ist voller Spezialwerkzeug, das ich zum Zeichnen benötige. Bitte tu mir einen Gefallen. Das ist alles sehr teures Material. Bitte mach mir nichts kaputt.« Währenddessen hatte er bereits die Klappe des Koffers geöffnet. Alle Beweismittel lagen im Prinzip vor ihm. Aber er schaute mich die ganze Zeit über an, nickte und machte den Koffer wieder zu. Schließlich schob er ihn unter den Tisch zurück. Er hätte nur einmal genau hingucken müssen, dann wäre er der Held des Tages gewesen.

Während die Durchsuchung weiterlief, schoss mir plötzlich eine weitere Vorahnung durch den Kopf. Ich war auf meinen Streifzügen immer mit dem Ford Transit, der vor dem Haus parkte, unterwegs gewesen. Im Handschuhfach lagen acht Werbezettel »Mein Postsparbuch und ich« der entsprechenden Postämter, auf denen ich die Postsparbücher beantragt hatte. Und es war klar, dass diese Spezialeinsatztruppe, nachdem das Haus durchkämmt worden war, auch sicher noch das Auto unter die Lupe nehmen würde. Ich wollte mit dem Einsatzleiter sprechen. »Herr Einsatzleiter. Sie dringen hier ein und erklären mir nicht, worum es wirklich geht. Ich würde aber gerne die anderen über dieses Vorgehen informieren. Wir haben hier im Haus kein Telefon. Lassen Sie mich doch bitte mit dem Auto zum Weidengraben da vorne fahren. Dort ist eine Telefonzelle. Ich möchte unseren Rechtsanwalt anrufen und unseren Vorstand, um genau zu wissen, was hier los ist.« Der Einsatzleiter erlaubte es mir. Ich ging zum Auto, beugte mich blitzschnell rüber zum Handschuhfach, riss die Zettel heraus und steckte sie in meine Jackentasche. In dem Moment spürte ich bereits wieder den Atem der Polizisten im Nacken, die mir gefolgt waren. »Halt, Moment. Erst einmal wollen wir doch das Auto durchsuchen«, sagte der Einsatzleiter, »nicht, dass

Sie hier noch am Ende Beweismittel wegschaffen wollen.« Dann durchsuchten mehrere Beamte das Auto – ohne Ergebnis. »So, jetzt können Sie losfahren«, gab mir der Einsatzleiter grünes Licht. Ich fuhr bis zum Weidengraben und warf die ganzen Werbezettel in einen Gully.

Im Laufe des Tages erfuhr ich, dass in allen Häusern von »Release« Razzien durchgeführt worden waren. Piets dämlicher Fehler hatte die Polizei auf unsere Spur gebracht. Er wurde am Nachmittag auf dem Postamt in Idar-Oberstein verhaftet. Piets Fahrer sah es von weitem und fuhr sofort mit dem schon eingenommenem Geld zurück. Dorthin, wo bei uns gerade die Razzia gemacht wurde. In dem Augenblick, als die Razzia zu Ende war und die Polizisten den Hof verlassen wollten, bog er um die Ecke, wurde sofort gestoppt und kontrolliert. Sie fanden das Geld und die Sparbücher. Er wurde ebenfalls gleich verhaftet.

Insgesamt wanderten vier Leute von uns in den Knast. Man hatte ihnen die Taten nachweisen können. Keiner von ihnen fühlte sich wie ein Gangster. Sie wussten alle, warum sie diesen Schritt gemacht hatten. Am darauffolgenden Morgen schnappte ich mir vier Postsparbücher und die dazugehörigen Karten. Scotty und Gisela begleiteten mich und ich hob insgesamt 6 000 DM ab. Ich wusste, dass ich nicht auf der Fahndungsliste stand und die Aktion klappen würde. Von dem Geld zahlten wir die Rechtsanwälte für unsere Freunde.

Scotty, der im bürgerlichen Leben Otto Golumbeck heißt, und später in der ufaFabrik ein exzellenter Veranstaltungsmanager wurde und einer meiner engsten Vertrauten, fuhr Gisela und mich anschließend nach Berlin zurück. Wir zogen in die Schöneberger Hauptstraße, zu einem Freund, der uns in einem halben Zimmer seiner Anderthalb-Zimmer-Wohnung unterbrachte.

Piets Begleiter hatte bei der Vernehmung meinen Namen ins Spiel gebracht und mich dadurch belastet. Polizei und Staatsanwaltschaft waren mir aufgrund dieser Zeugenaussage auf der Spur und suchten den Rädelsführer. Von da ab lag ein Haftbefehl gegen mich vor. Ich war gezwungen, unterzutauchen und mir eine neue Identität zu geben. Ende 1973 fand ich einen Freund, der mir seinen Ausweis zur Verfügung stellte. Da es aber gefährlich gewesen wäre, einen Ausweis über längere Zeit zu behalten, fälschte ich mehrfach die Pässe und Namen. Sechs Jahre lang konnte ich nicht mehr nach Hause zu meinen Eltern nach Trittenheim. Das Risiko wäre einfach zu groß gewesen.

Wenn ich illegal unterwegs bin, dachte ich, denkt doch jeder, wo der sein kann. Entweder bei der »Bewegung 2. Juni« oder bei der RAF. Man ist doch schnell ein gesuchter Terrorist in der Bundesrepublik Deutschland. Also gibt es nur einen einzigen Weg: Ich bin so offensiv wie ein Fisch im Wasser, indem ich meine Sache einfach ganz normal weitermache. Kein Urlaub, weiter geht's.

Zwischen Ende 1973 und 1974 waren so viele Razzien in der Stadt, dass ich immer wieder meinen Aufenthaltsort wechselte, weil ich meine Leute nicht in Gefahr bringen wollte. Ich schlüpfte sogar bei Lehrern und Oberstudienräten unter.

Während dieser Zeit lernte ich einige Leute von der RAF kennen, darunter Philipp Werner Sauber, Sohn aus einer reichen Schweizer Familie. Werner, der in Berlin an der Filmakademie studierte, wurde in internen Kreisen nur »Apparatschik« genannt. Werner, war ein netter Mensch und wollte mich immer in die RAF holen. Aber ich weiß noch genau, was ich ihm darauf antwortete: »Hey du, Apparatschik. So kann man nicht die Welt verändern. Ihr werdet doch schon nur deshalb gesucht, weil wenn ihr ein paar Nummernschilder abschraubt, um sie an andere Fahrzeuge zu montieren, Waffen dabei haben müsst, um im Notfall einen Menschen zu erschießen. Entweder hat man da Leute aus der Bevölkerung, die einem helfen oder man ist auf dem falschen Weg. Oder was meinst du? Wenn ein Student Nummernschilder klauen würde, der nicht auf der Fahndungsliste steht, dem würde nämlich nicht mal ein Prozess gemacht, geschweige denn würde ein Richter beschäftigt, weil so ein Spinner ein Souvenir für sein Zimmer haben wollte.«

Am 9. Mai 1975, er war gerade dabei, ein Nummernschild abzumontieren, wurde Werner auf einem Kölner Parkplatz getötet. Ein Polizist schoss sein ganzes Magazin leer.

Von Ulrike Meinhof, Andreas Baader, Horst Mahler oder Gudrun Ensslin habe ich nicht besonders viel gehalten, denn so, das war meine Überzeugung, konnte man die Welt nicht verändern. Die RAF hatte einen entscheidenden großen Fehler gemacht. Bei der Befreiungsaktion von Andreas Baader am 14. Mai 1970 wurde sein Aufpasser Georg Linke angeschossen. Statt den Angestellten Linke mit einer Ohrfeige zu überrumpeln, schoss einer der »Befreier«, dessen Identität nie geklärt wurde, sofort auf den Mann, weil es ja viel zu lange gedauert hätte, bis der seine Pistole aus der Tasche geholt und entsichert hätte. Die vier »Befreier« sowie Baader und Meinhof entkamen. Diese Befreiungsaktion wird als die Geburtsstunde der RAF angesehen. Am nächsten Tag gab die RAF eine Pressemitteilung heraus, in der die Schüsse auch noch gerechtfertigt wurden. Sie hätten da noch die Gelegenheit gehabt, sich dafür zu entschuldigen und die Schüsse als Notwehrtat zu bezeichnen. Doch die RAF schrieb sinngemäß: »Natürlich kann auf die geschossen werden!« Da wurde deutlich, wohin die Reise gehen würde. Die »Befreier«, der Befreite, sowie einige andere – unter ihnen Hans-Jürgen Bäcker und Horst Mahler – reisten mit Hilfe eines Verbindungsmannes der palästinensischen Befreiungsaktion El Fatah namens Said Dudin nach Jordanien, wo sie eine militärische Ausbildung erhielten. Horst Mahler war Mitbegründer der RAF und wurde 1974 in einem Prozess zu 14 Jahren Gefängnis verurteilt und 1980 entlassen. Der spätere Bundeskanzler Gerhard Schröder vertrat Mahler anwaltlich, insbesondere in der Frage der Wiederzulassung als Anwalt.

Wenn ich mir heute vorstelle, dass Horst Mahler mit Peter Urbach, dem Agenten des Landesamtes für Verfassungsschutz in Berlin, auf einem Friedhof nach den ersten Waffen für die Baader-Meinhof-Gruppe gebuddelt hat, dann denke ich: »Hätte er doch mal lieber in der Drogen-Szene als Kleindealer gearbeitet. Denn dann hätte er gewusst, wie ein Kripobeamter in Zivil aussieht.« Inzwischen wundere ich mich, wieso er in die rechte Szene abgerutscht ist. Schon unverständlich, als ehemaliger Linker da zu landen.

Mit den Waffen übten die RAF-Mitglieder zunächst auf dem Berliner Flughafen Tempelhof das Schießen. Sie schossen dreimal in die Erde, damit sie wussten, wie der Rückschlag ist. Keiner konnte sie in diesem Moment hören, weil gerade eine Maschine lautstark startete. Die Bundesregierung zog also im Hintergrund die Fäden und baute den Feind im Staate auf, um ihn dann mit Spezialeinsatzkommandos zu bekämpfen.

Wir wollten zwar Revolution machen, um die Gesellschaft zu verändern. Aber wir wollten die Menschen mit Argumenten und Tatsachen überzeugen und sie gewissermaßen »abholen«. Wir wollten nicht auf eine militaristische Art und Weise die Gesellschaft zerstören und eine Gegengesellschaft aufbauen. Gewalt führt nicht zum Ziel.

Meine Illegalität endete im August 1979 nach der Besetzung der ufaFabrik. Sie musste zwangsläufig zu diesem Zeitpunkt enden. Wir verhandelten mit dem Regierenden Bürgermeister von Berlin, Dietrich Stobbe, und mit der Polizei, wir waren in fast allen deutschen Zeitungen, wie der »Frankfurter Rundschau«, der »Süddeutschen Zeitung«, in Fernsehsendern, und Radiostationen. Fotos von mir waren bundesweit zu sehen. Da wusste ich doch, wie lange es gedauert hätte, bis sich das auch in Trier herum gesprochen hat und die Kriminalpolizei binnen kürzester Zeit da gewesen wäre. Dann wäre ich wohl für eine lange Zeit weg vom Fenster gewesen.

Ich nahm mir Rechtsanwalt Jakobs aus Saarbrücken und bat ihn, bei der Staatsanwaltschaft in Trier anzurufen, um die »Sache« endlich vom Tisch zu kehren. »Aber Juppy«, fing Jakobs am Telefon an mit mir zu handeln, »was soll ich denen denn für eine Geldsumme nennen, die du bereit bist als Strafe zu zahlen?« Ich stutzte kurz und antwortete ihm dann: »Also Jakobs, jetzt pass' mal auf. Ich habe für Deutschland gearbeitet. Du bist mein Rechtsanwalt. Es geht um mich. Du gehst da hin und sagst denen, dass es nur die eine Möglichkeit gibt: Freispruch!« Wir verabredeten uns telefonisch für den nächsten Tag. Ich rief ihn wieder an und es sprudelte nur so aus ihm heraus: »Juppy, es ist total irre. Die Sache ist fallen gelassen worden. Es gibt keine wirklichen Beweise.« Ich atmete tief durch. »Kannst du mir das schriftlich geben?« Er schickte mir die Erklärung per Eilbrief.

Am nächsten Tag wollte ich zum WDR nach Köln, der einen Filmbeitrag über uns gedreht hatte, und mich und Sigi, meine Freundin, zu einer

Beschluss der »Strafsache«.

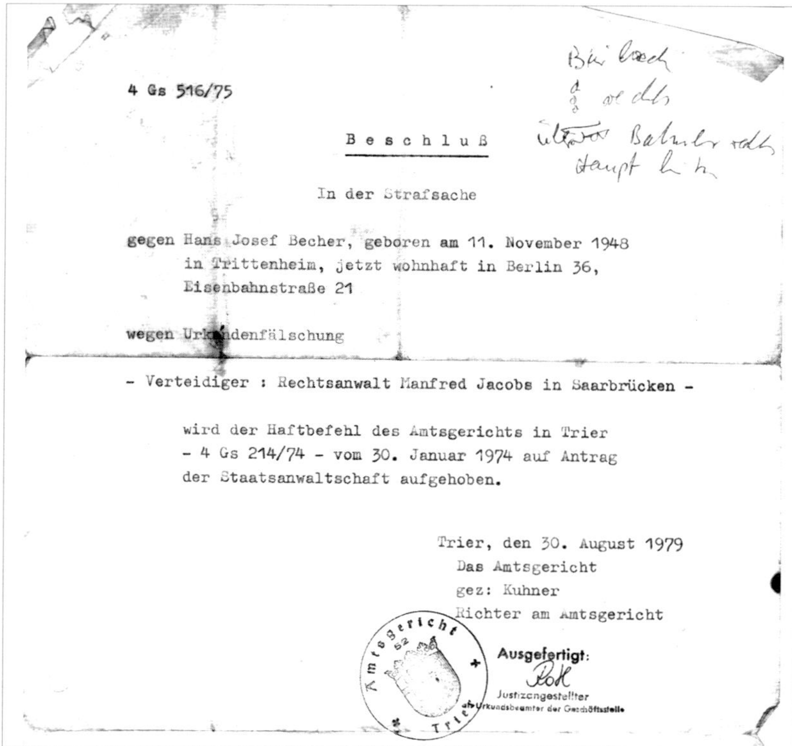

4 Gs 516/75

B e s c h l u ß

In der Strafsache

gegen Hans Josef Becher, geboren am 11. November 1948
in Trittenheim, jetzt wohnhaft in Berlin 36,
Eisenbahnstraße 21

wegen Urkundenfälschung

- Verteidiger : Rechtsanwalt Manfred Jacobs in Saarbrücken -

wird der Haftbefehl des Amtsgerichts in Trier
- 4 Gs 214/74 - vom 30. Januar 1974 auf Antrag
der Staatsanwaltschaft aufgehoben.

Trier, den 30. August 1979
Das Amtsgericht
gez: Kuhner
Richter am Amtsgericht

Amtsgericht Trier

Ausgefertigt:
Justizangestellter
als Urkundsbeamter der Geschäftsstelle

Besprechung eingeladen hatte. Nun brauchte ich also wieder einen Ausweis – auf meinen Namen. Ich fuhr sofort zum Polizeirevier in die Kochstraße unweit vom Checkpoint Charlie, da ich dort mal gemeldet war, als ich in der Eisenbahnstraße in Kreuzberg gewohnt hatte. »Ich muss einen Ausweis beantragen. Habe meinen alten verloren und muss morgen unbedingt nach Köln«, sagte ich dem Beamten. Er fragte mich nach meinem Namen, ging zum Aktenschrank, nahm die Akte, studierte sie und schüttelte den Kopf. Dann schaute er auf und sagte laut und verwundert: »Ja Mensch, Sie sind ja seit 1972 nirgendwo mehr gemeldet. Ja wo waren Sie denn?« Ich grinste ihn an, knipste ihm ein Auge zu und sagte so, dass alle sich in dem Raum befindenden Polizisten und die anderen Leute es auch hören konnten: »Im Untergrund!« Alle lachten und klatschten. »Jetzt sagen Sie mir doch bitte einmal genau, wo Sie waren?«, hakte der Beamte nach. »Ich war in Frankreich«, antwortete ich. »Wo denn da? Ich muss das schließlich alles genau notieren.« Ich grinste ihn an. »Na sagen wir mal so, den ersten Kaffee habe ich in Metz getrunken.« Er notierte Metz auf dem Formular und gab mir zu verstehen, dass ich den Ausweis in einigen Tagen abholen könnte. Ich brauchte ihn aber umgehend, um nach Köln zu fliegen. »Können Sie mir nicht helfen?« Er versprach mir, dass mein Ausweis am nächsten Morgen fertig sein würde. Und er hielt Wort.

Am Flughafen Berlin-Tegel zeigte ich dann meinen Ausweis. Dort wurde er überprüft, mir wieder zurückgegeben und ich konnte fliegen. Als ich in Köln ankam, bemerkte ich einen Beamten an der Passkontrolle, was sonst nie der Fall gewesen war, wenn man aus Berlin kam. Jetzt hieß es, ums Leben zu kämpfen. Ich hatte mir zum Glück extra das Schreiben vom Staatsanwalt mitgenommen. Der Beamte winkte mich zu sich. »Ihren Ausweis bitte.« Ich holte ihn aus der Tasche, lächelte den Mann an und witzelte: »Hier, heute morgen noch extra frisch machen lassen.« In meinem Rücken spürte ich schon die Gefahr und ich sollte Recht behalten. Fünf Beamte kreisten mich ein und packten mich von hinten. Ringsherum standen die anderen Passagiere, die mit mir in Köln gelandet waren. Es war mir extrem peinlich, dass die Leute mich für einen Flugzeugentführer halten könnten. »Es kann nur ein Irrtum sein, liebe Leute. Diese Herren müssen sich bald bei mir entschuldigen«, rief ich in die Runde. Die Beamten führten mich ab und brachten mich zur nächsten Wache.

»Könnten Sie mich bitte etwas entspannter behandeln?«, forderte ich die Polizisten auf. »Es mag ja sein, dass ich noch in einem Fahndungsbuch stehe. Hier haben Sie die Telefonnummer vom Staatsanwalt in Trier. Der wird Ihnen alles erklären. Bitte rufen Sie ihn an.« Das Telefonat dauerte nur wenige Minuten. Die Beamten entschuldigten sich anschließend bei mir und gaben mir meinen Ausweis zurück.

Ich ging als freier Mensch.

Im Herbst 1979 wurde das Verfahren gegen Piet aufgerollt und ihm wurde der Prozess gemacht. Kurz vor dem Verfahren berichtete »DER SPIEGEL« über einen Riesenskandal in Trier. Verwickelt darin war der frühere Sozialstadtrat und damalige Oberbürgermeister Kreuzer, der uns damals für das »Release«-Projekt keinen Pfennig rausgerückt hatte. Zweite Schlüsselfigur im Skandal war Ferenc Palenko, ehemals erster Geiger im Stadttheater. Er hatte in Trier inzwischen eine Bar eröffnet. Jener Palenko war in der Zeit, in der ich im Untergrund lebte, verhaftet worden, weil man fünf Kilogramm Heroin bei ihm gefunden hatte. Palenko war ein persönlicher Freund von Bürgermeister Kreuzer. Der hatte einen öffentlichen Leumund abgegeben. Er erklärte, dass Ferenc niemals mit Drogen zu tun gehabt hätte. Palenko fuhr, trotz des Leumundes, für mehrere Jahre in den Knast nach Wittlich ein. Ich hatte also damals, für eine bessere Zukunft drogenabhängiger Trierer Jugendlicher, mit einem Mann verhandelt, dessen Busenfreund der größte Heroinhändler in Trier war. Die Geschichte mit Bürgermeister Kreuzer ging laut »DER SPIEGEL« folgendermaßen weiter: Vor dem Gefängnis in Wittlich hielt eines Tages ein Krankenwagen. Mehrere Leute stiegen aus und überbrachten dem Gefängnisdirektor eine Botschaft vom Trierer Bürgermeister. Der hatte in diesem Schreiben angeordnet, dass Palenko haftunfähig sei und nach Trier in ein Krankenhaus eingeliefert werden sollte. So flog der ganze Zusammenhang zwischen Kreuzer und Palenko erst richtig auf. Der Anstaltsleiter meinte, dass ihm noch nie ein Bürgermeister erzählt hatte, was zu machen sei. Und so blieb Palenko im Knast.

Bei Piets Prozess saß ich im Zuschauerraum. In einer kurzen Gerichtspause hatte ich die Möglichkeit, mit dem Staatsanwalt zu sprechen. Der »Drogen-Skandal von Trier« beschäftigte auch ihn. Und er gab mir zu verstehen, dass Piet eine Bewährungsstrafe bekommen würde. Als das Urteil endlich verkündet wurde, fiel nicht nur Piet, sondern auch mir ein großer Stein vom Herzen. Er bekam sieben Monate auf zwei Jahre Bewährung. Und der Richter sagte wortwörtlich in seiner Urteilsverkündung: »Nun ja, ich gebe zu, es erinnert an Schinderhannes. Er nimmt's den Reichen und gibt's den Armen.«

»Menschen mit einer neuen Idee

gelten so lange als Spinner,

bis sich die Sache durchgesetzt hat.«

Mark Twain

Drei Trierer in Berlin: Manni Spaniol, Michael Kießling und ich 1999.

»Wir sind überall auf der Erde«

1972 gründeten Menschen zum Beispiel Parteien oder sind in bestehende Parteien eingetreten, um sich politisch zu engagieren. Andere sind den langen Marsch durch die bürokratischen Institutionen gegangen, wieder andere mobilisierten eine Armee, um in ein, zwei Jahren alles klar zu machen. Und genau zu diesem Zeitpunkt, als junger Mensch von damals 23 Jahren, habe ich mir überlegt, dass ich nicht als Schmarotzer der Gesellschaft Geld absahnen, sondern einen positiven, gesellschaftlichen Beitrag leisten will. Und der sollte allerdings auch Spaß machen. Wir prägten damals den Satz: »In einer Stunde der Tat steckt mehr Wirklichkeit als in dem Gerede von Jahren.« Also beschlossen wir, uns zusammenzutun, unsere eigenen Gesetze zu machen, untereinander zu teilen, unsere Dinge zu diskutieren und darauf unsere gleichberechtigte Welt aufzubauen, die wir uns immer erträumt hatten. »Sollen wir etwa den Bundeskanzler fragen, was zu machen ist?« Da verstand ich auch den biblischen Spruch »Gebt dem Kaiser, was des Kaisers ist und Gott, was Gottes ist«. Und wir machten es, wie wir es wollten.

Wir gaben dem Staat, was der Staat braucht und wer einen Präsidenten will, der soll einen Präsidenten kriegen, dann haben wir unsere Ruhe. Aber unter uns entscheiden wir mit der modernsten Organisationsform der Welt, der Gleichberechtigung. Es ist eine Freude, mit Leuten zusammenzuarbeiten, die man nicht mit Geld motivieren muss. Wir haben uns auf den kleinsten gesellschaftlichen Nenner geeinigt. Handwerklich arbeiten konnten wir alle, Wohnungen renovieren beispielsweise, also gründeten wir eine kleine Firma für Dekoration und Boden. Jeder von uns hatte ja da so seine speziellen Erfahrungen. Ich kam als Sohn eines Schreinermeisters aus einer Handwerkerfamilie, Scotty war ehemaliger Tresorbauer, Gisela Röntgenassistentin und Uwe Psychologiestudent.

Die Idee, 1974 diese »Handwerkergruppe« zu gründen, basierte auf rein praktischen Gesichtspunkten. »Wie können wir unsere individuellen handwerklichen Fähigkeiten so einsetzen, dass wir die Kommune davon ernähren können?« Das Faszinierende daran war von Beginn an, dass wir alles zusammen machen konnten: Frühstücken, zur Arbeit gehen, diskutieren auf dem Arbeitsweg und während der Arbeit. Wir haben so ebenfalls unser Arbeiterbewusstsein ausgelebt – immer schön dreckig und mit Farbe bekleckert. Und wir haben dabei auch die Vorteile gesehen. Im Supermarkt sind wir zum Beispiel an der ganzen Kassenschlange vorbeigewinkt worden, weil man gleich sah, die Typen haben zu tun. Die anderen sahen so sauber aus, die konnten wohl einen Moment warten. »Was seid ihr denn für komische Handwerker? So redet doch normalerweise kein Handwerker«, schüttelten viele unserer Auftraggeber die Köpfe.

Unsere Handwerkergruppe hatten wir »Wir sind überall auf der Erde« genannt. Vorbild für diesen, zugegeben etwas ungewöhnlichen Namen waren die großen Plakate in der DDR, die einem beim Transit ja sofort ins Auge fielen. Auf einem dieser Plakate waren Marx, Engels und Lenin zu sehen. Drunter stand »Wir sind überall auf der Erde«. Da habe ich gedacht: Guckt euch doch mal diese Angeber, diese Philosophen an. Die einzigen, die doch wirklich sagen können, dass sie überall auf der Erde sind, das sind doch wir Arbeiter. Daher also der kurios klingende Name unserer ersten Firma. Über sie trafen wir viele Leute aus den unterschiedlichsten Gesellschaftsschichten, Lehrer, Rechtsanwälte, Richter, Journalisten und Ärzte. Viele von ihnen sind echte Freunde geworden.

Ich machte an einem Tage gerade Telefondienst für unsere Handwerkergruppe und nahm Aufträge an. Da klingelte das Telefon und der Zahnarzt Eberhard Kredel rief bei uns an und fragte: »Mein Röntgenraum muss strahlensicher gemacht werden. Da kommt demnächst der TÜV. Könntet Ihr dafür sorgen?« Ich fuhr zu ihm, ließ mir das Geld für die veranschlagten Materialkosten geben und konnte gleichzeitig davon auch noch ein leckeres Frühstück für alle zu Hause kaufen. Das bedeutete oft Luxus in den Anfängen. Manchmal hatten wir nicht mal soviel Kohle, um zu frühstücken. Gisela war unsere Kassiererin. Ich achtete immer darauf, dass Frauen die Kasse führten. Sie haben dafür einfach ein besseres Händchen als wir Männer. Ich riet Gisela damals: »Von jedem, was wir einnehmen, legst du 100 oder 200 Mark weg. Und zwar so, dass wir gar nicht wissen, dass etwas da ist. Denn wenn mal schlechte Zeiten kommen, dann kann man das immer als eine Art Notgroschen herausholen und investieren. Sonst haben wir ja niemals eine Rücklage.«

Die Räume in unserer Laden-Wohnung platzten so langsam aber sicher aus allen Nähten und ich dachte: Was ist das für eine Welt, die dich in eine Architektur einzwängt, in der ein Besuch aller deiner Freunde in Terror ausarten kann aufgrund dieser Enge! Denn es ist doch die größte

Freude, wenn alle zusammen sind! Wir brauchten also mehr Platz, um uns zu entfalten. So mieteten wir zwei Fabriketagen in der Oranienstraße in Berlin-Kreuzberg an. 1975 zogen wir ein. Außerdem kamen noch Räume in der Admiralstraße und in der Hasenheide hinzu. Mittlerweile kamen immer mehr Freunde und Bekannte, darunter Bärbel, Sigi, Vera, Rudolf, Manni und Scotty nach West-Berlin. Uwe war der einzige Berliner, der sich uns anschloss. Auf manchen Komfort haben wir eben verzichtet, aber dafür viel Freiraum gehabt. Nachts um drei Uhr konnten wir noch in der Fabrik Gitarre spielen. Und wenn es den Nachbarn über uns gestört hat, dann kam der Bildhauer und Holzkünstler Peter Unsicker eben mit seiner Bongo nach unten und die Session ging erst richtig los.

In so einem Freiraum konnten wir uns toll entwickeln. Und wir merkten, dass wir damit Politiker richtig erschrecken können – Freiraum! Da zittern sie alle und denken, da passiert etwas Schlimmes, wenn eine Kommune die Finger drin hat. Dabei hätten die ja mitmachen können, zwar nicht als der Herr Regierungspräsident, aber als Fritz oder Herbert. Dagegen hatte niemand was.

Bald besuchten uns so viele Leute, dass wir fast nicht mehr wussten, wer zur Kommune gehört und wer nicht. Wir waren inzwischen auf 16 Leute angewachsen. Erst gab es den achten Mitbewohner, und nur weil wir mal gesagt hatten, sieben sind wir und sieben bleiben wir, sollten wir diesen lieben Menschen nicht mehr mitmachen lassen? Und wenn dieser Punkt überschritten ist, wo hört es dann auf? Als das noch eine kleine Runde war, hatten wir natürlich noch viel mehr Zeit, alles gemeinsam zu besprechen. Aber bereits damals haben wir unsere Diskussionen bewusst so geführt, dass auch mehr Leute beteiligt sein können – notfalls die ganze Welt. Trotzdem waren wir darauf bedacht, die Kommune nicht zu riesig werden zu lassen, denn für mich stand immer fest: »Wenn in einer Kommune 200 Leute leben, muss diese zum Scheitern verurteilt sein. Denn bis alle ihre Autoritäten untereinander geklärt haben, ist die Kommune schon längst wieder untergegangen!«

Ich wohnte zu dieser Zeit noch mit Gisela, Vera und Carlos in der Fabriketage in der Oranienstraße 23a in Kreuzberg. Carlos Molina war der »Maradona des Karatesports« in Berlin. Er hatte einst für die guatemaltekische Nationalmannschaft gekämpft. Mit dem »Karatevirus« infizierten uns Gisela und Vera. Sie hatten im »Truckstore« in der Potsdamer Straße Karate trainiert. Beide Frauen überzeugten uns, zu einem Karate-Training mitzukommen. Dort trafen wir Matthies und Gerd, zwei Trainer, echt abgefahrene Typen. Matthies erinnerte mich an einen der Hauptdarsteller aus Stanley Kubricks Film »Uhrwerk Orange«, der sich immer nur mit den Worten »Righty, right ... right, right« verständigte. Gerd, der später auch zu unserer Kommune stieß, erhielt von uns den Spitznamen »Karate-Gerd«. Als Gerd das erste Mal zu uns nach Hause zum Essen kam, sagte er in meine Richtung: »Hey Juppy, mach mir ein Brot.« Ich dachte zunächst, ich höre nicht richtig. Doch dann ging ich darauf ein. »Selbstverständlich«, sagte ich, »was willst du drauf haben? Salami? Wie dick soll ich schneiden?« Ich schob ihm den Teller mit dem belegten Brot rüber, guckte ihn an und sagte dann: »Gerd. Ich hoffe, du hast genau zugeguckt, wie ich das gemacht habe. Das nächste Mal kannst du das selber.« Und so war das zwischen uns geklärt. Jahre später trennten wir uns von ihm, weil er betrunken einen Gitarristen geschlagen hatte. »Wir lernen Karate, um uns selbst und Schwächere zu schützen. Wir können dich gut leiden, aber das ist einfach Scheiße«, sagte ich zu Gerd und machte ihm damit klar, dass wir nicht mehr bei ihm trainieren konnten. Denn wie sollten denn die anderen Leute noch zu mir Vertrauen haben, wenn ich bei jemandem trainiere, der einen anderen Menschen besoffen verletzt hatte?

So wurde Carlos unser Trainer. Ein Kerl wie ein Gorilla, so breit wie hoch, der den schwarzen Gürtel, den dritten Dan hatte. Carlos machte seit 12 Jahren Karate. Als Carlos zum ersten Training bei uns erschien und einen Kampfschrei abließ, da zuckten einige von uns mächtig zusammen. Carlos bildete mich aus. Er meinte, ich sei sein bester Schüler und brachte mir bei, dass es wichtig ist, beim Karate offensiv zu sein, nach vorne zu gehen – und richtig zu atmen.

Mit der ersten Kinder-Karategruppe 1992.

Da gehen Schüler vom Gymnasium ab, ohne zu wissen, wie man richtig atmet!

Heute ist Carlos siebter Dan im Shito-Ryu und überall in Berlin und Deutschland unterwegs. Jojo Köster, Trainer in unserem Dojo in der ufaFabrik, ist vierter Dan.

Unsere Karate-Gruppe wurde größer und größer. Und auch das Bedürfnis, Musik zu machen und zu diskutieren, wuchs ständig weiter. Wir brauchten mehr Platz, um unsere Ideen an einem festen Ort besser in die Tat umsetzen zu können. 1976 gründete unser Handwerkskollektiv »Wir sind überall auf der Erde« zusammen mit einigen Freunden in der Kurfürstenstraße den Verein »Fabrik für Kultur, Sport und Handwerk«. Ab 18 Uhr öffneten wir dort täglich die Türen. In der Woche kamen über 500 Leute. Die Räumlichkeiten platzten bald aus allen Nähten. In zwei gemieteten Fabriketagen in Berlin-Schöneberg entstanden in den folgenden Jahren zahlreiche Selbsthilfegruppen, die ein Gegengewicht zu vorherrschenden, gesellschaftlichen Tendenzen schaffen wollten: Entwicklung zu umweltfreundlicher Ökologie und gesunder chemiefreier Ernährung, alternative Technik, aktive Kulturarbeit, Veränderung der traditionellen Geschlechterrollen, überschaubare und sinnvolle Arbeits- und Lebensstrukturen. Wir wohnten weiterhin in Kreuzberg und bauten das Kulturzentrum in Schöneberg Stück für Stück weiter aus. Zu dieser Zeit, da war's in Kreuzberg wie heute in Mitte. Da zieht man nicht so einfach weg. Aber es wurde täglich deutlicher, dass wir uns nach etwas Neuem umgucken mussten, weil wir uns vergrößern wollten. Wir überlegten uns, eine Welt der kurzen Wege zu bauen, eine kleine Stadt in der Stadt. Wir wollten endlich einen Platz haben, wo wir gleichzeitig wohnen, unsere Arbeit machen und ein Kulturzentrum aufbauen könnten. Kultur, Leben, Arbeit, Ökologie und Sport, wie Aikido, Karate und Tai-Chi, eben alles, was der Mensch so braucht – alles auf einem Platz!

Karate ist für mich stets ein wichtiger Begleiter in allen Lebenslagen. Die richtige Atemtechnik, ein gutes Auge, Schnelligkeit, Ruhe, Ästhetik und Fairness – der Sport ist ein Spiegelbild des Lebens.

1977 gab es das »Umweltfestival«, das sich mittlerweile zu einer großen Schaubühne für Umweltinitiativen, erneuerbaren Energien, ökologischen Lebensmitteln usw. entwickelt hat. Das Festival fand damals mitten im Sommer auf der großen Wiese vor dem Reichstag statt. Wir, mehrere Mitglieder unserer Kommune, gingen hin. Links vor dem Reichstagsgebäude stand auf einer kleinen, provisorischen Bühne auf einem LKW-Wagen ein Zauberer. Er nannte sich »Patrick, der Zauberer«. Bisher kannte ich nur Zauberer, die irgendwelche verklemmten »Sexgeschichten« herausgebracht hatten. Auf einmal erzählte dieser Mann wunderbare Geschichten. Zum Beispiel von einem Lehrling, der eines Nachts träumt, er kommt in seinen Betrieb und stellt fest, dass dort alle gleich sind. Bildlich setzte er diese eindrucksvolle Geschichte mit einer Seilnummer um. Das längste Seilstück symbolisierte den Chef, das zweitlängste Seilstück den Gesellen und das kürzeste Seil den armen Lehrling. Plötzlich beschwor Patrick die drei unterschiedlich langen Seile, es machte »Plopp« und alle drei Seilstücke waren gleichlang! Ich kriegte den Mund kaum zu, starrte gebannt zur Bühne und dachte laut vor mich hin: »Wow, ein echter Zauberer, ein Wahnsinnstyp, eine tolle Geschichte!«

Arnulf Rating, Kabarettist und Weggefährte, bei einer Einlage zu meinem 50. Geburtstag.

Nach Patrick kamen fünf Typen auf die Bühne, die Musik machten. Die klangen fast wie die »Beatles« in Deutsch. Ihr Name klang etwas verrückt – »Teller Bunte Knete«. Sie waren sensationell an diesem Tag. »Teller Bunte Knete« war später die erste Band, die ich managte. Leider litten sie an Selbstüberschätzung und konnten mit Drogen nicht so positiv umgehen wie mit der Musik. So versoffen und verkifften sie ihre mögliche Karriere und träumten schon vom Rolls Royce, als sie noch nicht einmal einen VW-Käfer besaßen. Hätte sich diese Band nicht selbst zerstört, wären sie wohl eine der bekanntesten deutschen Bands geworden – bestimmt genauso berühmt wie »Ton Steine Scherben«.

Als letzte Gruppe auf der Bühne, es war mittlerweile schon 18 Uhr und dunkle Wolken brauten sich über dem Reichstag zusammen, erschienen drei Deutsche mit einem Schifferklavier. Normalerweise wäre bei solch einem Anblick zur damaligen Zeit wohl jeder sofort nach Hause gegangen. Drei deutsche Jungs mit einem Schifferklavier!!! Irgendwie ahnte ich aber, dass dieses Trio etwas ganz Besonderes zu bieten hatte. »Lasst uns noch einen Moment bleiben«, bat ich meine »Family«.

Auf der Bühne ging es raketenmäßig ab. »Hey, was ist denn da los, hier sind die ›3 Tornados‹«, schallte es aus den Kehlen der drei Jungs. Die »3 Tornados« gab es gerade einmal ein paar Monate, sie hatten ein etwa 40-minütiges Programm, was allerdings ein echtes Bühnenfeuerwerk war. Die »3 Tornados«, das waren Arnulf Rating, der auch heute ein erfolgreicher Kabarettist ist, Günter Thews, der am 30. Januar 1993 an Aids starb, Hans-Jochen Krank, heute Gymnasiallehrer, und der 1981 für Krank hinzugekommene Holger Klotzbach, der später die Berliner »Bar jeder Vernunft« gründete. Wir waren alle von diesem »Spaßguerilla-Theater« begeistert.

Ich fragte später mal Berlins Innensenator Kewenig: »Warum werden die ›3 Tornados‹ nicht vom Innensenator subventioniert? Jeder, der bei den ›3 Tornados‹ im Programm war, geht nachher mit dem Gefühl nach Hause, mindestens fünf ›Bullen‹ in die Fresse gehauen zu haben. Ohne, dass sie das machen mussten. Das haben die ›Tornados‹ alles auf der Bühne für ihr Publikum erledigt. So etwas müsste doch vom Innensenator subventioniert werden.« Da lachte Kewenig.

Nach dem Ende des Konzertes eilten wir, Gisela, Piet und ich, schnell zum Bus. Mitten auf der Wiese vor dem Reichstag sagte ich zu ihnen: »Wisst ihr was, so etwas machen wir auch! Gut, wir werden es nicht hinkriegen, dass jeder von uns auf die Schnelle gleich zwei Stunden Weltklasse sein kann. Aber 10 Minuten Weltklasse, das kriegt jeder von uns hin!«

Als ich die Idee, einen eigenen Zirkus zu gründen, in unserer Fabrik vorbrachte, lachten mich zunächst viele nur aus. »Einen Zirkus will der machen, was für ein Spinner«, war der Tenor. Aber nicht alle dachten so. Denn bei uns haben Minderheiten auch eine Chance.

Kultur und Kunst in der Kommune zu machen, das war damals meine große Idee. »Die Kultur«, so lautete unser Credo, »war immer ein Teil des Ganzen. Ohne sie gibt es kein Leben. Deshalb haben wir Menschen uns die Kultur vor vielen 1000 Jahren ausgedacht, damit wir lernen mit unserer Ekstase schöpferisch umzugehen.«

Und ich dachte mir dabei: Warum sollen wir uns denn für viel Geld Künstler aus der ganzen Welt einkaufen? Versuchen wir es doch selbst! Und warum ein fremdes Management engagieren, wenn wir doch unsere eigenen Manager sein könnten?

Der Antrieb, Kultur zu machen, reicht zurück bis in meine Kindheit. Meine Begeisterung für Musik, Kultur und Comedy entfachte in mir mein Onkel Kläs, der älteste Bruder meiner Mutter. Er war ein künstlerisches Allroundtalent, spielte Zither, Gitarre, Geige, Schlagzeug und Schifferklavier. Dabei hat er noch gesungen und Witze erzählt. Ein echter Comedian, obwohl es ja damals diese Bezeichnung noch gar nicht gab. Onkel Kläs halte ich für einen Vorreiter späterer Kabarettisten wie zum Beispiel Wolfgang Neuss. Die Gitarre meines Onkels besitze ich noch immer, sie hat mittlerweile mehr als 80 Jahre auf dem Buckel.

1972 besaß ich mein erstes Instrument: Eine Maultrommel. Es folgten Bongos. Schließlich kam auch noch die Gitarre hinzu. Das Spielen hat mich Uwe gelehrt. Und ich fing an zu singen. Ich bin zwar

Seit 30 Jahren spiele ich Gitarre.

nicht als Sänger geboren, denke ich, aber wenn man aus dem Bauch heraus und aus vollem Herzen singt, dann lernt das Publikum fliegen!

Schließlich setzte ich mich in der Kommune durch. Unsere erste Zirkusvorstellung gaben wir am 1. April 1978 im Künstlerhaus Bethanien in Kreuzberg. Ich fragte alle Beteiligten bei der Generalprobe mit einem leichten Grinsen, ob sie auch bereit wären noch einen weiteren Tag zu spielen, falls es einen großen Andrang gäbe und es zu tumultartigen Zuständen käme. Alle nickten mir zu, dachten sicher, als ich aus dem Raum ging: Mein Gott, der Typ ist wohl bescheuert. Wenn nur 100 Leute kommen, dann kann der doch schon froh sein.

Die Veranstaltung war die erste baupolizeiliche Abnahme meines Lebens. Wir durften laut Auflage exakt 375 Leute in diesen Saal hineinlassen. Am ersten Abend waren sage und schreibe 800 Leute im Saal. Viele mussten stehen, so voll war es. Am nächsten Tag spielten wir noch einmal. Da ließen wir dann nur noch 500 Zuschauer rein. So überfüllt war das Künstlerhaus Bethanien bis zu diesem Zeitpunkt in seiner Geschichte zuvor wohl noch niemals gewesen. Und auch der Hausmeister war völlig aus dem Häuschen. »Weeste Juppy«, sagte er in seinem

Die »Fabrik für Kultur/Sport und Handwerk« in Berlin.

Urberlinisch, »hier baue ich manchmal die ganze Woche Ränge auf und dann spielen vier Geiger vor 10 Besuchern. Da hätte ich auch nur ein paar Stühle aufzustellen brauchen. Und nun so was!!!«

Wir waren mit unserem »Fabrikzirkus« über Nacht in der Stadt bekannt. Dank einer exzellenten Mundpropaganda und selbstgebastelten Plakaten, die wir aus 150 DIN-A-4-Blättern zusammengeklebt und aufgehängt hatten, war uns ein kostengünstiges und Aufmerksamkeit erregendes Marketing und dann noch eine gute Show geglückt. Bei unseren ersten Auftritten spielten »Teller Bunte Knete«, »Patrick, der Zauberer«, »Nils und seine Pantomimengruppe«, »Armin Fausten«, »Karate-Carlos« und viele andere. Ich übernahm die Regie und die Moderation. Meine Knie zitterten so sehr, dass ich froh war, eine weite Hose zu tragen. Es war schließlich das erste Mal in meinem Künstlerleben, dass ich vor so vielen Menschen stand. Nach diesen Auftritten stand für uns fest: »Wir werden noch mehr trainieren und wir wollen noch besser werden.«

Unser Ehrgeiz war geweckt. Ein Übungsraum in unserer Wohnung in der Hasenheide wurde für die kommenden Monate Trainingsstätte für unsere Zirkusnummern, Kabarett, Theater, Artistik und Musik. Im Aktivistenrat, ein Gremium in unserer »Kulturfabrik« in der Kurfürstenstraße, der einmal pro Woche zusammentrat, wurde das Thema Raumnot zum wichtigsten Tagesordnungspunkt erhoben. Im Vorstand saß Hans Grüttner, Chef der damals größten Berliner Werbeagentur, der auch unser Schild »Fabrik für Kultur, Sport und Handwerk e.V.« entworfen hatte, das mit seinen Abbildungen des Fabrikgebäudes, von Musikern, Sportlern und Handwerkern wie eine Collage eines mittelalterlichen Zünftewesens wirkte. Grüttner fuhr zu der Zeit schon einen großen Volvo und wusste sich elegant im Anzug zu präsentieren. Da konnte selbst der Verfassungsschutz sich freuen und bei uns vorbeischauen. Grüttner verlieh uns einen seriösen Touch. Ich wollte mich nicht in den Vorstand wählen

lassen, denn ich war ja zu diesem Zeitpunkt immer noch »Undercover« in der Bundesrepublik unterwegs, was die meisten allerdings nicht wussten.

Es war genau Anfang März 1979. Dem Aktivistenrat gehörten rund 500 Personen an. »Wir brauchen 30 000 Mark, um unsere Träume zu verwirklichen.« Unruhe und Tumult in den Reihen. »Haltet ein«, rief ich, »wir wollen von euch kein Bargeld. Ich will, dass jeder von euch einen Tag dafür arbeitet.« Ungläubige Blicke bei den meisten, doch am Ende kam die Zustimmung.

Daraufhin mieteten wir uns die Taverne. Ein legendärer Ort für Boxkämpfe und Frauen-Catchen im Schlamm. Die Taverne war wie ein riesiges Zelt, erinnerte mich an ein bayerisches Bierzelt, direkt am Lützowplatz, heute sind dort unter anderem die Skandinavischen Botschaften angesiedelt. Es bot Platz für 4 000 Menschen. Für unsere erste Show engagierten wir die »3 Tornados«, »Teller Bunte Knete«, die Musiker »Tommy und das Mobile Einsatzorchester« aus München und »Patrick, der Zauberer«.

Um auf die Veranstaltung aufmerksam zu machen, informierten wir das Berliner Stadtmagazin »tip« und baten, eine Seite über die Show zu bringen. Die wurde uns fest zugesagt. Drei Tage vor der Show erschien der »tip«. Ich werde nie vergessen, wie groß meine Enttäuschung war, als ich beim Durchblättern nichts, aber auch gar nichts über unsere Veranstaltung in der Taverne finden konnte. Stattdessen war auf der besprochenen Seite ein Bericht über »Marlon Brando und Hollywood«. Der Schreck saß tief. Wie sollten wir ohne Werbung 4 000 Leute in das Zelt locken?

In den Köpfen ratterte es, dann hatten wir die Lösung. Die ganze Nacht durch druckten wir Flugblätter – insgesamt 25 000 Stück. Diese gaben wir an alle Mitglieder der Fabrik und die übernahmen dann die Verteilung in Lokalen und Restaurants in Berlin. Wir bepflasterten die Litfasssäulen und Stromkästen. Dann half nur noch kräftiges Ein- und Ausatmen. So stürzten wir uns in die Show. Bereits am Nachmittag hatten wir ein Kinderprogramm um 15 Uhr. 1 500 Leute wollten die Artisten sehen. Abends, wir wollten unseren Augen kaum trauen, strömten über 4 000 Menschen in die Taverne. Und wir sangen unseren ersten Song! Der Text stammt von Manni Spaniol, Bandleader und Komponist der wohl besten Sambaband Deutschlands, »Terra Brasilis« – Samba made in Berlin. Die Melodie zu diesem Stück komponierte ich – ich kann's heute kaum glauben. Der Titel »Hey, hey, komm zieh mit uns« wurde zu einem Symbol für all das, was in den kommenden Jahren passieren sollte. Wir wollten die Menschen durch unsere Kultur mitnehmen auf eine künstlerische Reise. Motto: Stunden weg vom Alltag und eintauchen in eine andere Welt.

Der Laden war rappelvoll, das Programm kam super an und dauerte unglaubliche fünf Stunden, von 20 bis 1 Uhr nachts. Solche Fehler macht man ja schließlich nur als Anfänger. Die einzige Beschwerde mancher Leute war: »Hey Juppy, Super-Programm, aber es war so voll, ich konnte ja kaum zur Toilette.«

Bei 10 DM Eintritt pro Person hatten wir die von uns geforderte »Gage« von 30 000 DM locker eingespielt. Es war ein Riesenerfolg, ein Sieg auf der ganzen Linie für uns.

Und es zeigte sich erneut, wie wichtig Teilen ist.

Nehmen wir mal als Beispiel die »3 Tornados« mit dem heutigen Kabarettisten Arnulf Rating an der Spitze. Sie kamen ja stets schon Sekunden nach der Vorstellung mit vorgehaltener Hand, um ihre Gage einzutreiben. Sie verlangten damals 800 DM. Ich legte noch 800 drauf. Wir hatten ja schließlich immer noch über 30 000 DM. Auch dank der Tombola. Blickfang war ein Fahrrad, mit dem man ein Tonband laufen lassen konnte, wenn genug Strom durch das Treten erzeugt wurde. Aufgelegt hatte ich Musik von »Ton Steine Scherben«. Doch Dave Sarrazin, unser Schweizer, der eigentlich den Part des Tretens übernommen hatte, brachte das Rad einfach nicht in Schwung. Nichts passierte. Die Zuschauer pfiffen. Mir trat der Schweiß auf die Stirn. Schließlich stieg ich auf das Fahrrad. Nach kurzem Treten erklangen die ersten Töne von »Ton Steine Scherben« und ihrem Song »Alles was uns fehlt, ist die Solidarität«. Schlagartige Ruhe im Zelt, dann ohrenbetäubender Jubel. Es war wie eine perfekte Inszenierung und die meisten Leute glaubten im Nachhinein, wir hätten das extra so geplant, um die Stimmung noch mehr anzuheizen. Begeistert verfolgten die Besucher ebenso ein von uns arrangiertes Theaterstück, in dem u.a. unser späterer IKC-ufaFabrik-Geschäftsführer Rudolf Brünger mitspielte. Es drehte sich um das Thema, mit dem ja für uns alles einmal begann: Das Handwerk. Im Stück kam ein Psychologe nach Hause und hatte die ganze Wohnung voller Handwerker. Es war eine Artistennummer eingebaut mit Carlos und Piet. »Karate-Klaus«, Gisela und ich zeigten eine Karate-Vorführung. Gisela demonstrierte, wie sich eine Frau in einer Notsituation gegen zwei Männer durchsetzt und diese auf die Matte legen kann. Das Zelt tobte vor Begeisterung.

Wir waren danach restlos ausgepumpt, hatten aber gleichzeitig das Fundament für alle positiven, revolutionären Pläne und Ideen gelegt. Wir hatten uns einen Namen gemacht und das nötige »Kleingeld« eingespielt, um den großen Coup zu wagen: Freiräume für mehr Kultur!

»Es kommt, es kommt. Bist du bereit?

Ach' wär's doch endlich schon soweit!«

Ton Steine Scherben

Anfang der 80er Jahre
mit Baskenmütze statt Hut.

»Besetzt!«

Als erstes wollten wir in der Waldemarstraße in Kreuzberg die ehemalige Prakma-Fabrik übernehmen. Zusammen mit einer Bürgerinitiative hatten wir eine einstweilige Verfügung eingereicht, mit der wir verhindern wollten, dass das Gebäude abgerissen wird. Abends eingereicht, fingen am Morgen danach bereits neun Bauarbeiter damit an, die Fenster und Mauern des alten Backsteingebäudes einzuschlagen und einzureißen. Wir standen während der Abrissarbeiten vor dem Gebäude und mussten die Zerstörung tatenlos mitansehen. Soll ich mich mit den Bauarbeitern anlegen, die alle bereits eine Flasche Bier intus und die Kreuzhacke in der Hand haben, dass dann unter Umständen einer von denen oder einer von uns stirbt, dachte ich mir. »Von mir aus reißt doch das Haus ab. Das können wir dreimal besser wieder aufbauen. Das nächste Mal gehen wir erst hin und dann fragen wir!« Ein Menschenleben zu opfern, dieser Schaden wäre nie wieder gut zu machen gewesen.

Jener Augenblick war die Geburtstunde der »Besetzung« der ufaFabrik. Wir sagen jedoch nie »besetzt«, sondern »wieder friedlich in Betrieb genommen«. Wir wollten ja kein Haus, für das wir keine Miete zahlen sollen. Als Freibeuter wollten wir nicht in die Geschichte der Stadt eingehen.

Wir sammelten unsere Energien und bereiteten die Revolution vor: Die Übernahme der alten Ufa-Traumfabrik, das brachliegende Studio-Gelände der ehemaligen Ufa-Filmstudios in Berlin-Tempelhof, das über 50 Jahre lang Produktionsstätte der Ufa-Universum Film AG gewesen war. Hier entstanden in den frühen 20er Jahren so bedeutende Filme wie »Dr. Cagliari« oder »Metropolis«. Während der Nazizeit wurde hier Filmpropaganda gemacht und wurden die Wochenschauen produziert, später deutsche Nachkriegsfilme wie »Wir Kellerkinder« mit Wolfgang Neuss gedreht. Durch den Mauerbau 1961 wurde dieses Ufa-Gelände von den Studios in Potsdam-Babelsberg abgeschnitten und Anfang der 70er Jahre endgültig stillgelegt. Nun zerfiel es mehr und mehr und hatte es verdient, dass ihm neuer Atem eingehaucht wird.

Nach unserem gescheiterten Versuch war der erste Schritt zur neuen Eroberung, dass wir zunächst von unseren Freunden ganz unauffällig Erkundigungen über das alte Ufa-Gelände einholen ließen. Ein ganz entscheidender Tipp kam von Musikern, die in dem heruntergekommenen, bizarr wirkenden Gelände probten. Die Band »Tangerine Dream«, die später mit ihrer Art der Elektropop und Psychedelic-Musik berühmt werden sollte, hatte oft in dem Kinosaal ihre Stücke eingespielt und uns von dem wunderschönen, aber eben vom Verfall und Untergang bedrohten Komplex erzählt.

Sechs Wochen dauerte es, bis ich mir schließlich das Gelände an der Viktoriastraße in Tempelhof anschaute. Ich dachte bis dahin immer: Ich geh' mir doch so was nicht mal angucken. Ich geh' doch nicht aus Kreuzberg raus in dieses konservative Tempelhof. Ich bin doch nicht bescheuert!

Rudolf, Bärbel und Vera waren bereits zuvor dort gewesen und mit strahlenden Gesichtern zurückgekehrt. Zu Ostern schlug einer vor, eine Spritztour durch die Stadt zu machen: »Wir können doch einfach mal bei dem Gelände vorbeifahren.« Ich war einverstanden. Wir machten uns mit den Rädern auf den Weg.

Als wir in der Viktoriastraße ankamen, fanden wir die Tür verschlossen. Wir schlüpften durch Löcher im Zaun, stellten unsere Fahrräder ab und schlenderten übers Gelände. Mein Gott. Hier hat man ja eigene Straßen, dachte ich. Dann kam ich zum alten Kinosaal. Es gab kein Licht und war dementsprechend stockfinster. Ich nahm mein Feuerzeug und schritt langsam und vorsichtig durch den Saal. Es war kalt, die Heizungen waren kaputt, das Gelände war definitiv freigegeben. Die Traumfabrik stand kurz vor dem Abriss. Ich ging rüber zum großen Saal, dem »Theatersaal«. Junge, Junge, dachte ich so bei mir. Hier kannst du ja Versammlungen für 500 Leute machen. Was für eine Macht, so einen Saal zu besitzen. Angenommen es regnet, dann sagt man eben: »Kommt wir gehen zu uns. Dort können wir in Ruhe weiterdiskutieren.«

Ich verstand nun, wovon Bärbel, Vera und Rudolf in den letzten Wochen immer redeten. Hier war all das, was wir zur Verwirklichung unserer Visionen brauchten. Und exakt in dieser Stunde war ich mir sicher: Dieses Gelände müssen wir haben! Das war regelrecht eine Verpflichtung. Der ganze Platz mit seinen sieben Gebäuden war für unsere Ideen bestens geeignet, und es galt, der Stadt ein Stück Geschichte zu erhalten. Die Geister der alten Ufa waren ja alle hier, Marlene Dietrich, Fritz Lang und all die anderen. Bertelsmann hatte zwar alle Ufa-Filme aufgekauft und der Kinoketten-König Riech die Ufa-Filmtheater, aber die Geister der Ufa, die würden von nun an uns gehören. Hier wurde entwickelt, kopiert, synchronisiert, und hier wurden die Filme das erste Mal gezeigt, bevor sie überhaupt Premiere hatten.

Im »ersten Leben der Ufa« waren in dem alten Filmbunker, der ehemaligen Schatzkammer des Deutschen Films, Träume auf Zelluloid gelagert. Nun bestand die einmalige Chance für uns, diesem Ufa-Gelände ein »zweites Leben« einzuhauchen, wo Künstler proben konnten, um ihre Träume Wirklichkeit werden zu lassen.

Jahre später hatte ich wie Millionen andere Filmfans weltweit auch den oscargekrönten Streifen »Der Englische Patient« mit Ralph Fiennes gesehen. Und auch von Fernando Meirelles »City of God«, mittlerweile ein Film mit Kultstatus über Straßenbanden in Brasiliens Metropole Rio de Janeiro, hatte ich zumindest gehört. Hätte mir aber jemand erzählt, dass beide Herren eines Tages auf die Idee kommen würden, Dreharbeiten in der ufaFabrik für einen Spionagefilm zu machen, ich hätte ihn für verrückt erklärt.

Als Fernando Meirelles im Mai 2004 vorbeikam und mir seine Pläne unterbreitete, schätzte ich die Dimension dieses Projektes gar nicht so richtig ein. Eine Woche lang wurde vorbereitet, einen Tag geprobt und einen Tag gedreht. Zuvor wollte er sich natürlich die »Location« genauestens ansehen.

Wir machten einen Rundgang, gingen dann in mein Büro und plauderten eine Stunde über Brasilien. Ich sagte: »Eh, Fernando, ich habe eine Menge Freunde in Brasilien – Olodum, Margareth Menenzes, Arrigo Barnabé.« Und Fernando war hocherfreut: »Arrigo is my friend.« Ich antwortete: »It's my friend, too.« Der Deal war perfekt, das Gelände der ehemaligen Ufa-Filmstudios erlebte eine Wiedergeburt in Sachen Kinofilmproduktion. Wir sperrten für die Dreharbeiten die Wege ab, ein Raum wurde zu einer »Geheimdienst-Zentrale« umgebaut. Dazu nahmen wir eine Menge unserer Aktenordner, die sich über die Jahre mit Angaben fürs Finanzamt angesammelt hatten.

Ralph Fiennes war für Dreharbeiten in der ufaFabrik. Er ist ein Gentleman durch und durch: Höflich, zuvorkommend, charmant, kommunikativ. Zurück ließ er mir eine ganz persönliche Widmung und meinte, sich sehr wohl gefühlt zu haben.

Die Wände des Raumes wurden blau gestrichen – auf Kosten der Filmfirma. Ein gutes Geschäft, denn die Wände hätten sowieso neue Farbe nötig gehabt.

Zum ersten Drehtag kam dann der Star des Films, Ralph Fiennes. Ein Hauch von Hollywood lag über der ufaFabrik.

Anfang Juni '79 lief die Operation »Friedliche Übernahme« auf Hochtouren. Uns war allerdings auch bewusst, dass wir dieses Ufa-Gelände niemals einfach so bekommen würden. Fest stand: Nur mit einigen alten Freunden konnten wir den Coup der Übernahme vorbereiten. Wichtige Weggefährten waren Harald Jung vom ZDF, Rainer Milzkott und Jürgen Möbus, die damals verantwortlich für die Radiosendung »Gulliver« beim SFB waren. Die Freundschaft war bei einer unserer praktischen »Übungen« entstanden. Wir renovierten einst Jürgen Möbus' Wohnung: Die Wände gestrichen, Parkettboden geschliffen und lackiert – das ganze »Rundum-Paket«. So kann man sich eben auch Freunde machen!

Dann hatte noch der Journalist Peter Sandmeyer für den »stern« einen fünf Seiten langen Bericht über mich geschrieben. Stück für Stück bauten wir uns ein Netzwerk auf. Schließlich streckten wir auch noch unsere Fühler zur Berliner »Abendschau« aus.

Die Sendung war und ist bis heute die regionale Nachrichtensendung Berlins, damals vom SFB (Sender Freies Berlin), heute vom rbb (Rundfunk Berlin-Brandenburg). Dieser Name geht mir allerdings schwer über die Lippen.

Bei der letzten Vorstellung vom »Scheibenwischer« mit Dieter Hildebrandt im »Tipi«, dem Zelt neben dem Bundeskanzleramt, stellte mich Walter Momper, heutiger Präsident des Berliner Abgeordnetenhauses, der neuen Intendantin des rbb, Dagmar Reim, vor. »Das ist mir ja eine Freude, Sie mal kennen zu lernen. Wissen Sie, wenn ich heute in der DDR leben würde, dann fände ich es toll, wenn der Sender rbb heißen würde. Das wäre passend. Aber, wenn ich doch das erste Mal in einem freien Berlin lebe, hätte ich den Namen gelassen – SFB. Den kennt jede Oma im zweiten Hinterhof im Osten und im Westen. Und auf den Briefkopf und auf die Autos hätte ich geschrieben SFB – ›Sender Freies Berlin-Brandenburg‹. Dadurch hätten die zwei Millionen Brandenburger zwei Schritte nach oben gemacht und wir dreieinhalb Millionen Berliner nicht drei Schritte nach unten gehen müssen. Kein anderer Sender hat den Begriff ›frei‹ in seinem Namen verankert. Wenn Berlin und Brandenburg jemals zusammenkommen sollten, dann hätten wir hier schon einen wichtigen Schritt getan.« Sie schaute mich erstaunt an, schüttelte den Kopf und sagte: »Na ja, na ja.«

Der SFB, dass muss ich sagen, hat uns immer unterstützt.

Unser »Kontaktmann« beim SFB war Dietmar Niedrich. »Juppy, du kannst reden, was du willst«, sagte mir damals der verantwortliche Redakteur. Bis dahin hatte ich mich mit Interviews und Statements immer zurückgehalten. Wir wollten erst etwas Anständiges auf die Beine stellen.

Gemeinsam mit Dietmar brüteten wir einen Plan aus, der das »Überraschungsmoment« zum wichtigsten Inhalt erkor.

Das alte Ufa-Gelände gehörte zum damaligen Zeitpunkt der Deutschen Bundespost. Die »Postler« wollten dort einen Fuhrpark bauen. Bis sie bemerkten, dass sie mit ihren LKWs aufgrund der engen Straße nicht so einfach auf das Gelände fahren konnten. Deshalb wollten sie die alte »Traumfabrik« so schnell wie möglich wieder loswerden und verhandelten mit dem Berliner Wirtschaftssenator Wolfgang Lüder. So dachte die Post, da soll sich nun mal der Wirtschafts-Senator um das Gelände kümmern. Und der Wirtschaftssenator dachte: Da uns das Gelände ja noch gar nicht gehört, soll sich mal die Post drum kümmern.

Diese Uneinigkeit zwischen den beiden Institutionen war unsere große Chance!

Das Ablenkungsmanöver konnte beginnen. Dietmar hatte bereits bei der Post eine Drehgenehmigung eingeholt, um Aufnahmen auf dem leerstehenden Komplex zu machen. Am Mittwoch sollte der Dreh vonstatten gehen und für den folgenden Sonnabend war die Ausstrahlung für die SFB-Abend-Sendung »Lokaltermin« vorgesehen.

Wir initiierten an dem Mittwoch alles so, wie eine Kommune oder ein Ökodorf auszusehen hätte, so als ob wir schon seit Jahren auf dem Ufa-Gelände leben würden: Auf der Theaterbühne spielte »Teller Bunte Knete«, auf den Straßen wimmelte es von Künstlern. Wir hatten sogar eine Fahrradwerkstatt aufgebaut. Und dazu noch die richtige Beleuchtung.

Am Sonnabend demonstrierten wir um zwölf Uhr mittags in Kreuzberg gegen den Abriss der Prakma-Fabrik und die miese Sanierungspolitik des Berliner Senats. Auf einem großen Wagen sorgte »Teller Bunte Knete« für die musikalische Umrahmung. Mehr als 1000 Menschen begleiteten uns, exakt eine Woche vorher, für uns die Generalprobe, hatten sich gerade einmal 100 eingefunden.

Damals gab es ja noch keine Handys, deshalb mussten wir immer wieder während des Demonstrationszuges aus einer Kneipe per Telefon Kontakt zu den anderen Mitstreitern halten, die auf dem Ufa-Gelände auf uns warteten. Ich zermarterte mir in diesen Stunden den Kopf. Wir hatten ja schließlich mit mehreren 100 Leuten über unser

Vorhaben geredet. Was würde nun also passieren, wenn die Polizei plötzlich vor uns auf dem Gelände ist? Das wäre genauso schlimm wie bei der KPD, die damals das Künstlerhaus Bethanien besetzen wollte und immer proklamierte, dass sie es besetzen will. Und als sie es dann endlich einnehmen wollte, war die Polizei schon längst vor ihr da, schoss es mir in diesen wichtigen Augenblicken immer wieder durch den Kopf. Rückblickend kann man sagen, dass es schon sensationell war, dass obwohl so viele Leute von unserem Coup wussten, alle dichtgehalten haben. Ohne die Pressevertreter beispielsweise hätten wir nie die Verbindungen zur Polizei oder zum Regierenden Bürgermeister gekriegt.

Am Ende der Demonstration sagte ich: »Wir sind heute hier nicht nur über die Straße gelaufen und der Marxismus ist uns in die Schuhe gerutscht. Während wir hier demonstrierten, haben andere von uns die ehemaligen Ufa-Filmstudios in Tempelhof wieder friedlich in Betrieb genommen.« Ungläubiges Staunen, dann brandeten Jubel und Applaus auf.

Wir zogen direkt zur ufaFabrik in unser neues Zuhause. Meine erste Amtshandlung war, Dietmar anzurufen: »Pass auf Niedrich, du bist

Das »besetzte« UFA-Gelände 1979.

aktueller, als es die ›BILD-Zeitung‹ jemals in ihrem Leben sein wird! Du hast am Mittwoch das gefilmt, was jetzt in diesen Minuten Wirklichkeit geworden ist und was man heute Abend exklusiv im SFB sehen kann.« Niedrich war begeistert und freute sich. Auch unser Freund Harald Jung vom ZDF kam sofort zum von uns besetzten Gelände und drehte.

Um Punkt 19 Uhr lief im SFB der Film mit den vom Mittwoch gedrehten Bildern. Gegen 19.30 Uhr fuhr ein Polizeiwagen vor. Ein Beamter fragte uns: »Wir haben da gerade die Bilder von euch im Fernsehen gesehen. Wie lange seid ihr denn schon hier?« Die Polizei hatte nichts, aber auch gar nichts, von unserem Coup mitbekommen. Sie glaubten, wir wären schon Jahre hier.

Die Deutsche Bundespost stellte nie einen Strafantrag gegen uns. So wurde die friedliche Übernahme der Ufa-Traumfabrik der »größte Postraub in der Geschichte Deutschlands«. Wir hatten uns eines der »Filetstücke« der Berliner Wirtschaft unter den Nagel gerissen und dachten gar nicht mehr daran, es wieder herzugeben.

Im Interview mit SFB-Reporter Ulli Zelle in der Live-Sendung »Berlin life« in der ufaFabrik zum 15. Jubiläum am 7. Juni 1994. Klaus Wowereit (ganz links), damals Bezirksstadtrat in Tempelhof und Klaus Riebschläger, Ex-Finanzsenator von Berlin.

Der verantwortliche Finanzsenator in Berlin war damals Klaus Riebschläger, der kurz nach unserer Übernahme seinen 40. Geburtstag feierte. Er war bis zu diesem Zeitpunkt noch nie auf dem Gelände gewesen. Wie können wir auf eine diplomatische und freundliche Art und Weise den Finanzsenator auf unsere Seite ziehen?, grübelten wir. Ein Geschenk muss her, soviel war klar. Ein Geschenk, das eng mit den Dingen verbunden war, für die wir standen. Wir entschieden uns für ein leckeres Bio-Brot, eine gute Flasche Wein – und ein extra von meinem Zahnarzt Eberhard angefertigtes Gebiss aus Gips, dass wir bunt lackierten. Falls er sich die Zähne im Kampf gegen uns ausbeißen sollte, könnte er immer auf das Gebiss zurückgreifen!

Dieses Geschenkpaket brachten wir Riebschläger vorbei. Er schmunzelte und reichte mir seine Hand. Bis zu diesem Tag, ich war 30 Jahre alt, hatte ich noch niemals zuvor einem Politiker in Deutschland die Hand gegeben. Wenn mir einer seine Hand reichte, ließ ich ihn diese so lange ausgestreckt halten, bis er merkte, dass ich ihm meine Hand nicht reichen würde. Als wir dann das Ufa-Gelände besaßen, wusste ich: So können wir nicht weiterarbeiten. Denn wenn wir etwas verändern wollen in dieser Stadt, dann müssen wir uns die Politiker so zu Recht lieben, wie wir sie gerne hätten!

Die politische Lage war 1979 in Deutschland alles andere als einfach. Da wurde nach wie vor viel vom Terrorismus geredet, Langhaarige misstrauisch von den Politikern beäugt. Für uns bedeutete das, diese Situation zu durchbrechen, wenn wir erfolgreich sein wollten. Und wir begannen, den Dialog zwischen Basis und Politik überhaupt erst wieder aufzubauen. Wir wollten nicht die Leute sein, die kritisieren, sondern wir wollten zeigen, wie es besser geht. Also beispielhaft vorangehen und sich selbst verändern.

»Das ist ja gar keine richtige Besetzung«, haben uns die Politiker fast zum Vorwurf gemacht, »wo ist denn hier die Barrikade?« Unsere »Barrikade« war keine Mauer mit Stacheldraht, sondern ein weit geöffnetes Tor und ein Transparent mit »Herzlich willkommen!«. So was schien vorher noch nie jemand so gemacht zu haben.

Anfängliches Misstrauen schlug langsam in Vertrauen um. Und: In den ersten zehn Jahren der ufaFabrik haben wir keine Subventionen in Anspruch genommen. Das war natürlich für die Politiker etwas völlig Neues und Kurioses. So etwas hatte es in Deutschland noch nicht gegeben. Und gerade dadurch haben wir die Politiker viel leichter kennen lernen können, weil wir ja nichts von ihnen wollten. Bestenfalls einen anständigen Mietvertrag und nicht einen, der nur für ein halbes Jahr galt.

Da wir wie ein kleines Land sind, mit Kultur, Ökologie, Wirtschaft, Handwerk, Schulwesen, Gesundheit, Sozialwesen und vielem mehr, müssen wir mit fast allen Senatsabteilungen verhandeln. So sind wir kontinuierlich über die Entwicklung im Parlament informiert, und inzwischen haben wir etliche Regierungen überlebt.

Erfolgreicher Coup – was nun? Wir arbeiteten an einer Sache, bei der wir uns kaum an irgendetwas oder irgendeinem orientieren konnten. Wir beschlossen, an jedem Tag sollte abwechselnd einer von uns Tagebuch schreiben. Die Notizen sollten uns gefühlsmäßig an Situationen erinnern, in denen wir zusammen lachten, weinten, uns ärgerten. Jeder musste die Informationen rund um unser Projekt gründlich recherchieren und dabei lernen, sich einen Gesamtüberblick zu verschaffen, was eine Voraussetzung für eine gute Zusammenarbeit ist. So floss in den kommenden fünf Jahren ein gemeinsamer Geist in unser Projekt. Die Aufzeichnungen helfen uns, unsere Geschichte nicht zu verdrängen, damit wir immer wissen, was wir gut und richtig gemacht haben.

Gerade die ersten Tage, Monate und Jahre bildeten die Grundlage für unser weiteres Bestehen. Die Hektik unmittelbar nach der friedlichen Übernahme des Geländes war nicht zu überbieten. Der erste Tag:

Die ganze Kommune Ende der 80er Jahre.

Wir organisierten Müslizutaten, Zeitungen, eine Kaffeemaschine und Schlafsäcke, verteilten Informationen und beruhigten Leute, die leicht ungeduldig wurden.

Wir waren um die Nachmittagszeit am Tag der Übernahme etwa 70 bis 80 Erwachsene und 20 Kinder, die richtig Leben in die Bude brachten. Wir hatten fast alle überzeugt, aber wie sollte es nun weitergehen?

»Nach einer halben Stunde Diskussion um die weiße Fahne – Zeichen der Kapitulation oder ein Symbol, das jeder versteht: wir wollen verhandeln – haben wir uns auf das zweite geeinigt und unmißverständlich auf die Fahne geschrieben: W i r w o l l e n v e r h a n d e l n. Dann kam der historische Augenblick: Die Fahne wurde gehißt zum Zeichen dafür, daß wir jetzt auf diesem Gelände sind.« (Aus dem ufaTagebuch vom 9. Juni 1979)

Dann ging es am späten Nachmittag daran, ein Büro und die Küche provisorisch einzurichten. Die übrigen Häuser sicherten wir ab. Wir richteten uns in den Räumen ein, die halbwegs gut erhalten waren. Zunächst konzentrierten wir uns auf das Gebäude, wo heute das Gästehaus und die Freie Schule untergebracht sind. Wir legten Matratzen aus und pro Raum wohnten jeweils vier bis acht Personen. Monatelang ging das dann so.

»So gegen 0.30 Uhr, ca. 40-50 Leute, machen hier Musik und sind teilweise ganz schön gestreßt, aber die Stimmung ist gut. Nachtwache organisiert. Morgen früh um 8.00 Wecken. Wir rechnen nicht damit, daß morgen, Sonntag uns einer dazwischenfunkt. (...) Einige Zivilpolizisten streunten ums Gelände.« (Aus dem ufaTagebuch vom 9. Juni 1979)

Von Anfang an waren wir bestrebt, einen guten Kontakt zu unseren Nachbarn herzustellen und sie für unsere Sache zu gewinnen. So zogen die Eltern der Freien Schule mit ihren Kindern von Haus zu Haus, verteilten Flugblätter an die Anwohner und luden sie herzlich zum Fest am Sonntag ein.

Das Konzept unserer Freien Schule, einer Grundschule von der 1. bis zur 6. Klasse, entwickelten Eltern eines Kinderladens, die für ihre Kinder eine freiere Lernsituation schaffen wollten als es an der Regelschule üblich ist. Die Kinder sollen so die Zeit haben, ihrem eigenen Rhythmus entsprechend zu lernen, jedes Kind nach seinem individuellem Tempo. Es gibt bei uns keine Einteilung nach Klassen, die Kinder lernen gemeinsam, durch alle Altersstufen gemischt. Der Verzicht, die Leistungen der Kinder mit Zensuren zu bewerten, ermöglicht ein angstfreies und selbstbewusstes Lernen. Das Verhältnis unter den Kindern ist entspannter, da künstlich aufgebaute Konkurrenz wegfällt und die Solidarität gefördert wird. Die Kinder erleben in der Schule auch nicht die sonst übliche Trennung von Spielen und Lernen. Im Schulalltag integriert sind darüber hinaus das Frühstück und ein gemeinsames Mittagessen. Die intensive Betreuung der Kinder ist nicht zuletzt durch den großzügigen Personalschlüssel möglich: Auf fünf Kinder kommt etwa ein Betreuer.

1979 räumte Berlins Schulverwaltung dem Konzept der Freien Schule ein »Besonderes Pädagogisches Interesse« ein. Pünktlich zum Schulbeginn konnte eine vorläufige Genehmigung durchgesetzt werden, die jedoch in den folgenden Jahren immer wieder in Frage gestellt wurde. So gesehen bewegten sich die Schüler in den ersten Jahren der Freien Schule immer am Rande der Legalität.

Anfang der 80er Jahre schrieb ich der amtierenden Berliner Schulsenatorin Dr. Hanna-Renate Laurien, die unter dem Regierenden Bürgermeister Richard von Weizsäcker 1981 ihr Amt antrat, einen Brief:

»Liebe Frau Laurien, nächsten Mittwoch fahren wir mit dem ufaCircus ein paar Wochen auf Tournee. Ich habe gehört, es gibt Ärger mit der Schule? Es wäre mir angenehm, wenn ich vor der Abreise mit Ihnen unter vier Augen über die Freie Schule reden könnte.«

Laurien zeigte sich einverstanden und vereinbarte mit mir einen Termin: Dienstagmorgen in ihrem Büro. Ich fuhr allein zu ihr, weil ich mich ja auf ein Vier-Augen-Gespräch eingerichtet hatte. Allerdings rechnete ich nicht damit, dass Frau Laurien noch fünf Berliner Oberschulräte eingeladen hatte. Als sie mich erblickten, dachten sie wohl unisono: Mann, wegen dieses langhaarigen Penners müssen wir hier morgens um acht Uhr antanzen. Und sie blickten mich mit einer finsteren Miene an. Laurien führte das Wort, die anderen waren quasi zum Zuhören verdonnert. Dann schaute sie mich freundlich an, nickte mir zu und ich begann: »Sehen Sie, Frau Laurien. Das Schulsystem, das wir haben, wurde aufgebaut, um der Industrie Leute zuzuführen. Aber Sie sehen doch selbst, wie schwer es für heutige Schülergenerationen ist, überhaupt noch einen Arbeitsplatz zu bekommen. Es ist heute eine andere Zeit. Unsere Schüler in der Freien Schule der ufaFabrik sind mehr künstlerisch drauf. Die wissen, wie das funktioniert in der Gesellschaft. Da heißt es nicht: Hört mal auf mit dem Streit, wir haben hier Mathe. Sondern, da heißt es unter Umständen: Klärt mal erst euren Streit, damit wir in Ruhe rechnen können. Und da wissen die auch, wie man so etwas löst, wie man mit der Umwelt und seinen Mitmenschen umgeht. Die Welt verändert sich. Jeder neue Versuch hat eine Chance verdient. Sehen Sie das Ganze doch mal unter dem Aspekt: Was bringt das für uns und die Welt?«

Laurien besuchte die Freie Schule und war sehr angetan.

»Diepgen ist zum Bürgermeister von Berlin nominiert worden von seiner Partei. (...) Unsere Freie Schule ist genehmigt worden bis zum 6. Schuljahr.« (Aus dem ufaTagebuch vom 16. Dezember 1983)

»Hanna-Granata«, wie Frau Laurien in Berlin immer genannt wurde, war eine faire und wichtige Wegbereiterin für unser, zur damaligen Zeit neues und revolutionäres Schulkonzept. Ich habe großen Respekt vor ihr und sie im Laufe dieser Jahre schätzen gelernt. Sie war mir lieber als Freundin denn als Feindin.

1985 wurde der Schule zum zweiten Mal die Genehmigung entzogen, eine Klage gegen diese Entscheidung wurde vom Oberverwaltungsgericht in letzter Instanz abgewiesen. Durch die Erstellung eines neuen Konzepts, der Gründung eines neuen Vereins, Bereitstellung eines Beirates und die Einrichtung einer wissenschaftlichen Begleitung konnte ein erneuerter Genehmigungsantrag eingereicht werden. Am 27. Juli 1988 erteilte die Schulsenatorin Hanna-Renate Laurien eine vorläufige Genehmigung für zwei Jahre, allerdings noch immer ohne finanzielle Unterstützung. Erst mit dem Regierungswechsel, Diepgen auf Momper 1989, wurde die Freie Schule anerkannt und auch finanziell unterstützt.

Als wir am Sonntagmorgen, unserem ersten Morgen auf dem Ufa-Gelände, um acht Uhr aufstanden, herrschte bei allen akuter Schlafmangel. Scotty und ich hatten die erste Nacht nicht auf dem Gelände verbracht. Wir schliefen in der Nähe, weil wir nicht sicher waren, ob die Polizei am nächsten Morgen kommen würde. Gegen uns beide liefen ja polizeiliche Ermittlungen. Wir wollten nicht riskieren, dass die anderen vom Gelände gejagt würden und wir beide im schlimmsten Fall ins Gefängnis hätten einfahren müssen. Am nächsten Morgen waren wir dann aber bereits in aller Frühe wieder auf dem Ufa-Gelände.

Wir improvisierten ein gemeinsames Frühstück und stellten einen richtigen Arbeitsplan auf. Bis zum Kinderfest, das wir für 14 Uhr ansetzten, gab es reichlich zu tun. Wir wollten schließlich gut sein und die Leute von unseren Ideen und Plänen überzeugen.

»Ab 13.00 Uhr kamen die ersten Besucher. Viele Tempelhofer, viele Freunde. Die Kinder haben ein Kinderfest organisiert mit kleinem Theater, Stelzenlaufen etc. Überall stehen Informationsstände mit Zeitungen, aktuellen Flugblättern: Fabrikzeitung, Extrablatt, Plakate, Unterstützungsliste, Spendenbüchse. Die Unterschriften rollten wie nichts, das Geld leider nicht so. Wir haben viele Transparente gemalt. Der Platz ist voller bunter Leben.« (Aus dem ufaTagebuch vom 10. Juni 1979)

Es war ein wundervolles Fest, das uns schlagartig bekannt machte. Allerdings gab es leider auch Ärger. Aus den Studios wurden Filmrollen gestohlen.

In den ersten drei Jahren auf dem Gelände waren noch fünf Kammern der ehemaligen »Schatzkammer des deutschen Films« mit den Originalnegativen gefüllt. Wenn man in diese Kammern mit einer brennenden Zigarette hinein gegangen wäre, hätte es durch die Nitrofilme eine Explosion gegeben und man sich möglicherweise 50 Meter entfernt auf einem Baum hängend wiedergefunden.

Unsere Verantwortung für das Gelände wuchs. Aber die neue und sehr schöne Erfahrung dabei war: Unser Gefühl füreinander und unser Zusammenhalt wurde immer besser. Diese ersten Tage waren für uns alle ein Findungsprozess und sie waren geprägt von Hoffen und Bangen. Logisch war, dass der Berliner Senat handeln musste. Nachdem er durch unseren »Postraub« bereits verloren hatte, bestand die Gefahr, dass er zum Gegenschlag ausholen könnte.

Darüber hinaus war unser Hauptproblem in den Anfangswochen, wie wir unsere Außendarstellung gestalten sollen. Positive Werbung für unsere Vision machen, hieß es. Wir produzierten dazu einen achtminütigen Film über die friedliche Inbetriebnahme der ufaFabrik. Dieser Streifen wurde in zehn Berliner Kinos als Vorfilm ausgestrahlt. Im letzten

Mit Piet 1979. Wir wurden aufgrund unserer roten Haare oft miteinander verwechselt.

Bild unseres Werbefilms war der Schriftzug »Nähere Informationen an der Kinokasse« zu lesen. Wir gaben jede Menge Interviews in diesen Tagen. In einem meiner ersten Interviews mit dem SFB wurde ich nach der Art der Lebensform, die wir für uns ausgesucht hätten, gefragt. Ich antwortete: »Wir leben hier in einer Kommune zusammen, halt in einer großen Familie. Die Familien üblicherweise, die sind ja zerstört und jeder Mensch braucht Geborgenheit.«

Um weitere Aufmerksamkeit zu erregen, begannen wir zum Beispiel an der Technischen Universität Berlin Flugblätter zu verteilen und für unser Projekt zu sammeln.

»Wir haben uns angemalt, Musik gemacht, aber wir haben es kaum geschafft, uns selbst in Stimmung zu bringen, geschweige denn die desinteressierten Studenten. Als wir in die Mensa reinwollten, hat der Koch zugemacht und keine Essensmarken mehr ausgegeben. Kollektivstrafe und diese Lahmärsche lassen das mit sich machen. Was ist aus ›unseren‹ Studenten geworden? Man sollte sie auf den Mond schießen, damit sie mal wieder wach werden.« (Aus dem ufaTagebuch vom 13. Juni 1979)

Am folgenden Tag gab es den ersten Ärger mit den Anwohnern. Sie hatten sich beim Kontaktbereichsbeamten beschwert, weil unsere Autos alle Parkplätze blockierten. Wir wollten das sofort aus der Welt schaffen. Die Chance ergab sich, als ein Anwohner nach einem Elektriker fragte, weil sein Autoblinker kaputt war. Das war für uns als »Handwerkergruppe« die Möglichkeit, praktisch mit den Leuten klarzukommen – Handwerkerarbeit im Rahmen der Nachbarschaftshilfe!

Das politische Lager hingegen schoss sich währenddessen weiter auf uns ein.

»Gegen 17.00 Uhr kamen zwei Typen von der ›Jungen Union‹, einer von ihnen hat bei der Bezirksverordnetenversammlung eine feurige Rede gehalten. Sie haben herumgeschnüffelt und penetrante Fragen gestellt, ob und wie viele Leute hier wohnen wollen, welches Konzept wir haben und wer es gemacht hat, ob wir Alternative Liste sind (…) In der Fragestunde des Abgeordnetenhauses hat Riebschläger eine Kleine Anfrage der FDP beantwortet: Ca. 5 000 qm des Geländes sind für den Erweiterungsbau des Finanzamtes vorgesehen. 18 566 qm sind als Gewerbe- und Industrieansiedlung ausgewiesen. Dazu müssen die Häuser abgerissen werden, die ohnehin ohne Wert seien. In ungefähr sechs Wochen sei eine Meinungsbildung, was das Ufa-Gelände betrifft, abgeschlossen.« (Aus dem ufaTagebuch vom 14. Juni 1979)

Der Countdown war eingeläutet. Wir arbeiteten Tag und Nacht, putzten die Räume, brachten den wunderschönen, aber verfallenen Kinosaal wieder auf Vordermann, informierten mit weiteren Flugblättern die Anwohner über unser Anliegen und bereiteten ein großes Fest vor. Wir luden alle zu uns in die neue Traumfabrik ein. Wir boten an Ständen die herrlichsten Fressalien an, öffneten die Räume mit gedeckten Tischen und Blumenschmuck. Auf ein großes Plakat schrieben wir: »Diesen Platz brauchen wir und bleiben jetzt hier, wir machen uns breit: Es ist soweit!«

Im großen Saal gab es Pantomime, dann improvisierte Artistik, an der jeder Besucher teilnehmen konnte. Wir machten Musik, alle machten mit, trommelten, sangen, tanzten. Und schließlich kamen die »3 Tornados«, die Begeisterung kannte keine Grenzen mehr.

»Es ist irre, welche Stimmung die drei schlaksigen Typen machen. Schon beim ersten Lied gingen alle mit, klatschten mit, lachten (...) Dann kam der Hammer. Die drei haben ein Lied extra für uns gemacht: Viktoria, der Sieg ist da. Die ganze Szene, die ist verhext. Schon wieder ist ein Haus besetzt.« (Aus dem ufaTagebuch vom 16. Juni 1979)

Nach den ersten Aufräumarbeiten mussten die Räume auf dem Gelände als Nächstes so schnell wie möglich in einen bewohnbaren Zustand

Mit Piet, Scotty, Manni und Walter (v.l.n.r.) in den ersten Jahren der ufaFabrik.

versetzt werden. Voraussetzung, den ersten Winter zu überstehen, war die Instandsetzung der Heizungsanlage. Und intern galt es, genau zu klären, was unsere Vision ist, wo wir eigentlich hinwollen? In mehrstündigen Plenumsitzungen diskutierten wir über diese Fragen ausgiebig.

»*Welche Vorstellungen hat der Einzelne? Jeder muss sich klarmachen, was er will, damit wir mit einer festen Truppe konsequent anfangen können, hier unsere Projekte aufzubauen. Wo sind die Räume für Aktivitäten? Wo können Leute wohnen? Wie viel Räume sind zu benutzen? Sechs Leute gehen durch alle Gebäude durch und zeichnen einen Plan: bewohnbar – unbewohnbar, heizbar – nicht heizbar.*« (Aus dem ufaTagebuch vom 20. Juni 1979)

Um das Gelände instand zu setzen und die Unkosten zu decken, stützten wir uns vorerst auf zwei Einnahmequellen: Renovierungsaufträge, die wir mit unserer Handwerkergruppe durchführten, sowie Zirkusveranstaltungen, Kino und Tingeln. Ob Pantomime bei einem Kreuzberger Straßenfest, Vorführungen in einem Jugendfreizeitheim in Nürnberg oder auf einem Schulkongress in Hannover. Wir waren dauerhaft im Einsatz, tourten durch West-Berlin und die Bundesrepublik, um die eroberte Traumfabrik am Leben zu erhalten.

Ende Juni 1979 rückte die politische Entscheidung über unseren Status immer näher. Unser Krisenstab tagte nächtelang. Auf einem Landesparteitag der FDP sollte ein Beschluss über uns gefasst werden. Ein wichtiger Punkt in der Argumentation war die Frage des Präzedenzfalls in Bezug auf die Rechtswidrigkeit unseres Verhaltens.

»*Um dieses Eigentumsdelikt aus der Welt zu schaffen, wollen wir am Montag um 12.00 Uhr räumen und somit eine Klärung der Entscheidung leichter machen: so das Ergebnis der Nachtsitzung. Wir haben lange geredet. Ist dies ein Rückzug oder ein Kompromiß? Anfangs war es schwer zu begreifen, aber es ist der einzig richtige Schritt, den wir gehen können. Wir können nicht abwarten, bis am Dienstag die Entscheidung fällt, wir müssen das Ruder in der Hand behalten. Nur so kann eine sachliche Entscheidung getroffen werden. An allen diesen Strategieplänen hätten wir beinahe das Anwohnerfest vergessen. Eine einzige alte Frau kam und saß mit Inge zwei Stunden im herrlich eingerichteten Saal. Weil wir uns schon so viel Arbeit gemacht haben, setzten wir uns an die großen Tische, zündeten die Kerzen an, aßen den Festtagsbraten – ein phantastisches Essen. Die Alte hat sich sogar mit einigen von uns allein ins Kino gesetzt und den ›Blauen Engel‹ angesehen. Alle Achtung, soviel Angst wie die meisten haben, soviel Mut hat sie.*« (Aus dem ufaTagebuch vom 29. Juni 1979)

Am Samstag, dem 30. Juni 1979 unterstützte der FDP Landesparteitag mit 247 Stimmen, einer Gegenstimme und einer Enthaltung die Nutzung des Ufa-Geländes durch die vier Vereine – die Fabrik für Kultur, Sport und Handwerk, die Freie Schule, der Sozialhilfebund und die IG Rock – im Rahmen der Kulturarbeit. Es war ein wichtiger Schritt auf dem Weg zu unserer öffentlichen Akzeptanz. Doch die richtige Entscheidung sollte erst am Dienstag im Senat fallen. Bis dahin wollten wir das Gelände räumen, um unsere friedlichen Absichten, aber auch die Ernsthaftigkeit unseres Vorhabens deutlich zu machen. So verließen wir Montagmittag, nach einer großen, morgendlichen Aufräumaktion, bei der wir alle Zimmer säuberten, den Außenbereich fegten, unsere Transparente zusammenfalteten, das Büro schrubbten und nur das Nötigste zurückließen, das Gelände.

»Die Autos und der Lkw sind voll beladen. Wir gehen mit Musik raus bis zum Tor. Autos kommen im Treck vorgefahren. Fernsehen, AL [Alternative Liste/Anm.d.Autors], Zeitungen und unser Video-Mann sind natürlich auch dabei. Um Punkt 12.00 Uhr räumen wir, aber wir kommen wieder. Das Tor geht zu. Barbara winkt durchs Gitter noch mit ihren Luftballons. Ein kleiner Stamm bleibt zurück und ein wenig Wehmut und Leere. Danach ist ein wenig Ruhe eingekehrt und wir haben uns den Video-Film angesehen vom Abzug und vom Frühstück und Aufräumarbeiten. Schöner Film, braucht kaum geschnitten zu werden. In der ›Abendschau‹ kamen wir 30 Sekunden. Eine Anwohnerin hat uns zur Nachtwache Decken, Kaffee und Zigaretten gebracht. Nachts haben wir ganz kurz Giselas Geburtstag gefeiert, den Kuchen ihrer Mutter gemütlich gegessen, dann mußte sie zur Wache.« (Aus dem ufaTagebuch vom 2. Juli 1979)

Das war, in Bezug auf unsere Nervosität und die Anspannung im Nachhinein gesehen, sicherlich die »Nacht der Nächte«. Bundesweit erregten wir dank eines »Tagesschau«-Berichts Aufsehen. Die kurzzeitige Räumung war eine gute Aktion für uns. Zum einen hatten wir so, alle, die nicht hierher gehörten, wegbekommen, und zum anderen stand der Senat nicht unter Druck, einen illegalen Zustand rechtfertigen zu müssen.

»Heute soll die Entscheidung fallen. Alle sind ganz nervös. Es ist ruhig im Haus, wenig Leute. Wir sitzen im Büro, inzwischen nicht mehr Büro, sondern Wachstube und warten, warten, warten. Das Radio ist an, aber nichts passiert. Dann Radio lauter. Um 14.10 Uhr – 3 Themen wurden im Senat behandelt und abgeschlossen: Drogenprobleme, Privatisierung des Schlachthofs und Ufa. Hurra! Finanzsenator kauft das Gelände, behält sich vor, evtl. spätere Nutzung für Industrie. Will aber den Gruppen

die Möglichkeit geben, ihre Arbeit zu machen. Weiterer Teil des Geländes soll für den Erweiterungsbau des Finanzamtes saniert werden. Die politische Entscheidung ist für uns gefallen. Wir sind uns alle um den Hals gefallen. Im Null Komma nichts waren ein paar Sektflaschen da. Viktoria, Viktoria. Die ganze Anspannung der letzten drei Wochen steckte noch in unseren Knochen. Mit Musik und Lachen und Tanz sind wir uns immer wieder umarmend zum Tor gezogen, wo schon die ersten Besucher standen und uns beglückwünschten. Presse war natürlich auch sofort da. Um 18.00 Uhr haben wir uns, die ganze Besetzergruppe in der Fabrik getroffen. Jetzt gilt es für uns die Fragen zu klären, wer dort lebt, in welchen Räumen, wie die Instandsetzung vorangehen soll. Die, die Besetzung mitgemacht haben, können nicht alle hier leben. Zuerst werden die hier leben, die auch hier arbeiten. Für die Schule steht als Wichtigstes an: vernünftige Küche einrichten. Die Schule steht insgesamt sehr unter Zeitdruck, deshalb hier zuerst ansetzen. Als erste Arbeiten sind die Wasserleitungen, Elektroinstallation und die Heizung zu reparieren. Morgen Riebschläger anrufen und Bedingungen aushandeln, wann, wie usw. wir den Mietvertrag machen können.« (Aus dem ufa-Tagebuch vom 3. Juli 1979)

Mit Freunden bei der Zeitungslektüre.

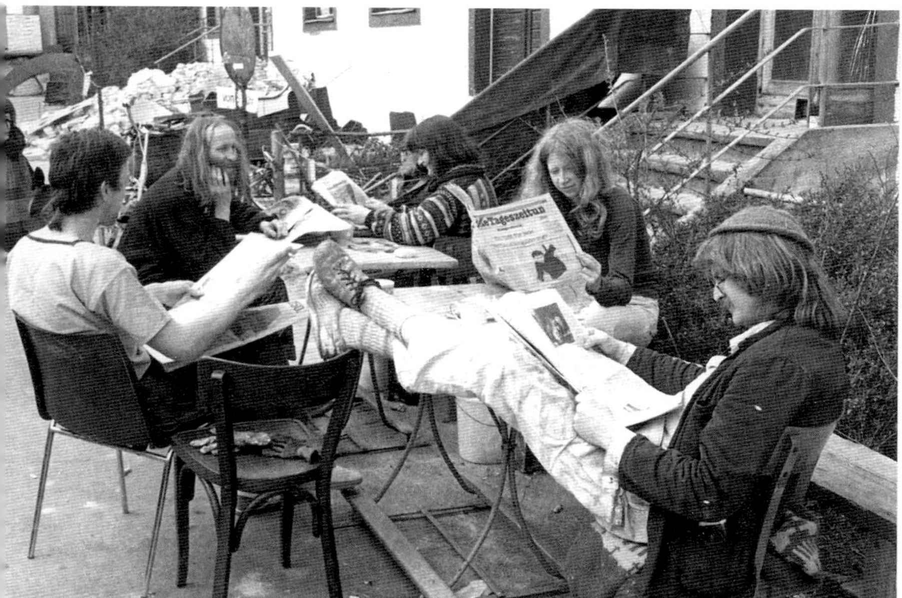

Die politische Entscheidung zugunsten unseres Projektes war der Meilenstein auf dem Weg zur Etablierung eines Internationalen Kulturcentrums. Das Bleiberecht ermöglichte uns, zielgerichtet an unserem Projekt weiterzuarbeiten: Einen Ort zu schaffen, an dem die verschiedensten gesellschaftlichen Bereiche zusammengebracht werden. Die vier verschiedenen Vereine hatten es gemeinsam geschafft, als Gruppe aufzutreten, die mit ihren Ideen und Perspektiven überzeugen konnte. Wir gründeten einen Trägerverein, der den Mietvertrag abschließen sollte. Im Herbst 1979, am 5. Oktober, hatten wir dann endlich unseren ersten Mietvertrag in der Tasche. Er galt drei Jahre, bis zum Dezember 1982 und verlängerte sich dann halbjährlich. Vereinbart wurde eine monatliche Miete bzw. Pacht von 4 000 DM.

»Juppy und Bärbel beim RIAS Treffpunkt; Live-Interview. Sollte eigentlich nur 6 Minuten dauern, aber der Typ merkte erst nach 9 Minuten, daß die Zeit um war. Bis jetzt haben wir 200.000.- DM Material und mit Arbeitskräften ca. 1 Million ins Gelände gesteckt, unsere Kulturarbeit wird als Aushängeschild benutzt, und wir bezahlen noch 4000.-DM Miete, und die treten uns noch mit Füßen. Zum Ersatzgelände: Wir haben nicht vor, 3 Jahre aufzubauen und auf einem neuen Gelände schon wieder aufzubauen, weil wir auch mal ernten, nicht nur säen wollen.« (Aus dem ufaTagebuch vom 31. Juli 1980)

Bis zum 9. Juni 1986, dem siebten Geburtstag der ufaFabrik, war unser Mietvertrag jedoch nur provisorisch.

»Bernd hat eine Führung mit einer 10. Klasse aus einem Gymnasium aus Münster gemacht. Sie schreiben einen Brief an Weizsäcker [damals Regierender Bürgermeister von Berlin/Anm.d.Autors] wegen der Mietvertragsverlängerung.« (Aus dem ufaTagebuch vom 7. Juli 1982)

Zahllose Schüler- und Studentengruppen, Lehrlinge, Lehrer, Sozialarbeiter, Handwerker, Stadt- und Landfreaks haben uns besucht, ebenso Senatoren, Politiker aller Parteien, Pressevertreter vom »Abendblatt« bis »Die Zeit«, vom ZDF bis polnischen TV, Delegationen vom Goethe-Institut, der Konrad-Adenauer-Stiftung, der Friedrich-Ebert-Stiftung, der Enquete-Kommission für Jugendfragen im Bundestag, Gewerkschaftler, Gäste aus dem Ausland und viele mehr. Alle fanden sie unser Modell unterstützungswürdig. Die meisten von ihnen wunderten sich, dass wir alles in Selbsthilfe und ohne staatliche Subventionen aufgebaut haben.

Dann, 1986, hatten wir uns nach jahrelangen, zähen Verhandlungen, unter anderem mit den Senatoren Fink, Hassemer und dem Senatsdirektoren Rexrodt, der in unserem Projekt kein wirtschaftlich besonders förderungswürdiges Vorhaben sah, endlich einen Erbpachtvertrag mit 35 Jahren Laufzeit und einer anschließenden Option auf weitere

35 Jahre erstritten. Dieser Vertrag garantiert Ruhe und Ordnung, Kontinuität und Planungssicherheit, für alle, die hier leben und arbeiten. Denn, wer macht schon langfristige Pläne mit einem kurzfristigen Vertrag? So etwas wie die ufaFabrik macht man nicht nur für 30 Jahre. Das braucht Perspektiven von 300 Jahren!

Wir wollten von Beginn an unabhängig sein.

»Der Kudamm wird voll und voller. Der Run beginnt. Wir haben alle Hände voll zu tun. Der Fabrikzirkus darf auch dabei nicht fehlen. Unsere Clowns, Scotty und Fritz, neuerdings auch Enka, spielen unentwegt: achtmal insgesamt!! Wurden dabei immer besser. Piet, Manni machten Musik dazu. Barbora zeigte Pantomime. Handverkauf mit Früchtebrötchen und Energiebällchen lief gut.« (Aus dem ufaTagebuch vom 9. August 1980)

Wir finanzierten uns durch Einnahmen bei Kulturveranstaltungen, Spenden, einen Kredit des Berliner Netzwerks, private Darlehen und zahllose Stunden unbezahlter Arbeit.

»Der Schuldenberg ist wieder riesig angewachsen. Wir brauchen also in der nächsten Zeit jede Menge Geld. Die Handwerkergruppe muß verstärkt werden. Die Fahrradwerkstatt läuft wirtschaftlich uneffektiv. Die Gruppe muß unbedingt bessere Pläne in Hinsicht auf unsere Ökonomie machen. Wir müssen eine öffentliche Kreditaktion starten. Wir haben viele gute Ideen, aber zu wenig Geld. (...) Wir sind total pleite. Wir müssen noch mehr Arbeitsplätze auf dem Platz schaffen. Wir brauchen bis zum Winter unbedingt 100.000.-DM für die Investitionen, für das Getreide, für das Heizöl etc. Wir müssen neue Produkte anfertigen: Zirkuszelte, Einräder, auch die Apparaturen fürs Kino sollten endlich abgeschafft werden. Der Zirkus ist unwirtschaftlich, es arbeiten zu viele Leute dort. Wir sollten überlegen, ob wir mit weniger Leuten auf die Tournee gehen. Wir müssen alle Bereiche besser ausnutzen. (...) Unsere Disziplin im alltäglichen Leben ist zwar schon viel besser geworden. Unsere Schlampigkeit raubt uns aber immer noch viel Zeit und Energie.« Aus dem ufaTagebuch vom 20. Juli 1981 und 21. August 1981)

Mit Sabine Christiansen 1996.

Es gab genügend Politiker, ob von SPD und CDU, die uns mit Geld unterstützen wollen. Wir lehnten dankend ab. Wir entgegneten: »Passt auf. Wir wollen dieses Projekt machen. Wir wollen nicht euer Geld. Wir wollen selber sehen, was wir hinkriegen.«

Unsere Idee war eine Anleihe bei Freunden und Bekannten. Wir haben 500-DM-Scheine vergrößert und dem Typen da drauf noch 'ne Clownsnase aufgesetzt. Da kamen in drei Monaten 240 000 DM rein.

»Bei dem, was wir hier aufbauen und in das ufa-Gelände schon investiert haben und bei all unserer Öffentlichkeitsarbeit ist diese Anleihe schon ein legitimes Mittel für uns, unsere Werkstätten (...) mit unseren Freunden gemeinsam zu finanzieren.« (Aus dem ufaTagebuch vom 19. August 1981)

Selbst wenn unser Bankdirektor, Dieter Böge von der Bank für Sozialwirtschaft, der unser Projekt wie ein zartes Pflänzchen hegte und pflegte, uns für zehn Jahre einen zinslosen Kredit von 100 000 DM vorgestreckt hätte, das Geld hätten wir ja trotzdem zurückzahlen müssen. Durch Böge lernte ich das »Prinzip Hoffnung« kennen. Er sagte stets zu mir: »Ihr kriegt von mir immer deshalb einen Kredit, weil ich die Hoffnung habe, dass dir und Rudolf immer wieder was Neues einfällt.«

Wir waren fortwährend erfindungsreich, was die Erschließung neuer Einnahmequellen zur Finanzierung der ufaFabrik anging. Mitte der 80er Jahre gründete ich mit Scotty und unserem Steuerberater Waldi eine Kommanditgesellschaft, die »ufa-Concerts«. Ich fragte mich, wie eigentlich all die anderen hier in Berlin arbeiteten? Die nutzten die Abschreibungsmöglichkeiten gemäß Paragraph 13 Berlin-Fördergesetz. Wir

Ein Anteilsschein »Freiheit für alle! Unsere Stärke besteht in der Anzahl unserer Freunde«, 31. November 1981.

brauchten für unser Projekt »stille Teilhaber«. Wir buchten eine Seite im »Tagesspiegel« und eine Doppelseite in der »taz«. Aus unserem persönlichen Umfeld hatten wir bereits 20 000 DM eingesammelt, damit wir die Anzeigenseiten bezahlen konnten. Unseren Appell richteten wir mit der Schlagzeile an interessierte Spender: »Wir nehmen es von den Reichen an«. Innerhalb von sechs Wochen hatten wir insgesamt 180 000 DM auf unserem Konto. Das Geld investierten wir unter anderem in Umbauten und in die Materialien für unser Circuszelt. Ich empfand den Kapitalismus als tolles Wirtschaftssystem. Da muss man sich nicht an den Staat wenden, um Unterstützung zu verlangen, sondern der Kapitalismus gibt Unternehmern Möglichkeiten, Teile ihres Vermögens im kulturellen oder sozialen Bereich zu investieren. Und dieses Investment ist dann auch noch von der Steuer absetzbar. Statt dem Staat das Geld in den Rachen zu werfen, gaben es die Anleger uns und sparten dadurch auch noch Steuern, weil sie die Verluste abschreiben konnten. Im ersten Jahr gab es beispielsweise eine Verlustrate von 200 Prozent. Da kamen Investoren zu mir und sagten: »Hey, Juppy, hat astrein geklappt. Wir hatten letztes Jahr 15 000 DM investiert, wir würden gerne in diesem Jahr verdoppeln.«

Leider platzte der Traum vom großen Geldverdienen mit der Kommanditgesellschaft nach kurzer Zeit. Schuld war ausgerechnet die Liebe! Denn unseren Steuerberater traf Amors Pfeil und mit Tränen des Abschieds in den Augen machte er sich auf in Richtung Westdeutschland. Mir fehlten die Kenntnisse, um mich, neben den vielen anderen Aufgaben in der ufaFabrik, auch noch um steuerliche Dinge zu kümmern. Unser neues Steuerbüro wollte mit einer Abschreibungsgesellschaft nichts zu tun haben. Damit schlief die Gesellschaft in den Folgejahren ein.

Vielleicht hätten wir, wenn wir mit der Gesellschaft »ufa-Concerts« weitergemacht hätten, niemals staatliche Subventionen in Anspruch nehmen müssen. Die Leute hätten, anstatt ihr Geld für sinnlose Projekte auszugeben, in die ufaFabrik investieren können und sich dafür auf keiner Party in der Stadt schämen müssen ...

Erst viele Jahre später bemerkten wir, dass unsere kulturellen und sozialen Aktivitäten uns ein riesiges Loch in den Haushalt rissen. Natürlich trat auch das Finanzamt an uns heran und forderte Steuern. Neue Strukturen mussten her. Wir gründeten den Dachverein »ufaFabrik«, unter dem sich rund zehn einzelne Betriebe gruppierten. Von der GmbH bis zum eingetragenen Verein. Das bedeutete gleichzeitig, dass wir uns Löhne und Gagen auszuzahlen haben, zumal auch inzwischen viele bei uns arbeiteten, die nicht in der ufaFabrik wohnten.

Jetzt hieß es doch, nach Subventionen zu fragen.

Volker Hassemer war damals Berliner Kultursenator. Ich sagte einmal zu ihm: »Eh, Volker. Ich denke dauernd, ich arbeite hier wie in New York. Und ich muss feststellen, hier ist ja gar kein richtiger Kapitalismus«. »Ha, ha«, lachte Hassemer da. »Wo ist denn hier kein echter Kapitalismus, Juppy?« »Na ja«, sagte ich, »unsere ganze Konkurrenz wird hundertprozentig staatlich subventioniert. Wie wollen wir denn da mithalten? Ich möchte so viel Geld haben vom Kultursenator, dass diese Wettbewerbsverzerrung außer Kraft gesetzt ist!«

Was folgte, war ein erbitterter Briefwechsel.

Am 16. Juni 1987 schrieb ich beispielsweise an Hassemer und bat um finanzielle Unterstützung für unsere Veranstaltungssäle:

»Lieber Herr Kultursenator! Keine lange Vorrede – ergebenster Gruß. Neben anderen Arbeiten bin ich vollbeschäftigt mit der Vorbereitung der Tournee des ufaCircus nach Mannheim und habe eigentlich keine Zeit mich in Querelen zu verzetteln. Die Abrechnung der 50.000 DM für die Veranstaltungssäle macht aber Probleme: Sie sagen, der ufaCircus ist ja auch irgendwie eine Berliner Gruppe und kann darüber auch 3–4 Veranstaltungen abrechnen. Sie wissen, daß wir für '87 die Summe von 160.000 DM für die beiden Veranstaltungssäle beantragt haben. Wie mit den 50.000 DM umgegangen werden soll – dem Drittel vom Minimum – darüber gibt es Absprachen. (...) Wenn Sie mich persönlich ärgern wollen, so ist Ihnen dies gelungen. Und wenn ich meine Gefühle sprechen lasse, dann möchte ich von Ihnen kein Geld mehr annehmen. Doch es ist nicht für mich, weshalb ich es fordere, folglich steht es mir nicht zu, gefühlsmäßig zu reagieren. Und Sie sollten sich mäßigen, durch Ihren Ärger über mich die erfolgreiche Kulturarbeit von 30 Artisten, Musikern und Schauspielern mit Füßen zu treten. (...) Wenn Ihr Haß über mich so weit geht, daß Sie mich mit diesem unnützen Streit auf Trab halten wollen und zusätzlich 8 Jahre Kulturarbeit von Ihnen auf diese Weise in den Dreck getreten wird, dann zwingen Sie uns dazu, gegen Sie zu kämpfen. – Verflucht sei die Eitelkeit. Ich hoffe, daß alles von Ihnen noch geradezubiegen ist. Anfang nächster Woche bitte ich dann um die Überweisung des Betrages von 50.000 DM für die von uns vorgelegte Abrechnung. Gruß mit viel Biß, Juppy.«

Sechs Tage lang ließ sich der Kultursenator Zeit. Dann, am 22. Juni 1987, schrieb er mir eine leidenschaftliche Antwort:

»Lieber Herr Zirkusdirektor, in einem sind wir uns einig: auch mir steht es nicht zu, gefühlsmäßig zu reagieren. Denn wie müßte ich dann reagieren als einer, von dem man eigentlich kein Geld mehr annehmen will? Dann würde ich doch schnell eine Lösung für dieses Problem anbieten! Wie würde ich reagieren als einer, dem Haß unterstellt wird, Ärger über den

Erfolg der Leute, die den Zirkus machen? Wer, bitteschön, von uns beiden muß sich denn mäßigen. Sie sind es doch, der voller Haß ist, ungerecht und aggressiv! Oder haben Sie wirklich so wenig Ahnung von Menschen, Aufgaben und Möglichkeiten? Da ist die Drohung, gegen mich zu kämpfen, noch die softeste Passage. Dabei ist die Sache klar. Nachdem der Beirat eine Förderung abgelehnt hat, habe ich über die Spielstätten- und Gastspiele-Förderung einen anderen Weg versucht. Seitdem, so dachte ich, gibt es über diesen Weg konkrete Kontakte mit meiner Verwaltung. Alles unter meiner Weisung, an der Grenze nach oben des uns Möglichen über die Dinge zu verhandeln. Es ist wirklich eine Schweinerei, die mich langsam zur Weißglut bringt, wenn Sie dann immer wieder einmal explodieren – ›auf diese Weise in den Dreck getreten‹ – und mir in den Unterleib treten. Würde ich mit viel Biß grüßen und arbeiten, würden wir uns schon längst keine Briefe mehr schreiben. Volker Hassemer.«

Der Brief hatte gesessen. Und er steigerte meinen Respekt und meine Achtung vor dem Kultursenator. Den Dialog suchen, hart in der Sache, aber immer mit dem nötigen Respekt vor dem Anderen, das ist stets meine Sache.

Noch kurz vor dem Mauerfall im Jahre 1989 erreichten wir schließlich, dass wir mit einem Teil des Geländes als »Internationales Kultur-Centrum ufaFabrik« im Haushalt des Landes Berlin geführt werden. Zum Glück hatten wir Freunde in allen Parteien, die den Wert der ufaFabrik erkannt haben. Die Besetzung war im Nachhinein auch noch finanziell legalisiert worden!

Mit Scotty und Volker Hassemer 1999.

45 Personen, unsere engsten Freundinnen und Freunde, entschieden sich, auf dem Gelände zu leben, eine Lebensgemeinschaft mit gemeinsamen Einkommen und Zielsetzungen zu entwickeln.

»Alle leben aus einer gemeinsamen Kasse; dies ist eine wichtige Voraussetzung. Da kommt alles

rein, was wir erarbeiten, ob Handwerk, Veranstaltungen, egal. Die Kasse macht immer eine(r) mit Stellvertreter. Die wechseln natürlich im Laufe der Zeit, damit jeder lernt, wo das Geld herkommt und wo das Geld hingeht. Wir haben keine Taschengeldregelung, weil wir glauben, das schadet dem Gespräch (der Kommunikation) unter uns; die Probleme werden dann nicht richtig ausgetragen – da ist einer, der spart, häuft sich viele Konsumgüter an und argumentiert, das habe ich ja von meinem Taschengeld gekauft. Wenn einer was braucht, dann sagt er das, damit fertig. Verschwendet einer Geld, was er im Vertrauen vom ›Kassenwart‹ bekommen hat, so fällt das schnell auf und dann reden wir auf unserem Plenum mal drüber. Auf unserem Plenum wird alles besprochen, was wichtig ist und was alle wissen müssen.« So hatten wir die finanziellen Dinge in den Anfängen geregelt und als Grundsatz auch in der von uns veröffentlichten »Fabrik-Zeitung« abgedruckt. Diese gemeinsame Kasse war für uns ein organisatorisches Hilfsmittel zur

10-jähriges Bestehen der ufaFabrik am 9. Juni 1989. »Die ganze Kommune«, alles Frauen und Männer der ersten Stunde der ufaFabrik, die so hart sind, wie die Brötchen, die hier gebacken werden! Vorn mein Sohn Hannes, neben mir Sigi, seine Mutter, und »Bobby Fischer«, hinter mir Uta, rechts neben mir Manni mit seinem Sohn Frido, links neben Sigi »Wolle« mit Sohn Phillipp; links neben Uta: Gabi, Bärbel, Gisela, Kai, Karin, Siegrid; hinter Bärbel: Jonas, Ahmed, Gudrun, Shizong; hinter Uta: die Schwestern Sarah und Yvonne; rechts neben Uta: »Charlie Chaplin« mit Tochter Francesca, daneben Liz mit Tochter Cecile, ganz rechts sitzend Rich, dahinter Rudolf, hinter ihm Paul, ganz hinten: Michael, Uwe und Julia.

Umsetzung des Grundsatzes, dass Privateigentum auch zum Gemeinschaftseigentum werden kann. Alle Einnahmen gingen in die Kasse, alle Ausgaben wurden aus ihr getätigt.

Die gemeinsame Kasse in dieser Form gehört mittlerweile der Vergangenheit an. Geblieben ist der monatliche Beitrag für Miete und Essen, und dann kommt das Geld ja sowieso meist wieder irgendwie in unsere Kasse zurück.

Das Gelände war eine Baustelle, und wir haben jede D-Mark in die Arbeitsplätze und unsere Lebensbedingungen investiert. Für jedes bisschen Taschengeld sind wir zur Kasse gerannt. Das war natürlich viel Arbeit für den Kassenverwalter, wenn jeder beispielsweise für 20 DM angeschossen kam. Jetzt zahlen wir uns ein Gehalt aus. Wir wollen keinen Einheitslohn auszahlen. Manch einer will nicht soviel arbeiten und braucht auch nicht soviel Geld. Wir wollen keine totale Leistungsgesellschaft, wir müssen ein Gemisch daraus machen. Man kann nicht sagen, alle sind gleich. Der eine leistet mehr, der verbraucht aber auch mehr, weil er einen Ausgleich dafür haben will. Der andere will lieber generell langsamer machen. Wir wollen einen Ausgleich, sozusagen das Beste vom Kapitalismus und das Beste vom Sozialismus, dass man eine Basis hat, wo auf jeden Fall die Existenz gesichert ist. Aber für bestimmte Sachen muss einer auch mehr tun.

Alle wesentlichen Entscheidungen in unserer Kommune, und das ist bis heute so, werden nach dem Konsensprinzip getroffen. Basisdemokratie wird bei uns großgeschrieben. Das bedeutet, in unseren Vollversammlungen, früher wöchentlich, heute so etwa alle vier Wochen, werden alle anstehenden Entscheidungen (z.B. Anschaffungen für die ufaFabrik, Baumaßnahmen, Neuaufnahmen etc.) zunächst diskutiert und – falls niemand ablehnt, also ein Veto einlegt – von allen mitgetragen. Entscheidungen können auch auf vorläufiger Basis getroffen werden und zu einem späteren Zeitpunkt erneut diskutiert werden. Die Stimme jedes Einzelnen hat durch dieses Prinzip großes Gewicht und muss gehört werden. Auch wenn es oft sehr zeitintensive Diskussionen gab, konnten wir stets verhindern, dass sich eine destruktive Hierarchie aufbaute.

So bin auch ich von Anfang an ein ganz normales Mitglied der Kommune und niemals ein Guru, nach dessen Meinung sich die anderen einzig und allein zu richten haben. Heute ähnelt das Plenum einer »Bundestagssitzung mit Ausschüssen« – auf der einen Seite Kommune, andererseits organisiert wie eine US-Holding mit mehreren Theatern, der Bäckerei, dem Naturkostladen, dem Café Olé, unserem Nachbarschaftszentrum, dem Kindergarten und Kinderbauernhof, der Freien Schule und dem ufaCircus, die alle in der ufaFabrik e.V. betrieben werden und später in verschiedene eingetragene Vereine und GmbHs aufgeteilt wurden.

Und auf ökologischem Gebiet gibt es ja auch noch das Gelände mit Blockheizwerk, Regenwasserauffangbecken, Solaranlage und begrünten Dachflächen – die ufaFabrik gilt in diesem Bereich europaweit als Vorzeigeobjekt.

»Ich habe kein Geld, aber du kannst es haben.

Ich hab' kein Auto, aber du kannst es fahren.

Hab' keine Yacht und keinen Hafen,

hab' kein Bett, aber du kannst drin schlafen.«

Ton Steine Scherben

(v.l.n.r.) Betty, Sigi und Dawn; dieses Bild druckte der »stern« 1983 ab – eine Revolution.

»Ich brauch' nichts – brauch' nur dich!«

Frauen faszinieren und fesseln mich. Was wäre die Welt, ohne die Liebe der Frauen! Frauen sind mein zweites Ich, denn sie haben alles, was ich nicht habe: Ihr bestimmtes Feeling, mit den Menschen in ihrem Umfeld umzugehen, ihre Feinfühligkeit in entscheidenden Situationen – und ihre erotische Aura. Ach, wenn alle Frauen wüssten, denke ich manchmal, wie sie uns Männer um den kleinen Finger wickeln können, ich glaube, da wäre das Matriarchat schon wieder eingeführt! Von mir kann ich nur sagen: »Irgendwie brauche ich ein Burgfräulein, für das es sich zu kämpfen lohnt.«

Oft habe ich mich gefragt, inwiefern meine Schwestern mein Frauenbild geprägt haben. Manchmal ging es soweit, dass ich meinte, Gisela, Sigi und Uta könnten die Spiegelbilder meiner drei Schwestern Elfriede, Hiltrud und Irma sein. Denn nicht selten erkannte ich bei meinen Lebenspartnerinnen wohlbekannte Charaktereigenschaften meiner Schwestern wieder. Gisela mit ihrem zurückhaltenden Wesen und ihrer Menschenkenntnis erinnerte mich ein wenig an Elfriede. Sigi mit ihrer intelligenten und manchmal frechen Art an Hiltrud und Uta mit ihrer geballten Lebenslust und Weiblichkeit an Irma.

Als ich mit meiner Schwester Irma bei ihren Freundinnen war, Irma war damals etwa 12 Jahre alt, am Beginn der Pubertät, wurde ich wie ein Baby von Arm zu Arm gereicht. Manchmal drückten mich die Mädchen ganz fest an ihre kleinen Brüste, die sie vor mir entblößt hatten. Ich habe diesen tollen Anblick noch immer vor Augen. Dieser erotische Anblick hat mich wohl süchtig gemacht ...

Als ich meine ersten »Doktorspiele« mit Mädchen machte, ich weiß gar nicht mehr, wie alt ich war, spähte auf einmal ein Auge durch ein Loch in der Holzwand unseres Schuppens. Als ich es bemerkte und erschrak, verschwand das Auge blitzschnell. Ich zog schnell meine Hose hoch, mein Hemd an und wollte wissen, wer mich da beobachtet hatte. Jeder von meinen Geschwistern hätte es gewesen sein können. Und ich wollte wissen, ob der heimliche Beobachter es meinen Eltern erzählt. Ich schaute sie mir alle an, einen nach dem anderen und dann wusste ich, wer es war: Hiltrud. Sie sagte lächelnd zu mir: »Mach dir keine Sorgen. Ich werde es niemandem weitererzählen.«

Hiltrud konnte ich glauben, denn zu ihr hatte ich großes Vertrauen. Bei meiner Schwester Irma hätte ich mir Sorgen gemacht. Denn sie erzählte als Kind immer gerne alles weiter. Hiltruds Schönheit und mein Vertrauen zu ihr, glaube ich, prägten mein Frauenbild.

Ich war noch mit Gisela zusammen, als ich mich 1979 in Sigi verknallte.

In den ersten Tagen der ufaFabrik ließen wir uns zunächst nichts anmerken. Wir schliefen in getrennten Räumen, doch die Sehnsucht war groß.

An Sigi hat mich ihre Intelligenz gefesselt. Ende der 70er Jahre gründete sie einen Verlag und gab das Buch »Schwanger« heraus. Ein regelrechter Bestseller. Schwangere Frauen wurden im Krankenhaus als »Kranke« behandelt und in diesem Buch wurden alternative Entbindungsmethoden vorgestellt, die wir bereits vor der ufaFabrik praktizierten.

Sigi war eine Impulsgeberin für alle wichtigen Entscheidungen der ufaFabrik. Mit ihr verband mich auch eine musikalische Leidenschaft. Der Song von »Teller Bunte Knete« »Hallo alter Traumverkäufer, wo bist du gewesen? Man hat dich hier schon lange nicht gesehen« war unser Lied. Im Grunde genommen wurde über unsere musikalischen Ambitionen die Band des ufaCircus aufgebaut. Sigi war eine erstklassige Geigenspielerin und Stepptänzerin. Diese Qualitäten kamen in einer witzigen Zirkusnummer der »steppenden Bäckersfrauen« im ufaCircus voll zum Tragen.

Diese beiden Bilder gehören zu meinen absoluten Lieblingsaufnahmen.

Immer, wenn ich in meinem Büro sitze, freue ich mich, denn genau hier habe ich vor vielen Jahren mit Sigi Hannes gezeugt. Über drei Jahre wohnten wir hier zu viert. Bärbel und Gudrun schliefen auf einem Hochbett. Sigi und ich hatten unser Bett an der Stelle, wo heute mein Arbeitsplatz ist. Auch meine Hunde lebten dort mit uns. Bei uns war es anders als bei Rainer Langhans und seiner Kommune. Ich habe nicht jede Nacht mit drei verschiedenen Frauen Sex gehabt.

Sigi und ich hatten sensationellen Spaß im unteren Bett. Und im Hochbett ging auch so richtig die Post ab. Es war nie langweilig bei uns im Zimmer. Alle Lebenslagen bekam man hautnah mit. Es gehörte einfach zu unserem Alltag.

1983, wenige Wochen vor der Geburt meines Sohnes, planten wir gerade eine Show mit Ernie Reinhardt, heute besser bekannt als Lilo Wanders, Corny Littmann und Gunther Schmidt – kurz: »Familie Schmidt«. Einige Tage vor der Premiere ging ich gedanklich die Show noch einmal durch. Während ich genüsslich an einem Joint zog, durchfuhr mich plötzlich ein stechender Schmerz in der Herzgegend. Ich konnte mich kaum noch bewegen, geschweige denn atmen.

Zwei Ärzte untersuchten mich, flüsterten und entschieden einstimmig, dass ich auf die Intensivstation müsste. Ich schluckte. Im Eiltempo fuhren mich zwei Krankenpfleger durch die Straßen und Wege des Krankenhauses. Ich schaute zum Himmel und merkte, dass ich kurz vor einem Kreislaufkollaps stand. Mist, dachte ich, wie soll ich in diesem Zustand helfen, herauszufinden, was ich habe? Auf einmal erblickte ich die Backsteinmauern des Krankenhauses. Es war früher Abend, die Sonnenstrahlen tauchten das alte

Mein Sohn Hannes 1988.

Gemäuer in ein wunderschönes Farbenmeer. Die Kronen der Bäume wippten leicht im Wind. Da schoss mir ein letzter Gedanke durch den Kopf: Mensch, was ist die Welt doch schön.

Als ich die Augen aufschlug, lag ich im Operationssaal. Während ich so wieder zu mir kam, sagte ich: »Guten Abend.« Ich schaute mir einen Arzt nach dem anderen ganz genau an. Mein Blick blieb an einem Arzt hängen, der eine unglaubliche Ähnlichkeit mit meinem Bruder Ludwig hatte. Ich muss ihm meine ganze Liebe, Zuneigung und mein Vertrauen rüberschicken, dachte ich. Den anderen Ärzten traute ich nicht über den Weg. Und es war ausgerechnet der von mir auserwählte Arzt, der als einziger schnell herausfand, was ich wirklich hatte. Die medizinische Diagnose lautete: Pneumothorax, eine Luftansammlung im Brustfellraum. Ein Lungenbläschen war geplatzt. Das kann passieren, wenn man auf die Welt kommt und die Lunge sich das erste Mal ausdehnt. Bei Menschen zwischen 30 und 40 Jahren kann es dann in dieser Form auftreten. Die Ärzte meinten: »Bei Hageren und Intelligenten.« Ich war 35 Jahre alt und passte wohl genau ins Bild.

Nach der Nacht auf der Intensivstation fühlte ich mich am nächsten Morgen wieder besser und hatte nur einen Wunsch: Endlich wieder nach Hause. Ich machte die Schläuche ab, bedankte mich bei den Ärzten für ihre Hilfe und verließ, begleitet vom Protest der Mediziner,

Im Wenckebach-Krankenhaus in Tempelhof
besuchte mich der ufaCircus im Krankenzimmer.

das Krankenhaus. »Sie kommen wieder«, riefen mir die Ärzte noch hinterher. Und sie sollten Recht behalten. Vier Wochen später kehrten die Schmerzen zurück. Ich musste erneut ins Krankenhaus. Mit Schläuchen wurde dort die Luft, die sich bereits wieder angesammelt hatte, im Brustraum abgesaugt. Drei Wochen lang lag ich dort. Am letzten Tag bat mich mein Stationsarzt Paul zum Gespräch. »Juppy, weil das ja alles bei dir nicht so einfach war, habe ich mal genauestens dein Blut untersuchen lassen nach Antitrypsin.« Ich schaute ihn an und wusste nicht genau, auf was er denn nun hinauswollte. Zumal ich mit diesem medizinischen Begriff eh nichts anfangen konnte. Paul erklärte mir, dass bei einem gesunden Menschen der Blutplasmaspiegel des Antitrypsins so zwischen 200 und 400 Milligramm liegt. Mein Wert lag, nach seiner Aussage, bei 140. »Normalerweise«, setzte Paul noch vorsichtig hinzu, »sterben Leute wie du bei der Geburt. Aber es soll schon welche gegeben haben, die sind 50 geworden!«

Was mir in diesem Moment die größten Sorgen machte, war die Tatsache, dass diese Mangelerscheinung vererbt werden könnte. Hannes Geburt stand unmittelbar bevor!

Mit diesem schweren Druck auf meinen Schultern wurde ich aus dem Krankenhaus entlassen. Ich hörte mit dem Rauchen auf, denn jede Zigarette kostett Tage. Ich lebte absolut gesund und bat die Götter, dass Hannes ein gesundes Kind werden möge. Und meine Gebete wurden erhört.

Die ersten drei Nächte nach der Geburt stand ich stundenlang um sein Bettchen herum, beobachtete jede seiner Regungen, lauschte jedem seiner Atemzüge. In den ersten Jahren brachte ich ihn oft selbst ins Bett. Dann sang ich ihm auf der Gitarre improvisierte Geschichten vor. Und wenn er eingeschlafen war, wurde ich mit einem Mal so müde. Viele Male bin ich auf dem kleinen Lammfell, welches vor seinem Bett lag, eingeschlafen.

Kurz darauf merkte ich, dass die Schmerzen wieder zurückkamen. Ich beschloss, in die Spezialklinik für Lungenkrankheiten nach Heckeshorn zu gehen. Die Klinik wurde nach dem Zweiten Weltkrieg für die amerikanischen Soldaten in ganz Europa und in Berlin eingerichtet, damit die GIs bei ihrer Rückkehr in die Vereinigten Staaten keine Lungenerkrankungen einschleppten.

Ich war verzweifelt. Seit drei Tagen war ich Vater. Hannes musste für einige Tage ins Krankenhaus, weil er eine Nabelentzündung bekommen hatte. Sigi lag allein und geschwächt in ihrem Zimmer in der ufaFabrik. In diesen Stunden der Einsamkeit spürte ich die ganze Kraft und die Bedeutung unserer Kommune. Alle kümmerten sich rührend um Sigi, Hannes und mich. Jeden Tag fuhren einige Mitglieder unserer Kommune mit Sigis Muttermilch zu Hannes ins Krankenhaus.

Montagmorgen im Operationssaal. Es war alles schon vorbereitet und das Erste, was ich sagte, war »Guten Morgen«. Soviel Zeit sollte schon sein. Dann richtete ich mich etwas auf und fügte hinzu: »Entschuldigung, könnte ich vielleicht mal mit dem Arzt sprechen, der hier gleich die praktische Arbeit macht?« Einer zischte: »Die Sache ist jetzt am Laufen. Außerdem haben Sie unterschrieben!« Ich wurde langsam sauer. »Sie können in meinen Schrank gucken. Ich habe nichts unterschrieben. Und unter uns: So gerne unterschreibe ich auch nicht. Entweder ist der Mann jetzt gleich da oder die Show findet heute Morgen hier gar nicht statt. Und ich geh' nach Hause.« Ich hob mein linkes Bein leicht an, um meinen Worten Taten folgen zu lassen, da stand der Chefarzt neben mir. »Ja bitte?«, fragte Dr. Liebig. »Herr Doktor, ich lebe nicht nur mit meinem Geist. Ich bin auch Artist und Karatemann. Bitte tun Sie mir einen Gefallen. Lassen Sie sich ruhig ein paar Minuten länger Zeit. Aber zerschneiden Sie mir nicht meinen Latissimus.«

Die Operation verlief ohne Komplikationen. Tagelang wurde mein Krankenzimmer von Ärzten aus Deutschland und Europa belagert, weil die Operationstechnik, die Dr. Liebig und sein Team angewendet hatten, neu war. Heute muss keiner mehr mit riesigen Narben auf dem Rücken herumlaufen.

Die Wunde heilte, doch einige Tage nach dem Eingriff, alle Kabel und Schläuche waren schon entfernt, dachte ich, ich hätte einen Rückschlag. Beim Mittagessen verspürte ich einen beißenden Schmerz. Ich sagte aus Angst keinem der Ärzte etwas, bis ich es nicht mehr aushielt und um Mitternacht den Notfallknopf drückte. Der Arzt untersuchte mich: »Keine Panik, Juppy. Vielleicht hast du dir nur einen Nerv eingeklemmt. Wir machen jetzt eine Röntgenaufnahme.« Nichts zu sehen. Der Arzt machte mir dann folgenden Vorschlag: »Ich geb' dir jetzt mal eine Spritze. Dann

Sigi und Hannes an der französischen Atlantikküste 1995.

träumst du schön heute Nacht. Und morgen früh ist der Schmerz weg.«

Wenn jemand am nächsten Morgen um sechs Uhr zu mir ins Zimmer gekommen wäre, um mich nach meinen Träumen zu fragen, hätte ich ihm zwei Stunden detailliert davon erzählen können. Meine Schmerzen waren wie weggeblasen. »So muss es für jemanden sein, der sich Heroin gespritzt hat.« Man stelle sich nur vor, jemand nimmt in einer verzweifelten Situation Heroin und hat dann Träume, die realistischer und schöner sind, als es die Wirklichkeit jemals sein kann. Kein Wunder, dass er davon süchtig wird. Also müssen wir in unserer Gesellschaft dafür sorgen, dass die Realität besser und wundervoller ist, als es der schönste Traum sein kann!

Zweieinhalb Wochen blieb ich im Krankenhaus, dann wurde ich entlassen. Zuvor ließ ich mir noch die Antitrypsin-Werte sagen. Sie lagen im Bereich eines gesunden Menschen, bei 240. Alle Chancen auf ein langes Leben. Wie mag es denen wohl gehen, die AIDS oder Krebs haben?

Ich bin nicht sauer auf Paul, den Arzt vom Wenckebach-Krankenhaus.

Während meines Krankenhausaufenthaltes hatte sich Uta rührend um Sigi gekümmert. So lernte ich Uta kennen und schätzen. 1984 wurde sie meine Partnerin. Ihr ganzes Wesen hatte mich in den Bann gezogen. Sie ist eine fantastische Tänzerin, spielte in der Sambagruppe, machte Clownsnummern, Artistik und Sketche im Circus. Und war unser bester Koch. Ich sage deshalb nie Köchin, weil sonst jemand denken könnte, ein Mann wäre hier besser gewesen.

Uta.

16 Jahre lang war ich mit Uta zusammen, die längste Beziehung in meinem Leben.

Meine Beziehungen scheiterten meist, weil ich mich stets in eine andere Frau verliebte.

Ich brauchte niemals einen Rechtsanwalt, um private Dinge, die mich und meine ehemaligen Partnerinnen betrafen, zu regeln.

Auf meiner Libanon-Reise lernte ich einen Mann kennen, der in Saudi-Arabien ein Verhältnis mit einer ledigen Frau eingegangen war. Als diese Affäre ans Licht kam, wurde die Frau sofort auf der Straße zu Tode gesteinigt. Unfassbar. Man kann doch nicht einen Menschen dafür umbringen, weil er nicht mehr mit einem zusammenleben möchte.

Es beruhigt mich, dass meine ehemaligen Partnerinnen in der Kommune aufgefangen wurden. Existenzängste oder die totale Einsamkeit blieben ihnen erspart, die Eifersucht vermutlich nicht.

Meine Traumfrau besteht nicht aus einer Figur, wie sie die Industrie für ihre Werbung braucht. Es gibt Frauen, die sind 25 oder 35 Jahre alt, sehen toll aus, aber wenn ich mit ihnen rede, kommen mir manche vor, als ob sie in Rente stünden. Schon bin ich weg!

Eine Frau, die ich liebe, muss mutig sein. Denn den Mutigen gehört die Welt. Und sie soll nicht in Konkurrenz mit mir treten, sondern mich ergänzen.

Eins ist mir in allen Beziehungen klar geworden: Man ist draußen oder auf der Bühne nur gut, wenn man etwas Starkes hinter sich hat. Ich bin all meinen Frauen dafür dankbar.

Alle drei Frauen haben mich geprägt und waren mir wunderbare Wegbegleiterinnen. Sie sind bis heute meine besten Freundinnen und Vertrauten.

»Bobby Fischer« und »Otto« in meinem Kommunezimmer.

»Jeder Tag, an dem du nicht lächelst,

ist ein verlorener Tag.«

Charlie Chaplin

»Atlantis Berlin« hieß die ufa-Circus–Revue mit 25 Artisten. Das Motto: »Nach 10 000 Jahren ist völlig unerwartet Atlantis wieder aufgetaucht.« (v.l.n.r.) Funky, Klaus, Gudrun, »Charlie Chaplin«, Karin nächste Reihe: Sigi, Gabi, Uta, Paul, Francesco, Jonas, Gabi Langbein, Peter, Ahmet, Manni, Wolle, Walter.

»Hereinspaziert, hereinspaziert …« und »Gemischte Raubtiernummer«

Mit dem Aufbau des ufaCircus', der von Anfang an kein traditioneller Zirkus war, weil Varieté, Kabarett und Musik sein Programm bestimmten, entwickelten wir 1979 in den Anfängen der ufaFabrik ein völlig neues Genre. Wir wandten uns mit der Schreibweise »Circus« bewusst von der klassischen Schreibweise »Zirkus« ab. Denn der traditionelle, herkömmliche Zirkus lag am Boden. Es galt, eine neue Form zu finden. Wir machten Varieté, wollten aber den Zirkus nicht untergehen lassen. Wir versuchten, die Zirkusmüdigkeit der 70er Jahre in einen Circusboom zu verwandeln.

Alle Akteure waren ein sehr flexibles Künstlerensemble und probierten immer wieder neue Sachen aus. »Niemand hat das Recht, sein Talent zu vergeuden«, das ist mein Motto.

Etwa zwei Drittel der Mitglieder unserer Kommune zeigten erstaunliche Fähigkeiten als Künstler und Artisten. Insgesamt waren wir 60 Personen –

»Das zweite Leben der UFA« 1984/Programm.

ein bunter Haufen. Sechs waren früher mal heroinabhängig, fünf hatten gesessen, fünf kamen aus der Anarcho-Szene. Und der Rest aus aller Damen- und Herrenländer.

Eine internationale Gemeinschaft, in der Ausländerprobleme nicht existieren, weil wir gelernt haben, dass jeder wichtig ist.

Unsere Show »Das zweite Leben der Ufa« leistete Pionierarbeit für die heutigen aktuellen Formen des Varieté und der Comedy. »Was uns bewegt hat, einen Circus zu gründen? Na die Lust, anderen und uns selbst Freude zu machen.«

Unsere Artisten wollten ihre Lebensfreude auf das Publikum übertragen. Das motivierte uns, unsere Kunst nicht mit Hochleistungssport gleichzusetzen, denn echtes Lachen ist eher gefragt als die Bewunderung vor einem Salto mortale. Ich denke, wir hatten deshalb soviel Zuspruch, weil über unsere Art, die Dinge anzupacken, jedem die eigenen Träume wieder viel erreichbarer erschienen. Eine Gesellschaft, die ihren Mitgliedern keine Möglichkeit lässt, die Aggressionen des Alltags in einer schöpferischen Form abzureagieren, darf sich nicht wundern, wenn ihr die sozialen Probleme über den Kopf wachsen – das ist heute aktueller denn je. Statt sich den Kick mit Drogen oder Gewalt zu holen, boten wir Lampenfieber, eine Dosis Adrenalin aus der Nebenniere direkt ins Blut – ausgelöst durch Kultur.

Alles war im ufa-Land der unbegrenzten Unmöglichkeiten möglich. Die Mischung bestimmte den Erfolg: Rockige Musik, intelligente, zeitkritische Gags, Jonglage und Artistik ohne perfektionistische Dressur von Mensch und Tier gepaart mit einer gehörigen Portion Selbstironie und Spontaneität.

Das Herz des ufaCircus' war die Circusband mit dem legendären Namen »Die Unbeugsamen von Tempelhof«. Mit eigenen Kompositionen untermalten sie die Aktionen in der Manege. Unsere Eigenwerbung, wie zum Beispiel für den ufaCircus im Jahr 1982, war frech, anders und direkt: *»Das sind sie, die verwegenen Freaks von der Berliner ufaFabrik! Die größte nichtsubventionierte Kulturgruppe Deutschlands gibt sich die Ehre. Als Attraktion zeigen wir Schlosser, Tischler, Bäcker, Lang- und Kurzhaarige, Aufbrausende und Besonnene. 40 Mitglieder unserer 60köpfigen internationalen autonomen Kommune im UFA-FABRIKCIRCUS!«*

»Mit seinen 45 Mitgliedern ist der ufaCircus das größte zirzensische Unternehmen in Berlin; und was die Herkunft dieser Mitglieder angeht ist er eines der originellsten weit über Berlin hinaus. Die Jongleure, Akrobaten, Clowns und Balletgirls sind zwar gelernte, aber keine professionellen

Artisten, sind im Hauptberuf Bäcker, Schlosser, Elektriker und mancherlei mehr. Ihre Nummern und Tricks erarbeiten sie sich nach Feierabend, wenn die nichtalternativen Bürger sich vor dem Bildschirm ausruhen; und ihre Einnahmen bringen sie in die Gemeinschaftskasse der ufaFabrik ein. (...) Allmählich hat sich auch in der Bundesrepublik herumgesprochen, daß ›Das zweite Leben der Ufa‹ sehens- und bedenkenswert ist. Im Februar wird der ufaCircus in Amsterdam danach vier Wochen in Frankfurt gastieren.« (Der Tagesspiegel, 16. Januar 1985, Seite 8)

Der ufaCircus wurde zu unserem Paradepferd. Kinderträume wurden Wirklichkeit.

Und auch immer mehr prominente Gäste wollten sich unsere Show anschauen:

»Udo Lindenberg (...) war hier, um sich unseren Zirkus anzusehen. Er hat im Kino beim Theatertreffen eine kleine Einlage gemacht, Lied und ein bißchen Schlagzeug. Die Schüler waren total happy, dachten, er wäre extra ihretwegen gekommen.« (Aus dem ufaTagebuch vom 22. Mai 1983)

Unser Vorteil in der ufaFabrik ist, dass wir uns »eine kleine Stadt der

Unser Friedensdemonstrationszug 1979 mit dem Fabrikzirkus, ich rechts am Wagen, oben auf dem Dach Uta (2.v.l.).

kurzen Wege« aufgebaut haben. Wir können 24 Stunden am Tag trainieren und neue Nummern einstudieren. Allein in der Zeit, in der jemand, der in Kreuzberg lebt und nach Siemensstadt zur Arbeit fährt, kann ich täglich über eine Stunde jonglieren. Nur so konnten wir beispielsweise unsere Jongliernummer »Das fliegende Chaos oder runter kommen sie immer« von Tag zu Tag verbessern. An vielen Abenden, zu fortgeschrittener Stunde, standen 20 Künstler die ganze Straße entlang und jonglierten.

Jeder von uns packte mit an und hatte, wenn er nicht an seiner Nummer übte oder auftrat, noch einen anderen Beruf, den er ausübte. Zum Beispiel »Fredo« mit seinen Feuerkeulen. In Wirklichkeit heißt er Paul. Als Klempner fing er mal an, dann kam das Jonglieren dazu. So hatte er plötzlich zwei Berufe und arbeitete in der größten Jongliertruppe Europas »Das fliegende Chaos ...«.

»Dann schminken sie sich ab und gehen in die Schlosserei, die Bäckerei,

Wir zeigten, dass ein Künstler ein Handwerk beherrschen kann und ein Handwerker die Kunst.

den Laden. Juppy geht ins Büro. Er muss Briefe an Politiker schreiben.« So brachte es Peter Sandmeyer in einem Artikel auf den Punkt. Mein Tag und der meiner Freunde hatte oft 24 Stunden. Wir boten im Dezember 1981 in den ersten drei Wochen 16-mal Circus, zusätzlich 20 Veranstaltungen anderer Gruppen. Außerdem gab es ab Anfang Dezember '81 Filmvorführungen in unserem Kino »UFER-Palast«. Auf diese Weise verringerten wir zusätzlich unser finanzielles Defizit. Mitunter hatten wir zwei verschiedene Veranstaltungen an einem Tag in einem Raum.

Bis 1984 spielten wir mit unserem Circus immer am Freitag, am Sonnabend und am Sonntag. Da wurde mir klar, dass wir kontinuierlicher auftreten müssten, um besser zu werden. So spielten wir ab 1985 fünfmal in der Woche – von Mittwoch bis Sonntag, Sonnabend und Sonntag mit dem Kinderprogramm um 15 Uhr sogar zweimal täglich. So kamen wir 1985 auf sage und schreibe 240 Auftritte. Die zusätzliche Arbeit, die jeder von uns machte, kam auch noch dazu. Das ging an die körperliche Substanz. Die meisten Profis spielen gerade mal 120 bis 180 Shows pro Jahr und gönnen sich dann sechs Wochen Urlaub auf Gomera oder La Palma. Dadurch werden wir aber immer sicherer und professioneller.

Es war hart, doch es lohnte sich. Die Akzeptanz unseres Projektes stieg an:

»Dieses Wochenende haben wir Rekordeinnahmen im Zirkus. Beim Kinderzirkus mußten wir sogar Leute wegschicken. Kaum zu glauben, wir haben einen Affen geschenkt gekriegt!!! Madame Charly, ein Jahr alt, aus Ghana. Juppy, Sigi und Grischa waren heute abend bei einem Typ in der Stadt, der mit dem Affen in einer Gemeinschaftswohnung lebte und wohl froh war, daß er ihn loshatte. Lebte in einem Zimmer, einen halben Meter vom Fernsehapparat

1985 spielten wir vor erlauchtem Publikum im Knast Tegel. Anstaltsleiter Lange-Lehnhut ermahnte uns, beim Zaubern keine Menschen verschwinden zu lassen ... Die Zeichnung stammt von Uta.

entfernt! Hatte ihn von einem Freund aus Ghana geschenkt gekriegt. Die Portiersloge ist vorerst seine neuen Heimat.« (Aus dem ufaTagebuch vom 9. Januar 1983)

Die mit Sicherheit kurioseste Circus-Show hatten wir 1985 bei einem Auftritt in der Gefängnisanstalt in Berlin-Tegel. Als wir den Termin vereinbarten, bei dem wir vor erlauchtem Publikum spielen sollten, sagte uns der Anstaltsleiter Lange-Lehngut: »Bitte, ich will Ihnen nicht ins Programm reden, Sie können alles machen, nur bitte – lassen Sie beim Zaubern keine Menschen verschwinden, machen Sie kein Trampolin-Springen und keinen Stabhochsprung.«

Er brauchte sich keine Sorgen zu machen. Es wurde eine tolle Show. 500 »Knackis« und 30 Schließer, so nennen sich die Wärter, waren bester Laune. Ich bekam hinterher von den Schließern Komplimente, weil ich einen von den Insassen auf eine lustige Art und Weise von der Bühne verwies. Ein Häftling war immer wieder hochgeklettert. Er wollte wohl auch gern einmal auf den Brettern stehen, die die Welt bedeuten! Ich sagte den Schließern: »Hey, wieso Komplimente? Nehme immer jeden von der Bühne, der da nicht hingehört!« Sie antworteten mir: » Wenn du das nicht gemacht hättest, hätten wir mit fünf Mann antreten müssen, um den da runter zu holen! Wer weiß, was dann passiert wäre. Ja, was hätten wir denn für eine Chance gehabt? Die machen den ganzen Tag Bodybuilding.« Ich fragte sie: »Ja, was hat der denn angestellt?« Die Antwort war: »Ein netter Typ. Hat nur einen umgebracht!«

»Ein Circus ohne Zelt ist wie ein Bauer ohne Land.« Dies haben wir auch schnell bemerkt, nachdem wir mit dem Circus die ersten Jahre auf Tourneen in Sälen gespielt hatten. Ein Zelt kaufen, das war unser nächster Gedanke. Doch wer sollte das bezahlen? Also kamen wir schließlich zu dem Entschluss, uns selbst ein Zelt zu bauen. Getreu dem Motto: »Wer was Gutes macht, bekommt gleich was Gutes dazu.«

Anfang 1982 lernten wir über Gisela einen englischen Zeltbauer mit dem treffenden Namen Mickey Taylor kennen. Er kam zu uns nach Berlin und Gisela, Ursel, Enka und Geli erlernten das traditionelle Handwerk zum Bau von »Fliegenden Bauten«.

Schlosser und Tischler fertigten nach seinen Konstruktionsplänen Masten, Rondellstangen, Abspannung, Nägel und Gradin. *»Vorbereitungen für den Zeltbau laufen auf Hochtouren. In zwei Wochen soll das Zelt stehen. Die geplanten Mittelmastverstrebungen werden zu schwer (fast 10 t). Wenn das so ist, können wir das Zelt nicht auf dem Bus* *transportieren. Kommenden Montag gehen die Frauen in die Werkstatt, 300 Haken und 8 Löcher zu nähen. Hoffentlich bleibt es warm, damit wir auf der Wiese arbeiten können. Rudolf hat das Baubuch des Zeltes vom Zirkus Aramannt eingesehen, so daß wir die Pläne vergleichen können. Aramannts Zelt wurde von einem Berliner Ingenieurbüro konstruiert. Morgen gehen wir mit beiden Plänen zu einem Ingenieurbüro und lassen uns beraten (...) Unsere Sau Eva-Maria wurde heute künstlich befruchtet.«* (Aus dem ufaTagebuch vom 6. Mai 1982)

Durch die Hilfe des englischen Zeltbauers konnten wir zwei Fliegen mit einer Klappe schlagen: Wir hatten eine neue Produktionsstätte und ein herrliches Zelt für den Circus. *»Das Zelt hat alles in allem 30.000,- DM gekostet und muß in dem nächsten Jahr Gewinn bringen.«* (Aus dem ufaTagebuch vom 12. August 1982)

Wir bauten Zweimaster- und Einmasterzelte sowie Indianerzelte, sogenannte Tipis.

Verarbeitet wurde für das Dach kein Plastik, sondern nur reine Baumwolle, damit die Luft zirkulieren konnte. In unserer Schneiderei wurden die riesigen Baumwollplanen genäht. Später bauten und verkauften wir dann in unserer Zeltwerkstatt einige Zelte.

»Unsere Zeltwerkstatt hat den ersten Auftrag. Aus Würzburg. Haben ihr Zelt zum Reparieren hier gelassen. Es kann losgehen!« (Aus dem ufaTagebuch vom 13. Dezember 1982)

Nach mehreren Wochen wurde unser Zelt dann zum ersten Mal aufgestellt. Wir brauchten etwa acht Menschen, die gut zupackten. Es dauerte mit allem Drum und Dran einen ganzen Tag, bis es stand. Das Bauamt Tempelhof machte uns ein Kompliment: »Das ist ja orkansicher!«

Und dann hieß es: »Manege frei!« Die Handwerker verwandelten sich wieder einmal in Circusartisten. Mit unserem nagelneuen, selbstgebauten Circus-Zelt zogen wir von da ab stolz durch die Lande. Ob in Mannheim, Bremen, Frankfurt, Köln, Bonn oder Oldenburg, wo wir bei einem Volksfest auf dem Schlossplatz vor mehr als 5 000 Zuschauern spielten: Überall bedachte man uns mit Applaus und guten Schlagzeilen. So schrieb beispielsweise die Rhein-Neckar-Zeitung am Dienstag, dem 7. Juli 1987 über unseren Auftritt auf dem Paradeplatz in Mannheim: *»Witz, Phantasie und artistisches Können zeichnet die jungen Künstler aus. Zirkus in seiner Vollendung. Circensische Sensationen aus dem Effeff. Spree-Artisten bezaubern das Publikum – Kultursommer, wie er besser nicht sein kann. Um es vorweg zu sagen – wenn tatsächlich der Applaus des Künstlers Brot sein sollte, so ist die 35köpfige Truppe des ›ufaCircus‹ auf Monate hinaus gesättigt.«*

Auch die Tournee in der alten Bundeshauptstadt zwei Jahre zuvor im Rahmen der »Berliner Theaterwoche«, unter anderem mit dem Schiller- und Renaissance-Theater, war ein voller Erfolg. Wir standen mit unserem Zelt auf der Rheinaue, direkt am »Langen Eugen«, mitten in der Bannmeile, fünf Minuten von Helmut Kohl entfernt.

So konnten sich die Bundestagsabgeordneten gleich neben der Currywurst auch noch ein Stück schöpferische Anregung reinziehen. Direkt am Eingang vom Circus-Zelt war die Berliner Mauer aufgebaut, mit Originalsprüchen wie »Allen steht das Wasser bis zum Hals, außer Heiner, der ist kleiner«. Die Debatten wurden gleich besser nach einem Gegenbesuch der Circusleute im Bundestag. »Ich habe großen Wert darauf gelegt, die Schalthebel der Macht einmal mit eigenen Augen zu sehen«, meinte Charly, Claus Richter alias »Charlie Chaplin«, später.

Leider war Helmut Kohl nur einmal zu sehen, als er mit dem chinesischen Ministerpräsidenten am Circus-Zelt vorbeifuhr. Da lud sich der Mann einen Exoten aus China ein und kam nicht einmal zum ufaCircus. Trotz Einladung. Aus dem Kanzleramt verlautete bei Nachfrage: Der Bundeskanzler würde deshalb nicht kommen, weil er Angst hätte, bei der Mitspielnummer ein Tänzchen vorführen zu müssen. Außerdem wolle er nicht, dass es später heiße, wir hätten eine spitze Kohl-Parodie im Circus.

Das Angenehmste an unserem Gastspiel in Bonn war das Bonner Publikum, das uns vor ausverkauftem Zelt mit Applaus überschüttete, der schöne Platz direkt am Rhein und die netten Polizisten, die uns ständig rund

Claus Richter alias »Charlie Chaplin«. Sogar der Nachlassverwalter des verstorbenen Chaplin sagte: »An diesem Double würde auch Charlie Chaplin seine Freude haben.« Weder Tochter Geraldine noch andere Mitglieder der Chaplin-Familie haben in all den Jahren gegen seine Auftritte protestiert.

um die Uhr bewachten. Ja, eine Hauptstadt muss schon nette Polizisten haben, sonst blamieren die dich vor der ganzen Welt.

Mit der Gründung unseres ufaCircus' entstanden auch die ersten Workshops in Jonglieren, Zauberei, Akrobatik, Tanz und Clownerie. Uns war es egal, wer das Circushandwerk erlernen wollte, hatten wir doch keine Tradition zu verteidigen. Wichtig war uns, dass viele die Rolle des Zuschauers aufgaben, um selbst aktiv zu werden – ob als Bildhauer, Musiker, Clown oder Sportler. Denn kulturell aktiv zu sein, ist die beste Schule, um seine Mitmenschen wahrzunehmen und zu achten. Mit dieser Erkenntnis und dem Wissen, dass Kultur nicht auf der Opernbühne anfängt, sondern bei unseren Kindern, haben wir parallel zum Abendprogramm den ufaKindercircus 1985 gegründet, mit vielen Mitspielnummern und Anregungen zum Selbermachen – Circus zum Anfassen. Als wir in der ufaFabrik mit dem Kindercircus begannen, waren wir Pioniere auf diesem Gebiet. Heutzutage gibt es deutschlandweit mindestens 700 Kinder-Zirkusse.

Von Anfang an bauten wir gleich die Kinder mit ins Programm ein. Ich gehe auf die Bühne und sage: »Mensch, uns ist heute eine ganz wichtige Nummer ausgefallen. Wir suchen unbedingt zehn Kinder aus dem Publikum, die uns aushelfen.« Und immer strecken fast alle ihre

Der ufaCirkus auf Tournee in Bonn Mitte der 80er Jahre. Die Bonner Presse gratulierte uns zur neuen dritten Zirkusrichtung – nach Sarrasani und Roncalli.

Finger in die Luft. Meistens nehmen wir dann mehr als zehn Kinder. Sie sollen alle mitmachen. Ab in die Garderobe heißt es dann und wenn sie bühnenfertig angekleidet sind, haben wir eine wunderbare »Mitmachakrobatik« im Programm.

»Wer das Glück oder Pech hat, in einer der vorderen Reihen zu sitzen, muß damit rechnen, in die Manege zitiert und als Artist zweckentfremdet zu werden. Da ordnen sich dann möglicherweise vier- bis zehnjährige Kinder unter einer mit einem Kopf versehenen grünen Schleppe zu einem Fabelwesen zwischen Lindwurm und Biene Maja oder sie bilden eine kleine Menschenpyramide nach dem Vorbild der großen, die kurz vorher zu sehen war. Den Kindern macht das mindestens soviel Spaß wie den älteren Zuschauern, die allerdings darauf gefaßt sein müssen, daß ihnen abends, wenn sie die Erwachsenen-Vorstellung besuchen, ähnliches abverlangt wird.« (Der Tagesspiegel, 16. Januar 1985, Seite 8)

Im Laufe der Zeit kamen immer mehr Kinder zu mir, aus unserer Freien Schule und aus der Nachbarschaft, die total begeistert waren und selber Artisten werden wollten. »Juppy, kann ich bei euch Jonglieren lernen? Kann ich bei euch Artist werden? Ich möchte Clown werden, Juppy. Wann fangen wir denn endlich damit an?«

Die ufa-Talentschmiede.

Wir verfassten Rundschreiben, schrieben Pressemitteilungen, hingen Informationszettel in Schulen, Kindergärten und Kinderläden aus. So kamen interessierte Kinder scharenweise zur ufaFabrik. Bei uns erlernten sie unter Anleitung professioneller Artisten in der ufaKindercircusschule zunächst das Handwerk. Im November 1987 hieß es dann zum ersten Mal »Bühne frei!« für das Festival »Berliner Kinder im Rampenlicht«. Das war das »Erste Berliner Kindercircus-Festival«.

Das Kindercircus-Festival entwickelte sich von Jahr zu Jahr und wurde immer mehr zu einer wichtigen Talentschmiede. Beim ersten Festival waren etwa 60 Nachwuchsartisten dabei, davon 50 Jungs und zehn Mädchen. Da waren wir froh, dass überhaupt mal ein paar Mädchen mit dabei waren. Wenn man sich heute die Shows anschaut, dann sind unter Umständen doppelt so viele Mädchen dabei wie Jungen.

In der Kindercircusschule wird täglich darauf hin gearbeitet, im alljährlich stattfindenden Kindercircus-Festival eine bühnenreife Nummer zu präsentieren. Professionell, doch nicht perfektionistisch, Freude an der eigenen Kreativität empfinden, die eigene Kraft und auch die Grenzen zu spüren und gemeinsam im Team etwas Einmaliges zustande zu bringen, das ist das Anliegen unserer ufaKindercircusschule. Wir wollen die Kinder nie überreden, das zu tun, was wir wollen. Die Kinder sollen ihre eigenen Ideen einbringen, die sie uns vorspielen. Wir haben die Kinder von Beginn an unterstützt, bei dem was sie selbst gerne machen wollen und mit ihnen darüber geredet und trainiert, was man noch besser machen kann.

Die Artisten und Musiker des ersten ufaCircus sind im Laufe der Jahre ihre eigenen Wege gegangen, viele davon haben sie für die ufaFabrik beschritten oder sich im kulturellen Leben Berlins engagiert.

Zum Beispiel Manni Spaniol, Bandleader der Circusband, hat in den letzten 16 Jahren die Sambaband »Terra Brasilis« aufgebaut. Fast alle Musikstücke hat er selbst komponiert und bisher drei erfolgreiche CDs produziert. »Terra Brasilis« mit 15 bis 20 Musikern gilt inzwischen nicht nur als beste Sambaband Deutschlands, sondern ganz Europas. In welcher europäischen Stadt hätte man sonst soviel Freiraum gehabt, um diese wunderbare, Bauch, Herz, Seele und Wände zum vibrieren bringende Musik entwickeln zu können, als in Berlin.

Unsere »Alt«-Artisten bilden jungen Berliner Künstlerinnen und Künstler in der ufaKindercircusschule in Akrobatik, Jonglage, Tanz, Clownerie, Samba und Afro-Percussion aus. In jedem Jahr, seit nun 19 Jahren erleben wir das »Berliner Kindercircus-Festival« oder »YoungStars in Action«.

Und andere Artisten sind so oft in den Varietés der ganzen Welt zu Gast, dass ich froh bin, wenn sie mal wieder zu Hause sind.

Besondere Veranstaltungen in der ufaFabrik machen wir noch gemeinsam, an historischen Tagen und im »Sunset-Varieté« auf der überdachten Freilichtbühne.

Wer einmal anfängt, der hört nie mehr auf ...
Ich habe durch die Jahre auf der Bühne und den Umgang mit den Kindern und Jugendlichen und allen Künstlern, die Erfahrung gesammelt, um beurteilen zu können, ob einer, wenn er zum Beispiel drei Flic-Flacs hintereinander macht, auf dem Weg in die Hölle oder in die Sterne ist. Daher unterstütze ich Nachwuchstalente und fördere sie, wo immer ich kann, wie zum Beispiel Jonas Petersen, ein guter Jongleur, ein toller Zauberer. Oder Daniel Reinsberg, beim ersten Kindercircus-Festival gerade 14 Jahre alt. Bei ihm fühlte ich von Anfang an, dass aus ihm einmal ein ganz Großer werden kann. Wenn er aus dem Vorhang trat, bis nach vorn zur Bühne schritt, dann hatte er das Publikum schon in der Tasche. Allein mit dem Blick seiner Augen, zog er die Zuschauer schon in seinen Bann.

Ich kann mich auch noch gut an die ersten Schritte von Andreas Wessels erinnern, der als 13-Jähriger beim Kindercircus-Festival einstieg und der als 17-Jähriger 1991 im Abendprogramm des ufaCircus' mitmachte und da bereits mit fünf Fußbällen jonglierte. Beckenbauer kann's nur mit einem! Sein Weg führte ihn später bis an den New Yorker Broadway. Und in Paris gewann er zusammen mit seinem Partner Jojo Weiss mit einer tollen »Clowns und Comedy-Nummer« bei dem riesigen Zirkusfestival »Cirque de demain« den »Goldenen Clown«, vergleichbar mit einer Goldmedaille bei den Olympischen Spielen. Doch ich ärgerte mich total, denn es gab nicht eine Pressemitteilung über diese Sensation: Den ersten »Goldenen Clown« für Deutsche seit 1933! Danach hatten sie gleich ein

Daniel Reinsberg gehört zur neuen Generation der Moderatoren. Er tourte als Mitglied des Comedy-Trios »Lovely Bastards« durch Deutschland (1998-2000).

Engagement im Lido in Paris. Andreas kam aus dem Stauen nicht heraus und erzählte mir davon: »Mensch, Juppy. Beim Finale geht man eine Riesentreppe runter. Und auf jeder Stufe steht eine langbeinige, nackte Lady!« Ich musste lachen und fragte ihn: »Und, bist du gestolpert?« Er war schon gestolpert, noch bevor er die Treppe erreicht hatte.

Auch der Stern von »BMX-Frank« ging hier auf. Seine Fahrrad-Kunststücke waren »mitunter geradezu atemverschlagend«, wie es in einer Zeitungskritik hieß. Frank war damals 14 Jahre alt. Wir sahen ihn vor der Berliner Gedächtniskirche zum ersten Mal. Dort trainierte er immer mit seinem BMX-Fahrrad. Er ist ein Tänzer auf dem Fahrrad.

Ich lasse das Wort »Karriere« gerne weg, weil es zu sehr vom »Rummel« belastet ist, wenn ich an all die Talente denke, die im ufaCircus »geboren« wurden. Markus Pabst trat mit verrückten Nummern wie der »witzige Kellner« auf und jonglierte außerdem. Später wuchs er mehr und mehr in die Rolle eines Regisseurs hinein. So führt er heute Regie bei Shows im »Chamäleon«, in »Witzigmanns Palazzo« und überall dort, wo eine gute Show gebraucht wird.

Bei mir meldete sich eines Tages ein zwölf Jahre alter kleiner Vietnamese namens Hong Yeng. Um den Kopf trug er ein Piratentuch. Seine Ausstrahlung war phänomenal. Er war Breakdancer und der erste vietnamesische Künstler, den ich kennen lernte. Hong ist auch heute noch Tänzer, studiert jedoch Maschinenbau.

BMX-Frank, Frank Wolf
Europas bester BMX-Fahrer und HipHopper

1994 lernte ich Tuan Le kennen. Er kam aus Saigon, heute Ho-Chi-Minh-Stadt, und wurde einer meiner besten Freunde. Tuan war damals 16 Jahre alt. Jemand hatte ihm gesagt, er solle sich an mich wenden. Tuan ist Jongleur und wollte mir seine Nummer vorführen. Als ich ihm das erste Mal zusah, wie er mit Bällen, Keulen und asiatischen Strohhüten, wie sie die vietnamesischen Reisbauern tragen, auf eine sensationelle Art und

Weise sein Können demonstrierte, da ahnte ich, dass aus diesem Jungen ein Weltklassejongleur wird.

Er stammt aus einer Künstlerfamilie. Sein Vater war ein ganz bekannter Musiker – Pianist und Posaunespieler. Er spielte auch in Saigon in den Bars und Clubs für die amerikanischen Soldaten. Als Künstler war es ihm letztlich egal, ob er nun für Vietnamesen oder Amerikaner spielte. Er wollte den Menschen, die ihm zuhörten Freude schenken. Als die Kommunisten 1975 in ganz Vietnam die Macht übernahmen, hatte Tuans Vater keine Chance mehr, seiner Profession nachzugehen. »Was willst du denn hier noch werden? Du hast doch bei den Amerikanern in den Bars gespielt?«, warfen ihm die Kommunisten vor. So entschloss sich Tuans Vater, mit seiner Familie in Deutschland ein neues Leben zu beginnen. Familie Le, drei Jungs und der Vater, kam nach Berlin. Die Mutter war schon gestorben. Sie stellten einen Asylantrag, der abgelehnt wurde. Ich hatte mich schon wegen Gerardo Pizarro, einem Schamanen aus Peru, an Wilhelm Kewenig gewandt. Kewenig stellte den Kontakt zur Abteilung IV in der Ausländerbehörde her. Dort hatte man seitdem Vertrauen zu uns. Ich sprach wieder vor: »Wozu brauche ich einen Rechtsanwalt oder Richter? Ich rede lieber gleich mit den Gesetzgebern. Tuan ist ein Supertyp. Er kann gut deutsch und wenn wir ihn nicht in Berlin halten, dann ist der morgen in Paris oder London. Und ich sage dir: Was hier in Berlin gesät wurde, das wird auch hier geerntet!«

Die Familie bekam eine Aufenthaltsgenehmigung. Drei Jahre danach erschien ein großer Bericht über Tuan Le in »Der Tagesspiegel«. Ich schickte den Artikel dem verantwortlichen Mann beim Kultursenator, Manfred Fischer, und an den hervorragenden Mann von der Ausländerbehörde, Herrn Hampel, der uns geholfen hatte. Ich lud beide zur Show mit Tuan Le ein. »Es wäre mir eine Ehre, Euch wiederzusehen«, hatte ich dazu geschrieben, »schaut mal, was wir gemeinsam gemacht haben. Dieser Mann, ein Vietnamese, hat für Deutschland in den letzten drei Jahren schon

Heute gehört Tuan Le wohl zu den besten drei Jongleuren weltweit. Ich weiß nicht, ob er erster, zweiter oder dritter ist – doch er ist einer der Top 3.

mehr gemacht, als die Hälfte derjenigen, die in Deutschland geboren sind. Ich bedanke mich bei Euch. Es hat sich gelohnt.«

Es sind zahlreiche Varieté-Künstler, die das Kindercircus-Festival in den vergangenen Jahren hervorgebracht hat. Auch »Gute Zeiten, schlechte Zeiten«-Star Alexander Kiersch unternahm bei uns seine ersten Schritte als Künstler. Sein Weg verlief anders im Vergleich zu den anderen Künstlern. Er sammelte als halbwüchsiger Zauberer seine ersten Bühnenerfahrungen. Da er jedoch merkte, dass sein Talent mehr im schauspielerischen Bereich lag, wechselte er das Fach. Hätte er die ufaFabrik nicht gesehen, wie hätte er dann seine Stärken und Schwächen herausfinden sollen? Er hat sich mal bei mir bedankt und mir einen Milchkaffee ausgegeben.

Den Kontakt zu einem, der, im positiven Sinne, »durchgeknalltesten Typen«, den ich bisher kennen gelernt habe, wurde von einer Mitarbeiterin aus dem »Scheinbar Varieté Berlin« geknüpft. Sie machte 2001 bei der ufaFabrik ein Praktikum und schwärmte von Kurt Krömer, der bereits in der kleinen »Scheinbar« aufgetreten war. Sie hatte immer eine Videokassette von ihm dabei. Das Demoband gab sie mir und sagte: »Guck mal an, ist ganz lustig.« Eigentlich heißt er Alex Bojcan, doch sein Künstlername ist Kurt Krömer. Und so heißt er jetzt – fertig aus!

Ich baute Kurt Krömer zuerst in unserer Talentshow »Young Stars in Action« ein. Da konnte er sich ausprobieren und mitmachen. Er moderierte zunächst und brachte seine Soli ein. So rutschte er langsam rein in die ufaFabrik. *»Was mir an der ufaFabrik so gefällt, sind die vielen Freaks, da konnte ich meine Anarcho-Ader voll durchziehen. Die ufa-Leute haben mich bestärkt – während andere eher glätten wollten. Die haben gesagt, lass das mal mit der hässlichen Brille, und Berliner Dialekt, das geht schon gar nicht, das gehört sich nicht, das bringt keinen Erfolg. Dieses Fördern von jungen Leuten, die noch keinen Namen haben, das finde ich sehr wichtig bei der ufaFabrik, sie dazu zu bringen, durchzuhalten.«* (Familie Herzlich. Der Talentschuppen ufaFabrik wird 25. Ein Gespräch mit dem Comedian Kurt Krömer, in: »zitty« 13/2004, Seite 34)

Ich war von Beginn an überzeugt, dass Kurt auf seinen eigenen Füßen stehen kann. Ich musste ihn allerdings lange überzeugen, bis er endlich bereit war, ein Soloprogramm bei uns zu zeigen. Ich habe ihm in unzähligen Gesprächen bei mir im Büro immer gesagt: »Du kannst das schaffen. Die vom Fernsehen laufen dir später hinterher. Du bist der neue Harald Schmidt aus Berlin.«

Sein erstes Soloprogramm spielte er dann logischerweise im Wolfgang-Neuss-Salon, einem seiner geistigen Kabarett-Vorväter. Das war der Anfang auf dem Weg zum Ruhm.

2001 förderte ich Kurts Soloprogramm »Wir hatten doch damals auch nichts (Asphaltpoesie zum Einpacken oder gleich essen)«. Im Oktober des gleichen Jahres begeisterte er dann in der ufaFabrik mit seinem Programm »Na du alte Kackbratze« Hunderte von Fans. Danach folgten reihenweise TV- und Radio-Auftritte. 2002 gewann er völlig zu Recht beim »Comedyfestival« in Dieter Hallervordens »Wühlmäusen« den Publikumspreis – das Ganze live im SFB. Mittlerweile läuft seine »Kurt-Krömer-Show« im Fernsehen. Jetzt erntet er, was er in mühevoller Arbeit gesät hat.

Eines Tages stand er da und sagte: »Ich muss dich ja wohl fragen. Hier lies mal meine Lebensgeschichte für die Presse.« Da stand: »Mein Entdecker ist Juppy von der ufaFabrik.« Da wurde ich glatt sauer, als ich das las. Denn wer will schon etwas sein, was er denkt, nicht gemacht zu haben. »Eh Kurt«, sagte ich, »ich habe dich kennen gelernt, da warst du Komiker.« »Ja«, sagte er, »aber ich habe nicht geglaubt, dass ich was daraus machen kann. Erst als ich dich kennen lernte, habe ich daran geglaubt. Und deshalb bleibt das stehen!« »Na, das ist okay«, antwortete ich ihm.

Wenn Kurt frei aus sich herausredet, dann ist er am stärksten. Alles was er bei seinen Shows macht, das redet er nicht einfach nur so dahin – das hat er selbst gesehen und erlebt. Er hat Charme und eine unglaubliche

Mein Freund Kurt Krömer nach der Vergabe des Kleinkunstpreises 2003 bei den »Wühlmäusen«. Ich bin stolz, dass er nun sogar seine eigene TV-Sendung hat.

Berliner Kodderschnauze, kommt aus dem Berliner Arbeiterviertel Neukölln, ist Sohn einer Schneiderin und eines Tischlers. Das ist es, was ihn so authentisch macht. Ich bin überzeugt, dass er sein Talent noch nicht ausgereizt hat.

Irgendwann kam mir die Erkenntnis: »Mann, du kannst ja nix. Du kannst vielleicht ein paar Geschichten erzählen. Kannst einen auf Comedian machen, Kabarettist. Irgendwas muss ich zusätzlich machen.« Sicherlich, ich hätte auch Clown, Artist oder Jongleur werden können. Aber wie hätte ich mich dann um das Ganze kümmern können. Ich führte Regie, engagierte die Künstler, kümmerte mich um die Werbung. Quatschen kann ich gut. Also machte ich den Moderator.

Und ich liebe Tiere und kann auch ganz gut mit ihnen umgehen. Als ich knapp zehn Jahre alt war, fand ich zwei Krähen, die bei einem Gewitter aus ihrem Nest gefallen waren, und zog sie auf. Ich nannte sie Jakob und Hänschen. Egal wohin ich ging, sie begleiteten mich. Selbst in der Schule pickten sie während des Unterrichts an die Scheibe des Klassenzimmers. Der Lehrer befahl mir, die beiden Störenfriede wegzujagen. Als kleine, schwarze Punkte waren sie dann am Himmel zu sehen. Wenn ich dann schrie »Jakob, Hänschen!« schauten mich viele Touristen im Ort ungläubig an. Als die beiden Krähen im Sturzflug wie aus dem Nichts senkrecht zu mir nach unten schossen, blieb ihnen der Mund offen stehen, spätestens bei ihrer Landung auf meinem Kopf oder Arm. Ein Hotelier aus unserem Dorf hat Jakob und Hänschen eines Tages mit seinem Kleinkalibergewehr erschossen. Sie hätten Spatzennester geplündert, behauptete er.

Auch in der ufaFabrik päppelte ich mehrere Krähen wieder auf. Meine letzte Krähe hieß Mortimer. Einmal, als wir die Tibet-Oper veranstalteten und drei tibetische Mönche mit mir auf der Straße standen, vibrierte in diesem Moment die Luft, und ich hielt meine Hand ausgestreckt und Mortimer landete sanft. Er kletterte zu meinem Ohr und knabberte daran. Die drei Tibeter standen wie angewurzelt und bestaunten mich, als wäre ich David Copperfield. Ein paar Tage später erfuhr ich, dass die Krähen in Tibet heilige Vögel sind. Dort sagt man, dass sie alles hören und weitererzählen. Bei uns dagegen haben viele Menschen Angst vor ihnen, da sie an die Zeiten von Cholera und Pest erinnern, in denen die Krähen den Menschenleichen die Augen auspickten.

Und ich hatte in Trittenheim zwei deutsche Schäferhunde, Astor und Rolf. Astor wurde von einem riesigen LKW direkt auf der Straße vor unserem Haus in Trittenheim überfahren. Rolf litt sehr darunter, als ich ins Internat kam. Wenn Kunden in der Schreinerei meines Vaters ihn streichelten und mein Vater mal kurz etwas holen war, mussten sie ihn solange streicheln, bis mein Vater wieder zurück war. Denn sobald jemand aufhörte ihn zu kraulen, fletschte er die Zähne und fing an zu knurren. So bekam Rolf immer seine Streicheleinheiten – cleverer Hund. Weil aber immer mehr Kunden sich nicht mehr in den Laden trauten, beauftragte mein Vater den Jäger des Dorfes, Rolf kurzerhand zu erschießen. Wo er ihn beerdigt hat, verriet er mir nie. Er hatte Angst, ich würde Rolfs Grab ausbuddeln.

Also war das Naheliegendste für mich, eine Hundenummer einzustudieren.

Die Hunde habe ich mir aus dem Tierheim in Lankwitz geholt – gemäß dem Motto: »Vom Hundeknast zum Circusstar«. Da hatte ich doch schon meine super Story!

Und außerdem brauchten wir für unser Gelände aufmerksame Wachhunde:

»Plenumsprotokoll, Tagesordnungspunkt 7, Kunde: Wir brauchen keine verpinkelten Schoßhunde, sondern charakterstarke Wachhunde. (...) Wie können wir am besten mit zwei Hunden umgehen? Ein Herr oder

Wenn ich morgens aus meinem Zimmer kam und Richtung Büro oder Café Olé ging, wartete Mortimer schon auf einem Baum auf mich, setzte sich dann auf meine Schulter und begleitete mich. Manchmal kam er auch einfach ins Büro geflogen.

zwei? Karnickel wären für Küchenabfall nicht schlecht.« (Aus dem ufa-Tagebuch vom 27. Februar 1980)

Der erste war »Toni Turnschuh«. Der Typ im Tierheim, der mir den Hund empfohlen hatte, hieß mit Vornamen Toni. Den Namen »Turnschuh« erfand Sigi. *»Toni, unser neuer Familienhund ist angekommen. Ist fast ein Jahr alt und hört ganz gut auf Platz und Sitz. Hat liebe wache Augen und ist kinderfreundlich und seines Zeichens Schäferhund.«* (Aus dem ufaTagebuch vom 27. Februar 1980)

Ein paar Monate später wollte ich noch einen Hund und bin wieder zum Tierheim gefahren. Ich lief den Gang mit den vielen Hundezwingern entlang. Auf einmal blieb ich mit offenem Mund stehen. »Hey du, was ist denn das für ein Hund?«, fragte ich den Mann vom »Hundeknast«. Es war ein Pudel, aber nicht irgendeiner. Ich wollte ihn unbedingt haben. Er sollte 360 DM kosten. »Ich hab' 100 Mark dabei«, sagte ich zu ihm, »mehr kann ich dir nicht geben.« Der Mann vom Tierheim klagte und jammerte, doch dann sagte er zu mir: »Weißt du was. Geh hinten rum. Die haben schon fünf Häuser gekauft mit dem Erlös der Hunde. Ich geb' ihn dir zur Hintertür raus.« Ich kratzte mein ganzes Kleingeld zusammen, gab ihm 110 DM, alles, was ich hatte, und drückte »Max Müller« fest an mich. *»Heute Nachmittag haben wir unser neuestes Kommune-Mitglied im Tierheim Lankwitz abgeholt: einen kleinen schwarzen Pudel, wir haben ihn ganz unbürokratisch etwas billiger bekommen.«* (Aus dem ufaTagebuch vom 30. September 1980)

Max war eine Puli-Pudelmischung. Er sah aus wie Bob Marley, mit solchen Dreadlocks wie er. Alle in der ufaFabrik waren sofort in ihn verknallt. *»In Zukunft müssen alle Kommune-Menschen das Rumspielen mit Max Müller unterlassen, da sonst dessen Disziplin untergraben wird.«* (Aus dem ufaTagebuch vom 16. November 1981)

Max Müller war halb so groß wie ein Schäferhund, war aber wie ein Wolf. Er kapierte einfach alles. Wenn ich auf der Bühne Kommandos gab, dann guckte er mich mit einem »Hey Mann, ich weiß schon wie meine Show geht«-Blick an. Dann lief er los, ohne irgendein Kommando und brachte einfach seine Gags ein.

Im Grunde genommen war die Hälfte der Nummer die Idee meiner Hundepartner. Ich habe dann das, was die Tiere gerne gemacht haben, auf die Bühne gebracht.

»Mit federnden langen Sprüngen kommen sie herangehetzt, die beiden einzigen Raubtiere der Welt, die in allen Sprachen lächeln können. Sie springen durch Reifen übers verehrte Publikum und auf den Rücken des Dompteurs. 1980 hat ihr Entdecker und Dompteur, der tollkünne Juppy, sie für wenig Geld freigekauft. Der Schäferhund Toni Turnschuh

Hamburg 1986 auf der »Kleinen Moorweide« mit selbstgebautem, eigenem Circuszelt. Meine gemischte Raubtiernummer mit »Bobby Fischer«, »Toni Turnschuh« und »Max Müller«.

und der Pudelknüller Max Müller sind inzwischen in Berlin bekannter und beliebter als dazumal Knautschke‹ und mit keinem Geld der Welt mehr zu bezahlen.«

So kündigten wir in unserem Programmheft die »Gemischte Raubtiernummer« an. Es war eine Nummer mit zwei Hunden und zwei Polizisten. Der inoffizielle Titel dieser Nummer hieß übrigens »Bei Bullen ›singen‹ Freunde nicht«. Scharenweise strömten Berliner Polizisten in die Show. Sie bewiesen echten Humor und manche sagten danach: »Das war die schönste Bullennummer, die wir je gesehen haben.« Humor ist eben, wenn man selbst über sich lachen kann.

Unsere beiden Polizistendarsteller Piet und Micha standen vor der Show immer vor dem Saal oder unserem Zelt. Viele Besucher blickten ehrfurchtsvoll zu ihnen auf und flüsterten ihnen zu: »Aber bitte, Herr Wachtmeister. Die Leute hier sind ganz nette Leute.«

Die Hundenummer sprach sich deutschlandweit herum. Das beste Kompliment machte mir während unseres Gastspiels in Hamburg David Shiner, früherer Clown von Roncalli und Regisseur unter anderem bei »Pomp, Duck and Circumstance«. Er kam fünf Abende hintereinander in unsere Show und sagte zu mir: »Juppy, ich komme nur wegen deiner Hundenummer. Ich habe noch niemals in meinem Leben Clowns so auf einen Stuhl steigen sehen wie deine Hunde.« Diese Anerkennung gab mir Rückenwind, um noch mehr aus der Hundenummer herauszuholen. Ich bekam Angebote aus Hamburg und München, sollte dort mehrere Wochen auftreten. Es fehlte mir aufgrund der vielen Verpflichtungen in der ufaFabrik einfach die Zeit mit der »Gemischten Raubtiernummer« allein auf große Deutschlandtournee zu gehen.

Die Nummer begann damit, dass ich mich ans Publikum wandte: »Ich darf Ihnen jetzt die beiden einzigen Raubtiere der Welt vorstellen, die in allen Sprachen der Welt lächeln können – Toni Turnschuh und Max Müller.« Und dann kamen die beiden raus. »Die beiden sind wie Adidas und Puma«, legte ich nach. Auf mein Kommando »Sitz« setzte sich Toni Turnschuh sofort hin. Ein deutscher Schäferhund macht halt, was man ihm sagt! Dann kam Max. »Der läuft vorwärts wie rückwärts. Wo er bellt ist vorne«, kommentierte ich sein witziges Auftreten. »Es ist ein Dressurakt, den ich hier mache. Man kann die Tiere auch frei rumlaufen lassen. Bei uns werden keine Tierversuche gemacht. Da haben die Artisten selbst hart an sich gearbeitet«, fuhr ich fort. Dann kam ein Circusmitarbeiter und flüsterte mir etwas ins Ohr. Ich nahm Max Müller auf den Arm und auch Toni Turnschuh rückte ganz dicht an meine Seite. In Richtung Publikum sagte ich dann: »Mensch, draußen vor der Tür stehen zwei unauffällig gekleidete Herren. Die wollen etwas von meinen beiden Freunden. Wenn ihr nichts verratet, können wir ja wiederkommen.« Wir verschwanden hinter dem Vorhang. Jetzt traten die beiden »Polizisten« auf. Der eine auf dem Boden kriechend, wie ein Hund nach Spuren schnüffelnd. Der andere kam aufrecht mit einem Walkie-Talkie und einem Schmetterlingsnetz in den Händen auf die Bühne. Dann sprach Piet, als Oberwachtmeister Schmitt, zu den Zuschauern: »Achtung, Achtung, hier spricht die Polizei. Wir suchen zwei ganz gefährliche Chaoten wegen Sachbeschädigung und Beamtenbeleidigung. Haben Sie die gesehen?« Das Publikum schrie in Richtung Polizei: »Neeeiiin!« Piet setzte noch einen drauf: »Ihr könnt Vertrauen zu uns haben«, wollte er das Publikum um den Finger wickeln – ein Riesenlacher. In dem Moment schoss Max von hinten durch den Vorhang, bellte und »biss« einen der Polizisten in den Hintern. Anschließend rannte ich auf die Bühne und rief: »Ja, was ist denn hier los?« Da sagte einer der Polizisten: »Der Große hier«, und er zeigte auf Toni Turnschuh, »hat dem Oberwachtmeister ans Bein uriniert. Und der Kleine hat dabei gelacht.« Dabei schaute er grimmig auf Max Müller. Das Publikum schüttete sich aus vor Lachen. »Ja, wann war das denn?«, fragte ich ungläubig. »Vor einer Stunde«, kam es postwendend zurück. »Ja aber vor einer Stunde haben wir doch für den Circus geprobt, oder?«, fragte ich in Richtung Publikum. »Jaaa«, schallte es aus Hunderten von Kehlen. »Können Sie das beweisen?«, fragte der Polizist. »Einen Moment«, sagte ich. Ich ließ mir in diesem Moment zwei Stühle bringen. »Toni Turnschuh, sitz‹.« Und Toni nahm auf dem Stuhl Platz. Max blieb davor sitzen. An dieser Stelle holte ich dann immer eine kleine Belohnung hervor, um den Leuten anschaulich zu machen, wie ein Dressurakt überhaupt entsteht. Max Müller packte das Leckerli wie ein Raubtier. »Das war noch kein Beweis, sitzen kann jeder«, stellte einer der Hauptwachtmeister nüchtern fest. »Schulz, treten Sie mal vor«, schnauzte er seinen Kollegen an. Schulz stellte sich vor den Stuhl. »Sitz, auf, sitz, auf«, befahl ihm sein Kollege. »Das ist noch kein Beweis«, sagte der Polizist erneut. Ich rief Max, der von der einen Bühnenecke aus auf einen Stuhl sprang und von da in meine Arme. So schlenderte ich an den beiden Polizisten vorbei und grinste sie an. »Schulz«, brüllte wieder der eine. Und Schulz lief an, sprang über den Stuhl und dem Wachtmeister mit einer Bauchlandung in die Arme. Beide fielen hin und die Mützen purzelten auf den Boden. »Schuuulz, Sie haben uns blamiert«, schrie der eine den anderen an. Dann schaute er zu mir und fragte: »Haben Sie vielleicht noch ein anderes Spiel?« Die gleiche Frage stellte ich dem Publikum. Ein donnerndes »Jaaaaaaa« schallte mir entgegen. Ich drehte mich zu meinen Hunden um, die beide auf den Stühlen saßen. Ich ging nach vorne auf die Bühne, klatschte in die Hände und rief: »Toni Turnschuh.« Toni lief an, sprang über meinen Rücken und lief dann wieder zurück zu seinem Stuhl. Großer Applaus. »Und jetzt der Kleine, Max Müller, an die Arbeit.« Ich bückte mich, doch nichts passierte. Er blieb sitzen und starrte in die Luft. Ich ging zu ihm und holte ein kleines Stückchen Wurst aus der Tasche und hielt es ihm hin. Ganz unauffällig fixierte er es und schnappte dann zu. Alle lachten. Dann ließ sich Max endlich bitten und stand auf meinem Rücken. »Max Müller, komm runter«, befahl ich. Dann setzte er sich, so wie wir es geübt hatten.

Eines Abends, nachdem wir schon einige Vorstellungen hinter uns hatten, brandete ein Applaus auf, mit dem ich an dieser Stelle gar nicht gerechnet hatte. Fast wie am Ende der Nummer. »Was macht der denn da oben?«, grübelte ich. Wir hatten doch eigentlich gar nichts mehr einstudiert. Am nächsten Abend die gleiche Situation. Ich fragte nach der Show bei unseren Leuten nach, was Max denn eigentlich auf meinem Rücken veranstalte. »Jedes Mal wenn er oben sitzt, gähnt er gelangweilt in die Runde«, hieß es. Und das dann jeden Abend, weil das Publikum so laut lachte. An einem Abend muss er wohl in der Garderobe in Erwartung seines Auftritts gesessen haben. Es war warm, die Scheinwerfer brannten, er war wohl ein bisschen müde und deshalb gähnte er mit einem langgezogenen »Boaaah« auf meinem Rücken. Und weil die Leute da so lachten, gähnte er von nun an 150-mal an der gleichen Stelle.

Berühmte Tierdompteure besuchten die Show und wollten hinter das Geheimnis kommen. »Entschuldigen Sie, Kollege«, fragten mich einige, »wie haben Sie denn dem Hund beigebracht, auf Kommando zu gähnen?« Ich zuckte dann immer mit den Schultern, machte ein freundliches Gesicht und sagte: »Ein Geheimnis, das ich lieber für mich behalten will.« Wenn die gewusst hätten, dass das nicht meine Idee war, sondern die von Max Müller!

Nach der »Gemischten Raubtiernummer« setzte unsere Percussionband ein und nun begann die richtige Hundenummer. Max und Toni sprangen durch Reifen und balancierten auf einem Balken. Für eine Mitmachnummer suchte ich stets einen Herren mit einer breiten Schulter, vor dem wir dann mit einem gewissen Abstand einen Stuhl stellten. Auf den Knien liegend, bekam er noch eine Zeitung, damit er was zum Lesen hat. Max Müller postierte ich dahinter und gab das Kommando. Wie eine Katze sprang er auf den Stuhl, auf den Rücken des Mannes und dann in meine Arme. Dann kam Toni an die Reihe. Ich kündigte die Nummer mit dramatischem Tonfall an: »Jetzt kommt eine

Nummer, die nur möglich war durch jahrelanges Vertrauen zwischen Mensch und Tier.« Dann riss ich Toni die Schnauze auf, ein beeindruckendes Löwengebrüll à la Filmvorspann bei »Metro-Goldwyn-Mayer« aus dem Off begleitete das Spektakel. Dann steckte ich meine Nase dazwischen und Toni streckte seine Zunge heraus wie ein hungriger Löwe. Wolfgang Neuss sagte einmal zu mir: »Spätestens wenn man deine Hundenummer sieht, wird einem klar, dass wir Trottel auf diesen blöden Löwen reingefallen sind, so geht's ja auch.«

Wenn so ein Hund wie Toni auf der Bühne steht und da sitzen und applaudieren 400 bis 500 Leute, dann ist es für diesen Hund nicht leicht, sich nach der Show ungezwungen unter seinesgleichen auf dem Gelände oder auf der Straße zu bewegen. Da sind Neid, Missgunst und Eifersucht vorprogrammiert. Wenn meine Hunde andere Hunde anschauten, haben die doch gedacht: Mann, du blöder Hund, du! Das haben sich andere, größere, Hunde nicht gefallen lassen, und so hatten meine Hunde, weil sie Künstler waren, viele Kämpfe zu bestreiten.

Das ging ja schon zwischen Max und Toni so. Beim Finale holte ich als erstes immer Max Müller auf die Bühne. Ich hatte schnell herausgefunden, dass es nicht anders ging. Schon als er die Zirkusmelodie vom Finale hörte, stand er an der Tür. Wenn in solch einem Moment jemand zu ihm hingegangen wäre und zu ihm gesagt hätte, »Hey, du heute nicht«, Max hätte ihn, ohne mit der Wimper zu zucken, gebissen. Solch eine Rampensau habe ich danach nie mehr gesehen. Er war unglaublich intelligent. Erst als er auf der Bühne war, auf mich zusprang und ich ihn fest in meinem Arm hatte, konnte Toni Turnschuh auf die Bühne kommen. »Hier kommst du nicht mehr runter«, flüsterte ich Max ins Ohr. Denn eins war klar: Hätte ich ihn aus meinem Arm gelassen, er hätte dem Schäferhund sofort am Hals gehangen. Und sofort hätte der Schäferhund Max Müller angegriffen, gebissen und auch gewonnen. Aber Max hätte es trotzdem immer wieder gemacht. Sollte ich so etwa die Show beenden, dass die Leute denken, hier wird um Leben und Tod gekämpft? Mit Max im Arm sagte ich dann alle anderen Künstler an, Toni lief mir von hinten durch meine Beine, immer begleitet von einem bösen Knurren des agilen Max Müller auf meinem Arm. Wenn wir dann in die Garderobe kamen und der eine mehr Applaus als der andere bekommen hatte, dann musste ich aber aufpassen, dass nicht gleich hinter der Bühne die Fetzen flogen. Oft haben die beiden sich schon in der Garderobe angeknurrt, dass dem Schäferhund Hören und Sehen verging.

1986, nach einem sechswöchigen Gastspiel auf der »Kleinen Moorweide« in Hamburg, starb Toni Turnschuh an einem Herzfehler. Er schlief friedlich ein, ich verlor einen tollen Kollegen und wunderbaren Freund. Knapp 20 Jahre nach seinem Tod erhält er immer noch regelmäßig von der GEZ die Aufforderung, seine Rundfunkgebühren zu entrichten. Weiß der Hund warum.

Meine gemischte Raubtiernummer mit Max Müller auf dem Rücken.

Zum Glück war die Trauerzeit nur kurz. Denn ein neuer »Hundestar« trat in die Stapfen, die Tonis Pfoten hinterlassen hatten: »Bobby Fischer«, benannt nach dem amerikanischen Schachgenie. Bobby war ein weißer, ungarischer Hirtenhund mit einem Schuss Schnauzer drin. Im Juni 1985 sah ich ihn, damals war er ein halbes Jahr alt, zum ersten Mal bei uns im Café mit seiner Besitzerin. Ich verliebte mich sofort in ihn. »Mensch«, sagte ich zu der Frau, »willste mir nicht den Hund vermachen. Der wird bei mir weltberühmt.« Die Frau reagierte eher gereizt auf meinen kleinen Scherz.

Ein halbes Jahr später, einen Tag vor Heiligabend, stand die Frau an der Treppe vor unserer Küche. »Du hattest mich doch mal vor einem halben Jahr gefragt, ob du den Hund haben kannst? Ich wollte ihn gerade ins Tierheim bringen, weil ich ein Kind bekommen habe. Das ist mir alles zu viel mit dem Hund in der Wohnung. Bevor ich ihn weggebe, wollte ich dich fragen, ob du den Hund haben willst?« Diesen Hund und keinen anderen wollte ich. Trotzdem sagte ich zu ihr: »Lass mich mal eine Nacht drüber schlafen. Und komm morgen wieder vorbei. Aber ich glaub' ich nehme ihn.« Und dann brachte sie mir den Hund, am Nachmittag des Heiligen Abend 1985. Ein schöneres Weihnachtsgeschenk hätte sie mir nicht machen können.

Bobby baute ich langsam in die Nummer ein. So, wie ich es von einem Schäfer bei einem Urlaub in der Eifel gelernt hatte. Er hatte mir erklärt, wie wichtig es ist, einen jungen Hund behutsam an seine Aufgabe zu gewöhnen, wenn er dann später die Rolle seines Vorgängers übernehmen sollte.

Ich ließ ihm zunächst Eingewöhnungszeit. Ein halbes Jahr lang nahm ich ihn mit auf die Bühne, stellte ihn mit dem Satz »Und hier ein neues Raubtier« vor, ließ ihn dann mit meinem Kommando »Hopp! Sitz!« auf einem Stuhl Platz nehmen und die Show beobachten. Nur beim Finale kam er dann mit nach vorne an die Bühne, legte freundschaftlich seine Pfoten um den kleinen Max Müller, der sich Bobby Fischer gegenüber kameradschaftlicher als bei Toni Turnschuh verhielt.

Max hatte zu dieser Zeit bereits an der Seite von Wolfgang Gruner, der in die Rolle eines Polizisten schlüpfte, in einem Spielfilm mitgewirkt. In einer Szene sollte Max in einen Zeitungsladen hineinkommen und aus dem untersten Regal eine Tierzeitung herausholen und diese dann in der Luft zerfetzen. Das hätte er mir auch vorher sagen können, dachte ich. »Gib mir mal 15 Minuten Zeit«, sagte ich zum Regisseur. Ich nahm die besagte Zeitung mit und legte in die Seiten ein wenig frisches Rindergehacktes. Dann ging ich mit Max in einen Park, in unmittelbarer Nähe des Drehortes, und wir übten. Zehn Minuten später kehrten wir in den Laden zurück und waren für die Aufnahme der Szene bereit. Ich präparierte die Zeitung erneut. Max war so schnell bei der Sache, dass der Kameramann nicht hinterherkam. So musste die Szene noch ein zweites Mal gedreht werden, dann war alles im Kasten – perfekt.

Als Bobby Fischer eingearbeitet war und die Nachfolge des verstorbenen Toni Turnschuhs antrat, klingelte bei mir eines Tages das Telefon. Die Produktionsfirma von »Gute Zeiten, schlechte Zeiten« war auf Bobby aufmerksam geworden und wollte ihn für Dreharbeiten haben. Ich fuhr mit ihm zum Gelände in der Oberlandstraße, um mich mit dem Regisseur zu treffen. Hier warteten bereits 30 Leute, alle mit ihrem Hund an der Leine. Ich ging in die Cafeteria, wo sich das Team mit dem Regisseur aufhielt. »Na, was macht denn der Hund so alles?«, wollte er von mir wissen. Ich drehte mich zu Bobby, um dem Regisseur eine kleine Kostprobe zu geben. »Bobby Fischer, mach mal tot«, forderte ich den Hund auf. Da legte sich Bobby hin und lag da wie ein Toter, wedelte noch leicht mit dem Schwanz. Ich schaute ihn an und sagte

Mit »Bobby Fischer« im Büro.

wie in der Show: »So, jetzt hast du deinen Applaus gehabt und kannst wieder aufstehen.« Doch Bobby blieb einfach liegen. Auch nach meiner zweiten Forderung blieb Bobby stur am Boden kleben. Dann sagte ich: »Bitte steh auf oder ich rufe die Polizei.« Mit einem lauten Bellen und sorgenvoller Miene sprang Bobby auf. Plötzlich stand der Regisseur auf, ging zur Tür raus und kam nach wenigen Minuten wieder. Er hatte alle anderen Hunde nach Hause geschickt. »Ich will nur den Hund haben«, sagte er und zeigte auf Bobby.

Ich war zunächst skeptisch, hatte ich doch kaum Zeit, 30 Drehtage für RTL frei zu halten. »Ich kann euch eins gleich sagen, der Hund hat eine maximale Konzentrationsfähigkeit von zwei Stunden pro Tag. Mehr ist da nicht drin!« Dann machten wir die Gage aus. Die konnte sich echt sehen lassen. Bobby Fischer verdiente wohl mehr als der Kameramann von »Gute Zeiten, schlechte Zeiten«. Pro Drehtag, also für maximal zwei Stunden, kassierten wir 1 000 DM. Kein schlechter Schnitt! Es gab Tage, da bin ich um halb zwei Uhr zu den Dreharbeiten gefahren und konnte bereits kurz nach halb drei Uhr schon wieder bei uns im Café einen Milchkaffee bestellen. Bobby war der Liebling der Schauspieler und alle waren stolz, dass sie mit ihm zusammenarbeiten konnten. Vor ihm hatten selbst Menschen keine Angst, die sonst Hunden eher argwöhnisch gegenübertraten. Bobby wedelte immer freundlich mit dem Schwanz.

Bobby sollte in einer Szene halbtot am Bordstein liegen, dann einem vorbeilaufenden Liebespärchen schleppend folgen und schließlich kraftlos hinter ihnen her bellen. Indem ich den Finger in Zeitlupentempo erhob, brachte ich ihn dazu, sich ganz langsam zu erheben und dem Pärchen hinterher zu trotten. Neunmal musste die Szene gedreht werden, weil sich das Paar versprach oder das Mikrofon zu sehen war. Der Regisseur wurde ungeduldig. Aber jedes Mal, wenn er sich die Aufzeichnung anguckte, rief er: »Aber der Hund hat alles richtig gemacht.« Wie Boris Becker, als er Wimbledon gewonnen hatte, hob er die Arme. »Ein Glück, dass ich diesen Hund genommen habe«, jubelte er.

In der allerletzten Szene sollte Bobby eigentlich von einem Auto überfahren werden. Doch das brachte das Team nicht übers Herz. »Wenn wir den Hund noch mal brauchen sollten, könnten wir ihn ja dann nie mehr nehmen«, sagte der Regisseur. Das Drehbuch wurde umgeschrieben und Bobby Fischer im Film seinen alten Besitzern zurückgegeben. Das war natürlich ein Ende, mit dem auch ich viel besser leben konnte.

Einen anderen Drehtermin hatten Bobby und ich 1989 zum zehnjährigen Jubiläum der »tageszeitung«. Vor dem Springer-Hochhaus in der Kochstraße bauten wir uns auf. Bobby drückte ich eine »taz«-Ausgabe ins

Maul. Er rannte vom Eingang des Springer-Hochhauses los, sprang über meinen Rücken, dann lief er zwischen meinen Beinen durch, stellte sich vor mir auf die Hinterbeine und reichte mir die Zeitung. Ich nahm sie, schlug sie auf und sagte: »Der beste Springer in Berlin – Bobby Fischer.« Ich glaube sogar, Axel »Cäsar« Springer hätte seinen Spaß an diesem Werbespot gehabt. Beim Geburtstagsfest der »taz« im Tempodrom, wo der Film auf Großbildleinwand lief, hatten wir die meisten Lacher.

Zu Max Müller und Bobby Fischer stieß schließlich 1989, zum zehnjährigen Jubiläum der ufaFabrik, noch »Otto« dazu. Genauer gesagt »Otto, der Große«, benannt nach dem deutschen Fußballtrainer Otto Rehhagel.

Ein Wohnwagenbesitzer fand ihn und brachte mir den Hund vorbei und sagte: »Das ist ein Rüde.« Er war ein richtig schöner Harlekin-Pudel. Nicht wie aus einem Frisiersalon. »Na ist ja ganz schön verkümmert für so einen kleinen Hund«, wunderte ich mich, als ich die »Geschlechtsprobe« machte. Irgendwann wunderte ich mich, dass Otto auch mit zunehmendem Alter immer noch in der Hocke pinkelte. Und dass meine beiden Rüden, Bobby und Max, so liebevoll hinter dem Hund her waren. Da war mir dann klar, dass Otto eine Hündin sein musste.

Ich ließ Otto zunächst im Kinderprogramm auftreten. Da freuten sich die Kids, wenn er bei meinem Kommando »Sitz!« sofort Platz nahm.

Hannes (12 Jahre) mit »Bobby Fischer«, »Max Müller« und »Otto«.

Die Kinder versuchten es ständig, doch es klappte nicht. Da fühlt man sich dann doch schon so ein bisschen wie David Copperfield.

Max Müller wurde 18 Jahre und sechs Monate alt. Ich machte meine Hundenummer dann mit Otto und Bobby weiter. Otto bot eine ganz besondere Einlage, die sich hinter meinem Rücken abspielte. Wenn beide Hunde auf die Bühne kamen und ich schaute nicht hin, sprang Otto immer auf Bobby, wie es sonst ein Rüde bei einer Hündin tut. Die Zuschauer brüllten vor Lachen. Ich sagte an dieser Stelle: »Mensch, da hab' ich die einmal zur Love-Parade mitgenommen. Das haben sie wohl falsch verstanden?«

Der entscheidende Unterschied bei der Dressur zwischen einem Rüden und einer Hündin ist, dass Rüden eher das tun, was man ihnen vorgibt. Eine Hündin sitzt dagegen auf der Bühne und denkt: Ich liebe den ja so sehr. So ist es auch bei Otto. Sie guckt mich an und wickelt mich um den kleinen Finger. Im Prinzip also kein Unterschied zu dem, was sich tagtäglich auf dieser Welt meist zwischen Frauen und Männern abspielt.

Zwei Wochen vor der Premiere einer neuen Show, im August 1995, war Bobby Fischer plötzlich verschwunden. Er war bereits zuvor schon einmal einer läufigen Hündin nachgelaufen und hatte das ufa-Gelände verlassen. Ich hatte ihn in dieser Situation allerdings ohne Probleme wiedergefunden. Diesmal ahnte ich gleich, dass etwas Schlimmeres passiert sein musste.

Ich suchte mit meinem Fahrrad die ganze Gegend ab. Ich rief und schrie nach ihm. Doch kein Zeichen von Bobby. Auch am nächsten Morgen blieb er spurlos verschwunden. Ich fuhr sofort zum Tierheim. Max Müller hatte ich dort wiedergefunden, als er eines Tages in einen BVG-Bus einstieg, um eine Stadtrundfahrt zu machen. Aber Bobby Fischer war unauffindbar.

Mittlerweile verstrichen drei Tage und meine Verzweiflung stieg stündlich. »In solch einer Stadt kann doch nicht einfach so ein Hund abhauen«, schickte ich ein Stoßgebet gen Himmel. Ich setzte mich mit Zeitungsredaktionen in Verbindung und gab am 24. August 1995 eine Pressemitteilung heraus: *»Berlins berühmtester Hund verschwunden. Entführt? Lösegeldforderungen? Seit Sonntag Nacht (der Nacht vom 20. auf den 21. August) ist Bobby Fischer, ein hellblonder ungarischer Hirtenhund mit einem Schuss Schnauzer, der Star des ufaCircus', spurlos verschwunden. Bei über 1.500 Auftritten hat Bobby Fischer in den letzten 10 Jahren über 200.000 Berliner und Gäste zum Lachen gebracht. Außerdem wirkte er in mehreren Fernsehfilmen mit. Am kommenden*

Wochenende soll er wieder auf der Bühne stehen. Leicht zu identifizieren ist er zur Zeit, da links auf seinem hinteren Rücken wegen einer Wunde Haare wegrasiert wurden. Im Namen aller Artisten des ufaCircus' und der vielen großen und kleinen Fans bitte ich, Bobby Fischer zur ufaFabrik zurückzubringen. Mir persönlich fehlt nicht nur ein Hund, sondern ein Kollege mit dem ich noch vielen Menschen Freude bringen möchte. Bitte helfen Sie mit, Bobby Fischer zu finden. Lösegeldforderungen bitte nicht an den Berliner Senat richten, sondern gleich an Juppy vom ufaCircus.«

In den Zeitungen erschienen Artikel unter der Schlagzeile »Eine Stadt sucht einen Hund« oder »Bobby Fischer verzweifelt gesucht«. Auch an den SFB schickte ich eine Pressemitteilung, erhielt jedoch keine Antwort. Ich fuhr zum SFB und ging schnurstracks zur Redaktion der »Abendschau«. Dort stieß ich mit dem verantwortlichen Redaktionsleiter Gerhard Horstmeier zusammen, der mich in die morgendliche 10 Uhr Konferenz mitnahm. Dort schilderte ich noch mal den Fall. Ein Raunen ging durch den Konferenzsaal. »Was hat denn ein entlaufener Hund in einer Nachrichtensendung zu suchen?«, fragte einer der teilnehmenden Redakteure. »Hey, entschuldige mal«, bremste ich ihn in seinem Wortschwall. »Das ist Berlins berühmtester Hund. Der hat auch in Sendungen und Filmen des SFB mitgespielt. Das ist nicht einfach ein Hund. Das ist Bobby Fischer!« Redaktionsleiter Horstmeier ergriff das Wort und sagte: »Wir sind ja auch nicht irgendein Lokalsender. Wir sind der SFB. Und das ist doch vollkommen logisch, dass das in die Sendung kommt, wenn der berühmteste Hund von Berlin gefunden werden muss!« Ich sollte am Abend kommen und interviewt werden. Ich lehnte ab: »Warum soll ich ohne meinen Hund in die ›Abendschau‹ kommen? Soll ich da Tränen vergießen, oder was? Ich möchte, dass ihr darüber in einer kurzen Nachricht mit Foto berichtet.« Am Abend guckte ich die Sendung und mir liefen fast die Tränen. Es war ein toller Bericht über Bobby Fischer mit vielen Filmausschnitten, unter anderem eine Sequenz von seinem Auftritt bei Wim Thoelkes »Talk Thoelke«.

Eine Woche verging, von Bobby Fischer noch immer keine Spur, obwohl einige Hundebesitzer angehalten wurden, weil ihre Vierbeiner Bobby zum Verwechseln ähnlich sahen. Ein Mann mit seinem Hund stoppte man sogar am U-Bahnhof »Hallesches Tor« und wurde zwei Stunden, bis die Polizei kam, festgehalten. Fehlalarm. Die Stadt suchte verzweifelt und fieberhaft nach Bobby Fischer.

Eines Morgens gegen halb acht, ich lag noch im Bett, zerriss ein Schrei die Morgenstille. »Juppy, Juppy, meine Frau hat deinen Hund gefunden!« Unten stand Wolfgang, ein Mann, der oft mit seiner Frau Barbara in die ufaFabrik kam, und dem ich alle Details über Bobby erzählt hatte. Wir fuhren sofort los. Seine Frau wartete am Tatort auf uns. Sie stand vor einem alten Audi und zeigte auf die Heckscheibe. Auf der Hutablage lag Bobby Fischer mit traurigem Blick. Doch er war nicht allein im Wagen. Zwei Männer und eine Frau schliefen im Auto und merkten gar nicht, dass wir uns langsam näherten. Die Fahrertür war nicht abgeschlossen. Ich öffnete sie vorsichtig, entriegelte dann die hintere Tür und flüsterte: »Bobby, komm!« Er sprang raus und ich packte ihn gleich in mein Auto. Bevor ich mit denen diskutiere, ist Bobby Fischer erst mal weg, dachte ich so bei mir. Denn Bobby war hochsensibel und spürte immer sofort, wenn irgendjemand mit schlechter Laune oder leichter Aggression im Raum war. Dann zog er sich stets zurück.

Die zwei Männer und die Frau im Auto waren mittlerweile erwacht. Sie kamen aus Polen und sprachen etwas Deutsch. Ich wollte natürlich wissen, wie es dazu kam, dass sie Bobby bei sich hatten. Nach ihrer Version war Bobby ihrer kleinen Hündin hinterhergelaufen. Sie hätten nicht gewusst, wo sie Bobby abgeben sollten. Darum nahmen sie ihn mit. Ich war sauer. »Wir sind hier in Berlin«, meinte ich, »und wir sind organisiert auf diesem Gebiet. Da kann man entweder die Polizei anrufen oder man fährt zum nächsten Tierheim, wo man einen Hund abgeben kann. Wenn ihr vorbeigekommen wärt und mir den Hund zurückgebracht hättet, dann hätte ich euch auch noch dafür belohnt.« Die drei ließ ich in Ruhe, schließlich hatte ich Bobby wieder. Ich schaute auf meinem Polizeirevier vorbei und überbrachte die frohe Botschaft.

Ich rief bei der »Abendschau« an und sie schickten ein Kamerateam vorbei. Ich setzte ihn vor das Gelände der ufaFabrik und rief: »Komm!« Bobby rannte auf mich zu und sprang mir in die Arme. »Das ist er – mein Bobby Fischer«, rief ich in Richtung Kamera.

Es war unglaublich, wie viele Wochen nach der Entführung Bobbys ich auf der Straße von Berlinern angesprochen wurde. Die »Rolling Stones« hatten im Sommer 1995 auf ihrer »Voodoo Lounge Tour« auch in Berlin gespielt. Und mir kam langsam aber sicher der Verdacht, dass Hunde in Berlin fast berühmter sind als Mick Jagger ...

In den Sommerferien machte ich mit meinem Sohn Hannes, Otto und Bobby Fischer Urlaub in der Eifel. Wir ließen das Auto stehen und wanderten von Gerolstein, bis zu meinen Geburtsort Trittenheim an der Mosel. Als ich in Gerolstein mit Bobby Fischer an der Ampel stand, da riefen auf einmal ein paar, etwa 15 Jahre alte Mädchen: »Ach, der Bobby!« Sie waren Fans von »Gute Zeiten, schlechte Zeiten«.

Bis Ende der 90er Jahre stand ich noch mit Bobby und Otto auf der Bühne. Als ich eines Tages mit Uta spazieren ging, blieb Bobby plötzlich stehen. Ich spürte, dass etwas mit ihm nicht in Ordnung war. Als wir zurückkamen, legte er sich neben meinen Schreibtisch und sprang auch nicht mehr auf, als die Tür aufging. »Na dann bleib eben hier, wenn du so müde bist«, sagte ich zu Bobby. Ich ging in mein Zimmer und ließ ihn zurück. Doch ich hielt es nicht lange aus. »Er wird mir doch jetzt nicht wegsterben?«, sprach ich laut aus, was ich kaum zu denken traute. Ich ging wieder, mitten in der Nacht, in mein Büro zurück. Bobby lag noch immer regungslos an der gleichen Stelle. Ich gab ihm etwas Wasser, und er leckte mir die Hand ab. Seine Atemzüge waren kurz und gleichmäßig. Dann ging ich schlafen. Nach drei Stunden kehrte ich zurück und traf Paul und Gabi. Ich fragte sie, ob sie Bobby schon gesehen hätten. »Ja, ja. Der liegt ganz gemütlich in deinem Büro«, kam es zurück. Und da wusste ich, dass Bobby Fischer gestorben war. Denn ein Hund würde morgens, wenn die Tür geöffnet wird, nicht liegen bleiben. Er hat sich verabschiedet. Als ich ins Büro kam, war er schon tot. Ich setzte mich neben ihn, erinnerte mich stundenlang an die tollen Tage mit ihm und daran, wie vielen Menschen er gute Laune gebracht hatte.

Wir beerdigten Bobby Fischer auf unserer großen Wiese. Dort, wo auf dem Gelände der ufaFabrik symbolisch der »Blaue Engel« zu Grabe getragen wurde, da sind meine Hunde begraben.

Mit Bobbys Tod war das Kapitel »Hundenummer« für mich zunächst beendet. Mein Hund ist Teil meines Lebens und es ist nicht leicht, wieder einen guten Freund und Kollegen zu finden. Danach habe ich im Kindercircus mit Otto ein paar Kunststückchen aufgeführt. Wenn ich den Finger hob und Otto dann bellte, setzte meist das Gelächter der Kinder schon ein. Und dann übersetzte ich frei, was Otto ausdrücken wollte: »Nieder mit dem Rassenhass gegen Pudel.«

»Ihr sollt mir immer einen leichten

Größenwahn zubilligen,

damit ich keine Minderwertigkeitskomplexe habe.«

Wolfgang Neuss

Wolfgang Neuss:
»Eine Frage schwirrt mir durchs Hirn:
Kann man so geschickt schweigen, dass
man verstanden wird?«

Der Mann mit der Pauke

Wolfgang stammte aus Breslau. Er avancierte in den Nachkriegsjahren zum umjubelten Schauspieler durch Filme wie »Wir Kellerkinder« oder »Genosse Münchhausen«. Er war als »Mann mit der Pauke« ein gefeierter Kabarettist und Wort-Akrobat. Anfang der 50er Jahre inszenierte Neuss die Programme der »Stachelschweine« für Günter »Pfitze« Pfitzmann, Wolfgang Gruner, Jo Herbst und Achim Strietzel. Vom Spaßmacher wandelte er sich zum gefürchteten wie geliebten Satiriker. Ein Kabarett-Künstler, der bei Kollegen höchsten Respekt genoss. Er dachte und sprach so schnell in Bildern, spulte Assoziationsketten hintereinander ab, wie kein anderer in Deutschland es konnte.

Mitte der 70er Jahre zog sich Neuss von der großen Bühne zurück. Seitdem wurde über ihn nur noch berichtet: »Der in seiner grauen Charlottenburger Wohnung zurückgezogen lebende Alt-Kabarettist.« Er trat nicht mehr auf, weil er es leid war, immer den »Anmacher« zu spielen.

Für ihn war das ganze Leben ein einziges Kabarett. »Spaß und Gemütlichkeit dürfen nirgends fehlen, sonst spiel' ich nicht mehr mit«, das war das Neuss'sche Credo. An Neuss hatte ich immer meine Freude, weil er seine Gedanken so genial formulieren konnte, dass es mich an meinen Vater erinnerte. Und es ist für mich wie eine Erlösung, dass ein anderer genauso denkt wie ich. Ich scheine doch nicht der einzig Verrückte auf dieser Welt zu sein. Wenigstens sind wir jetzt schon zwei.

Viele Gäste, die ihn in seiner Wohnung besuchten, ließen Tonbänder mitlaufen, machten sich schriftliche Notizen und klauten seine Witze. »Du nicht«, sagte er zu mir, »lass doch die anderen Idioten alles mitschreiben oder aufnehmen. Du machst doch sowieso deine eigene Sache daraus.«

Ich liebte ihn für sein Talent, Dinge sekundenschnell zu erfassen und kritisch zu verarbeiten. Seine Ehrlichkeit und Selbstkritik nötigen mir bis heute höchsten Respekt ab.

Was wäre Deutschland ohne Goethe, Schiller, Brecht – und Neuss? Neuss war ein wacher Beobachter, der die Finger immer wieder in die Wunde der nicht aufgearbeiteten deutschen Vergangenheit legte.

In seinem Essay »Wie ich nicht Generaldirektor wurde« brachte er 1959 seine persönliche Situation nach dem Zweiten Weltkrieg klar, ehrlich und schonungslos auf den Punkt: »*Nie Playboy gewesen. Nicht Tennis, Golf oder Bridge gespielt. Demnach weder Krupp noch Flick kennengelernt. Vater, Mutter, Großvater und alles was davor lag, sowie Verwandtschaft rechts und links der Hauptlinie Neuss waren glücklicherweise keine Testamentshinterlasser und Lotteriegewinner, so daß ich nie die Belastung einer Riesenerbschaft zu spüren bekam. Am letzten Krieg auch nischt verdient. Nie zum Beutemachen gekommen. Nix requiriert. Zappzerapp für mich belächeltes Sprichwort gewesen, aber nie zum eigentlichen Sinn des Wortes vorgestoßen. Eigne Armee auch nicht beklaut. Dämlich gewesen, Instinkt gehabt. War also richtig gewesen, als sich 1945 herausstellte, daß ich bis zu diesem Zeitpunkt nichts verbrochen hatte. Dadurch nun also auch selbstverständlicherweise keine Wiedergutmachung erhalten. Blieb das Schieben. Zum Glück schob ich Kulissen. Dämlich gewesen, aber auch Gott sei Dank nicht Gelder gesammelt. Keine Lust zum Alleskönner. Keine Sprachkenntnisse. Kopfrechnen mit Geld schwach, Sparen, hohe Kante legen – undurchführbar. An der falschen Stelle energisch. Leichtsinnig mit mir. Bei unnormalen Dingen gewissenhaft bis zum Exzeß. Verabscheu' Radfahrer, die sich in Vorzimmern aufhalten. Mag keine Schreibmaschinen- und Stenografie-Erotik. Kann auf der einen Seite, wenn es nicht gerade ein Zimmer ohne Fenster ist, dasselbe aus diesem schmeißen, bin aber pingelig, wenn ich jemandem meinen Wagen leihen soll. Besteche nur durch ewiges Meckern und bin ungern Bauchträger, weil ich genug Sorgen habe und die Schultern nicht auch noch von unten her belasten will. So also wurde ich nicht Generaldirektor. Außer so: Regisseur Kurt Meisel wollte mich für den Ufa-Film ›Liebe verboten – Heiraten erlaubt‹ haben, als Generaldirektor. Habe es gemacht. Werde Erfolg haben. Soll sich also kein Mensch wundern, wenn ich eines Tages an leitender Stelle der Ufa stehe.*«

Solch pointierte Analysen waren und sind es, die Neuss so groß machen. Was Neuss über Deutschland, über Nazis, über Juden, über Drogen, über Idioten und nette Leute gesagt hat, das hat, meiner Meinung nach, in dieser Klarheit und Schärfe niemand vor und auch niemand mehr nach ihm gesagt!

Ich lernte Wolfgang 1980 kennen. Es war das Jahr, als in Moskau die Olympischen Sommerspiele wegen des Einmarschs sowjetischer Truppen in Afghanistan von den westlichen Staaten boykottiert wurden. Wir veranstalteten in der ufaFabrik für vier Tage eine »Olympiade der Kultur« und luden uns dazu freie Kulturgruppen ein. Es gab Dichterlesungen, Workshops mit Pantomime, Judo, Karate, Artistik, Clownerie und Töpfern, Liedermacher traten auf und vieles mehr.

Als ganz besonderen Höhepunkt wollten wir einen Künstler von Rang und Namen präsentieren: Wolfgang Neuss. Rudolf, Piet und ich besuchten Neuss in seiner Wohnung in der Lohmeyerstraße 6 in Charlottenburg. Wir wollten ihn überzeugen, bei der Kultur-Olympiade aufzutreten. Wolfgang wollte nicht mehr auf die Bühne, aber er mochte uns. Er freute sich über unseren Besuch und ich wusste sofort, dass ich wiederkommen würde.

Mein Zahnarzt, Eberhard Kredel, behandelte gleichzeitig auch Wolfgang. Er hatte dem »zahnlosen« Wolfgang bereits ein Gebiss angefertigt, dass dieser nur hätte tragen müssen. Doch da es etwa drei Tage gedauert hätte, sich an dieses Gebiss zu gewöhnen, nahm Wolfgang es nur fünf Minuten in den Mund, um es dann wieder wegzulegen. Er

1983 auf dem ufa-Bauernhof:
(v.l.n.r.) Hannes auf meinem Arm, Lord Knut, Dieter Thomas vom »Frankfurter Fronttheater«, Manni mit Sohn Frido auf den Schultern, Tornado-Günther, im Schneidersitz Wolfgang Neuss, Hendrike von Sydow und Michael.

sagte scherzhaft: »Meine Zeit ist gekommen, wenn sie wieder so zum Lachen ist, dass es sich lohnt, dritte Zähne anzuschaffen. Doch ich muss zugeben: Man sieht so rechthaberisch ohne Zähne aus.«

Eberhard erwähnte mir gegenüber mehrfach, dass Wolfgang mich gerne wiedersehen würde.

Die Zeit bis Anfang 1983 verstrich, als ich mit einigen Freunden aus der ufaFabrik erneut bei Neuss auftauchte. *»Juppy und Rudolf waren heute bei Wolfgang Neuss. Wir wollen gerne seine Filme, die er in den sechziger Jahren gemacht hat, zeigen. Ist damit einverstanden.* (Aus dem ufaTagebuch vom 24. Januar 1983)

Rudolf trieb die Filme »Wir Kellerkinder« und »Genosse Münchhausen« in Berlin auf, die wir bei uns im ufaKino zeigten und später an den SFB verkauften. Ich machte im historischen Ufa-Kinosaal Aufnahmen von ihm, in einer Zeit, in der er sonst nirgendwo mehr auftrat. »Wenn ich schon den Hauptdarsteller und Regisseur persönlich kenne, dann möchte ich auch, dass wir das bei uns so machen wie in Hollywood. Du kündigst deine Filme an. Von mir aus brauchst du nur zu sagen, ›Ich gebe das Zeichen, vorausgesetzt, dass der Operateur es sieht‹. Wenn du mehr redest, es wird keiner was dagegen haben«, sagte ich zu ihm.

Er redete im ausverkauften Saal ca. 40 Minuten. Für mich das Beste, was er jemals in seinem Leben gemacht hat. Der Mensch wird einfach besser im Laufe seiner Jahre. Älterwerden kann Spaß machen.

In den Zeiten, als es noch keine Mauer gab und die Ostberliner am Abend wieder in ihrem Sektor sein mussten, machte er drei Shows am Tag. Um 11, 15 und 20 Uhr. Ein unglaublich geistiger und körperlicher Kraftakt.

Wolfgang Neuss im Dezember 1988 kurz vor Neuss' letztem Auftritt.

Bei seinen Auftritten spürte auch der letzte Zuschauer im Saal: Dieser Mann hat einfach ein Händchen dafür, den Geist der Zeit zu treffen. Je öfter er wieder auf der Bühne stand, desto mehr spürte man, wie er sich wohl fühlte und alle mit ihm, die ihm zuhörten.

Diese Auftritte präsentierte ich am 3. Dezember 2004, an seinem 81. Geburtstag, der eigentlich sein 80. war, denn Wolfgang hat immer ein Jährchen »dazugeschmuggelt«, unter dem Titel »Das Beste von Wolfgang Neuss« auf DVD – natürlich bei uns im Wolfgang-Neuss-Salon. So kann man ihn auch heute noch in die Tasche stecken und mit nach Hause nehmen.

Jedes Mal, wenn ich bei Wolfgang war, faszinierte mich sein Geist aufs Neue. Besonders hellhörig wurde ich, wenn er vom Krieg erzählte. Ich hatte schon einige Geschichten von meinem Vater gehört, aber bei Wolfgang klang es noch plakativer, noch dramatischer. »Sag mal Wolfgang«, fragte ich ihn ganz am Anfang unserer Freundschaft, »warst du eigentlich auch im Krieg?« Wolfgang guckte mich ernst an. »Na klar«, antwortete er knapp. Das hatte bisher kaum einer von ihm wissen wollen. Er lag an der Front im Bombengraben. Links und rechts von ihm alles Tote. Weil er diesen Anblick und das ganze Elend nicht mehr ertragen konnte, schoss er sich selbst einen Finger ab. Er wickelte sich einen nassen Lappen um die Hand und drückte ab. Diese Selbstverstümmelung hätte, wenn ihm jemand auf die Schliche gekommen wäre, den sicheren Tod für ihn bedeutet. Wenige Minuten später kam ein Sanitätswagen. »Hier lebt noch einer – Granatsplitter«, brüllte einer der Sanitäter. Die Wunde wurde sofort behandelt und er zurück nach Deutschland gebracht. Doch er hatte Gewissensbisse, glaubte, dass er seine Freunde an der Front im Stich gelassen hätte und ging freiwillig wieder zurück. Bei seiner Rückkehr an die Front lernte er einen Typen kennen, der immer Witze erzählte. Mit ihm freundete er sich an und beide wurden die Witze-Erzähler der Kompanie. So kam Wolfgang zu seinem ersten Kabarett.

Als ich mit ihm einen Spaziergang machte, erkannte eine ältere, vornehme Dame im Pelzmantel Wolfgang Neuss, trotz seiner langen Haare, ohne Zähne, ungewaschen, unrasiert, mit Löchern in den Kleidungsstücken. Sie blieb vor ihm stehen und sagte: »Ach, Herr Neuss. Ich danke Ihnen so. Was war ich doch fertig nach dem Krieg. Ich wollte mir schon das Leben nehmen. Und da hab ich Sie gehört. Und da konnte ich wieder lachen. Und von dem Tag an ging's mir wieder gut.«

Das ist wohl Neuss' Erfolgsgeheimnis. Er machte Kabarett, weil er überleben wollte und für sein Leben und das seiner Freunde gekämpft hatte. Nicht, weil er Geld verdienen wollte. Das ist der entscheidende Unterschied zu vielen anderen Kabarettisten, die für ihre Gage kämpfen.

Wir unterstützten Wolfgang, der knapp 500 DM Sozialhilfe im Monat bekam, mit Geld. Pro Woche sammelten wir 500 DM, die ich ihm bis 1986 regelmäßig vorbeibrachte. So erhielt er im Monat allein 2 000 DM aus der ufaFabrik. Ich konnte es nicht verstehen, dass ein Mann, der so für Deutschland und Berlin gewirkt hatte, von Sozialhilfe leben sollte.

Dienstags besuchte ich Wolfgang. Mit dem wöchentlichen Geld der ufaFabrik brachte ich ihm außerdem immer noch ein Brot aus unserer Bio-Bäckerei mit. Ich hatte damals sogar die Idee, mit Wolfgang einen Werbespot zu drehen. Motto: »Auch Wolfgang Neuss isst Bio-Brot aus der ufaFabrik – und das ohne Zähne. Bio-Brot ist ja auch fein gemahlen.«

Unsere Freundschaft wurde immer tiefer. *»Juppy war heute beim Neuss noch mal, haben besprochen, wie es an seinem 60. Geburtstag am 3.12. abläuft. Wolfgang kommt um 10.00 Uhr zu uns raus. Er wünscht sich als Geburtstagsessen Möhreneintopf mit Schweinebauch (...) im Seminarraum richten sie es her für Wolfgang Neuss, schön gemütlich, mit einem kleinen Podest und Teppich und Tisch, daß er daran wie bei sich zu Hause im Schneidersitz sitzen kann (...) Alle warten und sind gespannt, ob er tatsächlich kommt. Um 11.30 Uhr kommt er dann mit Tommi an. Alle begrüßen ihn und gratulieren ihm, die kleine Menschenansammlung geht zum Seminarraum und dort setzt sich Neuss auf seinen Platz und fängt an zu erzählen. Alle Filmteams von uns und vieles mehr. Zwischendurch gibt's Essen, Möhreneintopf mit Schweinenacken (Neuss hat es sich gewünscht; es war aber von Schweinebauch die Rede) und Buffet und Küche und Kuchen. Das Ganze geht bis abends, dann gehen alle in den Gemeinschaftsraum, um sich die Abendschau anzusehen. Ziemlich mieser Bericht über Neuss kam dort.«* (Aus dem ufaTagebuch vom 18. November 1983 und 3. Dezember 1983, dem 60. Geburtstag von Wolfgang Neuss)

Im Laufe der Zeit brachte ich auch immer wieder Freunde mit, die Wolfgang kennen lernen wollten – Fritz Teufel, Dieter Kunzelmann, Rainer Langhans und Udo Lindenberg. »Bring den Udo mit. Aber nur wenn du dabei bist«, brummte Wolfgang als ich ihm von Lindenbergs Wunsch erzählte. Ich holte Udo im Hotel Intercontinental ab und wir fuhren zu Wolfgangs Wohnung. Das erste, was dieser sagte, als er Udo zur Tür hereinkommen sah, war: »Nur nicht wieder arm werden, nur nicht wieder arm werden. Tach Udo, setz dich.« Wolfgang brachte Udos Problem messerscharf auf den Punkt. Wenn ich mir Udos Umfeld angucke, den ganzen Beraterstab, der nur Angst hat, dass nicht genügend Geld verdient wird, dann kann ich Wolfgangs Äußerung gut verstehen. Bei allem Respekt vor Udo Lindenberg, der viel erreicht hat und gute Aktionen für junge Leute gegen Rechts veranstaltet hat.

Eines Tages lud Gerhard Horstmeier Wolfgang zur Talkshow »Leute« im Café Kranzler mit den Moderatoren Elke Heidenreich und Wolfgang Menge ein. Zu Gast war außerdem Richard von Weizsäcker, damals Berlins Regierender Bürgermeister. Er war ein guter Freund von Wolfgang und hielt sehr viel von ihm.

Am Tag der Sendung, dem 5. Dezember 1983, zwei Tage nach Wolfgangs 60. Geburtstag, schmiss er alle aus seiner Wohnung raus. Nur ich durfte noch bei ihm bleiben. Er besprach mit mir, wie er seinen Auftritt beginnen wolle. Von Weizsäcker hatte ihm zum Geburtstag ein Telegramm geschickt. Das wollte er auch kabarettistisch in der Talkshow verarbeiten. »Ich werde dann das Telegramm in die Hand nehmen und vorlesen: Auf deutschem Boden darf nie wieder ein Joint ausgehen. Und Sie Herr Neuss, Sie dürfen ab sofort ›ich zum Haschisch sagen.« Wolfgang grinste mich an. Wir fuhren los. Nach wenigen Minuten fiel mir ein, dass er das Telegramm möglicherweise gar nicht mitgenommen hat, weil er es einmal vor Wut in die Ecke geworfen hatte. »Hör mal Wolfgang. Hast du das Telegramm eingesteckt?« Da guckte er mich nur von oben bis unten an und zischte: »Idiot!« Und ich musste herzhaft lachen. Denn egal, was man manchmal über diesen Mann dachte. Er ging doch nicht aus dem Haus, ohne sein »Opening« mitzunehmen.

Im Café Kranzler gingen wir zum Garderoben- und Maskenbereich. Da saßen nun Wolfgang Neuss und Richard von Weizsäcker – ein kurioses Pärchen. Beide plauderten munter drauf los und Wolfgang nannte von Weizsäcker da immer schon »Ritschie«. Ich musste schmunzeln, aber ich verstand, dass sich hier zwei Männer einer Generation unterhielten. Der eine, von Weizsäcker, Jahrgang 1920, der andere, Neuss, Jahrgang 1923. Was anderen respektlos erschien, war nicht so gemeint.

In der Talkshow lieferte Neuss, zahnlos, mit langem Zopf und zuvor einen guten Joint geraucht, einen Auftritt der Extraklasse ab, ein Feuerwerk der Pointen. Er mutmaßte: »Wenn Kinder wählen dürften, würde ich Bundespräsident. Die wollen einen Clown, einen so wie mich.« Diese Sendung machte Fernsehgeschichte, denn Neuss griff den designierten Bundespräsidenten von Weizsäcker kabarettistisch frontal an. Legendär sein Satz: »Eh, Ritschie, du bist doch nicht der Intellektuelle in der Familie.« Ein Raunen ging durchs Publikum, dann Gelächter. Denn der Intellektuelle in der Familie von Weizsäcker ist Richards Bruder Carl Friedrich, Physiker und Philosoph, der mit seinen

Arbeiten und Beiträgen u.a. zur Astrophysik, Naturphilosophie oder Friedensforschung weltbekannt wurde.

Dann sagte er in die Kamera: »Guckt mal. Ich sitze hier, bin prominent und rauche Hasch. Und ich hab' dadurch keinen Ärger. Und andere sitzen dafür im Gefängnis. Unmöglich!« Die Polizei machte deshalb zwei Tage später bei ihm eine Razzia.

Die Talkshow mit König Richard »Silberlocke« und Wolfgang »scharfe Klinge« Neuss wurde in den Folgejahren immer wieder im Fernsehen ausgestrahlt und bekam sogar eine Auszeichnung. Als Dankeschön, dass ich Wolfgang Neuss vermittelt hatte, lud man mich kurze Zeit später in die »Leute«-Sendung ein. Dort lernte ich den jungen und noch relativ unbekannten Thomas Gottschalk kennen.

In den 60er Jahren lief im Fernsehen der sechsteilige Durbridge-Krimi »Das Halstuch«. Die Krimireihe war ein absoluter Straßenfeger und erreichte seinerzeit 89 Prozent Einschaltquote.

Am Abend der letzten Folge im Jahr 1962 hatte Wolfgang Premiere mit seiner Show in der »Lützow Lampe« in Berlin. Ihm war klar, dass kaum einer zu ihm kommen würde, weil alle den letzten Teil des Krimis sehen wollten. Also verriet er via Anzeige in der Berliner Zeitung »Der Abend« vor Ausstrahlung der letzten Folge den Täter: »Dieter Borsche ist der Halstuchmörder: Kommt heute Abend zu mir in die Show«. Das hatte Wolfgang von seiner Mutter gehört, die die Frau von Borsche angeblich zufällig beim Friseur getroffen hatte. Ein Schrei der Empörung ging durch das Land. Abends um 20 Uhr in der »Tagesschau« war das sogar ein Thema. Wäre das dort nicht besprochen worden, hätte doch vor der Ausstrahlung des Krimis, bis auf die »Abend«-Leser, nie einer erfahren, wer der Mörder ist! So wusste das ganz Deutschland. Bei späteren Verfilmungen der Durbridge-Drehbücher drehte man, um einem eventuellen »Verrat« vorzubeugen, mehrere Schlussszenen mit unterschiedlichen Tätern.

Diese Geschichte brachte Wolfgang viel Ärger ein. Er galt von nun an in bestimmten Kreisen der Gesellschaft als gefährlich und skandalumwittert.

Neuss stieg auch ins Werbegeschäft ein. Er lächelte für Weinbrand und Zigarren. Eine Strumpffabrik zahlte 125 000 DM, dafür sollte der Filmstar in mehreren Kino- und Fernsehspots zu sehen sein, die nach seinen Ideen gedreht wurden: Neuss trat einen Fernseher ein, neben sich eine fast nackte Schönheitskönigin, die sich Strümpfe anzog. Die Mattscheibe ging zu Bruch, der Fuß blieb unverletzt. Neuss lächelte in die Kamera: »Das machen nur die Strümpfe. NUR DIE. Sonst ist das

Gerät nicht kaputt zu kriegen.« Das hatte Folgen: Ein Protest des Verbandes der Fernsehgerätehersteller, die Freiwillige Selbstkontrolle gab den Spot nicht frei, der Auftraggeber verfügte den Produktionsstopp und verklagte Wolfgang auf Vertragsbruch – Streitwert: 250 000 DM.

Schade, dass Wolfgang nicht mehr miterleben durfte, wie die Mauer im November 1989 fiel. Er hatte sich mit diesem menschenunwürdigen Bauwerk in seinen Stücken oft auseinandergesetzt, wie zum Beispiel bei einem Auftritt am 17. Juni 1985 im Varieté-Salon, dem alten historischen Kinosaal der ufaFabrik:

»Die Berliner Mauer – Unsere Gedächtniskirche für Gehirnpygmäen. Unsere Berliner Steinlinie. Unsere ständige Stabhochsprungmöglichkeit. Die Ulbricht-Barrikade. Die Nikita-Chruschtschow-Geisel. Die blutigen Rolling Stones im Herzen des Braunen Riesen. Die Mördersteine von Peter Fechter. Der Zaun der Gottlosen und Atheisten.

Die Mauer – Eine Bauhaus-Produktion aus dem Hause Stasi. Die geistloseste Idee seit den Steinigungen von Bethlehem. Ein Plakat für Brutalität und Ohnmacht.

(...) Schaut auf diese Stadt! Seit es die Mauer gibt, sind wir eine einzige Großfamilie in West-Berlin geworden. Unsere Umgangsformen haben sich seit jenem 13. August völlig verändert. Die Schandmauer hat uns zu feuerfesten Sozialdemokraten gemacht. Seitdem sprechen wir nicht Hochdeutsch, sondern ›Hochdutschke‹. Es gibt Geld für Standortbenachteiligung. Es gibt Vorteile, Steuerparadiese für Arme. Es gibt Wonnen der Gewöhnlichkeit im Europacenter. Traumschiff ICC. Der Bauboom, ein Mauerprodukt. Die ständige Anklage mitten in der Stadt. Und doch würde Kennedy nicht mehr rufen ›Ich bin ein Berliner‹. ›Ich bin ein Mercedes‹ würde er heute in die Massen rufen. Und hinter all dem noch mehr; die Mauer als Energiespender. Seit die Ostberliner Soldaten die Steine geschichtet haben, sind durch zwei Millionen West-Berliner Gehirne ununterbrochen Ideen produziert worden, wie man diese Gemeinheit überwindet. Kleine Schritte, Passierscheine und wie man es schaffen kann, daß einen dieses Ding gar nicht tangiert, wenn man hier schon mal lebt. Was nicht mal der Zweite Weltkrieg geschafft hat, die Mauer hat's gebracht. Die ekelhaftesten Leute haben die Stadt verlassen. Nur die Verrücktesten sind in Berlin geblieben. Menschen, die es ganz gern haben, wenn privat und öffentlich nicht mehr zu unterscheiden ist. Denn, das hat die Mauer uns beschert: Eine städtische Intimität, was noch nicht mal das West-Berliner Regionalfernsehen vertuschen kann. Wenn die ›Abendschau‹ über die Mauer berichtet, liegt meistens düstere Musik drunter. Und der Sprecher tönt mit Bußtagsstimme ›... der so und

so vielte Mauertote, ach Deutsche, schießt doch nicht auf Deutsche‹. Und spätestens da kommt man wieder drauf. So fantastisch die Mauer unsere Lebensqualität beeinflußt, unser Bewußtsein öffnet, unser Lebensgefühl anstachelt; an manch falscher ›Abendschau‹-Bemerkung kommt man unweigerlich zum Impuls. Die Mauer ist gebaut worden, mit dem widerlichen Gedanken, ein paar Tote könnten Millionen Tote sparen. Das ist ungefähr so eklig wie ›Deutsche, schießt doch nicht auf Deutsche‹.«

Ich versprach Wolfgang, dass ich ihn nicht allein lassen und immer vorbeikommen würde. Einziehen wollte er bei uns nicht. Dazu hatte er sich zu sehr an seine eigene Welt gewöhnt.

Als Wolfgang am 5. Mai 1989 starb, war ich nicht bei ihm. Eigentlich war ich mit ihm verabredet. Ich hatte aber an diesem Tag so viel zu tun, dass ich es nicht schaffte. Da Wolfgang kein Telefon besaß, konnte ich ihm nicht einmal Bescheid sagen.

Ich bedaure es sehr, dass ich mich nicht persönlich von ihm verabschieden konnte. So aber wurde Wolfgang, dem begnadeten Kommunikator, der seine letzten Worte sagen wollte, gleich die Sauerstoffmaske über den Kopf gestülpt. In der Zeit, wo er sich von der Welt verabschieden wollte, hatte ihn der Arzt so beschäftigt, dass er binnen kürzester Zeit tot war. Was für ein Abgang!

Ich würde viel darum geben, wenn ich die letzten Worte von Wolfgang hätte hören können. Wolfgang war der erste Tote in meinem Freundeskreis. Und da beschloss ich, dass uns so etwas nie wieder passieren sollte. Ich wollte mit Arnulf Rating von den »3 Tornados«, Mathias Bröckers und der Journalistin René Zucker einen Verein mit dem Namen »Letzte Hilfe« gründen. Wir trafen uns alle vier Wochen zu Diskussionsrunden unter anderem mit Männern und Frauen, die in Beerdigungsinstituten arbeiteten. Unser Ziel war es, Sterbende, auf ihrem Weg zu begleiten. Allein zu sterben und niemanden an seiner Seite zu haben, von dem man sich verabschieden kann – das muss die Hölle sein.

Seitdem passen wir besser auf unsere Freunde auf. Bei Günther von den »3 Tornados«, bei Dawn, der Mutter von Frido, die mit Manni Spaniol zusammen war, bei unserem ältesten Kommunemitglied Walter, beim kleinen Leon und bei Rich, dem Gründer unserer Bäckerei, der an Lungenkrebs starb, machten wir es besser. Wie er auf seinem letzten Weg von Liz, Uta, Gabi und all den anderen Mitgliedern der ufaFabrik begleitet wurde, das war einfach wunderbar. Kein noch so reicher Hollywoodstar hätte so sterben können, wie unser Rich gestorben ist.

Wie kommt einer auf die Welt und wie geht er von ihr? Und ich kam zur Erkenntnis, dass ich mir, wenn ich gestorben bin, mehr Sorgen um mich machen muss als um den Tod. Denn wie heißt es in unserer christlichen Welt? Die Seele hält sich drei Tage in der Nähe des Leichnams auf. Deshalb hat man in früheren Zeiten, und auch heute noch in anderen Kulturen, die Toten tagelang zu Hause aufgebahrt, damit Angehörige und Freunde gebührenden Abschied nehmen können.

Und wie sieht es heute aus? Da wird die Leiche gleich in ein Leinentuch oder Plastiksack gelegt, um den dicken Zeh eine Nummer gewickelt, der Reißverschluss zugemacht und dann geht es ab ins Leichenhaus. Statt im Kreise der Freunde zu liegen, die Lebewohl sagen, wird man mit 200 anderen unterkühlten Toten in der Leichenhalle untergebracht. Da kann man doch nur in Angst und Schrecken geraten, wenn man sieht, wie bei uns mit Menschen umgegangen wird, die sich aus dem Leben verabschieden.

Ich bedaure, dass man in Deutschland die Asche des Verstorbenen nicht in einer Urne mit nach Hause nehmen darf. Warum schreibt man uns vor, wie wir mit den sterblichen Überresten unserer Angehörigen und Freunde umzugehen haben? Ich hätte gerne auf unserem Gelände einen »Raum der Erinnerung«, wo die Asche aller Verstorbenen steht. Und wann immer man will, geht man dorthin, macht sich ein paar Kerzen an und denkt an sie. Dort wäre der Geist aller Menschen spürbar, die einen wichtigen Beitrag für die ufaFabrik geleistet haben.

Auf einer Veranstaltung im Rathaus Schöneberg zu Ehren von Menschen, die ehrenamtlich Gutes getan hatten, hielt ich für das Ehepaar Gisela und Gerhard Brandes die Laudatio. Sie hatten in dem Mietshaus, in dem sie wohnten, einen Behinderten über viele Jahre ehrenamtlich unterstützt. Neben Berlins Regierendem Bürgermeister Eberhard Diepgen, dem Vorsitzenden der Jüdischen Gemeinde Heinz Galinski, Bischof Kruse und Fernsehstar Hans Rosenthal appellierte ich als Schirmherr bei der Aktion »Ich für Dich« an mehr Menschlichkeit in unserer oft so kalten Gesellschaft. Ich ging ans Mikrofon und sagte: »Ich war vor Jahren selber mal im Krankenhaus. Und da habe ich gesehen, wie in dieser Gesellschaft mit Menschen umgegangen wird. Da ist einer 80 oder 90 Jahre alt, der sich von seinen Freunden und von der Welt verabschieden will. Doch wie sieht die Wirklichkeit aus? Wenn heute einer im Sterben liegt, dann sagen doch die Verwandten: Ach du lieber Gott, auch noch einen Toten in der Wohnung, als hätten wir nicht genug Action im Alltag. Da sollen die doch mal was machen. Wozu haben wir denn so viele Jahre die Versicherung bezahlt? Und schon kommt der Krankenwagen angefahren. Der Sterbende will eigentlich noch tschüß sagen, schon wird er auf die Bahre gelegt. Mit Blaulicht geht es geschwind ins Krankenhaus. Gleich kriegt er eine Kanüle gelegt und ›Speed gespritzt. Da müssen wir uns doch mal überlegen in unserer Welt, wie tief sind wir gesunken, wenn unsere Alten schon beim Sterben Überstunden machen müssen, nur damit Bayer Leverkusen keine Arbeitsplätze verliert!«

Totenstille im Saal. Dann donnerte ein Riesenapplaus. Ich steckte dem Ehepaar die »Goldene Ehrennadel« ans Revers. Und es machte mich stolz, das Lächeln der Beiden zu sehen.

Wolfgang würde sich mit Sicherheit darüber freuen, dass wir in der ufaFabrik einen Saal nach ihm benannt haben. Peinlich genug, dass die Stadt Berlin es nicht geschafft hat, eine Straße nach ihm zu benennen. Dafür gibt es reichlich Straßen mit Namen von Generälen, die Menschenleben auf dem Gewissen haben und verantwortlich für zahlreiche Bombenabwürfe sind.

»Oh we can be Heroes

Just for one day«

David Bowie

»Terra Brasilis« 1989 auf dem Roten Platz in Moskau.Es war ekelhaftes, nasskaltes Wetter. Wenn es nicht ein historischer Moment gewesen wäre, wir wären glatt im Bus sitzen geblieben. Trotz des einsetzenden Sturmes und stärker werdendem Regen ließen wir uns nicht davon abhalten, zu spielen.

Trommeln um die Welt

Durch den englischen Manager vom »Footsbarn Theatre«, John Kilby, hörte ich 1988 zum ersten Mal von der Idee, eine Künstler-Karawane von Moskau über Berlin bis Paris für das Jahr 1989 ins Leben zu rufen. Ich war sofort fasziniert von diesem Plan. Da wir für unser zehnjähriges Jubiläum sowieso noch auf der Suche nach einer spektakulären Veranstaltung waren, schien mir die »MIR-Caravane« genau das Richtige zu sein. Begeistert traf ich mich gleich mit Scotty und Rudolf im Büro. Rudolf ist ein Finanzexperte und in allen Geldangelegenheiten bewandert. Ein echter Kosmopolit, in Brasilien geboren und in der Stadt der Kaufleute, in Hamburg, aufgewachsen.

»Warum sollen wir ein Straßentheater machen? Lasst uns doch dieses Festival mit inszenieren«, machte ich mich für dieses einmalige Projekt stark.

Ich ließ mir schriftliche Unterlagen zur »MIR-Caravane« geben und wusste, dass mir nur ein Mann helfen konnte, wenn es um finanzielle Unterstützung ging: Berlins Kultursenator Volker Hassemer. Ich traf ihn auf einer Pressekonferenz zur Veranstaltung »Wannsee in Flammen«, auf der wir mit einigen Künstlern vertreten waren. Nach der Pressekonferenz trat ich an Volker heran, der auf den Wannsee blickte. »Mensch, Volker«, begann ich, »ich habe eine Superidee!« Hassemer drehte sich zu mir herum. »Na was denn, Juppy?« »200 Künstler von Ost und West: Moskau, Berlin, Paris.« Ich spürte, wie das Interesse bei ihm wuchs. Ich zeigte ihm das Konzept. »Es würde etwa eine Million Mark kosten, aber es ist eine Sensation!« Hassemer nahm das Konzeptpapier an sich.

Der Kultursenator war unglaublich engagiert und wir bekamen das erste Geld für das Projekt, das die Künstler der »MIR-Caravane« vom 14. bis 30. Juli 1989 nach Berlin führen sollte. In fünf Veranstaltungszelten auf der Straße des 17. Juni, direkt an der Siegessäule, sollten 200 Künstler spielen. Als in den anderen teilnehmenden Städten bekannt wurde, wie sehr sich Berlin ins Zeug legte, flossen auch dort die nötigen Gelder zur Unterstützung dieser ungewöhnlichen Aktion.

Der bekannte Clown und Komiker Slava Polunin von »Licedei« aus dem ehemaligen Leningrad und heutigem St. Petersburg, der später im »Cirque du Soleil« Regie führte, hatte ursprünglich die Idee einer solchen Karawane. Zwei sowjetische Generäle hatten die bekannte russische

Clownstruppe »Licedei« gesehen und waren von deren Show begeistert. Nach einer Show in Moskau sprach Slava mit den beiden und unterbreitete ihnen seine Vision einer Karawane von Moskau über Berlin bis Paris. Sie waren sehr angetan und schlugen ein. Ihnen war es zu verdanken, dass das Festival als erstes seiner Art in Moskau stattfinden konnte.

Für die »MIR-Caravane« wurde der Eiserne Vorhang für Künstler aus dem Osten und dem Westen geöffnet. Diese Kulturbegegnung führte uns im Frühjahr 1989 in die Hauptstadt der Sowjetunion. Am frühen Morgen flogen wir vom Flughafen Berlin-Schönefeld nach Moskau. Am Schwarzen Brett in unserer Gemeinschaftsküche hing ein großer Zettel, auf dem stand: »Abfahrt – Moskau – 5.45 Uhr«. Wolfgang Neuss sagte schon immer: »Ab 5.45 Uhr wird zurückgelächelt.« Und das war unser Motto auf dem Weg in die Sowjetunion.

Für mich kamen beim Gedanken an Moskau Erinnerungen aus der Kindheit hoch. Mein Vater war als Soldat nur wenige Kilometer vor Moskau stationiert gewesen und hat die Stadt durchs Fernglas gesehen. Im Flugzeug traf ich einen sehr netten Mann, der für die Botschaft der DDR in Moskau arbeitete. Ich ließ mir berichten, wie das Verhältnis zwischen Deutschen und Russen ist: »Jeden Sonntag kommt mein Sohn mit einem blauen Auge oder einer blutigen Nase nach Hause. Was meinst du, was die Russen nachmittags im Fernsehen zeigen? Die zeigen doch nicht ›Jim Knopf und Lukas der Lokomotivführer‹. Die zeigen, wie die glorreiche Rote Armee die deutschen Faschisten vertrieben hat. Und dann hauen sie dem deutschen Jungen auch mal eins aufs Auge.« Ich war emotional aufgewühlt und nahm mir vor: Wenn in Moskau einer zu mir sagt, Hey, du deutscher Faschis«, dann werde ich ihm antworten, du tickst wohl nicht richtig, du musst dich mal umgucken auf der Welt, die Zeiten ändern sich, du musst aufpassen, dass du nicht der bist, für den du mich hältst. Ich wollte bewusst als »deutscher Junge« auftreten, um zu zeigen, dass die Dinge, die schief gelaufen sind, wieder in Ordnung gebracht werden müssen.

Kein Einziger sagte in den sieben Tagen, in denen wir in Moskau waren, »Faschist« zu mir. Ich traf auf wunderbare Menschen. Es war uns eine Ehre und eine Freude, hier spielen zu dürfen.

Die Einreise in die Sowjetunion verlief völlig unproblematisch, die Rote Armee hatte Wort gehalten und ohne große, umständliche Formalitäten die Grenze für die Künstler der »MIR-Caravane« geöffnet.

Als wir in Moskau ankamen war ich echt geschockt. Einige von unserer Künstlergruppe waren zuvor schon in Brasilien gewesen und hatten immer von der »Dritten Welt« gesprochen. Als sie die sowjetische Hauptstadt sahen, da fiel ihnen für Moskau nur der Begriff »Vierte Welt« ein. Und mir dämmerte, dass sich schleunigst etwas an den wirtschaftlichen, politischen und gesellschaftlichen Verhältnissen im Ostblock ändern musste, wenn nicht eines Tages Millionen von Russen aus Hunger vor den Toren Berlins stehen sollten, weil die westliche Welt für sie das »Gelobte Land« bedeutete, in dem Milch und Honig fließen.

Die »Caravanseraj-Moskau«, aufgebaut im Park der Sovjetski Armii, bot für uns westliche Beobachter ein ungewohntes Bild: Friedliches Miteinander von Soldaten, Militärpersonal, russischen Familien und verrückten Theaterfreaks.

Zu Mittag aßen wir – auf Einladung der Roten Armee – im Veteranenklub, wo die Obersten Generäle speisten. Als ich die alten Männer so beim Mittagessen sitzen sah, hochdekoriert, kaum ein Zentimeter ohne eine Auszeichnung und einen Orden an der Uniform, kam mir eine Idee. Ich zog meine kurz geschnittene, rote Zirkusjacke an und heftete mir auch einige Orden ans Revers. So ging ich dann zum Mittag in den Speisesaal wie der Oberste General höchstpersönlich. Verwirrte Blicke und Gemurmel begleiteten mich. Drei Tage lang machte ich das. Ich wollte sie zum Nachdenken bringen. Denn was nutzt dieser ganze, riesige militärische Apparat, wenn ein Volk sich nicht entwickeln darf, sondern im Gegenteil unter solch militärischer Vergangenheit und Gegenwart leidet und drangsaliert wird?

Wir spielten in der Eröffnungswoche der »MIR-Caravane« Varieté und mit unserer Sambaband »Terra Brasilis« in einem Freilufttheater vor jeweils 2 000 Zuschauern, ausverkauftes Haus. Es war ein leidenschaftlich mitgehendes Publikum. Ich hatte meine Ansagen als Conferencier auf Russisch gelernt. Das löste beim Publikum natürlich gleich gute Stimmung aus. Die anfängliche Unsicherheit war sofort verflogen und der Funke sprang über: Begeisterung auf den Bänken und bei uns auf der Bühne. Nach der Pause zogen wir dann mit heißen Sambarhythmen durchs Publikum. Die Leute lachten, freuten sich und klatschten spontan mit. Für alle Musiker war das völlig unerwartet. Viel eher rechneten wir mit abwartender Skepsis. Das Konzert dauerte viel länger als geplant. Am zweiten Abend brachten Zuschauer bereits eigene Instrumente mit. Kuriosester Mitspieler war ein Russe, der aus dem Stahl einer Sense die schönsten Klänge und Rhythmen zauberte.

Nach insgesamt zwei Auftritten gelang unserem Ensemble dann der Knüller der Reise. »Wen interessiert es schon, ob ein Holländer oder

Engländer auf dem Roten Platz steht? Es ist wichtig, dass wir als Deutsche auf dem Roten Platz stehen! Wir sollten dort eine Einlage mit unserer Sambagruppe machen. Versuch das in die Wege zu leiten. Das ist das Wichtigste, weswegen wir überhaupt nach Moskau fahren. Die Leute sollen einfach mal ein paar nette Deutsche kennen lernen und sehen, dass sich die Zeiten geändert haben!«, sagte ich Rudolf, lang bevor er noch vor uns für die Vorbereitungen nach Moskau reiste.

Und Rudolf schaffte es. Noch einen Tag, vor unserem Abflug nach Moskau, rief er mich an und sagte: »Bring Dollar in kleinen Scheinen mit. Das ist das Einzige, was hier funktioniert.« Wir brachten mehrere 100 Dollars, gebündelt in kleinen Scheinen nach Moskau.

Nach dem Mittagessen im Veteranenklub holte uns ein Offizier ab. Auf dem Mercedesdach blinkten blaue Lampen. Mit dem Offizier an der Spitze der Wagenkolonne wurden wir aus dem Park herausgelotst und kamen auf eine fünfspurige Straße. Alle anderen Autos mussten stoppen, wir fuhren über rote Ampeln ohne einmal anzuhalten. Ich sagte in die Runde: »Wenn die Polizei nicht hinter uns fährt, sondern vor uns, haben wir doch schon einiges erreicht!«

Wir kamen in Rekordgeschwindigkeit zum Roten Platz.

Im Hintergrund das Lenin-Mausoleum und der Kreml, in dem Gorbatschow gerade dem Zentralkomitee der KPdSU über seine China-Reise Bericht erstattete.

Claus Richter hatte sich, nach vielen Überredungsversuchen, doch dazu entschlossen, in seine zweite Haut als »Charlie Chaplin« zu schlüpfen.

Ein Wachsoldat vom Kreml näherte sich uns. Der Soldat mit der Uniformmütze auf dem Kopf, »Charlie Chaplin« mit der für ihn typischen Melone. Er ging auf den Soldaten zu und tauschte mit ihm die Mütze. Ich stand dort, inmitten der Sambagruppe, und dachte nur: Das ist doch wirklich unglaublich. Der »Große Diktator« mitten auf dem Roten Platz in Moskau. Arm in Arm mit der Roten Armee! »Charlie Chaplin« und der Soldat nahmen zusätzlich noch das Schild von der »MIR-Caravane« in die Hände und tauschten Bruderküsse aus.

Nach unserem Auftritt stand plötzlich ein sowjetisches Fernsehteam vor mir. »Wie fühlt man sich denn so als Deutscher auf dem Roten Platz?«, lautete gleich die erste Frage. »Na, wie wir hier die Herzen erobern, das lässt sich ja sogar der Russe gerne gefallen. Wenn es mal so unsere Väter gemacht hätten, wären wir schon vor 20 Jahren hier gewesen«, antwortete ich. Abends wurde dieses Interview im Fernsehen ausgestrahlt. Wir kauften den TV-Leuten das Band für 500 Dollar ab und verkauften es in Berlin an RIAS-TV für 2 500 DM. So hatten wir die Investition schon wieder raus.

Die Moskauer Prawda vom 21. Mai 1989 berichtete auf der Titelseite(!) über die »MIR-Caravane«. Wir waren die erste westliche Musikgruppe, die auf dem Roten Platz spielen durfte.

…РИИ ВСЕХ СТРАН, СОЕДИНЯЙТЕСЬ!

Орган Центрального Комитета ВЛКСМ

КОМС…ЛЬСКАЯ ПРАВДА

Основана в мае 1925 г. ● № 116 (19516) ● Воскресенье, 21 мая 1989 г. ● Цена 3 коп.

ДИАЛОГ

Задавайте вопросы!

Съезд в прямом эфире?

VII пленум ЦК ВЛКСМ

ПИОНЕРЫ ЖДУТ ПЕРЕМЕН

ПОСТАНОВЛЕНИЕ VII ПЛЕНУМА ЦК ВЛКСМ

О проекте обновления деятельности ВПО им. В. И. Ленина

ПОСТАНОВЛЕНИЕ VII ПЛЕНУМА ЦК ВЛКСМ

О статье 11 Указа Президиума Верховного Совета СССР «О внесении изменений и дополнений в Закон СССР «Об уголовной ответственности за государственные преступления» и некоторые другие законодательные акты СССР».

Вместо ДНД?

«Буран» на приколе?

ЧП в Тамбове?

Что мы знаем о Горбачеве?

Смех без визы

По дорогам Европы пропагает маршрут международного «Каравана мира»

КАЖДЫЙ ДЕНЬ НА Э…

Снята о…

Durch die Moskau-Reise konnte ich nicht auf der Beerdigung meines Freundes Wolfgang Neuss im Mai 1989 in Berlin sein. Doch er hätte es verstanden, da bin ich mir sicher. Wir pflanzten ihm in einem Moskauer Park einen Ginkgo-Baum von Ben Wargin.

Die »MIR-Caravane« rückte immer mehr in den Fokus der Öffentlichkeit. Sie hatte sich längst nicht mehr auf die drei Ursprungsstädte beschränkt. Die Künstlerkolonne zog von Moskau nach Leningrad, dann weiter nach Prag, Warschau, Kopenhagen, Genf, um als Endziel einer faszinierenden Kulturidee Paris anzusteuern.

Im Juli '89 machte die »MIR-Caravane« Station in Berlin. 200 reisende Künstler, darunter spanische, italienische, englische, niederländische, belgische, deutsche, polnische, tschechische und russische Artisten waren gekommen.

Wir machten einen großen Straßenumzug und wollten dann eigentlich mit den Wagen ans Brandenburger Tor heranfahren, über die Mauer klettern und durch das Tor laufen. Aber die russischen Künstler hatten Angst. Später, als dann die Mauer gefallen war, kam Slava Polunin zu uns und bedauerte, dass wir nicht das Risiko eingegangen waren.

Als am 9. November 1989 die Mauer fiel, kamen viele aus dem Ressort des Kultursenators zu uns und sagten: »Junge, Junge. Ihr habt das ja auch ein Jahr vorher schon vorbereitet. Ihr habt im Grunde genommen bei der ›MIR-Caravane‹ das gespielt, was jetzt Wirklichkeit ist.«

Diese »Kulturkarawane« war eine echte Sensation. Danach wurden wir als ufaFabrik endgültig vom Kultursenator ernst genommen. Wer uns bis dahin noch für Spinner gehalten hatte, musste nun einsehen, wozu Kultur fähig war und ist. Sie kann Völker verbinden, sie baut Brücken der Verständigung und sie hilft Vorurteile abzubauen. Berlin erwies sich als wichtige Achse zwischen Moskau und Paris und als Herz Europas. Das sind die Signale, die von dieser Stadt ausgehen, deren Bedeutung, als Bindeglied zwischen West- und Osteuropa, als »Tor zum Osten« bis nach Istanbul, im 21. Jahrhundert immer mehr zunehmen wird.

Ich muss es zugeben: Ich habe den historischen Augenblick leider einfach verschlafen! Am Abend des 9. November 1989 schaute ich mir im Büro gemeinsam mit Scotty im Fernsehen ein Fußballspiel an. Plötzlich gab es eine Unterbrechung. Es folgten politische Statements und Einschätzungen darüber, dass die Mauer gefallen wäre. Ich ging in unsere Küche und traf dort auf einige Leute. »Wir fahren mal ans Brandenburger Tor und an die Mauer«, sagten sie zu mir. Irgendwie habe ich das gar nicht richtig für voll genommen und bin früh zu Bett gegangen.

Am nächsten Morgen, einen Tag vor meinem 41. Geburtstag, stand ich gegen halb neun Uhr auf. Ich hatte eine riesige Wut und Spannung in mir und wusste gar nicht, woher das kam. Ich ging zum Frühstück in die Küche und alle starrten mich erwartungsvoll an. »Mensch, Juppy! Hier waren Leute aus Ost-Berlin, die bei uns gefrühstückt haben. Und einige von uns waren auch schon drüben!« Ich war sauer und schrie: »Ja, wieso hat mich denn nicht mal einer angerufen?«

Ich fuhr nachmittags mit den Sambatrommlern von »Terra Brasilis« an die Berliner Mauer. Wir kletterten rauf, vor uns etwa 10 000 Menschen.

Wir waren die erste Gruppe, die an der Mauer Kultur präsentierte. Überall standen Fernsehsender aus der ganzen Welt. Das brasilianische Fernsehen bat uns, als sie wieder live auf Sendung gingen, für alle Sambafans in Brasilien zu trommeln. Dieses Bild ging um die Welt. Jeder Sender machte natürlich seine ganz spezielle »Mauer-Geschichte«. Am nächsten Tag bekamen wir Anrufe aus Kuba und Brasilien. Im brasilianischen Fernsehen sagten sie: »Mit brasilianischer Sambamusik fällt das Bollwerk des Kommunismus.«

20 Jahre ufaFabrik am 9. Juni 1999. Uta und ich vor dem Plakat »MIR-Caravane« von 1989.

Hätten wir die ersten Tage ununterbrochen an der Mauer gespielt, ich glaube, wir wären mit »Terra Brasilis« in fünf Tagen so berühmt geworden, wie die »Rolling Stones«, die 30 Jahre dafür hart arbeiten mussten. Doch Veranstaltungen in der ufaFabrik, wie zum Beispiel ein Mesaritual mit dem peruanischen Schamanen Gerardo Pizarro, die wir nicht absagen wollten, verhinderten diesen möglichen Ruhm. Doch darum ging es uns ja nicht.

Nach dem Mauerfall traf ich viele hochbegabte Künstler aus Ost-Berlin und der DDR, zu denen tiefe Freundschaften entstanden. Kurz vor unserer Silvester-Show 1989 lernte ich »Eddy und Locci« aus Potsdam kennen. Sie hatten sich mit mir verabredet, um zu fragen, ob sie mit ihrer Clownsnummer in der Show dabeisein könnten. Bei den beiden handelte es sich um ein Clownspaar, der eine mit ganz »normaler« Körpergröße, der andere ein Zwerg, bei dem die Arme und die Beine kürzer waren, als bei einem »normal« gewachsenen Menschen. Ich baute die beiden in die Show ein.

Wolfgang Neuss hatte mir von einer seiner Nummern erzählt, in der ein Zwerg mitspielte. Weil sich Neuss den Text nicht merken konnte, legte er ein Buch vor sich hin. Wenn die Seite fertig war, trat er dem Zwerg in den Hintern, damit er umblätterte. Die Zuschauer schauten verschämt und betroffen. Nur wenige lachten. Dann sagte Neuss: »Ich mach' das ja nur, damit jeder mal sieht, wie man hierzulande mit kleinen Leuten umgeht.« Den Applaus hatte er jetzt auf seiner Seite.

Beim Auftritt von »Eddy und Locci« gab es Standing Ovations. Eddy, dem Zwerg, liefen die Tränen die Wangen herunter. Er griff sich ein Mikrofon und sagte: »Ja, es ist das erste Mal, dass wir aus dem Osten

10. November 1989: Mit »Terra Brasilis« standen wir auf der Berliner Mauer, ohne unsere Bühnenkostüme an diesem kühlen Nachmittag und legten los.

hier im Westen auftreten.« Dreimal mussten die beiden danach noch auf die Bühne. Die Begeisterung ebbte nicht ab. Als das Pärchen dann hinter die Bühne kam, stemmte der kleine Eddy die Fäuste in die Taille, wackelte mit der Hüfte und sagte: »Wo sind denn hier die Weiber?« Genau das hatte der Zwerg in der Kabarettshow von Neuss auch jeden Abend in der Garderobe zu Wolfgang gesagt. Mir traten die Tränen in die Augen, ich konnte mich vor Lachen nicht mehr halten.

Um Mitternacht waren wir am Telefon via Satellitenschaltung mit der ganzen Welt verbunden. Mickey Remann, früher deutscher Übersetzer in den Shows von David Copperfield und Erfinder von »Liquid Sound«, und ich riefen in Tahiti an, wo sie einen Song einstudiert hatten. Danach Rio de Janeiro. Dudu Tucci war am anderen Ende. Er hatte uns einst die Sambamusik nähergebracht. Ich sagte zu ihm: »Wir stehen hier in der ufaFabrik auf der Bühne, auf der auch du schon oft gestanden hast. Vor mir ›Terra Brasilis‹. Ich dachte, dass du das Kommando geben kannst, damit die Samba-Gruppe weiterspielen kann.« Und er gab verbal die Taktfrequenz an, »Terra Brasilis« starteten durch, der Saal tobte. Es war eine rauschende Silvesternacht.

Ich war danach viel im östlichen Teil der Stadt unterwegs, um befreundete Künstler zu treffen. Ich sagte dann immer zu ihnen: »Guckt mal, Leute. Ich komm' hier rüber, schau' mich um und sage jetzt für mich: Donnerwetter, sind wir ein Riesenstück größer geworden hier. Ist doch super! Und ihr müsst rüberkommen, lauft durch das KaDeWe und sagt: Super, alles unsers jetzt! Wenigstens denken müsst ihr so!«

Eines Tages lernte ich Leute aus Zittau kennen. Nach der Wende gründeten sie dort eine Kommune. Sie wurden zum Teil mit Steinen beworfen, weil sie sich Kommune nannten und wussten gar nicht, wie sie in Ruhe leben können. Sie besuchten uns in der ufaFabrik. Zu unserer Freude sahen sie uns stets als Vorbild an. Ich dachte, dass sie das besser machen könnten und riet ihnen: »Fahrt mal ein halbes Jahr nach Amsterdam und guckt euch an, wie dort die Leute mit ihrer Welt umgehen. Und dann fahrt ein halbes Jahr nach New York oder nach Los Angeles und dann guckt ihr euch dort um, wie die für ihren Dollar arbeiten. Dann kommt wieder zurück und ich sage euch, ihr seid über dem Mittelmaß von dem, was die meisten Westdeutschen vom Umgang mit der D-Mark wissen, hinaus. Haltet euch nicht nur an uns, da seid ihr immer nur die Schüler, ihr müsst eure eigenen Stärken entwickeln.«

Einer aus der Kommune machte es. Er wurde Bürgermeister von Zittau.

Über den Schweizer Heinz Buri von Berlin-Tourismus-Marketing, ein guter Freund von uns, der unser ufaKino mitaufgebaut hatte, entstand der Kontakt nach Japan. Ich telefonierte viel mit der Deutschen Botschaft, wir schickten zahlreiche E-Mails hin und her. 1998 fuhren wir als Kulturbotschafter der Bundesrepublik Deutschland nach Osaka zur »Midusuji-Parade«, der größten Kultur-Parade im asiatischen Raum. Das Spektakel wurde live im Fernsehen übertragen, an der Strecke standen über eine Million Zuschauer.

Architekten der Hochschule der Künste begleiteten uns und bauten bzw. dekorierten uns, ähnlich einem Umzugswagen beim »Karneval der Kulturen« in Berlin, einen LKW. Wir hatten eine sehr gute Anlage auf dem Wagen. »Terra Brasilis« sorgte mit »Samba made in Berlin« für die richtige Stimmung bei den Japanern. Wir spielten zweimal pro Tag in Osaka und in Kobe, wo wir für viele Deutsche, die in Japan leben, auf einem Gartenfest auftraten. Besonders beeindruckend waren die Auftritte beim Hochhausfestival und in vielen Clubs. In der architektonisch atemberaubenden Schlosshalle von Osaka feierten uns 20 000 Zuschauer frenetisch.

Daneben hatten wir auch Zeit, die alte Kaiserstadt Kyoto zu besuchen. Bis 1896 war sie Kaisersitz. Im Kaiserpalast und im Palast des Shoguns knarrten in allen Räumen der Regierungsmitglieder die Dielen. Dadurch war es nicht möglich, dass einer von hinten einen anderen ungehört angreifen konnte. Nur in dem Raum, wo Tenno mit seiner Familie gelebt hatte, da knarrte keine einzige Diele.

Nach einem Interview mit einem japanischen Fernsehteam sagte der Reporter zu mir: »Wir sind dankbar, dass sie zu uns nach Japan zu unserem Festival gekommen sind.« Da schaute ich das TV-Team an und antwortete: »Wir sind dankbar, dass wir hier sind. Dass es uns überhaupt gibt, die Sambagruppe ›Terra Brasilis‹, die ufaFabrik, das haben wir letztlich nur durch japanische Kultur geschafft. Wir haben zusammengefunden durch japanische Kultur, nämlich durch Karate. Und das System heißt Shito-Ryu und der Meister dieses Systems ist Sensei Mabuni. Der ist hier zu Hause in Osaka. Und deshalb sind wir hier, um uns bei Ihnen zu bedanken, dass es uns überhaupt gibt.« Die Mitarbeiter des japanischen Fernsehens hatten Tränen in den Augen.

Die kriegerischen Auseinandersetzungen zwischen Korea und Japan und ihrer Völker reichen bis ins 16. Jahrhundert zurück. Mit Beginn des 20. Jahrhunderts setzte die japanische Regierung ihre Machtansprüche mit polizeistaatlichen Methoden auf Korea durch. Erst die Niederlage Japans im Zweiten Weltkrieg beendete die Herrschaft über Korea.

Schreckliche Dinge kamen ans Tageslicht. So hatten die Japaner 30 000 koreanische Frauen auf einem großen Platz vergewaltigt, erschlagen und dann verbrannt. Wer so etwas Furchtbares getan hat, der schleppt für alle Zeiten ein schlechtes Gewissen und ein dauerhaftes Schuldgefühl mit sich herum. Wir Deutsche können mit unserer historischen Vergangenheit ein Lied davon singen. Sollten die Amerikaner nicht mehr ihre schützende Hand über Japan halten, dann könnten möglicherweise eines Tages wieder die Koreaner vor den Toren Nippons stehen. Die seelischen Verletzungen und die Narben, die die Kriege zwischen Japan und Korea hinterlassen haben, sind tief. Und bei dem ein oder anderen sind Rachegefühle sicher noch vorhanden.

Bevor wir nach Japan gefahren sind, gab Kim-Dok-Su, in Südkorea so beliebt wie Mick Jagger, mit seiner Percussionband in der ufaFabrik ein Konzert. Ein Jahr nach unserer Japan-Tournee mit »Terra Brasilis« wurden unsere Sambatrommler 1999 nach Südkorea auf das große Percussionevent »World Drum Festival« nach Seoul eingeladen. Drei Jahre vor der Fußballweltmeisterschaft, die im Jahre 2002 in Japan und Südkorea stattfand. Ein Signal für eine friedliche Zukunft der früheren Erzfeinde?

Mit unserem Umzugswagen beim »Karneval der Kulturen« 2000 in Berlin. (v.l.n.r.) Shari, Sänger Michael Kießling und Belgin Karabag.

Während »Terra Brasilis« in Seoul war, führte mich mein Weg nach Kanada. Tuan Le, der vietnamesische Ausnahmejongleur, war nach Montreal zum Festival »Just for laugh – just pour rire« eingeladen. Tuan hatte mit den Organisatoren eine gute Gage ausgehandelt und wollte unbedingt, dass ich ihn als sein Manager begleite. Er traute seiner Aufenthaltsgenehmigung noch nicht so richtig und fühlte sich wohler, wenn er mich bei der Aus- und Einreise nach Deutschland an seiner Seite hatte. Bei der Einreise nach Kanada beschlich Tuan ein mulmiges Gefühl. Es ist ähnlich wie bei der Einreise in die USA. Man steht an einer »Blauen Linie« und wartet darauf, dass einen der Grenzbeamte zu sich heranwinkt. Der für uns zuständige Beamte gab mir ein Zeichen. Ich begrüßte ihn in einem freundlichen Englisch und reichte ihm meinen Reisepass. Er schaute auf mein Papier, hob den Kopf, lächelte mich an und sagte in gutem Deutsch: »Ach, in Trittenheim sind Sie geboren.« Ich registrierte in dem Augenblick gar nicht, dass der Mann in meiner Sprache sprach. Ich kann ihm ja sagen, dass Trittenheim in der Nähe von Trier liegt. Aber woher soll der Grenzbeamte hier in Montreal wissen, wo Trier liegt, dachte ich. Ich entschied mich, ihm zu sagen, dass mein Geburtsort in der Nähe der luxemburgischen Grenze liegt, da ich vermutete, dass er eventuell schon einmal etwas von Luxemburg gehört haben könnte. Da schmunzelte er und sagte zu mir: »Ich weiß, wo Trittenheim liegt. Have a nice day, you're welcome.«

Er war wohl auf einem der Stützpunkte an der Mosel stationiert gewesen. Ich war völlig geplättet. Da fährt man irgendwohin in die weite Welt und einer weiß, wo man geboren ist, wo Trittenheim liegt. So bin ich noch nie in die Welt gekommen!

Wir waren sehr komfortabel in einem Luxushotel untergebracht. Tuan probte im Badminton-Raum. Durch die Fenster spähten viele Neugierige, um ihm bei seinen Trainingseinheiten zuzuschauen. Ich machte im Nebenraum mein Fitnesstraining.

Von Montreal und seinen Schönheiten war ich begeistert. Ich glaube, ich habe in keiner anderen Stadt auf der Welt so viele gut aussehende Frauen gesehen. Die Stadt und die Menschen versprühten Charme und richtig gute Laune. Ein französisches »Laissez-faire-Prinzip« – herrlich. In punkto Freundlichkeit können wir in Berlin viel von Montreal lernen. Auch was unsere Straßenfeste und das »Berliner Gauklerfest« am Opernpalais »Unter den Linden« betrifft. Ganz ehrlich, seit ich dieses Festival in Montreal miterlebt habe, habe ich gar keine Lust auf die Straßenfeste in Berlin. Hier werden ja Künstler nur noch gebucht, damit sich die Bratwürstchen und das Bier besser verkaufen lassen. Das war in Kanada besser, dezenter geregelt.

In Montreal trafen wir eine Opernsängerin, die auch bei »Pomp Duck and Circumstance« aufgetreten war und die Tuan von dort kannte. Wir verabredeten uns mit ihr am zweiten Tag unseres Aufenthaltes. So erfuhren wir, woher Montreal seinen Namen hat. Der Name kommt von »Mont Royal« beziehungsweise »Mount Royal«, zu Deutsch: Königlicher Berg. Am Hang dieses Berges wurde 1611 die erste Siedlung angelegt, aber 1623 von Irokesen wieder zerstört.

Wir speisten in einem vietnamesischen Restaurant. Nach dem Essen kam der Besitzer zu uns an den Tisch, um mit Tuan zu reden. Er war beeindruckt, dass Tuan so bekannt war und extra zum Festival nach Montreal eingeladen worden war. Tuan hatte eigentlich nur einen Auftritt, doch Luke Perry, ein bekannter Mann aus dem amerikanischen Fernsehen und Moderator mehrerer Shows auf dem Festival, holte ihn noch in seine Show.

Eines Abends stand plötzlich der vietnamesische Restaurantbesitzer mit seiner ganzen Familie in der Hotelhalle und wartete schon auf uns. Seine Mutter, seine Ehefrau, seine Kinder – alle hatte er mitgebracht. Der Mann war sichtlich gerührt. Er hatte nach unserem Besuch in seinem Restaurant seiner Mutter von Tuan Le erzählt. Und da stellte sich heraus, dass dieser Restaurantbesitzer zehn Jahre zuvor bei Tuans Vater in Saigon Klavierunterricht genommen hatte. Er fiel Tuan in die Arme und sagte: »Sag bloß nicht deinem Vater, dass du mich gesehen hast. Ich war so ein schlechter Schüler!« Er zeigte uns anschließend »sein« Montreal, unter anderem das Chinesische Viertel.

An einem der folgenden Abende traf ich einen richtig guten Freund wieder: Slava Polunin. Sein Foto prangte auf einem riesigen Plakat, das Werbung für die »Slava's Snow Show« machte. Glaubte man den Kritikern, dann war Slava mittlerweile »The best clown in the world« und seine Show »A theatre classic of the 20th century«, wie es zum Beispiel »The Times« schrieb. Wir erhielten noch Karten von der Festival-Organisation. Die Show wurde zweimal am Tag gespielt. Und sie war pro Vorstellung mit 1000 Zuschauern schnell ausverkauft – sechs Wochen lang!

Als Slava auf die Bühne kam, entdeckte er mich sofort im Publikum. Nach der Show, die mit minutenlangen Standing Ovations endete, gingen Tuan und ich natürlich zu ihm in die Garderobe. Er schaute immer noch ungläubig. »Es ist doch unglaublich«, fing er an, nachdem er sich davon überzeugt hatte, dass ich wahrhaftig vor ihm stand. »Gestern sind wir durch die Stadt gelaufen. Da hat meine Frau einmal zu mir gesagt, Mensch, guck dir doch mal den Typen auf der anderen Straßenseite an. Der sieht aus wie Juppy aus Berlin. Aber ich dachte, dass kann doch niemals sein. Die Welt ist doch einfach zu groß für solche Überraschungen.«

Im Januar 2001 ging es mit »Terra Brasilis« nach Hongkong zur Neujahrsparade. Dass wir überhaupt als Deutschlands Kulturbotschafter eingeladen wurden, verdankten wir einem Besuch der Vizepräsidentin Hongkongs im Jahr 2000 in Berlin. Sie besuchte die deutsche Hauptstadt anlässlich des Festivals »Berlin meets Hongkong – Hongkong meets Berlin«.

Ich wurde von Mitarbeitern des Büros des Regierenden Bürgermeisters angerufen und gebeten, im Rathaus Schöneberg, im Rahmen einer Veranstaltung, ein kulturelles Kurzprogramm aufzuführen. Ein Stück Berliner Kultur war gewünscht. Die Chinesen boten einen sechsminütigen, traditionellen Drachentanz, ich entschied mich für »Samba made in Berlin« mit »Terra Brasilis«. 18 Percussionisten, Frauen und Männer aus sieben Nationen und drei Kontinenten – das ist das neue, das multikulturelle Berlin. Artisten wollte ich nicht mitnehmen, denn wie sollten wir jemand beeindrucken, der aus dem »Reich der biegsamen Körper« kommt? Dafür nahm ich Frank Wolf mit, unseren »BMX-Frank«, ein Tänzer auf dem Fahrrad für die Delegation aus dem Land der Fahrradfahrer.

Die Kombination aus Sambatrommeln, zwei Hula-Hoop-Mädchen und spektakulären Fahrradeinlagen packte die Vizepräsidentin derart, dass sie uns nach der Show in ihre Heimatstadt einlud.

Wir wohnten im ehemals teuersten Hotel der Welt, im Shangri-La auf der Halbinsel Kowloon.

Der Tag der »Chinese New Year Parade« rückte näher. In Hongkong war alles generalstabsmäßig und mit äußerster Präzision geplant. Ich hatte mir vorgenommen, nie wieder ohne einen Vertreter der Medien zu fahren. Oft waren wir für die Stadt Berlin als Kulturbotschafter unterwegs, kamen zurück wie die »Champions-League-Sieger«, aber keiner wusste, dass wir überhaupt weg gewesen waren. Deshalb begleiteten unsere Gruppe zwei Berliner Journalisten: Eva Apraku vom »tip« und mein Freund Daniel Gäsche, vom damaligen SFB, der für die »Abendschau« einen Film drehte.

Eva beschrieb in ihrem Bericht die Vorbereitungen auf dieses Ereignis und den Moment unseres Auftritts genauestens: *»Bereits Stunden vor dem eigentlichen Beginn des Umzugs wurden die teilnehmenden Gruppen zu den Sammelplätzen gebracht. Für die ausländischen Gruppen wurde dazu extra ein mehrstöckiger Parkplatz geräumt. Auf dem obersten, nicht mehr überdachten Deck begegnen sich asiatische Schönheiten* *in fantasievollen, bunten Kostümen und eine uniformierte, japanische Polizeigarde, die ihre kurzen Übungsmärsche sekundengenau choreographiert. Nur die Musiker von Terra Brasilis, jetzt immerhin weiß-silbern kostümiert, scheint kaum einer zu bemerken. Erst als sich die 20-köpfige Band auf ein Zeichen von Manni Spaniol mit ihren Instrumenten in Position begibt, drehen sich neugierige Köpfe. Pünktlich um 14 Uhr beginnt der Umzug. Die Hongkonger lieben das moderne Leben, Mode, Technik, Pop-Musik. Und der von den Hochhauswänden mehrfach zurückgeworfene, mächtige Samba-Sound von Terra Brasilis kommt bestens an. Jetzt ist es gerade die etwas unpolierter wirkende Oberfläche der Band, die ihnen die Sympathien zuträgt. Eineinhalb Stunden später ist für Terra Brasilis der Zauber vorbei. Der Zug kommt zu seinem planmäßigen Ende – und Hongkong ist erobert.«* (Im Jahr der Schlange, in: »tip«, 3/2001, S. 24)

Krönender, flammender Abschluss des Hongkong-Abenteuers war ein gigantisches Feuerwerk, dass die Stadt sich zum Neujahrsfest spendierte. Umgerechnet eine Million Euro kostete das Spektakel, mehr als eine Million Menschen standen am Ufer und verfolgten friedlich das

Hongkong zur Neujahrsparade 2001 mit »Terra Brasilis«. Die Chinesen verabschiedeten das Jahr des Drachen und feierten die Ankunft des Jahrs der Schlange.

»feurige« Neujahrsfest. Es gab keine Unruhe, keine Gewalt, alle gingen nach dem etwa 20-minütigen Schauspiel »Eine Stadt in Flammen« entspannt nach Hause.

Da können wir Europäer wirklich eine Menge von lernen. Es war das schönste Feuerwerk, das ich je in meinem Leben gesehen habe.

2003 reiste ich in ein Land, für das ich in den 60er und 70er Jahren bei vielen Demonstrationen auf die Straße gegangen war. Damals hätte ich wohl nicht daran geglaubt, eines Tages Vietnam zu sehen. Tuan Le, der in Saigon geboren wurde, fasste den Entschluss, nach knapp 13 Jahren Abwesenheit, wieder in sein Heimatland zurückzukehren. Diesmal als gestandener und anerkannter Künstler, der seinen Landsleuten zeigen wollte, was er alles in Deutschland und Berlin gelernt hatte. Die Einladung kam vom vietnamesischen Ministerium für Kultur und Information sowie der Kultur-Event-Company »Saigon Pop-Rock Music Center«.

Tuan flog mit seiner Band »Asian Cajun« schon drei Wochen vor mir nach Saigon, dem heutigen Ho-Chi-Minh-Stadt. Ich folgte am 2. April.

25 Jahre ufaFabrik im Juni 2004. Ein bunter Haufen, der seit einem Vierteljahrhundert kulturelle Impulse setzt. Kommunarden und hervorragende Mitarbeiter!

Am Abend des 1. April stand bei uns noch eine große Show in der ufaFabrik zum 25-jährigen Jubiläum des ufaCircus' auf dem Programm.

Kurz vor meinem Abflug rief mich Tuan aus Vietnam an und erzählte mir, dass er keine Auftrittsgenehmigung kriegen würde. Ich hängte mich sofort ans Telefon und rief beim Deutschen Konsulat in Saigon an. Ich bekam den entscheidenden Mann an die Strippe, der ziemlich desinteressiert wirkte. Ich sagte in aller Deutlichkeit: »Jetzt passen Sie mal auf. Die Leute, die jetzt da unten bei Ihnen sind, das sind nicht irgendwelche Berliner Straßenkünstler. Das sind Künstler vom Internationalen Kulturcentrum ufaFabrik Berlin. Und ich komme am Montag mit einem von der Berliner Presse, von der Berliner ›Abendschau‹, vom SFB. Was soll ich dem denn sagen, wenn da keine Veranstaltungen sind? Das ist doch der Grund für unsere Reise, um einen Kulturaustausch zwischen Berlin und Saigon zu beginnen. Soll ich dem sagen, das geht nicht wegen der Penner vom Deutschen Konsulat? Was glauben Sie denn, wofür wir Sie von Deutschland aus bezahlen?«

Als ich am Montag nach Vietnam kam, war alles erledigt.

Wir traten in Shows mit Künstlern auf, die bei uns den Status eines Marius Müller-Westernhagen, Udo Lindenberg oder einer Nina Hagen haben. Wir spielten im Friedenspalast von Saigon zur Jubiläums-Gala eines Mobilfunkanbieters und traten in Hanoi auf. Trotz des grassierenden SARS-Erregers überlebten wir.

In der Show am Ufer des Mekongs in einem »Honey-Moon-Park«, einem Hochzeitspark, trat Cam Van, eine der berühmtesten vietnamesischen

In Saigon 2003 beim Rikschafahren. Ein Muss habe ich mir sagen lassen.

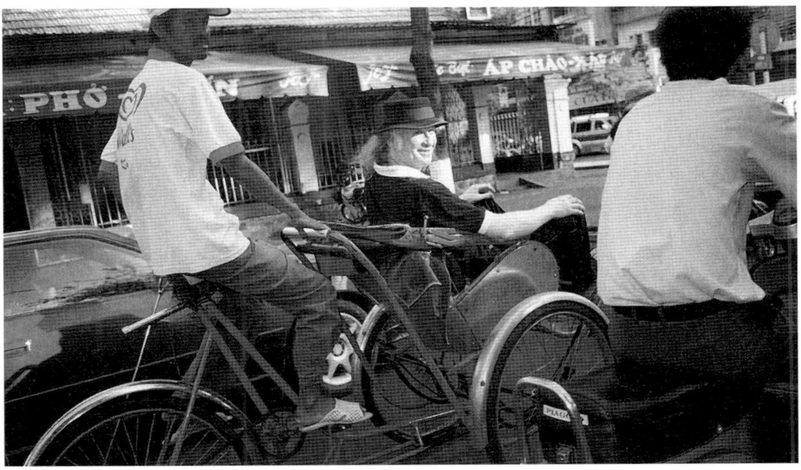

Sängerinnen, auf. Wenn sie singt, werden auf einer großen Leinwand, Schwarz-Weiß-Bilder aus dem Vietnam-Krieg gezeigt: Filmsequenzen, wie die glorreiche vietnamesische Armee die amerikanischen Panzer vertreibt, Friedenstauben, die in die Luft gehoben werden.

An diesem Abend war alles anders. Sie sang. Dann geschah das Unglaubliche: der Saxophonist unserer Band, Mack Goldsbury, Amerikaner aus Texas, begleitete Cam Van. Mitten im Song setzte er zu einem Solo an, eine Melodie, die alle mitriss. Da merkte Cam Van, wie Mack aus sich herausging, lief auf der Bühne zu ihm, stellte sich neben ihn und sang mit einer Leidenschaft, die uns allen Gänsehaut bescherte. Nach diesem Auftritt ging ich zu Cam Van, bedankte mich bei ihr für diesen tollen Abend und sagte zu ihr: »Das Tollste, was ich in Vietnam erlebt habe, war dein Auftritt vor wenigen Minuten hier. Was will man Besseres bieten, als das Girl aus Saigon und Mack, den Saxophonspieler aus Texas? Und die Menschen toben vor Begeisterung, weil sie sehen, was ihr beide Schönes für sie gemacht habt.«

Bei einem Abendessen diskutierten wir mit vietnamesischen Künstlern den Begriff der »Revolution«. »Soll ich euch mal sagen«, fing ich an, »was sich die Deutschen unter einer Revolution vorstellen? Da geht jeder zu seinem Kleiderschrank, holt seine Kalaschnikow raus, dazu seine rote oder schwarze Fahne und läuft auf die Straße und schießt wild um sich.« Alle am Tisch lachten. Und dann erörterten wir die Chancen und Perspektiven für Vietnam. »Was ich mir für euch unter einer Revolution vorstellen kann? Wie ich meine Leute, mein Volk auf dem schnellsten Weg in die moderne Zeit bringe!«

Vietnam 2003
mit Mundschutz wegen SARS.

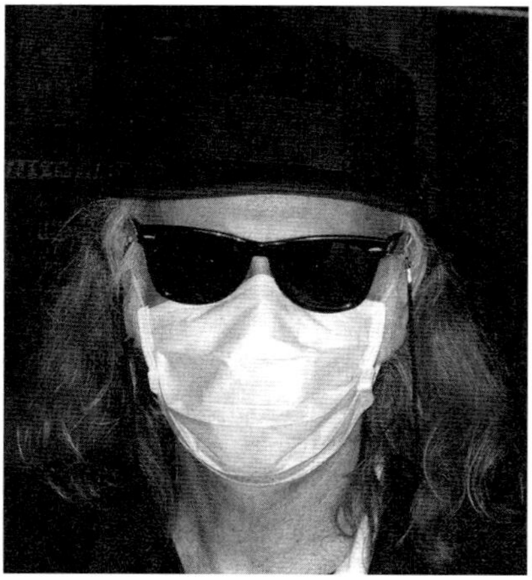

Vietnam wird nicht zu Unrecht als erwachender, kleiner asiatischer Tiger bezeichnet. Internet-Cafés sprießen aus dem Boden, überall ist es quirlig, die Menschen sind lernwillig, dienstleistungsorientiert, respektvoll und höflich. Da spürt man als Fremder, dass diese junge Generation von Vietnamesen etwas erreichen will. Und trotzdem bleibt die Geschichte dieses von Invasoren so gebeutelten Landes präsent. Am spürbarsten ist das an den

Tunnelanlagen von Cu Chi, rund 70 Kilometer von Saigon entfernt – ein Freilichtmuseum des patriotischen Widerstands. Es ist das bekannteste jener Tunnelsysteme, von denen aus die vietnamesischen Partisanenkämpfer zunächst die Franzosen und später die Amerikaner bekämpften. Die Tunnel erstrecken sich auf 200 Kilometer Gesamtlänge bis an die kambodschanische Grenze und sind gerade einmal 1,40 Meter hoch, ideal gebaut für die kleinen, wendigen, biegsamen Vietnamesen. Die Geheimgänge wurden Ende der 40er Jahre zum Kampf gegen die Franzosen angelegt. Im Vietnamkrieg unternahm die Guerilla, die aus Männern und Frauen bestand, von hier aus spektakuläre Überraschungsangriffe auf US-Stützpunkte. Unter der Erde gab es praktisch eine komplette Dorfversorgung, mit Schule, Krankenhaus, Besprechungsräumen und Wohneinheiten. Das Ganze abgedeckt mit Erde und Blättern, so dass man es von oben nicht erkennen konnte. Nur vereinzelte Löcher sorgten für frische Sauerstoffzufuhr.

Als wir dort in dieser feuchtheißen Hitze am Eingang des Tunnelsystems standen und mir allein nur im T-Shirt bekleidet schon das Wasser den Rücken herunterlief, da wurde mir klar, dass die Amerikaner diesen Krieg niemals gewinnen konnten: »Was haben die Amerikaner bloß für einen Wahnsinn hier bei den Vietnamesen betrieben? Sie schickten ihre 18, 19, 20, 21 Jahre alten Jungs, also ihre Zukunft, die man

Mit Klaus Kaiser, Tieu, Cam Van und Tuan Le (v.l.n.r.).

braucht, um dem Land Impulse zu geben, in dieses so fremde, unbekannte Land, ohne zu wissen, was hier los ist. Welch ein Wahnsinn, wie unverantwortlich! Wie kann man nur mit seinen Leuten so umgehen, um andere Länder zu beherrschen?« Ich stellte mir stellvertretend für alle anderen amerikanischen Soldaten Jim aus Texas vor, der zum ersten Mal in seinem Leben das Land verlassen musste, um in diesen unsinnigen Krieg zu ziehen. Nun stand er im Kampfanzug, mit einem Rucksack auf dem Rücken, ein Gewehr in der Hand, die Sonne knallte unerbittlich, schon bei der kleinsten Bewegung rann ihm der Schweiß in Bächen den Körper hinunter und überall lauerte der Gegner in einem Gelände, das unüberschaubar und voller Fallen war. Und wenn er einem Vietnamesen in den Tunnel folgen wollte, dann musste der amerikanische Soldat mit seinen breiten, vom Bodybuilding trainierten Schultern ja nicht einmal getötet werden, um nicht mehr nach Hause zu kommen. Er blieb einfach im Tunnel stecken. Wie also wollten die Amerikaner gegen dieses gut organisierte, stolze vietnamesische Volk gewinnen?

Ich war schweißgebadet und schaute zu Mack hinüber, der wie versteinert an den Tunnelanlagen stand. Er schüttelte immer wieder den Kopf, fassungslos darüber, was diesem Land für Leid zugefügt wurde. In diesem Moment musste ich auch an unseren Rich aus der ufaFabrik denken. Er war GI. Er kämpfte beim Militär gegen diesen Krieg. Deshalb

Vor dem Tunnel Cu-Chi. Schießen für den guten Zweck.

ging er nie wieder zurück nach Amerika, weil ihm sicherlich viele Steine in den Weg gelegt worden wären. Dafür hat er die Bäckerei auf unserem Gelände aufgebaut und damit vielen Menschen den Genuss von frischem Brot beschert. Was ist wohl besser?

Haben die Amerikaner aus diesem Vietnam-Fiasko gelernt? Da gehen sie in den Irak, schreien »Nieder mit Saddam Hussein« und »Wir sind die Guten und bringen euch Demokratie« und missbrauchen sexuell darüber hinaus noch die von Hussein ohnehin schon drangsalierten, inhaftierten Menschen! Wie kann man denn da den Menschen erzählen: »Wir sind die Guten?«

Der ehemalige amerikanische Verteidigungsminister McNamara, Minister unter Kennedy und Johnson, zeigte 2004 in einem TV-Interview, das mich sehr bewegt hat, Reue über die Geschehnisse in Vietnam. Er sprach davon, wie viele unschuldige Menschen er ermordet hat und wie schlecht die Amerikaner die Menschen in Vietnam behandelten. »Wir machten unsere Entscheidungen über Vietnam, gemäß dem, was wir für die Prinzipien und Traditionen unseres Landes hielten. Aber es war falsch, schrecklich falsch. Wir müssen den kommenden Generationen erklären, warum«, so McNamara.

Wann hat ein Politiker so etwas einmal zugegeben? Warum hört die amerikanische Regierung nicht auf diesen Alten?

Die Schönheiten des Landes lernten wir in Nha Trang, einer Stadt am Südchinesischen Meer kennen. Sieben

Mit Daniel Gäsche in Cau Da mit Blick auf die Bucht von Nha Trang. Wir stehen auf dem Chut-Berg, auf dem sich der einstige Sommerpalast des Kaisers Bao Dai befindet. In der Mitte Liên Tâm, die Nichte unseres Tourmanagers Long.

Stunden waren wir mit dem sogenannten »Wiedervereinigungs-Express« von Saigon Richtung Hanoi unterwegs. Begleitet wurden wir von Long und seinem Bruder Loan. Sie managten die Auftritte für Tuan und betreuten uns rund um die Uhr. Longs Familie, Frau, Tochter Chi und Nichte Liên Tâm begleiteten uns ebenfalls auf diesem Trip. Daniel und ich führten nachts mit den Mädchen stundenlange Diskussionen über die Rolle von Frauen in Vietnam, über erste Liebe, Küsse, Sex. Beide, die eine 19, die andere 24 Jahre alt, hatten noch niemals in ihrem Leben einen Mann geküsst. Das sei erst nach der Hochzeit möglich, erklärten sie uns. »Du lieber Gott«, sagte ich, »nachher kann der Mann gar nicht küssen und du hast ihn geheiratet.«

In Nha Trang lernten wir Ursula Nguyen kennen. Eine Deutsche, die seit über 30 Jahren mit einem Vietnamesen verheiratet ist, ein Nachfahre der letzten vietnamesischen Kaiserdynastie.

Als die Amerikaner das Land verließen, hatten sie noch das Krankenhaus zerstört; die meisten Ärzte waren geflüchtet, um sich in Sicherheit zu bringen. Eine vernünftige medizinische Versorgung gab es nicht. Ursula, die ihren Ehemann beim Studium in Berlin kennen gelernt hatte, begann, eine medizinische Infrastruktur aufzubauen. Dazu gehören ein Krankenhaus, eine Station für Leprakranke, eine Einrichtung für AIDS-Kranke, ein Waisenheim. Sie zeigte uns die Einrichtungen, und wir lernten die Kinder und ihre individuellen Schicksale kennen. Wenn man nur das Krankenhaus sieht, mit den in Deutschland ausrangierten

Vietnam März/April 2003 während der Bootstour ab Nha Trang zu mehreren kleinen abgelegenen Inseln im Chinesischen Meer, z.B. Mieu mit Ozeanografischen Institut. (v.r.n.l.) Daniel Gäsche, Klaus Kaiser, Lee; stehend: Long; dahinter: Tuan Le mit Freundin und die restliche Reisegruppe.

Betten und Dialysegeräten, dann kommt man aus dem Staunen nicht heraus. Allein die Tatsache, dass die Sterblichkeitsrate bei Säuglingen drastisch zurückgegangen ist, zeigt, wie sinnvoll ihr Engagement für die Ärmsten der Armen ist. Was diese Frau dort geschaffen hat, ist nicht in Worten auszudrücken. Sie hat unseren Leitspruch »In einer Stunde der Tat steckt mehr Wirklichkeit, als in dem Gerede von Jahren« überragend umgesetzt.

Ursula war in der Bundesrepublik Mitglied der Deutschen Kommunistischen Partei (DKP) und ist oft von vielen belächelt worden. Ich finde es völlig unerheblich, in welcher Partei sie war. Entscheidend ist, was diese Frau als Deutsche mit ihrer Organisation »Medical Aid for Vietnam« für die Menschen geleistet hat. Ich habe einen Riesenrespekt vor ihr. Und alles was sie tut, macht sie uneigennützig. Denn Geld verdient sie damit nicht. Die Familie finanziert sich aus den Verkäufen von selbst angefertigten Gartenmöbeln aus Marmor, den ihr Mann in einem Steinbruch schlagen lässt und als fertiges Produkt dann exportiert. Im Grunde genommen ist ihr Mann, der aus einem kommunistischen Land stammt, ein Kapitalist, und Ursula, die aus einem kapitalistischen Land stammt, eine Kommunistin, deren Netzwerk bis hoch in die Führungsspitze der Kommunistischen Partei Vietnams reicht. Das führt in ihrer Ehe auch immer wieder mal zu kleinen Streitigkeiten, die dieser Beziehung aber genau die richtige Würze geben.

Ursula Nguyen im Interview mit Daniel, im Krankenhaus Nha Trang. Mit ihrem Verein »Medizinische Hilfe für Vietnam« organisiert sie Hilfstransporte nach Südostasien. Und sie lädt junge Menschen aus Vietnam, die in Deutschland studieren wollen, zu sich nach Hause ein – bei freier Kost und Logies. Ursula wird »Engel der Kinder« genannt.

Eines Abends in Saigon, am Ufer des Mekongs. Daniel und ich setzten uns mit einem Bier nach einem ausgiebigen Spaziergang auf eine Parkbank an einem schön gelegenen, großen Platz mit Blick auf die andere Uferseite. Um uns herum Hunderte von Jugendlichen, meist Liebespärchen auf ihren Mopeds. Wir schauten alle in dieselbe Richtung. Dort hingen riesengroße Leuchtreklameschilder bekannter, weltweit agierender Unternehmen. Ich staunte. Da stand auch Mercedes-Benz und Siemens. Wie hypnotisiert schauten die »Kinder des Kommunismus« auf die noch für viele unerreichbaren »Heilsbringer« des Kapitalismus.

Wenige Tage vor unserem Rückflug meldete der Stadtsender Ho-Chi-Minh-TV ein Interview mit mir an. Die Reporterin fragte mich, was ich in Vietnam besser machen würde, wenn ich die Möglichkeit hätte. Ich zögerte. Soll ich denn als der schlaue Deutsche dastehen, der denen hier in Vietnam sagt, was sie zu tun haben? Fast hätte ich geantwortet: »Das Einzige, was euch fehlt, sind Typen, die mal auf eine positive Art und Weise so richtig auf die Kacke hauen!« Ich stoppte mich aber. Meine Kernaussage jedoch, die ich in deutscher Sprache gab und die dann übersetzt wurde, ging in diese Richtung. »Durch den Krieg und das ganze Leid liegt auf dem Land immer noch eine Schicht wie aus Mehltau, die die Menschen in einigen Dingen lähmt. Diese Schicht müssen sie durchbrechen, um zu sich zu finden.«

Am nächsten Tag wurde das Interview an drei unterschiedlichen Zeiten im Fernsehen ausgestrahlt. Als ich am Abend durch die Straßen von Saigon lief, wurde ich plötzlich von völlig unbekannten Menschen freundlich mit einem Lächeln gegrüßt. Sie hatten wohl alle Fernsehen geguckt!

Zum Abschluss unseres Vietnam-Aufenthaltes kam Lee zu mir. Er war der Veranstaltungstechniker auf der Tournee. Ein Vietnamese, der sonst mit seiner Familie in Frankreich lebt. »Juppy, we have a date«, sagte er ganz aufgeregt. »Only half an hour. Very important persons!« Wir fuhren zu unserer Verabredung. Der Fahrer setzte uns vor einem schönen Haus mit großem Garten ab. Im Haus warteten die fünf angesehensten Professoren Vietnams, um sich mit mir zu unterhalten. Zwei Männer und drei Frauen. Weder das Alter der Männer noch der Frauen konnte ich nur ansatzweise schätzen. Sie waren in traditionelle Gewänder gekleidet und verfügten über eine unglaubliche Ausstrahlung. Lee wollte ins Französische übersetzen. Ich spürte schnell, dass das nicht funktionierte. Ich kapierte ihn einfach nicht. So stoppte ich ihn und ließ die Professoren vietnamesisch reden. Anhand ihrer Mimik und Gestik spürte ich annähernd, was sie mir sagen wollten. Drei Stunden saßen wir zusammen und redeten. Das Wichtigste, was mir diese fünf hochrangigen Menschen vermittelten, war: »Nichts gegen Ho Chi Minh als Person. Aber wir, unsere Dynastie, besitzen seit mehr als 2000 Jahren die Kultur und bestimmen die Politik hier in Vietnam.« Ich war tief beeindruckt.

Als wir ins Hotel zurückkamen und ich Loan, selbst ein bekannter Regisseur in Vietnam, von meinem Treffen erzählte, konnte er es kaum glauben. Ich zog ein Buch aus der Tasche, das mir einer der Professoren geschenkt hatte. Als Loan den Namen las, verbeugte er sich förmlich vor mir. Er hatte sein Leben lang davon geträumt, diesem Mann einmal die Hand geben zu dürfen. Erst jetzt wurde mir die Dimension meines Besuches bewusst.

Als wir Vietnam verließen, gingen wir als Freunde. Wir planen in den kommenden Jahren einen intensiveren Kulturaustausch.

Was sagte Alexander von Humboldt einst sinngemäß zu Hegel: »Die gefährlichste Weltanschauung ist die Weltanschauung von Leuten, die die Welt nie gesehen haben«. Reisen bildet eben.

Das einzige, was gegen rechtes Gedankengut langfristig helfen kann, ist Kulturaustausch. Denn Kultur schafft Verständnis zwischen Menschen verschiedener Länder und Geistesströmungen.

Kultur gibt Selbstbewusstsein, und dadurch kann man seinen Nächsten schätzen und lieben lernen! Sie ist das Einzige, womit man in der Welt wirklich etwas verändern kann. Nur dadurch kann man positive Ekstase verbreiten.

Wir brachten Kultur dahin, wo keine ist. Also fingen wir in der untersten Ebene der Gesellschaft an: Im Fußballstadion. In einem Fußballstadion sind, spätestens wenn das Spiel anfängt, alle Menschen gleich. Weil sich jeder mit den Spielern seiner Mannschaft persönlich identifiziert,

Mit Günter Thews von den »3 Tornados« und Claus Richter alias »Beckenbauer, Tati und Charlie Chaplin« im Blau-Weiß 90 Jahnstadion Berlin zur 2. Bundesliga Saison 91/92.

als wäre er ein Teil des Ganzen. Für die Bühne ist alles perfekt organisiert. Auf dem Fußballplatz steht neben jedem Spieler ein anderer Künstler, der verhindern will, dass des anderen Kunst nicht gelingt.

Als Blau-Weiß 90 in der Saison 1986/87 in der Ersten Fußball-Bundesliga spielte, nahm mich ein Freund mit ins Olympiastadion. In die über 70 000 Zuschauer fassende Arena waren gerade einmal rund 15 000 Besucher gekommen. Es war eine Stimmung wie auf dem Friedhof. Man hätte eine Stecknadel fallen hören können, so ruhig ging es in der riesigen Betonschüssel zu. Während ich dort saß und das Spiel so vor sich hinplätscherte, kam mir plötzlich die Idee.

Ich rief einige Tage später bei Blau-Weiß 90 an und unterbreitete dem Verantwortlichen des Klubs meinen Vorschlag: »Wir wollen ein bisschen Musik machen, wenn ihr Fußball spielt, wir wollen einfach gute Stimmung verbreiten.«

Mit 20 Musikern von »Terra Brasilis« traten wir bei einigen Heimspielen auf und heizten den Fans richtig ein. Weiter machten wir dann 1991 in der Zweiten Bundesliga. Auch Günter Thews von den »3 Tornados«, »Charlie Chaplin«, BMX-Frank und andere Artisten traten mit mir im Jahnstadion auf, wo Blau-Weiß die Heimspiele bestritt.

Als die Sparkasse einmal 6 000 DM für die Künstler zur Verfügung stellte, meinte Peter Stubbe, der Manager von Blau-Weiß zu mir: »Juppy,

Bei TeBe war ich jahrelang Stadionsprecher. Mit Daniel (damals Pressesprecher von TeBe), Maskottchen und »Charlie Chaplin«.

da machen wir beide Fifty-fifty.« »Klar«, sagte ich, »Fifty-fifty, damit mache ich zwei Spiele.«

In der Saison 1991/92 wurde Blau-Weiß in der Zweiten Fußball-Bundesliga/Nord die Lizenz entzogen. Der Klub musste 1992 wieder ganz unten, in der Kreisliga C, beginnen.

Ab 1997 unterstützten wir dann einen anderen Berliner Traditionsklub mit unserem Kulturprogramm: Tennis Borussia. Bernd Lindner, früher Geschäftsführer bei Blau-Weiß und jetzt bei TeBe, brachte uns dort an. Die »Veilchen« spielten noch in der Regionalliga. Mit »Terra Brasilis« sowie Berliner Künstlern, zum Beispiel Romy Haag, Michael Kießling und »Neues Glas aus alten Scherben«, den »Comedian Harmonists« und vielen Nachwuchstalenten der Stadt machten wir das Showprogramm vor jedem Heimspiel und stiegen mit TeBe 1998 in die Zweite Fußball-Bundesliga auf.

Der sportliche und kulturelle Höhepunkt in den beiden Zweitligajahren war das Pokal-Derby im Berliner Olympiastadion vor rund 40 000 Zuschauern gegen Hertha BSC. Dieser 28. Oktober 1998 ging in die Vereinsgeschichte der Lila-Weißen Tennis Borussen ein. Mit vier zu zwei gewann das Team von Trainer »Tiger« Hermann Gerland hochverdient und zeigte eine fußballerische Galaveranstaltung. Und auch künstlerisch brannten wir vor, während und nach dem Spiel ein buntes Feuerwerk ab:

»Es ist nicht nur das Spiel an sich, denn selbst, wenn es eigentlich ein Auswärtsspiel ist, versucht TeBe das Olympiastadion zu einer echten Heimstätte zu machen. Unter dem Motto ›TeBe – mehr als nur Fußball‹ bietet der Verein den Zuschauern seit Saisonbeginn ein buntes

Romy Haag ist Stammgast in der ufaFabrik und eine enge, liebe langjährige Freundin.

Rahmenprogramm vor und während des Spiels. Sei es Juppy, der neben dem neuen Pressesprecher Daniel Gäsche die Stadionmoderation leitet oder die Sambatrommler der ufaFabrik ›Terra Brasilis‹, TeBe bietet Fußball, Spaß und Unterhaltung für die ganze Familie. Vor dem Hertha-Spiel geben unter anderem die ›Teens‹ ein beachtliches Comeback im Vorprogramm. An diesem Abend stimmt alles, und vielleicht ist dieses Spiel gegen Hertha, das beste Spiel, dass Tennis Borussia in den 90-ern zeigt.« (100 Jahre Tennis Borussia Berlin, 1902-2002, Eine Chronik, S. 118)

Ich wusste schon Tage vorher, wenn ich mein Mikrofon in die Hand nehme, geht von den Hertha-Fans ein Pfeifkonzert los. Da kann einem Fußballer sogar das Herz in die Kniekehle rutschen. Dann wollte ich aber mal anständige Pfiffe hören. Ich sagte vor dem Spiel: »Ihr habt Preetz und Ali Daei.« Riesenapplaus. »Aber wir haben Melzig, Copado, Akrapovic, Aracic.« Pfiffe. »Euer Trainer ist Jürgen Röber.« Applaus. »Aber der Trainer von Tennis Borussia, das ist der Tiger.« Pfiffe. »Okay, ihr seid mir Fans.« Riesenapplaus. »Aber hinter Tennis Borussia steht die Berliner Kulturszene. Samba-United und ›Terra Brasilis‹.« Es kamen 120 Sambatrommler ins Stadion. Da wurden die Hertha-Fans so klein mit Hut. Stimmen werden leiser und heiser – aber Trommeln immer lauter!

Vier Wochen nach dem Pokalspiel gegen Herta kamen auf dem Flughafen Tempelhof fünf Skinheads auf mich zu. Sie nahmen mich als »Zielgruppe« ins Visier. Ich schaute mich schon mal vorsorglich nach

Winfried Schäfer mit »Charlie Chaplin« unter dem Motto »Mit Winnie in die Championsleague«.

einem Hinterausgang um. Da standen sie um mich herum. »Mensch, Juppy! Was du da losgemacht hast! Ick find TeBe Scheiße, ick bin Herta-Fan! Aber det war mein schönster Tach im Olympiastadion! Danke dir.« Und ich erwiderte: »Na, dafür haben wir es auch gemacht.«

Leider zerplatzten alle Bundesliga-Träume im Jahr 2000. Obwohl die Mannschaft mit Ach und Krach unter Trainer Winfried Schäfer sportlich noch die Zweite Liga gehalten hatte, wurde TeBe die Lizenz für die neue Zweitligasaison verweigert. Der Verein war der Aufforderung des Deutschen Fußballbundes nach einer Bankbürgschaft in zweistelliger Millionenhöhe nicht nachgekommen. Der Vorstandsvorsitzende Erwin Zacharias, gleichzeitig starker Mann beim TeBe-Sponsor »Göttinger Gruppe« spielte Kräftemessen mit dem DFB und verlor. Ich hatte ihm schon früher einmal gesagt: »Eh, Zacharias. Entweder du willst berühmt werden oder in die Champions-League. Beides wird dir nicht gelingen.«

TeBe wurde 2000 in die Regionalliga zurückgestuft, unser Kulturengagement hatte sich erledigt. In der Bundesliga steckt mir zu wenig Liebe drin. Da geht der Vorstand vor dem Spiel in die Umkleidekabine, wo sich die Spieler vorbereiten, als Helden aufzulaufen. Wenn dann der Präsident fordert »Bei so viel Euro will ich aber mal richtige Leistung sehen«, laufen die Spieler aufs Feld raus wie Angestellte und nicht wie Helden.

Meine Liebe zum Fußball ist deshalb natürlich nicht erloschen. Ich glaube auch weiter daran, dass Kultur und Sport im Fußballstadion eine sinnvolle Symbiose eingehen können. Die vielen Nachahmer dieser

Mit Christoph Daum 2004 im Stadion, Türkiyemspor – Fenerbahce Istambul.

Idee in den Fußballstadien Deutschlands und der Welt machen das deutlich.

Im Sommer 2004 trat ich mit einigen Künstlern im Jahnsportpark auf. Berlins Oberligist Türkiyemspor empfing in einem Freundschaftsspiel den türkischen Fußballmeister Fenerbahce Istanbul. Ich freute mich ganz besonders darauf, einen von mir bewunderten »Fußball-Verrückten« kennen zu lernen: Fenerbahces deutschen Trainer Christoph Daum. Wir plauderten vor dem Anpfiff miteinander und Daum war begeistert, dass wir für Stimmung im Stadion sorgten. Es wurde ein friedliches Fußballfest, laut und bunt. So wie Fußball eben sein sollte

Ich spielte Jahrelang bei Hansa 07 III Kreuzberg/Verbandsliga.

»Ich weiß, wir werden kämpfen,

ich weiß, wir werden siegen,

ich weiß, wir werden leben,

und wir werden uns lieben.

Der Planet Erde

wird uns allen gehören,

und jeder wird haben, was er braucht.«

Ton Steine Scherben

Klaus Wowereit, Regierender Bürgermeister
von Berlin, liebt das Brot aus unserer Bio-Bäckerei.
Regelmäßig holt er sich das Vollkornbrot oder Brötchen.

Sturm auf den Reichstag

In Trier hatten die Leute immer versucht, mir eine politische Haltung zuzuschreiben. »Ja, Juppy, was bist du denn für einer? Bist du ein Marxist? Ein Marxist-Leninist? Ein Trotzkist? Ein Maoist? Ein Anarcho-Marxist? Was bist denn du für einer?«, wurde ich von so vielen gefragt. Ich antwortete dann immer: »Also hört mal. Der Lenin ist doch schon längst tot. Und wie soll denn Mao durchblicken, was hier bei uns los ist? Das wissen wir doch alles viel besser. Ich mache, was ich mache. Und ich bin, was ich bin.« Politische Festlegungen und Definitionen sind dabei eher störend.

Ich beziehe jedoch politisch klare Stellung, wenn mich Dinge in unserer Gesellschaft besonders aufregen. Die Streichung der Berlinhilfe im Jahr 1995 war so eine Sache, die mich in Rage gebracht hat. Man wollte Berlin als Hauptstadt, als Nummer eins. Aber worin sind wir denn die Nummer eins? Wir sind doch in vielen Belangen immer nur die Hauptstadt der Zweigstellen. Wenn man wirklich mal einen Sponsor finden will, dann muss man zur Hauptstelle nach Paderborn, nach Münster oder nach Stuttgart. Die Deutsche Bank ist einst in Berlin gegründet worden. Aber warum steht der Tresor in Frankfurt? Dachte man nach dem Krieg, wenn wir den nicht schnell nach Frankfurt schaffen, steht der übermorgen in Moskau?

Am 8. März 1995 schrieb ich einen offenen Brief an den damaligen Bundeskanzler Helmut Kohl.

»Verehrter Herr Bundeskanzler, in Westdeutschland scheint jeder zu glauben, nach dem Fall der Mauer sind Berliner nur glückliche Menschen. (...) Die Wahrheit ist, daß immer mehr Menschen, gerade in West-Berlin sich im Stich gelassen fühlen. Die Stimmung hier sinkt täglich und erinnert an die Tage des Kalten Krieges. Überall um uns herum wird investiert, ist großer Aufschwung. Nur in West-Berlin geht's wirtschaftlich bergab – steigende Arbeitslosigkeit, Kulturabbau und noch immer enorm hohe Lebenshaltungskosten, wegen des Standortnachteils, an dem sich nichts verändert hat. Ob Hamburg, Köln, Frankfurt, München, wo haben sich die Lebenszusammenhänge der Menschen durch die Wiedervereinigung so total verändert, wie hier bei uns in West-Berlin? (...) Wissen unsere west-deutschen Freunde überhaupt, daß ihr großes Opfer – der Solidaritätszuschlag – an West-Berlin vorbeigeht? Früher waren wir der Westen im Osten. Heute sind wir mitten im Osten,

werden aber (...) finanziell, als Westen betrachtet. Um Kosten zu sparen, um uns auszuhungern? Wurde die Mauer in Bonn neidvoll als Berliner Luxus angesehen? (...) Warum muß ausgerechnet West-Berlin für die gesamte unbewältigte Vergangenheit schon wieder am meisten büßen? Waren es die Pfiffe am Brandenburger Tor – oder warum? Über 40 Jahre lang haben die Menschen in West-Berlin das Symbol der Freiheit weltweit hochgehalten. Amerikanische Präsidenten kamen deshalb extra hierher, um sich mit diesem Symbol und der Bevölkerung zu identifizieren, indem sie bekannten ›Ich bin ein Berliner‹. West-Berlin hat die Blockade, das Chruschtschow-Ultimatum und den Mauerbau überlebt. Soll jetzt die Wiedervereinigung für uns die nächste große Krise sein? (...) Warum wird immer nur von fünf neuen Bundesländern gesprochen, was ist mit Berlin? Wenn unsere westdeutschen Freunde uns jetzt nicht helfen, dann wird das Liebevolle, Frische und Schöpferische unserer Kultur, weshalb sie immer gerne wiederkommen, in den nächsten Jahren ausgerottet sein. (...) Erst wenn die Ehe mit Brandenburg längst vollzogen ist, (...) und qualifizierte neue Arbeitsplätze entstanden sind, dann kann Berlin auf eigenen Beinen stehen. (...) Selbst die Mühe der West-Alliierten, die uns in all den Jahren mit viel Aufwand die Freiheit garantiert haben, wird zum Hohn, wenn Berlin vom Bundeskanzler zum Thema 2. Klasse abgeschoben wird. Der Papst, Bischöfe beider Staatsreligionen müßten aufstehen, um dieser himmelschreienden Ungerechtigkeit entgegenzutreten. Reihenweise treten Berliner aus der Kirche aus, um mit diesem Geld wenigstens einige Löcher ihrer sinkenden Lebensqualität zu stopfen. Zu all diesen Problemen kommt noch ein weiteres, gravierendes dazu: Früher waren wir getrennt durch die Mauer, heute sind West- und Ost-Berlin getrennt durch unterschiedliche Gehälter. Das ist auch eine dicke Mauer. Deshalb brauchen wir für Berlin gleiche Behandlung in Ost und West, und die Unterstützung der Bundesregierung für ganz Berlin. Eine Lösung muß her, mit der Berlin leben kann und damit der historische Ausspruch ›Schaut auf diese Stadt‹ endlich mal im optimistischen Sinne ausgesprochen werden kann.«

Und was ist passiert in all den Jahren? Ost und West sind immer noch durch unterschiedliche Löhne voneinander getrennt; ein Bankenskandal hat Berlin in eine tiefe Finanz- und Identitätskrise gestürzt; die Vereinigung von Berlin und Brandenburg zu einem gemeinsamen Bundesland ist in weite Ferne gerückt; die Gräben zwischen Ost und West werden leider sogar tiefer statt flacher. Es wird weiter diskutiert, welche kulturellen Leuchttürme Berlin behalten sollte und welche man sich nicht mehr leisten kann. Ich kann nur sagen: Man kann die Stadt nicht als Präsentierteller weltweit anbieten, sich dann aber auf Bundesebene zurückhalten. Opern, Theater, Kulturdenkmäler in Berlin sind für die gesamte Bundesrepublik da. Deshalb sollten sie auch vom Bund finanziert werden. »Die Deutsche Oper gesponsert von der Bundesrepublik Deutschland« – klingt doch gut! Das ist das gesamte Deutschland der Stadt Berlin schuldig.

Wir haben noch viel wiederzuvereinigen in Berlin. Aber das ist das Schönste daran, denn wir haben hier schon Schlimmeres erlebt.

Wir West-Berliner haben uns immer überlegen müssen, was wir tun können, damit uns diese Ungerechtigkeit mit der Mauer nicht ständig im Alltag tangiert und wir nicht täglich mit schlechter Laune herumlaufen. Die verrücktesten Typen in Deutschland kamen ja gerade deshalb extra nach West-Berlin, um zu helfen, so eine Situation durchzustehen. Ich möchte das mal mit einem wunderschönen Begriff ausdrücken: »Wir haben uns in West-Berlin ein ›Biotop unter den Kulturlandschaften der Welt‹ geschaffen.« In keiner anderen Stadt war dies so möglich. Und nur hier in diesem West-Berlin konnte so etwas Einmaliges entstehen wie die ufaFabrik. Hier war der Geist für so etwas, das war unser West-Berliner Überlebenskampf. Deshalb muss man dieses Biotop auch schützen, da es nur durch 40 Jahre Repressionen entstehen konnte. Mit keinerlei Milliarden Euro hätte man das aufbauen können, das haben die Menschen nur für sich selbst gemacht und ihre Stadt. Das ist unbezahlbar. Das könnte man als Beispiel für persönliches Engagement in die ganze Welt übertragen und nicht einfach wegsanieren, wie es heute oft unbewusst gemacht wird. Wolfgang Neuss hat einmal gesagt: »Was der Zweite Weltkrieg nicht geschafft hat, die Mauer hat's gebracht – die ekelhaftesten Leute haben die Stadt verlassen.« Und nun muss man überlegen, wie man das bewertet, dass nun so viele von denen wieder zurückkommen, weil das vereinte Berlin plötzlich wieder »in« ist?

Die Idee, in der wiedervereinigten Stadt, als Symbol des Wandels und des Friedens, die Olympischen Spiele 2000 auszurichten, hatte nicht überzeugt. Im Jahre 1993 fiel in Monaco die Entscheidung. Das Internationale Olympische Komitee wählte Sydney, Berlin scheiterte kläglich. Schuld daran waren Eitelkeiten, Filz und Korruption. Als ich die Ereignisse um die Olympiakandidatur Leipzigs für 2012 mitverfolgte, musste ich an den gescheiterten Bewerbungsversuch Berlins denken. Ich hatte mir die Spiele für Berlin von ganzem Herzen gewünscht.

Im Juni 1993, noch vor dem Aus, versuchte ich mit einem leidenschaftlichen Appell in der »Berliner Zeitung« und im »Olympia-Kultur-

Journal« eine Lanze für die Olympischen Sommerspiele in Berlin zu brechen. »Zweiter werden ist angesagt« formulierte ich damals.

Wenn wir heute die Entwicklung der Menschheit betrachten, die uns in vielen Dingen nicht gefällt, und wir analysieren, was wir auf unserem Weg eventuell falsch gemacht haben, dann stoßen wir auf das Jahr 393, als die Römische Kirche die Olympiade als Treffpunkt der kulturell Aktiven verbot. Selbst der römische Kaiser Nero ließ sich 67 n. Chr. bei den Spielen in Olympia als Sieger im Gesang feiern! Historiker meinen, wenn er nicht Kaiser von Rom gewesen wäre, hätte er wohl auch den fünften oder sechsten Platz gemacht. So schlecht kann er also nicht gesungen haben, wie Peter Ustinov als Nero in dem Film »Quo Vadis«. Die Wissenschaftler fanden auch heraus, dass die Christen Rom in Brand steckten und Nero mit seinen Prätorianern über ein Drittel der Stadt gerettet habe. Wo mag das Original von diesem Geschichtsbuch liegen? Wahrscheinlich im Keller des Vatikans. Wer die Geschichte fälscht produziert Kriege, Mord und Totschlag.

Seit dieser Zeit sind Musiker, Schauspieler, Schriftsteller und Maler verarmt, noch heute ist der Kulturminister der größte Bittsteller einer Regierung. Seit dieser Zeit haben wir hohe kulturelle Errungenschaften vergessen. Die Geburt eines Menschen ist eine glibberige Sache, die man den Ärzten überlässt, und über den Tod redet man in unserer Gesellschaft am liebsten nicht. Über Drogen wird nur hinter vorgehaltener Hand gesprochen. Aktive Kultur ist für die meisten heute ein Fremdwort, oder man versteht darunter nur – ins Theater gehen – oder – zu Hause am Knopf des Fernsehgerätes zu drehen. Dabei sind Kultur und Kulturaustausch die beste Schule der Gesellschaft, wo jeder lernen kann, seinen Nächsten zu achten. Auch der Sport, der uns heute als ein Zehntel der Original-Olympiade geblieben ist, hat einen großen Beitrag geleistet für die friedliche Kommunikation auf der Erde. Doch können wir uns in der heutigen Zeit nicht mehr leisten, nur mit zehn Prozent, nur den Sportlern, zu arbeiten. Um die Spannung im gesellschaftlichen Geschehen zu halten, werden die Sportler getrieben, bis sie Krüppel werden oder gar drogenabhängig. Sportler, ihr habt Großartiges geleistet! Ihr seid nicht allein für Spannung und Laune verantwortlich. Da sind wir auch noch. Wir, die Kulturschaffenden dieser Welt, die anderen 90 Prozent! Heute ist es vollkommen unwesentlich, ob einer die 100 Meter in 9,87 oder 9,86 Sekunden läuft. Um die Probleme lösen zu können, die wir in der Gesellschaft haben, müssen wir eher Menschen fördern, die Phantasie in unsere Welt bringen. Auf diese hundertstel Sekunde können wir gern verzichten – und schon ist das Drogenproblem gleich mit erledigt. Die militärische Umgangsweise der Sportfunktionäre mit ihren Aktiven, die uns oft desillusioniert, ist nur aus der Geschichte zu erklären. Da wird ein Weltmeister in allen Zeitungen groß als Held gefeiert, dann sagt ein Funktionär: »He, du da, geh' jetzt mal ins Röhrchen pissen!« Wenn Mick Jagger nach einem Konzert im ausverkauften Wembley-Stadion vor 100 000 Zuschauern auf das Kommando eines Funktionärs ins Röhrchen pinkeln würde, wären das nächste Mal keine 100 Fans mehr da. Ich möchte nicht wissen, wie Mister Jagger auf eine solche Anweisung reagieren würde. Da haben es unsere netten Sportler heute schwer, denn sie sind mit der negativen Geschichte der alten Griechen belastet. Damals gab's nicht die Josef Neckermann Stiftung, die Sportler gefördert hat. Die Sportler von damals waren Soldaten. Der beste Speerwerfer hatte sicherlich auch im Kampf die meisten Kerben auf der Klinge und war weniger geachtet als gefürchtet. Ich kann mir gut vorstellen, dass es die Künstler waren, welche die Sportler bei der Olympiade eingebaut haben und nicht umgekehrt. Mit dem Argument: »Wenn wir die nicht einbauen, diese Skinheads, haben sie sowieso gleich soviel Cerveza gesoffen und prügeln sich rum, wie sollen wir da eine friedliche Olympiade machen?« Wenn man sich dann überlegt, dass 1896 nur die Olympiade der Sportler wieder im Vordergrund stand, dann weiß man auch, dass die Bedeutung der Kultur für die Gesellschaft bis heute nicht verstanden wird.

Berlin hätte im Jahre 2000 die große Gelegenheit gehabt, an diesem historischen Datum einen Neuanfang zu wagen und gleichberechtigt mit der Kultur und dem Sport zu einem weltweiten kommunikativen Treffpunkt zu werden. Wie hätten wir besser mit der Geschichte von »Olympia 1936« aufräumen können, wenn Berlin eine hundertprozentige friedliche Kommunikation mit der Kultur und dem Sport auf der Welt verbreitet hätte?

Die Berliner wollten die Olympischen Spiele nur, wenn sie alle hätten mitmachen können. Das wäre genau der richtige Weg gewesen. Man hätte die Olympiagegner vernünftig in die Diskussion mit einbeziehen müssen. Das waren ja schließlich intelligente Leute. Dann hätte man auch den besten Geist Berlins genutzt. So entstand ein Konzept an einem grauen Tisch, welches die Menschen nicht anmachte. Statt die Kritiker als Wetzstein für die besten Ideen zu nutzen, wurden sie gar nicht als Widerpart begriffen, sondern als Feinde. Das war pure Arroganz. Mein Vorschlag war zum Beispiel, ein Olympisches Dorf unter anderem mit japanischen, holländischen und russischen Elementen zu planen. Da hätten wir auch für die Zeit nach den Spielen wirklich neue Attraktionen in der Stadt gehabt. Aber stattdessen nur Bärchen, Sticker,

T-Shirts und Krawatten – Werberamsch eben. Was hat so etwas denn mit einer neuen Welt zu tun, die wir aufbauen müssen?

Wenn wir mit dem Hauptstadtgefühl einer Mutter oder eines Vaters die anderen Städte einbezogen hätten und die Olympiade nicht nur für uns allein hätten haben wollen, dann hätten wir auch deren Unterstützung gewinnen können. Wir hätten jede Menge neue, gute Sportstätten gebrauchen können, nur einige Projekte wie das Velodrom, die Max-Schmeling-Halle oder der Europa-Schwimmpark an der Landsberger Allee wurden umgesetzt.

Wenn sich im Jahr 2000 Dichter, Denker, Computerfreaks, Musiker und Komponisten, Rollstuhlfahrer und Einbeinige, Maler, Bildhauer und Tänzerinnen, Architekten und Sportler in Berlin zu den Olympischen Spielen getroffen hätten, wäre das nicht nur für uns, sondern für alle Städte der Welt eine Bereicherung gewesen. Und wenn die Graffiti-Künstler dieser Stadt dem mittlerweile sanierten Olympiastadion ein neues äußeres Outfit verpasst hätten, dann hätten die Gäste aus aller Welt bestimmt staunend davor gestanden und gesagt: »Donnerwetter, die Deutschen haben ja ganz schön aufgeräumt mit '36. Das ist ja ein echtes Stadion der Jugend!«

Die Leute wollen heute andere Spiele. Sie wollen Heiterkeit, Humor und Phantasie. Nicht siegen wollen, zweiter werden ist angesagt.

Zu diesen Grundsätzen stehe ich noch immer. Auf einem Festempfang stellte ich einigen Funktionären vom IOC, die Berlin einen Besuch abstatteten, um die Olympia-Bewerberstadt kritisch unter die Lupe zu nehmen, einige dieser Thesen vor. Ein Raunen machte sich breit. »That's the way. That's the way«, riefen manche und nickten zustimmend mit den Köpfen. Und auch mit dem früheren Präsidenten des Organisationskomitees der Olympischen Spiele in München und NOK-Präsidenten für Deutschland, Willi Daume, diskutierte ich leidenschaftlich darüber vor laufenden Kameras. Genutzt hat es leider nichts. Berlin scheiterte kläglich, bekam bei der Olympiaentscheidung in Monaco nur neun von 89 Stimmen und landete sogar noch hinter der nordenglischen Stadt Manchester. Ohne mich hätten sie zwei weniger bekommen! Viele in der Stadt trauerten noch lange dieser verpassten Chance auf Olympische Spiele in der vereinigten Hauptstadt hinterher. Die Fußball-Weltmeisterschaft 2006 wird ohne Zweifel ein Glanzlicht in Berlin setzen. Aber ich halte weiter an meinem Olympiatraum fest – ob 2016 oder 2020 – ich bin bereit!

In all den Jahren wurde ich oft gefragt, warum ich nicht in die Politik gehen würde. Meine Antwort war und ist immer die gleiche: »Ich bleibe das, was ich bin: Ein freier Mensch. Und als freier Mann kann ich in dieser Stadt mehr verändern, als wäre ich Regierender Bürgermeister von Berlin.«

Ich bin oft erschrocken und es macht mich traurig, wenn ich sehe, wie wenig die meisten Politiker, die Machthaber dieser Erde, wirklich darüber wissen, wie der Mensch funktioniert. Wir bieten im Prinzip in der ufaFabrik doch das, wovon jeder Politiker der Welt träumt. Wir backen leckeres Brot und haben unsere eigene Circus-Show. Wir bieten: »Brot und Spiele«!

Und das zog im Laufe der Jahre immer mehr Politiker auf unser Gelände. Erst kritisch beäugt, wurde die ufaFabrik für viele von ihnen zum Vorzeigeobjekt. Hier gab man sich gern volksnah und machte Wahlkampf, um auch andere Wählergruppen für sich zu gewinnen: *»Bürgermeisterkandidat Apel war auf ›good will tour‹ durch Berlin. Heute bei uns auf dem Platz mit großem Gefolge. Ca. 15 Fotografen, etliche Journalisten aus allen Richtungen, taz, Stern, Spiegel, Frankfurter Rundschau. Führung über den Platz (Juppy und Rudolf): Apel wollte unseren alten Walter begrüßen, der es aber höflich übersehen hat, worauf Juppys Kommentar: Daß Walter dem Vater des Nachrüstungsbeschlußes nicht die Hand gibt.«* (Aus dem ufaTagebuch vom 18. April 1984)

Als der ehemalige Regierende Bürgermeister von Berlin, Walter Momper, der dieses Amt zwischen 1989 und 1991 innehatte, 1999 als Spitzenkandidat der SPD noch einmal für das Amt des Regierenden Bürgermeisters ins Rennen ging, rief er mich an. »Könntest du morgen auf dem SPD-Parteitag im Internationalen-Congress-Centrum für mich sprechen, dass ich Regierender Bürgermeister werde?« Ich war leicht irritiert. Bisher kannte ich derartige Parteitage ja nur aus der »Tagesschau«, nun sollte ich auf einem solchen eine Rede halten. Ich zögerte, weil ich mich nicht einmischen wollte. Schließlich bin ich nicht parteipolitisch, sondern politisch. Wir gehören der ganzen Stadt und nicht nur einer Partei.

Nach einer kurzen Denkpause antwortete ich ihm: »Abgemacht. Aber du musst mir nicht sagen, was ich sagen soll.« Momper hatte fünf Freunde benannt, die nicht SPD-Parteimitglieder waren und für ihn sprechen sollten. Obwohl er eigentlich schon zum Spitzenkandidaten auserkoren war, hatten viele SPD-Mitglieder Momper öffentlich kritisiert und dadurch arg geschwächt. Ich trat ans Rednerpult und sagte: »Also Leute, ich glaube, ich muss mir ja mehr Sorgen machen um die SPD als um Walter Momper. Da kürt ihr einen zum Spitzenkandidaten und der wird überall in der Partei fertiggemacht. Also ich kann euch eins sagen: Bei uns Chaoten von der ufaFabrik würde so etwas nicht vorkommen. Ihr von der SPD müsst mal eins lernen: Ein Künstler kann Tausende Menschen zum Lachen oder zum Weinen bringen. Und mit dieser Macht müsst ihr umgehen lernen. Außerdem singt er das Deutschlandlied inzwischen einwandfrei.«

Walter Momper verlor die Wahl, Eberhard Diepgen wurde noch mal Berlins Regierender Bürgermeister. Momper bekleidete das Amt des Parlamentsvizepräsidenten.

Am 16. Juni 2001 wurde erstmals in der Berliner Nachkriegsgeschichte mit Eberhard Diepgen ein Regierender Bürgermeister durch einen Misstrauensantrag gestürzt. Mit den Stimmen der PDS wählten SPD und Grüne Diepgen nach zehn Jahren an der Spitze der Stadt mit nur zwei Stimmen über der erforderlichen Mehrheit ab. Walter Momper wurde zum Parlamentspräsidenten des Berliner Abgeordnetenhauses gewählt.

Für einige Tage grassierte in diesem Juni 2001 plötzlich auch mein Name im politischen Lager. Man hatte mich als möglichen Kultursenator ins Gespräch gebracht; also auch Witze gemacht. Adrienne Goehler wurde dann 2001 Kultursenatorin in Berlin bis zum Ende der rot-grünen Koalition im Januar 2002.

Eberhard Diepgen besuchte u.a. 1999 die ufaFabrik; im Wolfgang-Neuss-Salon.

Ich beneide keinen Politiker, der in Berlin Kultursenator ist. In einer Stadt, wo er eher ein »Landeskonservator für Kulturgüter« ist und jedem Künstler, der ihm nur die Hand schütteln will, entgegenrufen muss »Ich hab nix« lassen sich nur wenige Akzente auf kulturellem Gebiet setzen. Im Prinzip müsste der Kultursenator gleichzeitig Wirtschaftssenator sein, damit innovative, kulturelle Unternehmen in dieser Stadt gefördert werden. Wir sollten in das beste Produkt investieren, was in Berlin entstanden ist – die Berliner Kultur. Wir müssen fördern, was unser Image ausmacht. Doch wo etwas rauskommen soll, muss erst einmal etwas rein gesteckt werden.

Als Kultursenator braucht man in Berlin ein neues Konzept. Es muss verstärkt Förderungen geben, damit mehr Berliner Künstler ihre Produktionen in anderen Städten und Ländern präsentieren können und nicht nur die Klassiker. Wir brauchen mehr Freiräume, damit in dieser Stadt neue Musik-, Theater- und andere Shows produziert und gespielt werden. Die Förderung junger Talente sollte ganz oben auf der Agenda stehen. Es sollten nicht nur »große Stars« eingekauft werden. Stattdessen könnten wir in einigen Jahren unsere eigenen Stars verkaufen. Unter Fußballern würde man sagen, etwas mehr Ajax und weniger Real. Kultur fängt bei unseren Kindern an. Wie anders wollen wir die zunehmende Gewaltbereitschaft unter den Jugendlichen sonst verändern? Irrtümer reparieren, Träume verwirklichen – das sollte eine zentrale Aufgabe sein, an der zukünftige Kulturpolitik in Berlin und ganz Deutschland entscheidend mitwirken muss.

Kultur erhöht die Lebensqualität jedes einzelnen Menschen. Durch kulturelle Angebote kommt keine Langeweile auf. Es wäre schön blöd, wenn wir in diesen Knüller namens Kultur immer nur halbherzig investieren. Ich bin auch der Meinung, dass der Kultursenator sich in eines der wichtigsten kulturellen Gebiete, der Architektur, mehr einmischen sollte. Denn viele Architekten heute sind nur noch moderne Designer. Wie es in New York, Tokio, auch am Potsdamer Platz in Berlin aussieht, das wissen wir längst. Es wird aber weitere große Bauprojekte, wie zum Beispiel den Alexanderplatz, geben. Wollen wir nicht versuchen, endlich mal einen eigenen Weg zu gehen und uns die Natur in die Stadt zurückholen? Aus einem grauen Platz eine bunte Spielwiese machen. Nicht, dass man mich falsch versteht. Ich habe nichts gegen Hochhäuser. Aber die müssten so aussehen, als ob ich im Dschungel wäre. Man könnte Hochhäuser in Stufenform bauen, mit Bäumen auf dem Dach, begrünt, wie wir es mit den Dächern der Häuser in der ufaFabrik gemacht haben. Und mit Kletterpflanzen und Lianen, an denen man sich von Fenster zu Fenster schwingen kann. Wenn wir es schaffen, Berlin einmal so zu bauen, kommen die Touristen aus reiner Neugier automatisch hierher. Vielleicht ahmen in Zukunft die Städte in der Welt unseren Stil nach? Vielleicht sind wir dann Trendsetter? Ohne ein bisschen Che Guevara wird kein Kultursenator mehr auskommen. Es gehört Mut dazu, kulturelle Erblasten in Frage zu stellen und sich mit denen in der Gesellschaft auseinander zusetzen, die mit ihren Religionen den Überbau einer jeden Kultur repräsentieren wollen, damit aber vollkommen »out of time« sind.

Man muss auch den Mut haben, Fehler zu machen. Nur dann kann man Dinge verändern. Das ist es, was ich mir von Politikern wünsche.

Im Juni 2001 wurde Klaus Wowereit nach dem Ende der Großen Koalition zwischen CDU und SPD zum Regierenden Bürgermeister gewählt. Wowereit, ein gebürtiger Berliner mit Wohnsitz in Tempelhof, hat vom Beginn seiner politischen Karriere an immer die Geschehnisse rund um die ufaFabrik wohlwollend begleitet. Er ist ein Befürworter unseres Projektes und hatte als Bezirksstadtrat für Kultur in Tempelhof stets ein offenes Ohr für uns.

Drei Wochen nach seiner Wahl zum Regierenden Bürgermeister, ich war gerade in unserer Küche beim Mittagessen, stürmte Yvonne herein und rief: »Hey, Juppy! Der Regierende steht im Eingangsbereich!« Ich aß gemütlich weiter, glaubte dem Ganzen nicht, dachte, dass er doch genug zu tun haben müsste und antwortete: »Na dann bestell' ihm mal einen schönen Gruß. Bin beim Essen.« Ungläubiges Staunen und noch einmal die Beteuerung, dass Klaus Wowereit wirklich in unserer Zentrale stehen würde, mit ihm ein Tross von Fotografen und Kameraleuten. Das musste ich nun wirklich selbst in die Hand nehmen. Gemütlich stand ich auf und schlenderte zum Eingang. Wowereit winkte mir schon von weitem zu und lächelte mich an. »Mensch, Juppy. Ich will den Journalisten doch mal mein Berlin zeigen. Und das hier ist ein wichtiger Teil, wo ich immer mein Brot kaufe und die Programme besuche.« Ich freute mich sehr, Klaus auf unserem Gelände herumzuführen. In allen Räumen wurde gearbeitet. Theatersaal, Freilichtbühne, Varieté und Wolfgang-Neuss-Salon. Überall probten Künstler und Artisten. Ich lachte in mich hinein. Es wirkte wie eine perfekte Inszenierung, aber alles fand ohne Absprache statt. Hätte ich das alles geplant, dann hätte uns der Spaß bestimmt mehrere 1 000 Euro gekostet. So bekamen die Medienvertreter eine Bandbreite des kulturellen Lebens in der ufaFabrik zu sehen. Eine tolle Werbung für uns.

Gerührt war ich über seine Worte zu meinem 55. Geburtstag. So schrieb er unter anderem: *»Du, lieber Juppy, hast als Wahlberliner unserer Stadt vor 25 Jahren etwas geschenkt, was noch heute seinesgleichen sucht: Die ufaFabrik. Es ist eine Kulturoase, die meinen Heimatbezirk Tempelhof zu einem attraktiven Anziehungspunkt für Jung und Alt gemacht hat. Zugleich ist die ufaFabrik in all den Jahren nicht stehen geblieben – im Gegenteil: Sie geht mit der Zeit. Immer wieder gibt es neue und vor allem so unterschiedliche Angebote, dass einfach jede Berlinerin und jeder Berliner in diesem Kulturzentrum etwas nach seinem Geschmack finden kann. Lieber Juppy, ich weiß wohl, dass die ufaFabrik ein Kind vieler Eltern ist. Und dennoch: Ohne dich und dein Engagement, deinen Enthusiasmus und deine Ideen wäre aus der ufaFabrik wohl nicht solch ein einzigartiger Ort der Kultur, der Begegnung und des sozialen*

Miteinanders für Menschen aller Altersgruppen geworden. Dafür danke ich dir. (...) Du stellst die unterschiedlichsten Veranstaltungen auf die Beine, treibst Dinge voran, bist niemals arm an Ideen und gibst anderen neue Impulse.«

Klaus Wowereit und mich verbindet eine tiefe Anerkennung und ein gegenseitiger Respekt. Ich rechne ihm zum Beispiel hoch an, dass er auf der Gala zum 25-jährigen Bestehen der ufaFabrik bis zum Schluss geblieben ist. Die Veranstaltung ging fast vier Stunden. Kaum ein Politiker beweist solch ein Stehvermögen.

Politik ist ein verdammt schnelllebiges Geschäft. Ich bleibe lieber das, was ich bin und verwandle meine Träume in Realität, unabhängig von irgendeiner Parteimeinung. Ich habe großen Respekt davor, wenn sich einer ein politisches Amt aussucht. Aber ich könnte solch einen Job niemals machen. Ich bedaure manchmal sogar Politiker. Erst werden sie gewählt, dann wieder fallengelassen – hire and fire. Da muss man schon ein dickes Fell haben. Die Zeit vergeht und die Leute sind vergesslich. Ruhm verblasst in Lichtgeschwindigkeit. Wer weiß heute noch auf Anhieb, wie Berlins Regierender Bürgermeister vor 25 Jahren, 1979, hieß und wer damals Kultursenator war? Das waren Dietrich Stobbe und Dieter Sauberzweig!

Das beste Beispiel ist doch Klaus-Rüdiger Landowsky. Einst politisch die graue Eminenz in der Stadt und der starke Mann hinter Bürgermeister Eberhard Diepgen. Dann der tiefe Fall nach dem Berliner Bankenskandal. Vom politisch einflussreichsten Politiker Berlins zum Buhmann: Was für eine Welt! Aber ich kann nur eins sagen, auch wenn ich mir den Zorn von 3,5 Millionen Berlinern zuziehe: Wenn man als Künstler, als Geistesmensch in dieser Stadt mal ein Problem hatte und einen Politiker brauchte, dann war der einzige, der zugehört hat, Klaus-Rüdiger Landowsky. Man kann nicht nur darüber reden, was er Schlechtes geleistet hat, ohne zu erwähnen, wie dieser Mann sich um diese Stadt verdient gemacht hat.

Ich lernte Klaus-Rüdiger Landowsky 1980 kennen. Zusammen mit Rudolf und Uwe war ich als Vertreter der ufaFabrik von der CDU-Opposition in den Reichstag eingeladen worden. Dort sollte eine Diskussion mit CDU-Spitzenpolitikern stattfinden. Der spätere Regierende Bürgermeister Eberhard Diepgen, damals Fraktionsvorsitzender, und der Geschäftsführer der CDU, Klemens Siebner, überbrachten uns die Einladung. Ich sagte zum Abschluss des Gesprächs: »Also wenn ihr mit 40 Leuten aufwartet, dann bringen wir aber auch unsere Leute mit.«

Auf der Tagesordnung stand ein Thema, das West-Berlin zu dieser Zeit natürlich umtrieb: Die Hausbesetzungen. Die Atmosphäre in der Stadt war aufgeheizt, die Springer-Presse schürte das Feuer auf den Titelseiten ihrer Publikationen.

Der Senat förderte den Neubau von Wohnhochhäusern, Flächensanierung und Altbauabriss. Man wollte eine moderne Stadt bauen. Marode Altbauten sollten verschwinden. Erhaltenswerte Bausubstanz wurde teuer renoviert und gegen gesalzene Preise an betuchte Interessenten vermietet. Ganze Häuserblocks wurden »entmietet« und geräumt, standen oft jahrelang leer, bis endlich eine Abrissgenehmigung erteilt wurde. Manche Besitzer halfen auch aktiv nach, indem sie Leitungen aus den Wänden rissen, Kamine und Öfen zertrümmerten, Fenster zumauerten oder Wände einschlugen. »Kaputtbesitzen statt besetzen« war damals der Slogan der Besetzerszene. Als in Kreuzberg im Februar 1979 dann das erste Haus und im Juni das Ufa-Gelände besetzt wurden, hatte das einen »Dominoeffekt« zur Folge. Weitere Häuser folgten nach. Die Bewegung wurde zunächst geduldet, erst im Herbst 1980 kam es zu gewalttätigen Auseinandersetzungen zwischen Polizei und Besetzern. Der damalige Senat, mit dem SPD-Innensenator Peter Ulrich, entschied sich für die Berliner »Linie der Vernunft«. Ab Januar 1981 folgte dann die längste Serie von Besetzungen. Im Mai des Jahres hatte die »Hausbesetzer-Bewegung« ihren Höhepunkt erreicht. Rund 200 Häuser in West-Berlin waren gleichzeitig besetzt: Von Studenten, Schülern, Arbeitslosen, Punks, »Müslis«, Autonomen. Sie wollten Freiräume erkämpfen, Staat und Spießertum lehnten sie ab. Spekulanten waren für sie der Inbegriff des hässlichen Kapitalisten. Anders als zu Zeiten der politisierten 68er Studentenrevolte beherrschten nun Spontis die Szene, deren Motto lautete: »High sein, frei sein – ein bisschen Terror muss dabei sein.« Als im Mai 1981 ein neuer Senat gewählt wurde, bekam Heinrich Lummer unter dem Regierenden Bürgermeister Richard von Weizsäcker das Ressort des Innensenators. Er versuchte es auf die harte Art. Der Kampf um die besetzten Häuser erreichte im September 1981 seinen negativen Höhepunkt.

»Seit 8.00 Uhr früh geht pausenlos das Telefon wegen der Räumungen. Schon vorher war klar, daß heute geräumt wird, weil sich überall in der Gegend der besetzten Häuser die Bullen versammelten. Im Laufe des Morgens wurden alle 8 Häuser geräumt. Schon mittags gab es am Winterfeldtplatz und am Nollendorfplatz einigen Trubel. Nachmittags gab Lummer in der Bülowstraße 89 eine Pressekonferenz. Draußen davor eine Demonstration. Die Bullen trieben die Demonstranten weg in Richtung Potsdamer Straße mitten in den fließenden Verkehr. Ein 18jähriger

Demonstrant wurde von einem BVG-Bus erwischt – tot. Wir sind alle unheimlich betroffen und fühlen uns ziemlich hilflos. Heute war ein Schweigemarsch vom Olivaer Platz zur Potsdamer Straße mit vielen Leuten, auch stinknormale Bürger. Z. Zt. 23.00 Uhr ist Bambule am Nollendorfplatz und in der Bülowstraße.(...) Wir haben heute vor dem Kaffee eine schwarze Trauerfahne aufgehängt.« (Aus dem ufaTagebuch vom 22. September 1981 und 23. September 1981)

Im Laufe der Jahre spaltete sich die Besetzerszene in zwei Fraktionen: In diejenigen, die ihre Ruhe haben wollten, um ihre Häuser »instand zu (be)setzen« und in die Autonomen, die den Kampf gegen das System weiter führten. Ende 1984 erhielten die Bewohner von 77 Gebäuden langfristige Nutzungsverträge. Das letzte besetzte Haus, das Gebäude Pfarrstraße 104 in Berlin-Lichtenberg, ließ Innensenator Jörg Schönbohm am 24. Februar 1998 räumen. Das war das endgültige Ende der wilden Jahre der Hausbesetzungen, in denen zwischen März 1979 und November 1984, 281 Häuser besetzt waren, davon allein 143 in Kreuzberg. Rund 5 400 Menschen wurden polizeilich als Hausbesetzer registriert.

In uns sahen die Politiker die positiven und beliebten Hausbesetzer in dieser Stadt. 35 Mitglieder der ufaFabrik machten sich als Gastredner auf dem Weg zum Reichstag. Jeder von uns erschien in seinen Arbeitssachen: Der Bäcker mit weißer Schürze, der Heizungsmonteur im Blaumann, der Clown mit roter Nase. Wir parkten vor dem Reichstag, neben uns kam CDU-Geschäftsführer Siebner mit seinem PKW an.

Gemeinsam schritt ich an der Spitze des Trosses mit Klemens Siebner zum Eingang des Reichstags. Ich hatte noch niemals zuvor den Reichstag betreten. Siebner wollte lässig mit mir hineinschlendern, als wir die Stimme eines Sicherheitsbeamten vernahmen: »Ausweis«, sagte der Mann. »Ich bin hier der Veranstalter und der CDU-Geschäftsführer«, sagte Siebner. Der Sicherheitsbeamte und ein Kollege standen völlig unbeeindruckt vor uns. Der Beamte sagte erneut: »Ausweis.« Siebner sah aus wie ein begossener Pudel. Die Angelegenheit wurde langsam peinlich. Siebner machte seine Jacke auf, holte aus seiner Brieftasche seine Visitenkarte und zeigte sie dem Mann. Der nahm und las sie in aller Ruhe, gab sie Siebner wieder zurück und sagte: »Ihren Ausweis, habe ich gesagt!« Siebner holte Luft und atmete tief ein. Wir schauten uns beide kurz an, hakten uns unter und stürmten an der Sicherheitskontrolle vorbei in den Reichstag. Ich sagte Siebner dann: »Die erste Lektion hast du jetzt schon mal gelernt. Jetzt siehst du, wie man hier zu Lande mit Leuten umgeht.« Wir kamen in den großen Konferenzsaal und ich sah schon von weitem meinen Namen auf einem Schild stehen. Ich nahm

Platz und saß direkt neben Klaus-Rüdiger Landowsky. Ich kannte ihn bisher nur aus Zeitungen und dem Fernsehen. Plötzlich tippte er mir auf die Schulter und flüsterte: »Entschuldigen Sie bitte, Herr Juppy. Es gibt ein kleines Problem. Der Herr Diepgen, der eigentlich die Versammlung führen sollte, ist krank. Er hat die Grippe. Er wird gleich kommen und hier sein. Aber er will nicht die Versammlung leiten.« Ich schaute zu Landowsky. »Ja«, begann ich, »und wo ist denn jetzt das Problem?« Landowsky räusperte sich und erwiderte: »Na, ich soll jetzt die Versammlung leiten.« Ich verstand immer noch nicht, was er wollte. »Ist doch kein Problem«, gab ich zurück. Da sagte Landowsky zaghaft, während er sich erst umguckte: »Aber, wie soll ich anfangen?« Ich schaute ihn verdutzt an, meine Knie zitterten unter dem Tisch und ich dachte nur: Ach, du lieber Gott. »Aber Rüdiger, das ist doch ganz einfach. Hier haben wir alles schriftlich. Hier steht euer Thema drauf. Hier ist eure Einladung. Zuerst stellst du deine Leute vor und dann das Thema, über das diskutiert werden soll. Dann stellst du mich vor. Ich stelle dann meine Leute vor. Dann mache ich einen Rundumschlag und schon ist die Sache am Laufen. Dann brauchst du dir keine Sorgen machen.«

Es wurde eine gute und hitzige Diskussion mit den Kernfragen: »Was machen wir in Berlin alles falsch? Warum sind so viele Häuser besetzt?

Mit Dieter Hapel am 1. Juli 2000 beim Festival für den Hafen Tempelhof. Hapel war einst als Chef der Jungen Union, erbitterter Gegner der ufaFabrik und damals Bezirksbürgermeister von Tempelhof-Schöneberg; jetzt ein guter Freund.

Was machen wir falsch mit unseren jungen Leuten, die in die Stadt kommen?« Während ich meinen Vortrag hielt, hatte auch der grippekranke Eberhard Diepgen in unserer Runde Platz genommen. Bei fast jedem meiner Sätze schüttelte er den Kopf, wandte sich ab und schaute desinteressiert ins Leere. Ich war richtig sauer. Ich unterbrach meine Rede, drehte mich in Richtung Diepgen und sagte: »Pass' mal auf Eberhard. Ich sehe gerade, dass du hier der Oberpantomime bist. Doch ich sehe eine Menge Leute, die interessiert zuhören, worüber ich rede. Du kannst von mir aus weiter Pantomime machen, es interessiert mich nicht. Ich sag' dir nur eins: Ich guck' dich gar nicht mehr an. Schönen Tach' noch, Eberhard.«

Ich fuhr in meinem Vortrag fort. Eberhard Diepgen stand auf und verließ den Raum. Naja, er hatte Grippe. Wir machten ohne ihn weiter. Die CDU hatte sich danach enorm verbessert.

Ich mag Eberhard und seine Frau Monika. Ich habe Respekt vor ihm in seiner Zeit als Regierender Bürgermeister. Es ist falsch, nur auf Politiker einzuschlagen. Wer bereit ist dazuzulernen, der hat eine faire Chance verdient.

Das gilt auch für Dieter Hapel. Er war in den Anfangsjahren der ufaFabrik einer unserer größten Widersacher und Chef der Jungen Union, »glänzte« oft durch kernige Sprüche. Tempelhof war CDU-Land. Und die hatten Angst vor uns und wollten uns Knüppel zwischen die Beine werfen. Im Laufe der Jahre sind ihnen dann die Argumente ausgegangen, weil wir mit unserer Arbeit überzeugt haben. Hapel, der später sogar Bürgermeister von Tempelhof-Schöneberg war, wurde unser Freund.

Im März 1989, die Mauer stand noch, wollten wir von der Stadt Berlin einen Haushaltstitel haben. Uwe Lehmann-Brauns von der CDU sagte damals zu mir: »Mich musst du nicht überzeugen, Juppy. Ich bin doch ein Fan der ufaFabrik. Aber Hapel und Konsorten. Wenn die wenigstens Stimmenthaltung machen würden. Lummer dagegen ist ein feiner Kerl.« Da meinte ich: »Ach, der Hapel, den übernehm' ich.«

In einem Gespräch in der Cafeteria im Rathaus Schöneberg, wo die 15 konservativsten CDU-Politiker saßen, ging ich direkt auf ihren Tisch zu. Alle Abgeordneten und Senatoren stellten vor Schreck ihre Tassen hin. Jeder dachte: Oh, Revolution! Ich habe nicht gesagt: »Hände hoch, Revolution, raus!« Sondern: »Hallo Hapel. Ich habe gehört, es gibt Widersprüche. Hier bin ich, Mann zu Mann, Auge in Auge. Spuck' aus, was ist los?« Eine dreiviertel Stunde haben wir geredet über Berlin, über Beziehungen, über Drogen – alles, was anstand.

Am nächsten Tag waren Rudolf und ich in Sachen Lobbyarbeit wieder im Rathaus. Da kam Lehmann-Brauns ganz erschrocken auf mich zu: »Ja, was hast denn du gestern mit Hapel gemacht?« Ich war richtig erschrocken. Wollen die mir eine Leiche wie im Hitchcockfilm unterschmuggeln?, dachte ich. »Ja, was ist denn?«, fragte ich. »Ja, der ist so anders«, meinte Lehmann-Brauns. »Ja, wie denn?«, wollte ich wissen. »So positiv«, sagte er. »Da haben wir schon seit fünf Jahren daran gearbeitet. Was hast du dem denn gesagt?« Ich atmete erleichtert durch und wusste insgeheim, dass es richtig war, gerade mit dem scheinbar erbittertsten Gegner, den Dialog zu suchen.

Damals in den Zeiten des Terrorismus und des daraus immer größer werdenden Misstrauens hat sich ja kaum noch ein Politiker unter die Leute gewagt. Und wir haben uns Ende der 70er Jahre als einzige in Deutschland, von denen, die aus dem gleichen politischen Lager wie wir kamen, an die Politiker gehalten. Denn mir war damals schon klar: »Wenn ein Politiker nicht weiß, was die Leute wollen, wenn sie ihm es nicht deutlich artikulieren: Woher soll er es denn dann sonst wissen?«

Die erste Frage, die uns nach unserem Sturm auf die alte Traumfabrik immer wieder gestellt wurde, lautete: »Ja, seid ihr denn auch Terroristen?« »Passt mal auf«, habe ich dann immer geantwortet. »Nur weil das nicht von oben, von euch anerkannt ist, müssen wir noch lange keine Terroristen sein! Unseren Antrag könnt' ihr sehen, riechen, schmecken, anfassen und fühlen. Ich frage euch nun: Habt ihr jemals einen besseren Antrag gekriegt? Bisher haben wir unsere schriftlichen Anträge immer in Papierkörben und Schubladen verschwinden sehen.« Uns war klar, wenn wir in Deutschland etwas verändern wollten, dann mussten wir in dieser heißen Phase erst einmal etwas vorlegen, mit Argumenten überzeugen und Taten sprechen lassen.

Wir haben den Politikern gesagt, dass nicht nur gemacht werden kann, was sie von oben anordnen, da ihnen da oben die guten Ideen ausgehen. Die guten Ideen sind bei den Leuten, die letztlich die Arbeit machen, die Dinge entwickeln. Durch diese Offenheit haben wir es früh geschafft, ins Gespräch zu kommen – mit allen Parteien. Wir hatten keine Berührungsängste.

Mit dieser Form des einsetzenden Dialogs haben wir den Politikern außerdem Glaubwürdigkeit mitgegeben und die Möglichkeit, zu überdenken, wie man mit den Menschen umgeht und was hier für Menschen leben!

Meine beste Hilfe war der SPD-Fraktionsvorsitzende von Berlin-Tempelhof, Willi Blume. Er hatte mir erklärt, wie Politiker funktionieren und was sie wissen müssen. Da kann sich Berlins Regierender Bürgermeister Klaus Wowereit doch freuen, denn er war damals als junger Mann Blumes Stellvertreter und profitierte von dessen Wissen.

Wenn ich mir West-Berlin gerade in der aufgeheizten Atmosphäre der 80er Jahre angucke und sehe, wie viele leerstehende Häuser von aktiven Menschen wieder belebt wurden, die keine radikale und terroristische Auseinandersetzung mit dem Staat suchten, dann hatten die, genauso so wie wir mit der ufaFabrik, großes Glück nicht unter die Räder des Staatsapparates gekommen zu sein.

»Tornado-Günther« und Holger Klotzbach waren Mitte der 80er Jahre in der Berliner AIDS-Hilfe aktiv. Die Stadt tat zu diesem Zeitpunkt für dieses Problem recht wenig. Die AIDS-Hilfe plante, in Kooperation mit Rosa von Praunheim und der Berliner Presse, ein leerstehendes Krankenhaus zu besetzen. »Dazu holen wir uns aber den erfahrensten Experten dieser Stadt«, brachte mich »Tornado-Günther« ins Gespräch.

Unter meinem Kommando besetzten wir das Krankenhaus in der Nähe vom Flughafen Tempelhof. Ich ließ von einem Spezialisten, »Abteilung Türschlossöffner«, die Tür knacken. Vor dem Krankenhaus stand eine Telefonzelle. Dort sagte ich den Beteiligten: »Schaut mal dort drüben, die Leute an den Fenstern. Wenn wir jetzt gleich mit 80 Personen in dieses Krankenhaus reingehen, haben die in zwei Minuten die Polizei gerufen. Und bevor die das machen, mache ich es lieber selbst. Ihr könnt ja zuhören.« Ich wählte 110: »Wir besetzen jetzt mit der Berliner AIDS-Hilfe und der Presse im Interesse aller AIDS-Kranken von Berlin, die einen Platz in einer Klinik brauchen, das Krankenhaus neben der Schultheiss-Brauerei. Wenn Sie gleich mit dem Einsatzwagen kommen, denken Sie daran, um was es geht und gehen Sie vorsichtig mit den Leuten um. Es sind auch 'ne Menge AIDS-Kranke dabei.«

»Tornado-Günter«.

Wir gingen ins Haus und machten eine Sitzblockade. Die Tür wurde von innen verbarrikadiert. Die Polizei schaffte es, sie aufzubrechen und trug die ersten sieben hinaus. Holger Klotzbach und ich waren darunter. Sie hätten uns alle hinaustragen müssen, freiwillig wären wir nicht gegangen.

Unsere Adressen wurden an die Polizeizentrale weitergeleitet. Da sagte der Einsatzleiter zu mir: »Oben in dem Haus wohnt noch ein Hausmeister mit seiner Frau. Wir haben keine andere Chance, als euch hinauszutragen. Ihr habt alles gehabt, was ihr wolltet, die Presse und Öffentlichkeit. Wenn jetzt alle freiwillig hinauskommen, haben wir viel Arbeit gespart. Ihr habt doch erreicht, was ihr wolltet. Raus müsst ihr sowieso, wegen des Hausmeisters. Die sieben Adressen, die wir aufgeschrieben haben, sind vergessen.« Nach einer kurzen Beratung folgten wir dem Vorschlag.

Ein paar Wochen später kam es für uns sieben zu einer Gerichtsverhandlung wegen Hausfriedensbruchs. Bei Verhandlungen dieser Art tritt die Polizei als Zeuge auf. Als erstes kam der Einsatzleiter zur Vernehmung in den Gerichtssaal. Der Richter fragte ihn: »Kennen Sie einen von diesen Angeklagten?« Der Einsatzleiter drehte sich um und schaute zu den »Glorreichen Sieben«, beschützt von Rechtsanwalt »Johnny« Eisenberg. Ich trug natürlich meinen Hut und sah genauso aus, wie bei der Besetzung des Krankenhauses. Der Zeuge musterte alle, drehte sich zum Richter um und sagte: »Nein.« »Der nächste Zeuge bitte«, rief der Richter. Beim Verlassen des Saales setzte sich der Einsatzleiter noch schnell neben mich auf die Anklagebank und flüsterte mir ins Ohr: »Wir machen das genauso, wie wir das besprochen haben.« Keiner der Zeugen konnte sich an uns erinnern.

Spatzenfütterung vor dem Cafe Olé.

Ich denke oft an die Skepsis, mit der uns viele Nachbarn in den ersten Jahren etwas argwöhnisch beäugten. Einige kamen aber gleich, um unsere »Stadt in der Stadt« kennen zu lernen. Schließlich hatte sich dieser Husarenstreich wie ein Lauffeuer verbreitet. Wir waren die Neuen, die sich einbringen wollten. Wir waren keine Aussteiger, sondern Einsteiger. Und wir hatten gute Argumente.

Es ist ein bisschen so wie bei Umberto Ecos »Der Name der

Rose«. Die Kirche verbot das Lachen, weil die Menschen dadurch ihre Angst verlieren würden. Jetzt haben die Leute über uns gelacht, also haben sie keine Angst mehr. Wir sind mit etwas Neuem gekommen, was man vorher als gefährliche politische Richtung in eine Schublade gepackt hat. Als Kulturmensch muss ich mich weiter öffnen, denn als Künstler reparieren wir doch ständig die Brücken, die andere in der Gesellschaft mit ihrem Arsch einreißen. Also bin ich als Künstler für alle da, ich gehöre der ganzen Stadt. Wir sind politisch, aber nicht parteipolitisch. Und ich denke, man sollte auch mit den Rechtsextremen reden. Warum soll ich soviel mit den Linken rede, die wissen doch sowieso Bescheid. Also muss ich mit denen reden, die es nicht wissen, um sie aufzuklären. Früher musste man, um seinen Geist unter die Leute zu bringen, Riesendemonstrationen anzetteln – heute sitze ich manchmal im Café Olé, trinke einen Milchkaffee und habe eine größere Presse als damals mit 10 000 Demonstranten auf der Straße. Daher sehen wir es als unsere Aufgabe an, die Öffentlichkeit über unser Leben, unsere Arbeit und Kultur zu informieren. Wir wissen, dass viele auf der Welt ständig auf der Suche sind, wie es sich hier richtig leben lässt, welche Alternativen es gibt. Manche sind bis nach Poona zu Bhagwan gefahren. Im Grunde genommen braucht man nur stehen zu bleiben und sich umzuschauen, wo man ist und wer da ist.

Letztendlich war es einfach hier im Bezirk Fuß zu fassen, denn Tempelhof war damals eine Kulturwüste! Da waren die Bevölkerung und die Politiker von Anfang an froh, dass endlich überhaupt was passierte. Als wir schon ein paar Jahre hier waren, kam ein Historiker mit eine Analyse für das Land Berlin, weil es sich Sorgen um Tempelhof machte: »In jeder westdeutschen Kleinstadt, in jedem Stadtbezirk Berlins, gibt es eine Frauenbewegung und eine Schwulenbewegung, nur in Tempelhof nicht. Und das gibt uns doch sehr zu denken.«

Es hat sich schließlich dann doch vieles gebessert. Damals hatte ich zum Beispiel immer einen Riesenärger wegen meiner langen, roten Haare. Heute muss ich glatt einen Antrag beim Landeskonservator stellen, wenn ich mir mal die Haare schneiden lassen will. Die Zeiten ändern sich. Zum Glück! Heute sind viele in Berlin stolz auf uns. Wir haben immer gewusst, wie wir uns gut zu präsentieren haben. Denn das konnten wir in der Stadt sehr schnell lernen. Wir waren immer darauf angewiesen, unsere Gäste gut zu behandeln, denn es war früher schwierig genug, hierher zu kommen.

Ich habe sogar die Zöllner an der Grenze anständig einarbeiten müssen. Anfang der 70er Jahre, eine schreckliche Zeit an der Mauer, gab es auf der Ostseite ziemlich harte Kontrollen an der Grenze. Wir wurden gecheckt, gefilzt, rein in die Garage, alles auspacken usw.

Ende der 70er Jahre sagten die im Osten mit einem Mal: »Schönen guten Tag, Ihren Ausweis bitte.« Und noch als kleinen Scherz hinterher: »Waffen, Funkgeräte, Munition?« »Nee, haben wir nicht.«

Dann sind wir zum Westen gekommen, da saß so ein Heini hinter seiner Scheibe und sagte: »Ausweis! Auuusssweisss!!!« Ich dachte, ich höre nicht richtig und sagte: »Entschuldige, was ist?« »Ausweis!« Ich sagte: »So nicht!« Er schrie: »Fahren Sie rechts ran!« Und ich sagte: »Nee du, komm mal raus aus deiner Hütte!« Er trat heraus und ich entgegnete ihm: »Hör zu, ich muss dir eins sagen: Wir in West-Berlin müssen hart arbeiten, um gute Laune zu haben. Und auch unsere Gäste, die zu uns kommen, haben es echt nicht einfach. Wir müssen 180 Kilometer fahren, damit man mal wieder frei rumlaufen kann. Hier, wo du stehst, Mensch, hier fängt West-Berlin an. Und ich finde es unerhört, dass unsere Gäste und wir selbst, auch noch von unseren eigenen Leuten respektlos behandelt werden! Wenn ich in West-Berlin ins Hotel Interconti gehe, weißt du, wie der Pförtner zu mir sagt? Tach, Juppy! Der liest Zeitung, Mann! Und das Interconti ist so'n kleiner Popel von Berlin. Aber Sie Mann, Sie sind Pförtner einer Weltstadt. Mensch, Pförtner einer Weltstadt!!!« Er starrte mich mit offenem Mund an. Mit einem Mal stand er da und sagte: »Nicht schlecht! Pförtner einer Weltstadt! Ha, Pförtner einer Weltstadt! Na, dann wünsche ich: Gute Fahrt!« Wir haben uns als Freunde getrennt. Es ist einfach schrecklich, wenn der erste Deutsche, dem man begegnet, ein unfreundlicher »Vollidiot« ist! Da kann man doch sagen: »Hallo, einen schönen guten Tag, Ihren Ausweis, bitte!« Der erste Deutsche an der Grenze sollte immer ein netter Typ sein.

Wir Berliner haben doch einiges mitmachen müssen. Der Innenminister sollte mal überlegen, wie er seine Leute besser einarbeiten kann. In keinem anderen Land der Welt musste ich jemals an der Grenze am Flughafen meinen Hut abnehmen und auf das Laufband legen, nur in Berlin-Tegel. Unglaublich!

Ich weiß nicht warum, aber bei all meinen Reisen durch die DDR, habe ich mir nie Sorgen gemacht. Was ich manchmal herumgeschrieen, mich mit den Vopos an der DDR-Grenze herumgeärgert habe, wenn einer frech war. Hinterher dachte ich, dafür sitzen die Leute hier wegen jeder Kleinigkeit im Gefängnis? Denn so stand es bei uns in der Presse.

Da hätte ich aber Jahre sitzen müssen.

Ein Vopo an der Grenze sagte zu mir: »Alles auspacken und zu mir hier ins Haus!« Auf dem Weg ins Zollamt, ich mit meinen Koffern in der Hand hinterher, fügte er hinzu: »Den ganzen Tag nur alte Leute.«

Er checkte gemächlich meine Sachen. Wir hatten ein wunderbares Gespräch. Er fragte mich: »Ja meinst du, dass die Ostverträge ratifiziert werden?« Ich antwortete ihm: »Mensch, ich denke, du bist Marxist. Die Wirtschaft hat die Verträge doch schon unterschrieben. Das ist doch nur Formsache mit der Politik.« Er war sich noch nicht so sicher. Wir kamen langsam zum Ende. Er musste so tun, als prüfe er meine Sachen, um mich bei sich behalten zu können. Da sagte er zum Schluss, als alles kontrolliert war: »Zieh mal die Taschen von deinem Mantel raus.« Ich hatte den Mantel überm Arm und griff mit der Hand in eine Tasche und wollte sie nach außen ziehen. Als erstes spürte ich ein Stückchen Shit, was ich da vergessen hatte, nahm es wie ein Zauberer unauffällig in die Hand, ließ es zwischen die Finger gleiten und sagte ihm: »Die ist so schwer rauszuziehen, greif doch selber rein.« »Was hast du da in der Hand?«, fragte er locker. Ich warf das Piece unauffällig in die Tasche, zeigte ihm meine Hand und antwortete: »Nix«. Da meinte er lächelnd: »Jetzt ist es wieder in der Tasche.« Er kam mir vor wie mein Bruder.

Hätte ich es in den Mund genommen, hätte ich auch sagen können: »Jetzt ist es weg.« Bei ihm nicht, dachte ich. Also griff ich in die Tasche, nahm das Piece, legte es ihm auf die Hand und sagte: »Genosse, das hier ist ein Stück Haschisch. Das ist nicht so ein Zeug, wie du es mal in der Zeitung gelesen hast. Wirf es von mir aus in den Papierkorb, oder stecke es ein und du kannst nach Feierabend einen guten Joint rauchen. Aber tu mir bitte ein Gefallen, beschäftige wegen diesem kleinen Stück jetzt nicht zehn Leute und lass mich keine zehn Unterschriften dafür leisten.« Er entgegnete: »Setz du dich mal in dein Auto, ich kläre das auf meine Art und Weise.«

Nach fünf Minuten kam er wieder, klopfte aufs Dach, ich kurbelte das Fenster runter, meine zwei Freunde saßen schon die ganze Zeit nervös mit mir im Auto, und er sagte: »Meine Herren, Ihre Papiere – und Ihr Stückchen Haschisch.«

Und der Beamte legte mir mit unübertroffener Freundlichkeit, das Stück auf die Hand.

Hat sich die Welt gedreht? Sind die im Osten etwa weiter als wir? Ich schaute ihn an, lachte und erwiderte: »Behalte es doch, da kannst du dir einen schönen Joint von drehen.« Er lachte zurück und meinte: »Ich bleib' lieber bei meinem Bierchen. Und – fahrt hier rechts an der Schlange vorbei, ich hab' dem Kollegen da vorne Bescheid gesagt.« Mit dieser Geste gab er uns die gesamte Zeit zurück, die er uns zuvor aufgehalten hatte.

Vier Wochen später war ich wieder unterwegs und an dem gleichen Grenzübergang.

Schon kam ein Vopo – alles auspacken, hier rein. Rückbank ausbauen. Und das bei einem Citroen DS21! Das geht nicht hopphopp, zackzack.

Plötzlich entdeckte ich drei Spuren neben mir meinen »Freund«. Da ich nicht mehr wusste, wie er heißt, schloss ich meine Hände vor den Mund zu einem Trichter und schrie so laut ich konnte über die Grenzanlage: »Heeeyyy.« Er sah mich, schrie zurück: »Wieder unterwegs?« Ich zeigte mit dem Daumen nach hinten und prustete: »Ärger.« Er rief: »Komme gleich.«

Schnell fertigte er das Auto ab, welches er gerade kontrollierte, kletterte über alle Schranken, lachte und fragte, als er bei mir angekommen war: »Na, wo geht's hin?«

Meine Antwort war: »Steig ein, wir fahren nach Ibiza.«

»Mein« Vopo fand das immer toll, wie wir miteinander redeten und ich ihn zur »Republikflucht« aufforderte. Er nahm seinen Kollegen am Arm, ging mit ihm einmal um das Auto herum, dieser entschuldigte sich bei uns und wir packten alles ein. Dann fuhren wir mit fröhlichem Winken los.

An einem Tag in den 80er Jahren fuhren Uta, meine drei Hunde und ich zum Auftritt mit dem ufaCircus nach Hamburg. Damals gab es die Autobahn Richtung Hamburg noch nicht, sondern man quälte sich über miserable Landstraßen.

Es war schwül und gewittrig. Ich hatte meinen Hut aufs Armaturenbrett gelegt, weil ich schwitzte. Für ein paar Minuten regnete es nicht und ich dachte, dass die Hunde ja auch einmal pinkeln müssten. Wir kamen an einen Parkplatz, aber jedoch nur für DDR-Fahrzeuge zugelassen war. »Na darauf kann ich jetzt keine Rücksicht nehmen«, sagte ich zu Uta. Ich ließ die Hunde aus dem Auto auf die Wiese. Da kam schon ein Vopo-Wagen. Ich wollte den beiden Beamten kurz erklären, warum ich hier halte, als der Hauptmann maulte: »Nicht Sie belehren mich, ich belehre Sie. Das kostet Sie 50 Mark.«

Und er hielt mir einen minutenlang Vortrag. Soviel Zeit habe ich auch nicht, dachte ich und unterbrach ihn: »Einen Moment bitte.« Ich ging die paar Schritte zurück zum Auto, holte meinen Hut heraus, setzte ihn auf und fuhr fort: »Und jetzt erzählen Sie mir das alles noch mal.« Sofort kostete es nur noch 20 Mark. Da sagte ich dem Vopo: »Wissen Sie, ich bin ein Freund der DDR und gebe gerne eine Spende, aber nur gegen Spendenquittung.«

So eine Quittung konnte er mir leider nicht ausstellen.

Am Anfang schrieb die Presse immer »die Leute vom Ufa-Gelände« oder die »Ufas«. Für uns heißt Ufa »Unabhängig, frei, autark« oder »Unterhaltung für alle«. Der Name »Fabrik« drohte unterzugehen. Mit einem Mal sind wir weg vom Gelände und wer sind wir dann? Wir entschieden uns für die eleganteste Kombination: »ufaFabrik«. Außerdem verdeutlicht die Bezeichnung Fabrik, dass jemand, der etwas Kulturelles macht, ob Artist oder Komiker, auch immer so hart arbeiten muss, wie jemand in einer Fabrik. Ein Künstler ist nichts anderes als ein Handwerker.

Wir sind wohl bis heute die einzige Fabrik auf der Welt, wo wirklich das gemacht wird, was die sagen, die hier auch arbeiten. Und nicht ein Chef, der möglicherweise keinen Durchblick hat, was in der Fabrik läuft, wie heutzutage bei Karstadt, Opel und vielen anderen Unternehmen.

Mitte der 80er Jahre kam der Kinoketten-König Riech, der die Ufa-Kinos in ganz Deutschland aufgekauft hatte, und focht unseren Namen an. Es kam zur Gerichtsverhandlung. Der Richter, ein Berliner Lokalpatriot, der oft die ufaFabrik besuchte und kannte, sagte Riech: »Da hätten Sie mal vor acht Jahren kommen sollen. Was glauben Sie, was ich hier alles erlebe – verheiratet, geschieden, verheiratet, geschieden. Die ufaFabrik kann sich weiter ufaFabrik nennen, innerhalb und außerhalb Berlins.«

Dann schaute der Richter zu mir und fragte: »Und was ist mit dem ufaCircus?« »Ja, was soll ich sagen, Herr Richter«, antwortete ich, »der ist inzwischen bekannt von Sri Lanka bis nach Kamerun.« »Der ufaCircus kann sich weiter ufaCircus nennen, innerhalb und außerhalb Berlins«, schloss der Richter die Verhandlung.

Es kam zur Revision. In Bezug auf den ufaCircus sind wir einen sinnvollen Kompromiss eingegangen. Wenn der Begriff »ufaCircus« auftaucht, dann muss darunter, etwas kleiner, aber auch »ufaFabrik« stehen. Das war uns sogar ganz recht. Denn wir legen bis heute keinen großen Wert darauf, all zu sehr mit der Ufa-Geschichte im Nationalsozialismus identifiziert zu werden, denn wenn man hier lebt, hat man ständig das Gefühl, etwas gut machen zu müssen, denn so rühmlich war die Ufa-Geschichte nicht. Uns reichen die Geister der alten Ufa, die hier zu Hause sind. Und mit all den nicht so glanzvollen Nebenaspekten der Ufa belasten wir uns nicht.

Wir waren gerade einmal zwei Jahre auf dem Ufa-Gelände, da gerieten wir 1981 mit einer krakenartigen Institution aneinander, die an unser Geld wollte: Die Gesellschaft für musikalische Aufführungs- und mechanische Vervielfältigungsrechte, kurz GEMA genannt. Auf dem Gelände tauchten wie aus dem Nichts zwei grau und unauffällig gekleidete Typen auf, die uns freundlich lächelnd einen Aktenordner vorlegten, in dem alle unsere Veranstaltungsankündigungen aus Zeitungen und Plakaten fein säuberlich registriert waren: Vorbildliche deutsche Bürokratie! »Wir wollen nicht gleich scharf schießen«, meinten die beiden Herren, »doch Sie haben für alle Veranstaltungen seit der friedlichen Inbetriebnahme des Geländes eine Summe von 6 000 Mark an uns zu zahlen«, lautete ihre Forderung. »Sie brauchen auch nicht sofort alles bar hinzublättern«, fuhren sie fort, »doch innerhalb eines Jahres muss diese stattliche Summe bezahlt sein, sonst kann Ihnen keiner mehr helfen und wir werden Ihre Säle per Gerichtsbeschluss demnächst schließen lassen. Wir fürchten auch keine Öffentlichkeit, denn unser Verein ist sowieso nicht beliebt im Land. Hauptsache ist, das Geld kommt rüber«, endete die Drohung der GEMA-Herren.

Die GEMA-Herren setzten uns die Pistole auf die Brust. Wir sollten die Schutzgebühren zahlen und von allen Veranstaltungen Listen einreichen, auf denen sämtliche Lieder verzeichnet sein sollten, die Musikgruppen je bei uns gespielt hatten. Um zu beweisen, dass nur ungeschützte Musik gespielt wurde, verlangten sie zudem noch Demobänder oder die Noten zur entsprechenden Musik. Wir hatten wirklich Besseres zu tun, also ließ sich Ärger nicht vermeiden und die Dinge mussten vor Gericht geklärt werden.

Unserer Meinung nach, hat die GEMA ihre Existenzberechtigung nur im Kreise von Geschäftemachern, die sich an den kulturellen Werken anderer bereichern wollen, damit ihre Häuser auf Ibiza und sonst wo finanziert werden können. Dass wir sogar noch für unsere Circusaufführungen in die Tasche greifen sollten, schlug dem Fass echt den Boden aus. Konnten wir etwas dafür, dass unser »Hey komm, zieh' mit uns« etwas an »Sympathy for the Devil« von den Rolling Stones erinnerte? Tagtäglich wurden und werden wir mit Musik berieselt und können uns nicht dagegen wehren, und natürlich bleibt dann in unserem Unterbewusstsein immer etwas davon hängen. Das gesellschaftliche Sein bestimmt das Bewusstsein, heißt es doch immer so schön, und wer kann in seinem Kopf etwas anderes produzieren, als das was in der Vergangenheit reingestopft wurde. Wir haben immer unterschieden zwischen der Starkultur, dem Kommerz, und der Volkskultur, der Kultur zum Selbermachen und Anfassen. Da ackerten wir, erkämpften mit viel Mühe ein Gelände, erarbeiteten mit unseren Händen die nötigen Investitionen, bauten die Säle auf, damit freie Musik- und Theatergruppen endlich Räume für ihre Kultur haben. Wir legten nie großen Wert auf die von Profitkonzernen gekauften Stars oder die heutigen Pseudo-Superstars, die uns zwar einen Moment Illusionen schenken, oder sagen wir besser, bezahlen lassen, und nachher ist man trotzdem allein. Wir sagten von Beginn an: »Selber machen, nicht nur zuschauen, gibt uns wieder die Motivation, hier nicht als psychische Wracks zu enden.«

Wir lehnten die GEMA anfänglich in unserer Kultur vollkommen ab, denn der Profit, den wir bei unseren Veranstaltungen machen, ist kein Verdienst für die eigene Tasche. »Wir bezahlen damit die Reparatur des Schadens, der an der Volkskultur in den letzten 100 Jahren angerichtet wurde«, brachten wir es 1981 in einem Zeitungsartikel in der »taz« auf den Punkt. Wir fragten uns: »Kann irgendein Verein in Anspruch nehmen, für die Agitationsmusik von ›Ton Steine Scherben‹ abzukassieren, für die Gesellschaftskritik der ›3 Tornados‹, für die Anti-Atomlieder von Walter Mossmann oder für die Anregungen zum Selbermachen aus dem Fabrik-Circus?« Wir bestritten dies und beschlossen, mit mehreren Verbündeten und Opfern, den Kampf gegen die GEMA aufzunehmen. Denn wie sagte schon einst Heinrich Heine: »Eigentum, Recht des Besitzes, oh, des Diebstahls, oh, der Lüge, solch Gemisch von List und Unsinn konnte nur der Mensch erfinden.«

Wir hatten sogar kurzfristig die Idee, eine »eigene« GEMA zu gründen, schließlich leben wir im Kapitalismus, wo Konkurrenz erlaubt und gewünscht ist.

Dem Richter lag beim Prozess eine lange Liste vor, auf der alle Gruppen standen, die in den ersten beiden Jahren seit Bestehen der ufaFabrik aufgetreten waren. Nach kurzem Studium der Liste blickte der Richter auf und suchte den Blickkontakt mit der Rechtsanwältin der GEMA. »Sagen Sie mal, Frau Rechtsanwältin«, begann der Richter und plinkerte mir ein Auge zu, »alle Musikgruppen, die hier auf der Liste von der ufaFabrik stehen, das sind doch GEMA-Mitglieder, oder?« Die Anwältin nickte und schob ein »Ja, ja Herr Richter« hinterher. »Sagen Sie mal, Frau Rechtsanwältin«, fuhr der Richter in ruhigem Tonfall fort, »ist bei Ihnen auch eine Gruppe Mitglied mit Namen Satansbraten?« Die Anwältin zuckte zusammen, schüttelte energisch den Kopf und rief: »Nein, nein Herr Richter, die sind nicht Mitglied bei uns!« »Sehen Sie«, sagte der Richter, »die stehen aber auch hier auf der Liste von der ufaFabrik. Da sind ja doch nicht alle, die auf der Liste stehen, Mitglied der GEMA.« Riesengelächter im Saal. Nach 45 Minuten stand der Richter auf, verschwand in sein Büro, holte sich seinen Terminkalender und sagte, nachdem er wieder im Gerichtssaal angekommen war, in die Runde: »Jetzt passen Sie mal auf. Ich gebe Ihnen einen neuen Termin in drei Monaten. Und am besten ist es, wir sehen uns hier gar nicht mehr wieder und Sie reden einfach mal miteinander. Schönen Tag noch. Danke. Tschüß. Auf Wiedersehen.« Der Prozess war damit beendet.

Einige Tage später kam ein Anruf vom Präsidenten der GEMA, Dr. Erich Schulze, einer der entscheidenden Baumeister des Urheberrechts in der Bundesrepublik. Schulze wurde von mir immer nur »Fünfmal Doktor Erich Schulze« genannt, weil er über mehrere Doktortitel verfügte. Sein Spitzname in Kreisen der GEMA war »Der General« und es gab nicht wenige, die vor ihm zitterten. Er wollte mit uns reden.

Vor diesem Treffen gab mir ein Freund, der bei den Berliner Philharmonikern spielte, den entscheidenden Tipp, dass Dr. Erich Schulze ein eitler Typ sei.

Das Treffen fand in den Büros der GEMA am Wittenbergplatz in unmittelbarer Nähe zum Kaufhaus KaDeWe mit Blick auf das Gebäude des Deutschen Gewerkschaftsbundes statt. Wir, Rudolf, Uwe und ich, saßen ganz oben im Besprechungsraum und Dr. Erich Schulze begann zu reden. Und als ich ihn so beim Reden beobachtete, sah ich in seinen Augen, wie bei einem Spielautomaten, regelrecht die 5-DM-Stücke klingeln. Auf unsere Einlassungen reagierte er mit einer zu erwartenden Aussage: »Sehen Sie mal, die GEMA ist ein staatlich eingesetzter Betrieb, der die Rechte der Künstler vertritt, ähnlich wie die Gewerkschaften die Rechte der Arbeiter vertreten.« Und sein Blick schweifte rüber zu den großen drei Buchstaben »DGB«, die am gegenüberliegendem Gebäude befestigt waren. Ich fuhr ihm gleich in die Parade. »Na mit dem DGB würde ich mich ja im Moment nicht vergleichen«, argumentierte ich und spielte auf eine DGB-Affäre an, die zu der Zeit in aller Munde war. Schulze war sofort ruhig und merkte nur noch an: »Ja, da reden wir jetzt nicht drüber, das steht oft genug in der Zeitung.«

Dann kam mir die Erleuchtung, wie ich ihn erreichen konnte und wandte mich zu Dr. Erich Schulze. »Entschuldigen Sie, Herr Schulze. Ich bin doch nur ein kleener Popel von der ufaFabrik in der Viktoriastraße. Mann, Sie, Herr Schulze, sitzen doch an den Schalthebeln der Macht. Warum muss ich Ihnen denn das alles erzählen. Warum erzählen Sie mir das eigentlich alles nicht?« Rings um den Tisch herum an den Wänden hingen Bilder bedeutender Musiker, wie van Beethoven, Mozart oder Bach. Und es gab einen Bilderrahmen, in dem noch kein Bild war. Da sagte ich zu ihm: »Herr Schulze, hier ist noch ein Rahmen frei. Sie können die Welt bewegen.« Er strahlte über das ganze Gesicht und war ganz stolz. »Mir ist es egal Herr Schulze, was wir von der rechten in die linke Tasche wandern lassen«, sagte ich beim Rausgehen, »ich habe auch nichts gegen die GEMA. Doch dann müssen die Bedingungen geändert werden, dass das auch tragbar für die Künstler ist, die nicht ganz vorne stehen, und die, die im Fernsehen und im Radio sind, alles kassieren und die anderen zwar einzahlen, aber fast nichts kriegen. Wir von der ufaFabrik zahlen viel Geld, um unsere Leute herauszubringen und davon kriegen die später nicht einmal etwas. Und was ist mit uns – nix. Das sollte dringend verbessert werden.«

Wir einigten uns auf eine spezielle Prozentregelung und konnten dadurch eine Menge an Geld herunterschrauben. Über das Geld, was wir gleich hätten einzahlen müssen, wurde zunächst gar nicht mehr geredet. Eine Woche später nach unserem Gespräch mit Erich Schulze flatterte ein Scheck über 10 000 DM von der Stiftung der GEMA in unser Haus. Aber wir lösten den Scheck nicht ein. Einen Monat später kam erneut ein Anruf von Dr. Erich Schulze, oder besser gesagt von seiner Sekretärin, die uns ausrichten ließ, dass der Herr »General« gerne einen neuen Termin mit uns vereinbaren würde. Wir stimmten zu und nahmen Rainer Milzkott, Reporter beim SFB mit, der über den Streit zwischen der ufaFabrik und der GEMA einen Fernsehbeitrag drehte. Als wir zu dem verabredeten Treffen erschienen, sagte Schulze ohne große Vorrede: »Nun, ich habe gemerkt, Sie sind unzufrieden?« Ich schaute ihn an und entgegnete: »Wie haben Sie das denn gemerkt?« »Nun«, und er räusperte sich, »Sie haben den Scheck nicht eingelöst.« »Gut beobachtet«, erwiderte ich, »wir wollen nicht, dass die ufaFabrik nun auf einmal etwas günstiger dasteht, seitdem wir mit Ihnen geredet haben. Auf der anderen Seite sind eine ganze Menge befreundete Kulturhäuser von uns in dieser Stadt, für die diese Bedingungen auch vernünftiger geregelt werden müssen. Wir brauchen keine Sonderstellung, nur weil sie vielleicht dachten, dass wir Ihnen Ärger machen. Wir machen keinen Ärger. Wir wollen nur fair auf die Situation hinweisen.« Wir verabschiedeten uns freundlich von ihm.

Eine Woche nach diesem zweiten Gespräch bekamen wir auf unser Konto erneut einfach mal so 10 000 DM von der Stiftung der GEMA überwiesen. Wir dachten nicht daran, unsere anstehenden Gebühren ruckzuck zurückzuzahlen. Wo sollten wir das dann hernehmen? Von diesem Geld hatten wir unseren Saal prunkvoll renoviert. Wir wollten ihn besonders schön herrichten, denn wir waren ja zu dieser Zeit gerade dabei, den ufaCircus richtig rauszubringen. Und wozu? Natürlich für alle Leute, unser Publikum und für die Künstler, die noch nie zuvor aufgetreten waren, an denen die GEMA noch nie etwas verdient hatte.

Der Film von Rainer Milzkott lief etwa eine Woche nach unserem Treffen mit Schulze. Es lief gerade der Abspann, da klingelte schon mein Telefon. Rainer Milzkott war am Apparat. »Und, hast du es gesehen?«, fragte er mich ganz aufgeregt. »Wie sah Schulze aus, sag es mir?«, Ich atmete tief durch und antwortete dann: »Na ja, ich würd' mal sagen, so wie in dem Film ›Der Pate mit Marlon Brando.«

Rainer prustete am Telefon los. »Genau, genau«, schrie er, »weißt du, ich habe ihm nämlich extrem viel Licht von oben gegeben. Dadurch hat er solche Schattenaugen bekommen und ausgesehen wie ein Gangster!« Wochen später machten wir noch mal einen letzten Termin mit der GEMA. Wir kämpften mit harten Bandagen und handelten dann schließlich einen vernünftigen Kompromiss aus, mit dem wir leben konnten. Wir einigten uns auf einen halbjährlichen Zahlungsmodus für unsere Raten, die damals schon bei mehreren 10 000 DM lagen. Als wir unsere erste Rate nicht zum verabredeten Zeitpunkt entrichteten, erhielt ich gleich einen Drohanruf der GEMA. »Moment, Moment«, bremste ich den übereifrigen Mitarbeiter der Inkasso-Stelle, »du bist von der GEMA. Du bist eigentlich von dem Verein, der dazu autorisiert ist, solche Menschen wie mich zu schützen. Also pass mal auf, wie du mit mir redest!« Ich holte tief Luft. »Anfangsschwierigkeiten, Anfangsschwierigkeiten«, schob ich noch hinterher. Wir waren ja schließlich dabei, Künstler und Projekte zu entwickeln, von denen die GEMA nachher kassieren konnte. Ich vertröstete ihn auf den nächsten Zahlungstermin. So gelang es uns, die Zahlungen drei Jahre aufzuhalten! Unsere Schulden hatten sich schon zu einem hohen Berg angehäuft. Nach den drei Jahren handelten wir mit der GEMA einen für uns guten Preis aus und kamen dabei glimpflich weg. Wenn ich bedenke, was wir in all den Jahren an GEMA-Gebühren bezahlt haben, so etwa 500 000 Euro, dann haben sich bei Dr. Erich Schulze die 5-DM-Stücke in Propellergeschwindigkeit in seinen Augen gedreht.

Mitte der 80er Jahre betonte Bernhard Paul, der mit seinem »Circus Roncalli« zum vielumjubelten Star der deutschen und internationalen Circusszene avancierte, dass er uns mit Teilen seiner Einnahmen unterstützen wolle. Bernhard Paul war vom Flohmarkthändler zum Zirkusmanager aufgestiegen. Statt Einnahmen auf dem Flohmarkt, zog er nun das Geld aus seinem Zirkusbetrieb.

Roncalli spielte in Berlin. Paul wollte unsere Frauen-Stepptanznummer für das Abschiedsprogramm haben, nach dem Motto »Roncalli geht – aber der ufaCircus bleibt«. Außerdem beauftragte er uns damit, ihm für Roncalli ein großes Zirkuszelt zu bauen. Wir machten Pläne, investierten zahlreiche Arbeitsstunden, bestellten Material für das Zelt. Ich besuchte Bernhard, um ihm zu berichten, wie weit wir mit unserer Arbeit fortgeschritten waren. Er war an diesem Tag nicht anzutreffen, aber ein Mitarbeiter von ihm offenbarte mir eine böse Überraschung:

»Juppy, der Bernhard Paul hat doch schon längst so ein Zelt gekauft.« Ich war fassungslos. Und auch davon, dass ufa-Künstler ins Programm eingebaut werden sollten, war nun nicht mehr die Rede.

Ich machte mich von Berlin auf den Weg nach Hamburg, wo Roncalli als nächstes gastierte und fragte Bernhard Paul: »Wie ist denn nun die Lage?« Er konnte sich an nichts mehr erinnern. Dabei blieb mir nicht verborgen, wie schlecht er zum Teil seine Künstler behandelte. Er bespritzte vor der Vorstellung manchmal einige Artisten mit einem Wasserschlauch, nur um sie ein bisschen »aus dem Häuschen« zu bringen. Wie kann man so mit seinen Leuten umgehen? Bernhard bezahlte seine Leute schlecht und ich fühlte mich genötigt, auch darüber mit ihm zu reden. Denn er hatte mir erzählt, wie viele Schlägereien es in den vergangenen Tagen unter seinen Leuten gegeben hatte.

»Guck mal Bernhard, ich kann dir mal einen Tipp geben«, fing ich an, »die Leute, die hier bei dir arbeiten, die Artisten und alle anderen, die in diesen Zirkuswagen wohnen, die wissen doch, wie gut der Zirkus läuft. Zwei Vorstellungen am Tag, gute Einnahmen. Die wissen, wie viel Geld du jeden Tag verdienst. Und sie wissen, wie wenig sie im Verhältnis dazu an Gage bekommen. Vielleicht solltest du nur mal eine Sache anders machen. Ich habe heute hier gefrühstückt und du hast für die ganzen Leute die billigste Margarine, die man nicht mal mehr bei ALDI kaufen kann, vorgesetzt. Ich würde den Leuten mal gute Butter hinlegen.« Bernhard Paul schnaubte. Ich hatte Recht. So bekam beispielsweise einer der populärsten Roncalli-Künstler, David Shiner, für zwei Vorstellungen pro Tag 150 DM Gage. Als er bei Bernhard Paul höflich um eine kleine Erhöhung der Gage um 50 DM bat, drohte ihm der Zirkusdirektor gleich mit dem Rechtsanwalt.

Als ich ihn in Hamburg verließ, versprach mir Bernhard Paul, dass er ufa-Künstler in die Roncalli-Show »Wir warten auf's Christkind«, die der SFB am 24.12.1984 ausstrahlen sollte, einbauen will. Aber es kam kein Lebenszeichen von ihm. Als er in Berlin, einige Tage vor der Show, ankam, verleugnete er sich.

Meine Leute machten sich schon über meine Geduld mit Bernhard lustig. Dieser Bernhard Paul hatte einen Denkzettel verdient! »Okay«, sagte ich zu meinen Mitstreitern, »wir müssen wohl oder übel auf das Geld verzichten. Dafür machen wir morgen Abend eine Einlage.« Wir hätten ja auch ganz einfach in der Zirkusmanege ein Plakat mit dem Text »Bernhard Paul ist ein blöder Trottel« entrollen können. Das wäre dann so in Deutschlands Wohnstuben geflimmert. Aber wir wollten natürlich nicht den ganzen Roncalli-Künstlern, von denen viele ja auch unsere Freunde waren, die Heiligabend-Show verderben. Also suchten wir uns eine Stelle in der Show aus, an der wir als »Überraschungsgäste« auftreten würden. Es gab eine langatmige, etwa zwölfminütige Clownsnummer, die immer wieder mit Rufen wie »Mach nix kapuuut« und »'Tschuldigung« untermalt wurde. In dieser Szene planten wir unseren Auftritt, der Bernhard Paul einen gehörigen Schrecken einjagen, den Zuschauern als Bestandteil der Show erscheinen sollte.

Wir hatten Karten und gingen am Heiligabend zur Roncalli-Show. Meine Begleiter waren Charly als »Charlie Chaplin«, Piet als »Hauptwachtmeister Schmidt«, ein weiterer Künstler alias »Wachtmeister Schulz«. Ich versteckte Max Müller unter meinem Mantel, die anderen trugen bereits ihre Kostüme unterm Mantel. Claus hatte sich noch nicht geschminkt. Wir setzten uns ziemlich weit nach hinten. Die entscheidende Stelle in der Show rückte näher. »Charlie Chaplin« war inzwischen geschminkt, die »Polizisten« ließen ihre Mäntel fallen, Max Müller zitterte auf meinem Arm, weil er draußen immer wieder die Löwen brüllen hörte. Die Clowns in der Manege riefen »Mach nix kapuuut« und gingen zu einem Tisch, hinter dem Bernhard Paul stand. Das war unser Signal. »Charlie Chaplin« sprang auf und lief eine Runde wie ein Pferd durch die Manege. Ein paar Meter dahinter rannten unsere beiden »Polizisten«, die mit einem Schmetterlingsnetz in der Hand Charly verfolgten. Und hinter den zwei Polizisten ließ ich Max Müller los, der sich laut bellend an deren Fersen heftete, um ihnen kräftig in den Hintern zu beißen. Als fast alle die Manege wieder verlassen hatten, sprang ich hinein und rief: »Max Müller! Wir sind hier nicht im ufaCircus. Wir sind im Roncalli. Hierher zu mir!« Und da lief er mit einem Affenzahn auf mich zu und sprang mir mit einem Riesensatz in den Arm. Ich verbeugte mich. Es gab Applaus. Dann ging ich auf direktem Weg zu Bernhard Paul. Ich dachte in dem Moment: Gut, dass der jetzt kein Messer bei sich hat. Ich stand nur noch einen Meter von ihm entfernt, schaute ihm tief in die Augen, hob die Nase hoch, drehte mich in Richtung Publikum und rief: »'Tschuldigung!« Riesenlacher bei den Zuschauern. Wir verließen die Manege und nahmen wieder auf unseren Bänken Platz. Während unserer Kurzeinlage hatte der zuständige Einsatzleiter der Polizei, der für die Sicherheit bei dieser Live-Sendung verantwortlich war, auf einem Monitor unsere beiden »Polizisten« in Uniform durch die Manege rennen sehen. Das hatte ihn sehr verunsichert und er wollte sich nun davon überzeugen, was die beiden Ordnungskräfte in der Manege zu suchen hatten. Er ging in den Backstage-Bereich und wurde von den orkanartigen Wutausbrüchen Bernhard Pauls fast wieder aus dem Raum geweht. »Siiieee«, schrie Paul, »weshalb sind Sie denn hier? Haben Sie das denn nicht gesehen?« »Doch, doch«, antwortete der Polizist, »da waren doch meine Leute schon hinterher.«

Bernhard Paul verlangte von dem Einsatzleiter, dass dieser mit seiner ganzen Mannschaft in das Zelt gehen sollte, um uns hermetisch abzuriegeln. Da widersprach der Einsatzleiter: »Das ist eine Weihnachtssendung. Das wird live im Fernsehen übertragen. Da stelle ich mich doch nicht mitten in das Zelt mit 20 Polizisten um die paar Leute rum. Da geh' ich jetzt mal selber hin.« Wie aus dem Nichts tauchte der Einsatzleiter plötzlich vor mir auf und fragte höflich: »Machen Sie noch was?« Ich guckte ihn an, schüttelte den Kopf und antwortete: »Nö. Wir haben unsere kleine Einlage gemacht, fertig, aus.« Dann winkte ich ihn noch ein Stückchen näher zu mir heran und flüsterte ihm ins Ohr: »Und nicht so laut. Nicht, dass wir am Ende noch die Show stören«. Er flüsterte zurück: »Na dann wünsche ich Ihnen frohe Weihnachten«, und zog von dannen.

Kurz danach tippte mir jemand unter der Sitzreihe an meine Füße. Es war Thomas Schütte, der für Roncalli das Marketing machte. »Juppy, könntest du mal bitte, bitte in den Backstage-Bereich kommen. Der Bernhard Paul würde gerne mit dir reden.« Ich überlegte kurz und entgegnete dann: »Wir gucken uns die Show noch bis zum Ende an. Sie ist ja sowieso gleich zu Ende. Dann können wir uns doch beim anschließenden Weihnachtsessen treffen.« »Mensch«, erwiderte er, »der hat euch doch auch Geld gegeben. Jetzt komm' doch mit.« Da, gerade im Begriff aufzustehen, setzte ich mich wieder hin, denn daran konnte ich mich nun wirklich nicht erinnern.

Im Nachhinein war es eine gute Entscheidung von mir, sitzen zu bleiben. Denn, wie ich erst später von Roncalli-Mitarbeitern erfuhr, lauerten hinter dem Vorhang zwei Artisten, die Bernhard Paul total ergeben waren und mich mit Baseballschlägern zusammenschlagen sollten.

Unmittelbar nach der Vorstellung suchte ich noch mal das Gespräch mit Bernhard Paul. Ich wollte ihm sagen: »Du hast uns über den Tisch gezogen. Wir haben dir jetzt mal einen Denkzettel verpasst. Fifty-fifty – für uns ist alles okay. Jetzt können wir noch einmal bei Null anfangen.« Er war ja nicht mein Feind. Aus meiner Sicht hatten wir das Problem künstlerisch geklärt. Ich ging Richtung Zirkuszelt. Dort standen etwa 30 Polizisten versammelt. Mittendrin der Einsatzleiter der Polizei. »Einen schönen guten Abend. Ich bin Juppy von der ufaFabrik. Sie haben ja gesehen, die Angelegenheit war absolut friedlich. Unser Demonstrant war kein Geringerer als ›Charlie Chaplin‹. Und selbst die Polizei haben wir gestellt, damit wir sichergehen konnten, dass diese Angelegenheit friedlich über die Bühne geht.«

In diesem Augenblick, ich war noch in das Gespräch mit dem Einsatzleiter vertieft, schrie »Charlie Chaplin«, der fünf Meter weg von mir stand: »Vorsicht, Juppy!« Ich drehte mich um und sah Bernhard

Paul wie einen Torpedo auf mich zukommen. Die Faust war schon in der Luft. Er wollte mir hinterrücks, ohne jede Vorwarnung, auf den Kopf schlagen. Ich sah die Faust nur ein paar Zentimeter vor meinem Auge, pendelte aus wie Cassius Clay und zog meinen Kopf weg. Mit einem Ring erwischte er mich noch ganz leicht am Auge. Ich konnte mich gerade noch beherrschen, zurückzuschlagen. Fünf Polizisten packten Bernhard Paul am Schlafittchen und hielten ihn fest. Vor all den Leuten wandte ich mich dann an den Einsatzleiter: »Da sehen Sie schon mal den Unterschied zwischen dem ufaCircus und Bernhard Paul vom Roncalli. Wir wollen die Angelegenheit friedlich regeln, er mit Gewalt.«

Seit dieser Zeit habe ich mit Bernhard Paul kein Wort mehr gesprochen. Ich hätte aber kein Problem damit, ihm die Hand zu reichen.

An einem Tag Anfang der 90er Jahre wollten wir mit dem ufaCircus und der Sambaband »Terra Brasilis« in einem Bus auf große Deutschland-Tournee. Da brach in einem Zimmer im Parterre plötzlich ein Brand aus. Wir löschten ihn schnell mit unseren C-Strahl-Rohren, hatten aber zeitgleich schon die Feuerwehr alarmiert. Außer mir waren jetzt alle in den Bus eingestiegen, denn die Zeit rannte, um 20 Uhr mussten wir auf der Bühne stehen. Mit Rudolf besprach ich in der Küche noch ein paar wichtige Dinge, als ein Polizist in die Küche kam. Ich sagte ihm: »Herr Wachtmeister, Sie sehen, es ist alles geklärt. Sogar die Katze, die in dem Zimmer war, haben wir rechtzeitig raus gebracht.« Da antwortete er mit erhobenem Finger: »Seh'n se, da ham se schon 'nen Fehler jemacht. Sie ham jesacht, Sie ham die Kerze wechjebracht.« Ich lächelte und erwiderte: »Nein, ich habe nicht Kerze gesagt, ich habe Katze gesagt.« »Sie ham Kerze jesacht.« Er pochte darauf, dass ich Kerze gesagt hätte. Nach dem dritten Mal platze mir schier der Kragen: »Passen Sie auf. Sie geh'n jetzt rüber ins Café, ich geb' Ihnen einen Milchkaffee aus.« Er kommandierte herum: »Ich bleibe hier.« Ich konnte es kaum glauben. Man hatte uns einen besoffenen Polizisten ins Haus geschickt. Das Einzige, was hier hilft, ist ein Kaffee, dachte ich. »Hier bin ich der Sheriff und hier ist unsere Küche. Ich kann Sie auch raus tragen. Mir hat's nicht der Arzt verboten.« Ich fasste ihn, weil er nicht gehen wollte, unter den Arm und forderte ihn zum Gehen auf. Da sprang er nach vorne, als hätte ich ihn mit der Kraft eines Riesen geschmissen. Er wollte um die Ecke rennen, und getrieben von dieser »Wahnsinnskraft«, die Treppe vor der Küche hinunterstürzen. Er hatte nicht damit gerechnet, dass der eine Teil der Pendeltür vor dem Ausgang fest verriegelt war. Er prallte von der Tür zurück nach hinten an die Wand und rutschte an ihr hinunter. Seine Mütze fiel in eine Wasserpfütze. Er landete mit seinem Po ebenfalls in einer dicken Wasserlache, für die ein defekter Löschschlauch verantwortlich war. Was würde wohl der Hauptwachtmeister zu ihm sagen, wenn er ihn so zu Gesicht bekommen würde? Mir war auf der Stelle klar, was er antworten würde, wenn er auf sein Revier zurückkommt. Ich half ihm hoch, hob die Mütze auf und sagte: »Reiß dich doch zusammen.« Aber er tat so, als wäre er durch seinen Sturz halb besinnungslos. Ich wusste ja, weshalb er torkelte und aus dem Mund roch. Ich brachte ihn an die Treppe, draußen stand eine Menschenmenge. Dann sprang ich einen Schritt zurück und rief ihnen zu: »Passt auf, der Typ hier will unbedingt einen Elfmeter.« Er schleppte sich die Treppe hinunter, immerhin mit eigener Kraft, und schrie: »Sie sind festgenommen.« »Jetzt gehen Sie mal bitte ins Café einen Kaffee trinken. Das ist besser für Sie«, sagte ich. »Sie sind festgenommen«, befahl er. Ich weiß, was es bedeutet, wenn ein Polizist so etwas sagt, trotzdem schloss ich die Tür, nahm meine Koffer, meine zwei »Raubtiere« an die Leine und ging zum Hinterausgang. Die Zeit wurde knapp. Ich stieg zu den anderen in den Bus und wir fuhren los. Durch die »Hilfeschreie« ihres Beamten alarmiert, kamen mehrere Einsatzwagen zur ufaFabrik und haben Rudolf und allen anderen großen Ärger bereitet.

Als wir zwei Wochen später zurückkamen, lag eine Anzeige gegen mich wegen Misshandlung und Beleidigung eines Polizeibeamten vor. Rudolf begleitete mich zum Revier. Wir hatten einen Termin mit dem Revierleiter. Ich sagte ihm: »Ich brauche Ihnen über Ihre Leute nichts zu erzählen. Da wissen Sie mehr, als ich. Bitte schicken Sie mir nie mehr einen besoffenen Polizisten ins Haus. Denn ich möchte nicht, dass die Leute sagen, Rufe niemals um Hilfe, es könnte die Polizei kommen.«

»Mit dem Alkohol müssen Sie aber bei der Polizei aufpassen, sonst kann Ihnen Schlimmes passieren«, merkte er selbstbewusst an. Ich betonte noch mal mit Nachdruck: »Das sollten Sie regeln!« Danach habe ich nie mehr etwas von dieser Anzeige gehört.

»Ich bin zu alt, um nur zu spielen,

zu jung, um ohne Wunsch zu sein.«

Johann Wolfgang von Goethe

Walters 90. Geburtstag 1995 und
Juri Borodin/Saxophonist aus St. Petersburg.

Mein Gott, Walter!

Um unser Modell, das Zusammenleben von »der Wiege bis ins hohe Alter« abzurunden, ist eine Alterskommune geplant. Einen Anfang haben wir schon gemacht, mit unserem Walter, Jahrgang 1905, geboren in Dessau. Er kam im Mai 1983 im Alter von 78 Jahren in unsere ufaKommune, weil er sich von mir verabschieden wollte. Ich kannte ihn noch aus »taz«-Zeiten, wo er sich um die Finanzen kümmerte. Ich ärgerte mich immer, dass die so einen tollen »Alten« dabei hatten. »Mensch«, sagte ich, »bleib doch hier, bei uns!« Er antwortete: »Da muss ich nachdenken, denn die besten Jahre in meinem Leben hab' ich anderen gegeben.« Walter wollte es in einem typischen Altenheim in der Eifel versuchen. Er hatte, nach einigen Monaten bei uns, das Altersheim getestet. Nach drei Wochen, kurz vor Weihnachten, rief er bei uns an und bat darum, dass wir ihn abholen. »Wann?«, fragte ich ihn. »Morgen!«, antwortete er. »Warum?«, hakte ich nach. »Nur alte Leute den ganzen Tag, ich halte das nicht mehr aus.«

Er war gelernter Gärtner, brachte unser Gelände auf Vordermann und machte manchmal auch den Telefondienst. Oft standen wir bangend da, wenn er mit seinen knapp 80 Jahren, und noch einige Jahre später, auf die Leiter stieg, um mit seiner Rosenschere die Bäume zu schneiden. Walter setzte sich überall ein. Und er konnte in manchen Dingen auch sehr stur und eigenwillig sein. Häufig löste er Diskussionen unter uns über die radikale Stutzung der Bäume und Hecken aus.

Walter erhielt sogar eine kleine Rolle als »Heinz Rühmann« in »Die Drei von der Tankstelle« mit der er jahrelang in unserer 40-köpfigen Circustruppe auftrat. So erlebte er schöne Abenteuer, war wieder am Leben beteiligt. Walter war stets gewohnt, an allem aktiv teilzuhaben, sei es körperlich oder geistig. Dass seine körperlichen Kräfte schwanden und nicht mehr für alle Arbeiten ausreichten, war für ihn schwer zu akzeptieren. Seine Leidenschaft war und blieb es bis zuletzt, das Weltgeschehen zu verfolgen, zahllose Artikel und Leserbriefe zu allen möglichen politischen Themen zu schreiben und zu verschicken.

Und er versuchte viele andere ältere Menschen davon zu überzeugen, gemeinsam eine »Alterskommune« aufzubauen. Er hatte zahlreiche Kontakte geknüpft, Freundschaften aufgebaut, Besuche gemacht. Sie kamen zu uns, aber sie hatten dann letztlich nicht den Mut, sich im Alter noch mal umzustellen, noch mal etwas zu riskieren. Walter war darüber sehr enttäuscht.

Wir werden weiter daran arbeiten, ganz in Walters Sinn. Das ist sein Vermächtnis.

Sein Beispiel zeigt, wie wichtig aktive Beteiligung und das Einbringen der eigenen Stärken fürs Älterwerden ist. Walter Hinze hat 16 Jahre bis zu seinem Tod im Mai 1999 mit uns gelebt, gearbeitet, diskutiert, gestritten und gelacht. Er war wohl mit seinen fast 94 Jahren einer der ältesten Kommunarden der Welt.

Die Tendenz unserer Gesellschaft geht weg von der Familie hin zur Single-Bewegung. Wir gehören zu den wenigen, die nicht mit den Wölfen heulen, obwohl ich Wölfe sehr gerne mag. Aber nur gegen den Strom geht es zur Quelle.

Wir müssen endlich alle gemeinsam kapieren, dass wir mit älteren Menschen achtbar umzugehen haben. Alter ist doch eine ehrbare Sache. Wenn ich sehe, wie die Alten, die den geistigen Überblick haben, teilweise abgeschoben werden, bin ich erschüttert.

Denn sonst müssen wir uns nicht wundern, dass gerade junge Leute keine gesellschaftlichen Ziele mehr sehen. Heute geht's nur noch ums Geldverdienen. Und deshalb arbeiten so viele Jugendliche ohne eine große Vision oder geistigen Antrieb. Motto: Hauptsache, Geld auf dem Konto.

In meiner Wohnküche mit Hannes und Sigi im September 1998.

Mein Traum, ein ganzes Haus für ältere Menschen, also eine richtige »Alterskommune« herzurichten, werde ich in die Tat umsetzen. Gemeinsam mit jungen Menschen natürlich!

Die ufaFabrik ist unsere Lebensleistung. Dadurch entwickelt man eine ganz andere Einstellung. Das hier ist unser Nest, unser Reservat, es ist unser zu Hause. Wir haben gelernt, uns zu schützen. Hier bin ich der »Sheriff«.

Kurt Krömer sagte einmal in einem Interview: »*Hier wird ja viel diskutiert. Man kann kritisieren, kann über alles reden, ohne angegiftet zu werden. Das ist ja nicht der Musikantenstadl. Es geht ja nicht um Karl Moik, es geht um Juppy. Die ufaFabrik ist für mich Familie Herzlich. Familie Herzlich, so wie das Wolfgang Neuss früher gesagt hat.*« (Familie Herzlich. Der Talentschuppen ufaFabrik wird 25. Ein Gespräch mit dem Comedian Kurt Krömer, in: »zitty« 13/2004/S. 34)

Effektiv sein, schlanke Strukturen entwickeln, ständige interne und externe Kommunikation – das sind wichtige Punkte, um ein zukunftsträchtiges Unternehmen zu führen. Dazu gehört für uns auch, dass wir uns ständig selbst kritisch überprüfen. Nur so können wir glaubwürdig bleiben, wenn wir bestimmte Dinge in dieser Gesellschaft angreifen, um einen Denkprozess zu starten. Wir handeln und wollen das Beste für uns herausholen. Wir entscheiden gemeinsam. Bei uns haben auch Minderheiten eine Chance, ihre Dinge umzusetzen. Hier braucht keiner Angst vorm Scheitern zu haben.

Beim Einparteiensystem, wenn man da nach oben will, gibt es nur eine einzige Hierarchie. Macht man einmal einen Fehler, kann man nichts mehr werden. Da ist dann keiner mehr da, der sich für den anderen einsetzt. Der Vorteil am Mehrparteiensystem dagegen ist, dass jeder eine neue Chance bekommt. Da will sich halt niemand blamieren ...

Wir haben uns unseren revolutionären Touch erhalten. Das bedeutet: »Keine Angst vor der Obrigkeit, keine Einschüchterungen durch Uniformen oder Orden. Diese Symbole der Macht machen keine besseren Menschen.«

Respekt haben wir vor jedem. Niemand muss für uns extra eine Uniform anziehen.

Er kann auch nackt da stehen!

Unter Revolution verstehe ich heute, schleunigst die gesellschaftlichen Verhältnisse der modernen Zeit anzupassen. Wenn man sieht, wie schnell sich alles in der Welt dreht, durch Computer und Internet, und ich mir unser Schulsystem näher betrachte, das die alten Preußen erfunden haben und heute noch angewendet wird, dann kann ich nur sagen: »Gute Nacht, Deutschland!« Da müssen wir aufpassen, dass wir nicht in ein paar Jahren nach Hongkong, Tokio, oder Seoul in den Bildungsurlaub fahren müssen. Reisen bildet!

Wenn ich mir heute anschaue, wie unsere Schulen verwahrlosen und das Lehrer-Schüler-Verhältnis kaum Platz für Menschlichkeit lässt, dann finde ich, dass wir mit der Freien Schule eine gute Alternative bieten. Wenn ich etwas zu sagen hätte, dann würde ich ein Schulsystem schaffen, in dem die Lehrer alle vier bis fünf Jahre ein Jahr frei hätten. In diesem Jahr hätten sie dann die Möglichkeit, in verschiedene Bereiche, wie zum Beispiel Computer, Musik, Sozialleistungen, andere Länder, »reinzuschnuppern«, ihre Fähigkeiten zu verbessern. Woher soll denn ein Lehrer oder Professor an einer Schule oder an der Universität, neben seinem Lehrplan, sich Zeit nehmen, sich mit ständigen Neuentwicklungen zu beschäftigen? Die Lehrer heutzutage kommen mir oft hilflos und desillusioniert vor.

Darum haben wir uns schon sehr früh für die Förderung des praktischen, kreativen und sicheren Umgangs mit den Neuen Technologien eingesetzt. Der Verein Netd@ys Berlin, einst entstanden als Projekt im Rahmen unseres Nachbarschafts- und Selbsthilfe-Zentrums, organisiert öffentlichkeitswirksame Events und Kooperationsprojekte zwischen verschiedenen Partnern. So führten wir »Das Festival der Neuen Medien«, die »Netd@ys Berlin – Europa 2004« mit dem Slogan »Verstehen, entdecken, erleben« gemeinsam mit der Bundesinitiative »Jugend ans Netz – gleich im Netz« durch. Zur Eröffnungsveranstaltung in der ufaFabrik kamen 300 geladene Gäste aus Presse, Politik, Bildung, Kultur und Wirtschaft. Darunter unter anderem die Bundesministerin für Familie, Senioren, Frauen und Jugend, Renate Schmidt und Berlins Senator für Bildung, Jugend und Sport, Klaus Böger.

Renate Schmidt bei den Netd@ys 2004.

Mit solchen Veranstaltungen setzen wir Impulse und beteiligen uns am gesellschaftlichen Prozess aktiv.

Die Türen und Tore der ufa-Fabrik sind für alle geöffnet. Wer immer denkt, Showbusiness ist eine so andere und unerreichbare Welt, dem sei aus meiner Erfahrung in der ufa-

Fabrik als Handwerker und Künstler gesagt: »Es ist nichts anderes, als wenn ein Bäcker Brötchen backt. Alles hat seine innere Logik: Vorbereitung – Ausführung – Nachbereitung. Eine Handwerk wie jedes andere auch!«

Wie antwortete Robert de Niro in seiner Rolle als »Taxi Driver« auf die Frage von Jodie Foster, warum er nicht mit ihr in eine Kommune ziehen will: »Ich komme mit den Typen nicht klar.« Dann hat er leider noch nicht die ufaFabrik kennen gelernt. Denn der besetzte Begriff der »Kommune« trifft es ja schon lange nicht mehr, was wir hier wirklich leben. Es ist ja eher ein kleines Dorf, in dem die Menschen sich gut kennen und intensive Beziehungen zueinander haben. Im Zeitalter der Globalisierung ist die Sehnsucht nach der Form eines solchen Zusammenlebens sehr groß. Bei allem was wir in der Vergangenheit gemacht haben, sind wir immer und überall aus dem Rahmen gefallen. Wir wurden oft wie Exoten betrachtet, weil wir ja nicht nur irgendwie Kultur machten. Wir machen Kultur im Lebenszusammenhang, in der Gesellschaft. Damals haben wir im Bio-Laden, in der Bäckerei unser Geld verdient, um den Theatersaal zu renovieren. Da haben wir dazugelernt.

Ich denke, so etwas, wie die ufaFabrik, konnte auch nur in Berlin entstehen, denn hier gab es den Geist und auch den Freiraum dazu. Wir mussten doch ganz anders aufräumen nach dem Zweiten Weltkrieg, angefangen in unseren eigenen Elternhäusern. Wir mussten ganz anders darüber reden, der Krieg, wie wir mit den Juden umgegangen sind. Das musste doch alles vernünftig verarbeitet werden. In vielen Familien flogen die Fetzen. Und auch wenn es immer noch einige Ewiggestrige gibt: Hier hat sich doch unglaublich viel verändert. Und Berlin war immer ein Schmelztiegel, Ausgangspunkt für Diskussionen und Themen, die dann in der ganzen Bundesrepublik wichtig wurden. Nehmen wir doch nur mal den Bio-Markt, der ist ja auch in Berlin eigentlich erst so richtig entstanden. Bereits 1976 haben wir angefangen, von Bauern aus dem Wendland Bio-Lebensmittel nach Berlin zu transportieren und in Lebensmittel-Coops zu verteilen. Unser Motto lautete: »Du bist, was du isst«.

In vielen Dingen waren und sind wir Berliner, so glaube ich, anderen Städten oft zehn bis 20 Jahre voraus.

Ich sitze oft bis in die frühen Morgenstunden da und grüble, welchen Weg die Bundesrepublik Deutschland in den kommenden Jahren einschlagen sollte. Eins steht für mich fest, und wenn ich das sage, starren mich viele ungläubig an: »Deutschland ist aus meiner Sicht das kommunistischste Land der Erde. In anderen Ländern verhungert beispielsweise ein Arbeiter, wenn er in ein Krankenhaus eingeliefert wird, weil es da nichts zu essen gibt. Oder er erhält nur die rettende medizinische Behandlung, wenn er genügend Geld auf den Tisch legen kann. Welches Land hat so viel für seine Leute getan wie die Bundesrepublik, bei allem Kapitalismus, den wir auch in Deutschland haben? Wir haben doch wahnsinnige Errungenschaften. Im Vergleich zu anderen Ländern sind wir doch enorm hoch und weit entwickelt.«

Und es will mir einfach nicht in den Kopf hinein, dass Fußballspieler, Formel-1-Rennfahrer oder Tennisspieler in dieser Gesellschaft zig Millionen Euro im Jahr verdienen, dabei ihr Konto in Österreich, Monaco oder in der Schweiz haben. Sie haben doch sicher auch Freunde, die wissen, wie Kapitalismus funktioniert. Rein ökologisch betrachtet könnten wir das beispielhafteste Land der Welt sein. Wir hätten keine Millionen Arbeitslose. Und stattdessen erhält eine Krankenschwester, die Menschen das Leben rettet und ihnen in ihren schwersten Stunden zur Seite steht, in einem so hochentwickelten Land wie Deutschland einen Hungerlohn.

Da kann etwas in unserer Welt nicht stimmen. Das ist wirklich erbärmlich und hier muss der Staat anfangen, wo sonst, endlich umdenken und schleunigst etwas ändern. Wir müssen uns mit den Wirklichkeiten auseinandersetzen!

Denn zwei Sachen, auf die es ankommt und die ich in meinem Leben immer wieder versucht habe zu beherzigen, fehlen uns oft, haben wir einfach vergessen: »Liebe und Zärtlichkeit«. In der Partnerschaft, im Umgang mit anderen Menschen.

»Dass Menschen nach Menschen gucken«, das sollte das Wichtigste für uns alle sein. Nur so kommen wir uns wieder näher und Solidarität und Menschlichkeit bleiben nicht nur Worthülsen.

Wir von der ufaFabrik wollen unseren Teil dazu beitragen. Wir werden weiter jungen Leuten eine Chance geben, ihr Talent unter Beweis zu stellen: Ob im Büro, in der Bäckerei oder auf der Bühne. Die Arbeit mit jungen Talenten macht mir immer wahnsinnig viel Spaß. Ich denke heute noch wie ein 12- oder 18-Jähriger. Auch wenn viele mich manchmal als »Chef« der ufaFabrik bezeichnen »Ich bin nur eine Parodie auf einen Direktor«, sage ich oft.

Ich arbeite mit Artisten unterschiedlichen Alters zusammen. Entscheidend ist, dass man auf einer Ebene zusammenarbeitet: Von Auge zu Auge – von Angesicht zu Angesicht. Eins muss man wissen: Unsere Fans sind schlimmer als Fußballfans. Die pfeifen erst in der Pause, wenn das Spiel ihrer Mannschaft schlecht oder langweilig ist. Aber unsere Fans, die würden schon nach drei Minuten pfeifen.

Ich habe in meinem Leben Träume verwirklicht, die ich nie zu träumen gewagt hatte.

Das Kindercircus-Festival bleibt jedes Mal für mich eine große Herausforderung. Hier entstehen die Stars von morgen und gleichzeitig erfüllen wir auch noch eine wichtige soziale und gesellschaftliche Aufgabe. Denn es gibt zwei Möglichkeiten, die ein Jugendlicher in einer Großstadt wie Berlin sucht: »Entweder im Kaufhaus klauen oder Autos knacken, S-Bahnsurfen, Graffiti sprayen oder Theater machen, Musizieren, Artistik oder Tanzen. Bei der einen Sache schreit die Gesellschaft: »Ab in den Knast nach Tegel!« Und bei der anderen Sache: »Zugabe!«

So kann die Welt aussehen, wenn wir, die Erwachsenen, für unseren Nachwuchs, die richtigen Angebote machen.

Wir werden weiter alles daran setzen, dass Jugendliche Lust am Leben und Spaß am Arbeiten haben. Dass sie ihre Energien und ihr Adrenalin für eine sinnvolle Sache einsetzen. Das Tolle daran ist doch: Man kann seine Energie voll und ganz auf der Bühne austoben – und die Leute zahlen auch noch Eintritt dafür!

Unser Leben in der ufaFabrik hat in den Jahrzehnten ständig an Beachtung auf der ganzen Welt gewonnen. Wir sind ein innovativer Berliner Kulturstandort, und stets bemüht, ein Impulsgeber für die

In meinem Büro in der ufaFabrik.

Stadtentwicklung zu sein. So werden viele Mitarbeiter der ufaFabrik zu Kongressen weltweit eingeladen.

Im März 2004 fuhr das bei uns angesiedelte »Institut für kreative Nachhaltigkeit« (id22), mit dem Amerikaner Michael LaFond und Werner Wiartalla an der Spitze, zu einer Präsentation nach Taipeh. In der Millionen-Metropole in Taiwan wurde unser Erfolgskonzept vorgestellt und den Gastgebern die Projekte für nachhaltige Entwicklung und Bürgerbeteiligung erklärt. Die Veranstaltungsreihe »Global Artivists Participation Project« stellte alternative Nutungskonzepte für einen kontrovers diskutierten Stadtteil am Rand von Taipeh vor.

Im Sommer 2004 erhielten wir die offizielle Anerkennung der UN-Habitat als »Best Practice Project to Improve the Living Environment 2004«. Diese Auszeichnung unterstreicht die große internationale Aufmerksamkeit, die der ufaFabrik seit etlichen Jahren zuteil wird. 700 Projekte aus der ganzen Welt hatten sich in dem Wettbewerb, der von den Vereinten Nationen und dem Staat Dubai ausgeschrieben wird, beworben. Die ufaFabrik wurde als hervorragendes Beispiel zukunftsweisender Stadtentwicklung ausgewählt. Eine Auszeichnung, die uns stolz macht.

Sigi, Rudolf und Volker Hassemer, der frühere Kultur- und Umweltsenator, dann »Partner für Berlin«, Liz (heutige Biobäckerei) – Managersitzung am 7. Juni 1994, (15 Jahre ufaFabrik, Eröffnung der Öko-Ausstellung).

Wie beeindruckt einmal eine Gruppe von Bürgermeistern aus Südafrika war, die die ufaFabrik besuchten, zeigt die Tatsache, dass der Delegationsleiter, einer der Bürgermeister, seit seiner Visite bei uns einen neuen Namen trägt: »ufaFabrik«.

Eine große Vision ist unser »Hafen der Kulturen«, der rund um den alten Getreidespeicher am Teltowkanal gegenüber der ufaFabrik entstehen soll.

Die alte Hafenanlage – erbaut zwischen 1901 und 1908 – wäre ein fantastischer Ort für ein modernes Dienstleistungszentrum.

Wir haben jahrelang im Sommer ein großes »Hafenfest« auf unserem Gelände steigen lassen, wo wir unsere Nutzungskonzepte präsentierten. Es ist unser Traum, den »Tempelhofer Schandfleck zur Perle des Bezirks aufzupolieren«, wie es der ehemalige Bezirksbürgermeister Dieter Hapel 2001 so treffend formulierte.

Nachdem jahrzehntelang zwischen den drei Brandenburger Landkreisen Teltow-Fläming, Dahme-Spreewald und Potsdam-Mittelmark, den ursprünglichen Eigentümern dieses Geländes in Tempelhof-Schöneberg, und dem Bezirk nichts passierte, kam Anfang 2004 endlich Bewegung in das Projekt. Die Landkreise wollten verkaufen, die Höhe der Summe war ein Pokerspiel. Im Sommer desselben Jahres wurde der Kaufvertrag mit der HLG-Projektmanagement unterschrieben. Für 17 Millionen Euro kaufte das Unternehmen das Gelände, 80 Millionen Euro soll die Umgestaltung des Hafens kosten.

Das städtebauliche Konzept des beauftragten Architekturbüros sieht eine »urbane Mischung aus Kultur, Kommerz und Wohnen« vor und trifft sich darin mit den Planungen der ufaFabrik. Wir haben viele Vorschläge eingebracht, die nun bei der Umsetzung der Vision »Kultur, Markt, Erlebnis im Hafen Tempelhof« berücksichtigt werden. Dazu gehören unter anderem ein Ökokaufhaus für ökologische und regionale Produkte, eine Solaranlage, solargetriebene Schiffe, Ateliers für Künstler, eine schwimmende Bühne, eine Brücke, die Einfahrt zum Hafen und einen direkten Weg zur ufaFabrik.

Inspiriert von den Restaurant- und Hausbooten, die wir während der Hongkong-Tournee besuchten, schwebt mir ein »Theater der Träume«, ein schwimmendes Theaterboot, vor. Als wir die Pläne der ufaFabrik im Bezirk vorstellten, sagte der Baustadtrat von Tempelhof-Schöneberg, Gerhard Lawrentz, in einem arroganten Tonfall: »Aber Juppy, das sind doch alles nur Träumereien.« Ich blickte ihm tief in die Augen und fragte ihn dann: »Wie hast du denn das gemacht in deinem Leben? Hast du nie etwas geträumt und es dann versucht, umzusetzen?«

Michael Mohns Entwurf für den Tempelhofer Hafen (2001) »Theater der Träume«, Vision eines Theaterschiffes, inspiriert von der Hongkong-Reise.

Wir haben ja gerade auf ökologischem Gebiet bewiesen, wie konsequent Träume in die Wirklichkeit umgesetzt werden können. Mit zwei gasbetriebenen Blockheizkraftwerken produzieren wir unsere Energie selbst, verkaufen den Überschuss an die BEWAG und nutzen die Abwärme, um das Duschwasser aufzuheizen. Die Zuschüsse, die uns aus dem Berliner Umweltförderungsprogramm zuflossen, steckten wir in die Dachbegrünung, Kompostierungstrommeln, Solaranlagen, Windräder und Regenwasser-Speicherbecken für die Toiletten. Auf diese Weise können wir vier Millionen Liter kostbares Trinkwasser pro Jahr einsparen.

Nur wenn wir ständig an uns arbeiten, können wir uns auch weiterentwickeln – ob als Handwerker oder Künstler. Mit diesem gewonnenen Wissen können wir mithelfen, das Leben auf unserem Globus lebenswerter zu gestalten.

Das, was wir machen, das kann man nicht mit einem »normalen« Wirtschafts- unternehmen vergleichen, das für zwei, drei Jahre plant. Davon haben wir letztendlich die Politiker überzeugt. Es ist ein Projekt für kommende Generationen, das für mehrere 100 Jahre existieren soll. Nur mit einer langfristigen Perspektive können wir in der ufaFabrik künstlerisch an unseren Visionen arbeiten! Wir sind ein ganzes Leben damit beschäftigt, neue Ideen zu entwickeln.

Meine Aufgabe in der ufaFabrik wird vielschichtig bleiben: Mal Seelsorger, Künstler, Psychologe, Geschäftsmann, Sheriff, Feuerwehrmann – einer, der versucht, die Sorgen und Probleme der Bewohner in unserem »ufa-Land« zu erfassen. Hier auf unserem Gelände habe ich verstanden, wie ein Staat entsteht und wie man herausbekommen muss, was jeder gerne macht und wie aus den Puzzleteilen ein Ganzes wird. Das ist die Kunst.

Wir dürfen nie stehen bleiben, jeden Tag gestalten wir unsere Welt neu. Denn das ganze Leben ist wie eine Show. Das Opening muss super sein, dann kann man sich ein paar Durchhänger leisten, aber das Finale, der Schluss, muss wieder klasse sein!

»Doch wir werden diesen Weg zu Ende geh'n,

und ich weiß, wir werden die Sonne sehn!

Wenn die Nacht am tiefsten ist,

ist der Tag am nächsten«

Ton Steine Scherben

»Multikultur-Impresario«
diesen schönen Titel verlieh mir eine
Frauenzeitschrift durch die Journalistin
Ute Büsing Anfang der 90er Jahre.

Danksagung

Ich bedanke mich

bei allen Menschen, die mir geholfen haben, zu sein, wer, wo, was und wie ich heute bin,

bei meinen Eltern Elisabeth und Johann und meinen Geschwistern Elfriede, Ludwig, Hiltrud und Irma,

bei meiner Kommune: Hannes, Sigi, Gisela, Uta, Scotty, Rudolf, Bärbel, Manni, Uwe, Gudrun, Karin, Paul, Sigrid, Wolle, Peter, Liz, Sara, Yvonne, Gabi, Sergio, Helen, Ruth, Werner, Uli, Tuan, Klaus, Lothar, Jonas, Frido, Philipp, Cecil, Laura, Farina, Fayen, Nico, Marie, Tina, Niklas, Julia, Lisa, Bernhard, Charly, Saruul, Tatjana, Nadja, Luba, Juri sowie Renate, Belgin, Monika, Nina, Vanessa,

und Dawn, der alte Walter, Rich, Leon, Carola, Helga, Wolfgang Neuss, Tornado-Günter, die sich schon von der Welt verabschiedet haben,

bei allen von der ufaFabrik e.V., vom Café Olé, Bio-Laden, von der Bäckerei, dem NUSZ und Kindergarten, Bauernhof, ufaCircus, der Freien Schule, von ID22 und den Netd@ys, von »Terra Brasilis«, Trans Europe Halles und »Vivace«, Viviology.

Wen ich nicht erwähnt habe, soll nicht beleidigt sein, sondern vorbeikommen, mich und uns besuchen. Davon geht die Welt nicht unter. Also, locker bleiben, wir biegen das wieder hin. Auf jeden Fall an alle – danke, danke, danke …

Mein besonderer Dank gilt meinem langjährigen Freund und Partner Daniel Gäsche und Christiane Völkel.

ufafabrik
Internationales Kulturcentrum
U Bhf Ullsteinstraße
Victoriastraße
weltdesign

1 Haupteingang

2 Information

3 Naurkostladen

4 Gästehaus

5 Freie Schule

6 Café Olé

7 Solar Crèperie

8 Großer Theatersaal

9 Kinderbauernhof, Bauernhofclub

10 Gründächer

11 Gartenterrasse

12 Open Air Bühne

13 Sommerbar

14 Studios für Musik, Bewegung, Tanz

15 Dojo für asiatische Sportarten

16 Werk- und Recyclinghof

17 Bodenfilter für Regenwasser

18 Regenwasserzisterne mit Kräuterspirale

19 Vollkornbäckerei & Konditorei

20 Ökologie Ausstellung

21 NUSZ – Nachbarschafts- & Selbsthilfezentrum

22 Familiennetzwerk

23 Solarmodule

24 Varieté Salon, Wolfgang Neuss Salon

25 Verwaltung

26 Konferenzräume

27 Liefereingang

28 Wetterstation

29 Windrad & Schlitzrotor

30 Blockheizkraftwerk

Bildnachweis

Archiv ufaFabrik:
18, 30, 60, 90, 91, 92, 96, 106, 107, 125, 128, 134, 138, 139, 142, 148, 158, 163, 165, 167, 175, 176, 186, 191, 193, 203, 211, 216, 218, 226, 232, 252, 254, 256, 259, 260, 268/269

Juppy, privat:
10, 11, 12, 17, 19, 21, 26, 34, 38, 40, 45, 48, 53, 54, 62, 64, 82, 86, 95, 100, 103, 109, 113, 115, 118, 121, 130, 131, 132, 141, 143, 146, 147, 151, 152, 194, 197, 201, 206, 207, 208, 214, 215, 235, 262/263

Anita Back: 124, 136, 236
A. Berndt: 156
Conträr Musik: 172
Bärbel Dachtier:
Jeanne Driessen: 135
Maichel Dutta: 266
Michael Eberle: 94
Daniel Gäsche: 204, 205, 209
Jens Gläser: 213
Michael Haring: 154
Johann Just: 212
N. Kroll: 156
Joachim Loch: 202
Jurino Reetz: 120

Trotz größter Sorgfalt ist es uns nicht in allen Fällen gelungen, zu den Abbildungen den Rechteinhaber zu ermitteln. Berechtigte Ansprüche werden selbstverständlich über die üblichen Vereinbarungen abgegolten.